HEYNE <

W0348505

Das Buch

Es heißt, er sei unverwundbar. Es heißt, er kämpfe immer, als habe er nichts mehr zu verlieren. Es heißt, er sei ein direkter Nachfahre des Achilles. Doch eine Schwäche hat der unbesiegbare Zander, eine, die zu einer tödlichen Gefahr für ihn und all seine Mitstreiter werden kann – und dies gerade in dem Augenblick, als sich die Mächte der Finsternis zu ihrem letzten großen Schlag rüsten.

Denn der ewige Wächter hat sein Herz und seine Seele einer Frau geschenkt, die er nicht mehr vergessen kann. Die schöne Callia ist Zanders Seelenverwandte. Für sie riskiert er alles – auch das Schicksal der gesamten Menschheit, die auf seine magischen Kräfte angewiesen ist ...

Unsterbliche Sehnsucht, prickelnde Leidenschaft und Spannung von der ersten bis zur letzten Seite: Ein wahrer Pageturner!

Die Autorin

Elisabeth Naughton lebt mit ihrem Mann und drei Kindern in Oregon. Das Schreiben von romantischen, übersinnlichen Liebesromanen ist inzwischen nicht mehr nur eine Leidenschaft, sondern ihr Beruf. Wenn sie in Gedanken gerade nicht bei den Unsterblichen weilt, geht sie laufen – und denkt sich dabei neue Geschichten und Abenteuer aus.

Lieferbare Titel

978-3-453-40891-3 - Schwur der Ewigkeit

ELISABETH NAUGHTON

Bann der Ewigkeit

Roman

Aus dem Englischen
von Sabine Schilasky

WILHELM HEYNE VERLAG
MÜNCHEN

Das Original ENTWINED erschien
bei Dorchester Publishing, New York

FSC
www.fsc.org
MIX
Papier aus verantwortungsvollen Quellen
FSC® C014496

Verlagsgruppe Random House FSC-DEU-0100
Das für dieses Buch verwendete FSC®-zertifizierte Papier
Holmen Book Cream liefert Holmen Paper, Hallstavik, Schweden.

Vollständige deutsche Erstausgabe 07/2012
Copyright © 2010 by Elisabeth Naughton
Copyright © 2012 der deutschen Ausgabe
by Wilhelm Heyne Verlag, München, in der
Verlagsgruppe Random House GmbH
Printed in Germany 2012
Umschlaggestaltung: Nele Schütz Design, München
Satz: IBV Satz- und Datentechnik GmbH, Berlin
Druck und Bindung: GGP Media GmbH, Pößneck
ISBN: 978-3-453-40890-6

www.heyne.de

Singe den Zorn, o Göttin, des Peleiaden Achilleus,
Ihn, der entbrannt den Achaiern unnennbaren
Jammer erregte …

Ilias, 1. Vers

Erstes Kapitel

Könnte er sterben, wäre dies der ideale Ort dafür.

Zander stand am Rande der Klippe und blickte gebannt hinab auf die Felsenschlucht unter sich. Eine dünne Schneeschicht knirschte unter seinen Stiefeln, als er das Gewicht von einem Fuß auf den anderen verlagerte und überlegte … *Was wäre, wenn?*

Die Temperatur lag deutlich unter null, so dass der Wind, der ihm ins Gesicht blies, alles betäubte, was er noch an Gefühl besaß. Als Argonaut, Nachfahre der größten Helden der griechischen Antike, war er stärker als bloße Sterbliche, stärker sogar als die Argoleaner und die unlängst entdeckten Halbblute, die er neuerdings beschützte. Seine Kraft war selbst der seiner Mitkrieger überlegen.

Nein, Unterkühlung würde ihn gewiss nicht töten. Leider. Erfrierungen wären nichts als eine vorübergehende Plage. Verdammt! Weil er nun einmal er war, könnte nicht einmal eine Kugel in die Brust verhindern, dass sein belämmertes Herz weiterschlug. Dies hier hingegen – er blickte in den Abgrund gute sechshundert Meter unter ihm, der nach unten so dunkel wurde, dass der dumpfgrüne Fluss unter einem dünnen Nebelschleier verborgen war – könnte eine Möglichkeit sein. Eine kleine Stimme in seinem Hinterkopf wisperte, *Tu es einfach!*

Er war nicht blöd. Er verbrachte mehr Zeit mit Menschen als irgendein anderer Wächter aus seiner

Welt und wusste, dass solch ein Sprung bestenfalls einer gescheiterten Nike-Werbeaufnahme gleichkäme. Und dennoch ... es war verlockend. Schließlich konnte er nicht ausschließen, dass er sich beim Sturz die eine Wunde zuzog, die ihn sofort tötete und seine Unsterblichkeit ein für alle Mal beendete.

Sein Kampfgefährte Titus kam zu ihm, bevor er sich entschieden hatte, und sah ebenfalls hinab. »Eine echt beschissene Art, aus dem Leben zu scheiden. Aber du hast recht. Es würde dich nicht umbringen, und mir steht übrigens nicht der Sinn danach, dich da unten wieder zusammenzuklauben und gesundzupflegen.«

Zander sah den jüngeren Argonauten verärgert an – den beträchtlich jüngeren, der, wer hätte das gedacht, sich hier runterstürzen und sterben könnte! Was für ein Glückspilz. »Hör auf, meine Gedanken zu lesen. Du weißt, dass mich das wahnsinnig macht.«

Titus grinste, hob eine Hand und wischte sich über den Mund. Im matten Licht der Dämmerung leuchteten die Zeichnungen auf seinen Unterarmen und Händen, die Erkennungsmale der Argonauten, besonders deutlich auf der hellen Haut. Sein Grinsen war verhalten, denn so richtig lächelte Titus nie. »Du bist schon wahnsinnig, Alter. Und denkst du, mir gefällt es, dauernd zu wissen, was in deinem wirren Hirn vor sich geht? Dann verrate ich dir was. Es steht definitiv nicht ganz oben auf meiner Liste besonders spaßiger Dinge!« Er wedelte mit seinen großen Händen. »Du projizierst deinen Mist auf alles und jedes hier, und, glaub mir, ich bemühe mich nach Kräften, nicht hinzuhören.«

Zanders Miene verfinsterte sich, als er einen Schritt vom Klippenrand zurücktrat. Er ärgerte sich, dass er nicht gesprungen war, ehe Titus den Mund aufmachte, und noch mehr, dass ihn dieser kleine freie Fall nicht so ausschalten würde, wie er es gern hätte. Seine ohnedies schlechte Laune wurde nur schlimmer, je länger sie unterwegs waren, ohne irgendwelche Dämonen zu treffen.

Wenig hilfreich war, dass Titus und er diesen Gebirgsabschnitt seit einer vollen Woche nach Nachzüglern absuchten und nichts gefunden hatten. Zander wollte nicht zurück nach Argolea; ebenso wenig wollte er zur Kolonie gehen oder nach mehr Halbbluten suchen, die sich in den Wäldern versteckten. Er lechzte nach einem üblen, gefährlichen Kampf, war düsterer gestimmt als Hades selbst, und sollte er nicht bald kämpfen können, würde es unschön. Für alle.

»Gehen wir«, sagte Titus, der zurücktrat und sich die kalten Hände rieb. »Hier ist keiner. Wäre da unten eine Siedlung, hätten wir sie schon entdeckt. Wir gehen nach Norden, Richtung Mount Hood, und sehen mal, was wir dort finden.«

Zwar wollte er nicht, aber Zander nickte. Die nächstgelegene Halbblutkolonie lag verborgen im Willamette National Forest südlich von hier, und die Menschen in der Gegend hatten keine Ahnung von deren Existenz. Unter den Argonauten herrschte die einhellige Vermutung, dass es weitere Halbblute oder Misos gab. Misos nannten sich die Geschöpfe, deren Eltern zur Hälfte menschlich, zur Hälfte argoleanisch waren, und sie mussten sich verstecken, weil die Dämonen sie jagten. Dank dem Anführer einer der Kolonien, Nick, wussten sie inzwischen von drei anderen, die über den Globus verteilt waren. Nick selbst war sowohl ein Halbblut als auch etwas, das bislang keiner ergründet hatte. Eine andere Kolonie befand sich in Afrika, eine in der Permafrosttundra von Nordrussland und die dritte im Dschungel von Südamerika.

»Hey«, begann Titus mit seinem typischen Grinsen, als sie den Pfad entlanggingen, der in den Wald zurück führte, »es könnte schlimmer sein. Du hättest auf Patrouille nach Siberien geschickt werden können, wie Cerek und Phineus.«

Die Erwähnung der beiden anderen Argonauten hob Zanders Stimmung kein bisschen. »Dann wäre ich wenigstens weit weg von dir und deiner ewigen Gedankenleserei!«

Titus lachte leise. »Du solltest dringend deine Einstellung ändern, Z. Unsterblichkeit ist eine Gabe, Mann! Ich würde meinen linken Arm geben, hätte ich die anstatt Gedanken zu ...«

Zander drehte sich so rasch zu ihm, dass Titus mitten im Satz die Luft anhielt. »Es ist keine Gabe! Es ist ein verdammter Fluch!«

Titus blickte hinab auf Zanders Hand auf seiner Jacke. Eine dunkle Wolke huschte über seine Züge, konnte Titus es doch nicht leiden, angefasst zu werden. Nirgends. Nicht einmal von einem Bruder. »Tritt zurück. Sofort.«

Zanders und sein Blick begegneten sich. Die Wächter waren in etwa gleich groß, beide knapp zwei Meter, und brachten zweihundertfünfzig Pfund pure Muskelmasse auf die Waage; doch da endeten die Ähnlichkeiten. Titus' welliges dunkles Haar war mit einem Lederband zurückgebunden, und Eiskristalle hingen in seinem schmalen Schnurrbart und dem dunklen Unterlippenbart. Für den durchschnittlichen Betrachter sah er menschlich aus, war es aber nicht.

Und seine braunen Augen funkelten wissend und gefährlich, eine Kombination, die für jeden heikel wurde, der Titus verärgerte.

Langsam nahm Zander seine Hand herunter, wich jedoch nicht zurück. Einen Kampf würde er gewinnen, selbst gegen solch einen Hitzkopf wie Titus. Er konnte mehr Schläge einstecken als jeder andere und immer noch weiterkämpfen. Trotzdem könnte er verletzt werden und bräuchte Zeit, sich wieder zu erholen. Und so gern er heute eine anständige, blutige Prügelei austragen würde, wollte er sie nicht mit Titus.

Vielmehr sollte sein Waffenbruder endlich begreifen, erst recht wenn Zander wer weiß wie lange mit diesem sterblichen Mistkerl herumziehen musste. Er biss die Zähne zusammen. »Zuzusehen, wie jeder stirbt, an dem dir liegt, ist keine Gabe, Titus. Ich diente mit deinem Vater. Ich diente mit den Vätern aller Argonauten. Ich war dabei, als Eurandros König und Leonidas noch nicht einmal ein Jucken in seiner Hose war. Und nun stirbt Leonidas an Altersschwäche, aber ich nicht. Ich bin genauso stark und gesund wie immer.«

Der Zorn, den Zander tief in sich verschlossen hielt, nahm sekündlich zu. »Vielleicht willst du jetzt nicht sterben, Wächter, aber eines Tages wünschst du es dir. Eines Tages wirst du bereit sein, zu den Elysischen Feldern aufzubrechen oder wohin auch immer der Rest von euch geht, wenn eure Tage gekommen sind. Aber ich nicht. Nein, ich bleibe hier und tue, was ich die letzten achthundertzwanzig Jahre getan habe. Ich sehe euch alle sterben und wünschte bei Hades, ich könnte mit euch gehen.«

Er marschierte voran unter die Bäume, ehe er etwas

tat, was er bereuen würde. Ja, er klang wie eine Heulsuse mit einem gigantischen Anfall von Selbstmitleid. Doch er war es so gründlich leid. Er war es leid, sich zu benehmen, als wäre es prima und herrlich, was ihm das Schicksal aufbrummte. Es hatte eine Zeit gegeben, eine lange Zeit, da dachte er wie Titus. Er hatte tatsächlich geglaubt, es wäre ein Geschenk, dass er seine verwundbare Stelle, seine Achillesferse noch nicht gefunden hatte, wie es seinem Vater und jedem anderen Mann aus seiner Linie widerfahren war. Das war vorher gewesen. Bevor ihm klarwurde, dass er in alle Ewigkeit hier festsaß, während ihm alles, was von Bedeutung war, genommen wurde. Vor zehn Jahren. Bevor er erkannte, dass Heras Fluch real war.

»Zander, warte!«

Er ignorierte Titus' Rufen und stampfte weiter, den Kopf gesenkt, um dem Wind auszuweichen. Wut und Selbstekel erhitzten sein Blut. Ja, er war wahrlich in der Stimmung für einen blutigen Kampf. Und kam er nicht schnell genug von Titus weg, wäre es ihm am Ende egal, dass der Argonaut ein Freund, kein Feind war.

Er hatte es dreißig Meter weit in den Wald geschafft, als die erbärmliche Kälte einer Froststarre wich, bei der einem das Mark in den Knochen gefror.

Zander blieb stehen und blickte auf. Weiter vorn zur Rechten schlichen sechs Dämonen durchs Unterholz, die offensichtlich auch auf Patrouille waren: auf der Suche nach Halbbluten, die sie dezimieren konnten.

Ein müdes Lächeln trat auf Zanders Gesicht. Es war das erste seit Tagen. Alle Dämonen waren leicht über zwei Meter groß, hatten Hörner und Reißzähne, katzenähnliche Gesichter, hundeartige Ohren und die Körper von Männern. Von richtig stämmigen, hässlichen, unangenehmen Männern, wie man sie des Nachts in dunklen Seitengassen traf, wo sie nichts als Ärger suchten. Zanders Lächeln wurde breiter.

»Genau das, worauf ich gehofft hatte. Wollt ihr Freaks rauskommen und spielen oder einfach nur dastehen und blöd aussehen wie eure Kuh von einer Anführerin, Atalanta? Das könnt ihr nämlich echt gut. Ja, ich sehe sogar eine gewisse Ähnlichkeit. Du da, ganz vorn.« Er wies auf den Hässlichsten, dem irgendeine scheußliche Substanz von den Reißzähnen tropfte. »Bist du vielleicht ihr Bruder? Nein, Quatsch, gleich hab ich's.« Er schnippte mit den Fingern. »Ihr Sohn!«

Der Angesprochene, der eindeutig das Kommando hatte, sah Zander an und knurrte, »Argonaut«; dann schnüffelte er in die Luft und fügte hinzu, »Zwei.« Die anderen fünf Dämonen schwärmten in U-Formation aus, umkreisten Zander und duckten sich, bereit zum Sprung.

Und, ja, aus den Ohren des Anführers qualmte es richtig! Ach, klasse. Das würde ein schöner Kampf. Sechs gegen einen. Vielleicht bekam er endlich eine richtige Abreibung. Und sollte er bei der Gelegenheit gleich ein paar Dämonen ausschalten, umso besser.

Titus kam hinter ihm angelaufen, als Zander gerade nach seinem Parazonium griff, dem antiken griechischen Dolch, der die klassische Waffe der Argonauten war, und den Zander hinten auf seinem Rücken trug. »Oh, Mist. Du musstest die auf die Zinne bringen, stimmt's?«

»Und ob ich das musste.«

Titus zog seinen eigenen Dolch. »Okay, du Genie, welche willst du?«

»Alle.«

»Zander!«

»Halt dich zurück, solange ich dich nicht brauche«, murmelte er. »Ich kann nicht sterben, schon vergessen? Du sehr wohl.«

Er trat zurück in den Dämonenkreis und achtete nicht auf Titus' Widerspruch, denn er wusste, dass der Argonaut auf ihn hören und es ihn zunächst allein versuchen lassen würde.

»Dann mal los, Mädels. Zeigt mir, was ihr draufhabt.«

Mit einem Brüllen bleckten die Dämonen ihre Keilzähne und griffen an.

Dies war ein Familienstreit, in den Callia ganz sicher nicht mit hineingezogen werden wollte.

»Das ist lachhaft. Isadora, verbiete es ihm!«, wandte sich Casey Simopoulos erschöpft an ihre Halbschwester, die künftige Königin von Argolea.

Von der gegenüberliegenden Seite des eleganten Schlafgemachs aus wechselte Callia einen Seitenblick mit Isadora. Die Prinzessin hatte ihr blondes Haupt gesenkt und betrachtete einen Flecken zwischen ihren rosa Pantoffeln. Ihre Hände hatte sie auf dem Rücken verschränkt, und ihr zartrosa Kleid schien die zierliche Gestalt buchstäblich zu verschlucken. Sie war der Inbegriff der Unterwürfigkeit und hatte nicht einmal mit der Wimper gezuckt, seit ihr Vater, der sterbende König Leonidas, seinen irrwitzigen Beschluss verkündete.

Sie würde bald Königin, war die *Gynaíka*, die in naher Zukunft über ihr Land herrschen, die Argonauten befehligen und sie in diesen gefährlichen Kriegszeiten anführen sollte. Atalanta trieb sich im Menschenreich herum, auf der Suche nach einem Weg, wie sie die Halbblute vernichten und nach Argolea gelangen konnte, um sich dafür zu rächen, dass sie nicht bei den Argonauten aufgenommen worden war. Folglich war eine willensstarke Anführerin für Argolea zwingender denn je.

Die Isadora indes nicht sein könnte, wie Callia schon eine ganze Weile dachte. Dennoch kam sie nicht umhin, sich zu fragen, ob Leonidas' Dekret für alle das Beste wäre.

»Isadora, du darfst ihn das nicht tun lassen«, sagte Casey lauter und ging auf ihre Schwester zu. »Wir sind doch nicht in der Steinzeit!«

»Genug!«, keuchte der König, während er versuchte, sich auf den Kissen seines ausladenden Himmelbetts weiter nach oben zu stemmen.

Callia beachtete das Brummen nicht, das ihr seit zehn Minuten durch den Schädel dröhnte, legte ihre Instrumente ab und ging zum König, um ihm zu helfen.

Es ärgerte ihn sichtlich, Hilfe zu brauchen, aber er wehrte sich nicht. Heute war sein Verstand klar, was er nutzte, solange er konnte. »Isadora heiratet beim nächsten Vollmond. Keine Widerrede.«

Caseys Mundwinkel zuckten. »Es ist unrecht, und das weißt du.«

Der König wandte sich seiner dunkelhaarigen Tochter zu. Aus dem simplen Grund, dass ihre Mutter menschlich gewesen war, durfte sie niemals Königin werden, obwohl Casey die Stärkere war und die bessere Wahl wäre, wie jeder wusste. Leonidas blinzelte, denn er sah nichts mehr außer verschwommenen Umrissen. »Isadoras Vermählung mit einem Wächter *meiner* Wahl sorgt dafür, dass der Rat ihre Autorität nicht anficht. Du hast mir bereits den genommen, den ich als Ersten für sie bestimmt hatte, Acacia. Und es steht dir nicht zu, dich in meine Entscheidung einzumischen, wen ich an seiner statt wähle.«

Betretene Stille trat ein, die Callia bis in ihr Innerstes fühlte. Sie kannte sich leider sehr gut mit Dominanz aus, damit, was es bedeutete, von *Patéres* kontrolliert zu werden. Und nach geltendem Recht gab es sehr wenig, was eine *Gynaíka* tun konnte, außer zu gehorchen. Im Stillen verfluchte sie ihre patriarchalische Gesellschaft, in der Frauen die Chance hatten, zu werden, was sie wollten, solange der Mann, dem sie unterstanden, zustimmte.

Isadora hob weder den Kopf, noch sah sie ihren Vater oder ihre Schwester an. Callia und Isadora hatten einander zwar nie nahegestanden, aber ein Teil von Callia fühlte mit der Prinzessin. Jener Teil, den sie ungern zur Kenntnis nahm, geschweige denn zu Wort kommen ließ.

Da es ihr an Familiendrama reichte, packte Callia ihre restlichen Sachen zusammen und klappte ihren Arztkoffer zu. Als Privatheilerin des Königs verbrachte sie in letzter Zeit viele Stunden hier, linderte und behandelte seine Leiden, doch sie genoss es kein bisschen. Vor allem nicht, wenn sich, wie jetzt, Kopfschmerzen ankündigten. Und bei jedem Besuch in der Burg bestand die Gefahr, einem Argonauten in die Arme zu laufen. Was sie um jeden Preis vermeiden wollte. »Ich komme morgen früh wieder, um nach Euch zu sehen.«

Seine knorrige Hand schnellte vor und ergriff ihren Arm, bevor sie auch nur einen Schritt machen konnte. Selbst mit 684 Jahren und einem Körper, der schließlich dem Alter erlag, war er immer noch stark. Stärker als die meisten anderen. »Ich will, dass du bleibst.«

Ein Angstschauer lief ihr über den Rücken. »Das ist nicht nötig, Hoheit. Und auf mich wartet Arbeit in der Klinik. Ich muss dringend zurück.«

»Bis Vollmond ist es nur noch eine Woche. Nachdem ich den Argonauten meinen Beschluss mitgeteilt habe, musst du prüfen, ob mein Wahlkandidat bei bester körperlicher Verfassung ist. Ich brauche die Gewissheit, dass er sofort einen Erben zeugen kann. Die Untersuchung wirst du in meinem Studierzimmer vornehmen.«

Callia sah zu Isadora, die ihren Kopf noch tiefer neigte, falls das überhaupt möglich war. Es musste herrlich sein, als bloße Brutmaschine betrachtet zu werden!

Doch, gütige Götter, Callia hatte wahrlich andere Sorgen. Der König wollte eine Untersuchung, an einem Argonauten seiner Wahl, heute. Ihr fielen tausend andere Foltermethoden ein, die sie dieser vorgezogen hätte. »Ähm, ich bin sicher, ein anderes Mal wäre …«

»Das ist keine Bitte«, fiel er ihr schroff ins Wort und ließ sie los. »Althea!«

Seine Dienerin kam ins Zimmer geeilt und verneigte sich. »Ja, Euer Majestät?«

»Hol mir Demetrius. Er leitet die Wachen am Portal, wo er die neuen Rekruten ausbildet. Ich will ihn und die anderen Argonauten in einer Stunde hier versammelt haben.«

Altheas Augen weiteten sich im selben Moment, in dem ein Stich durch Callias Brust schoss. »Alle, Euer Majestät?«

Er wischte die Frage mit einer Handbewegung fort. »Geh schon.«

»Ähm, Hoheit«, begann Callia, als Althea aus dem Zimmer lief. »Ich denke wirklich …«

»Isadora«, sagte er, ohne auf Callia zu achten, »bring Callia in mein Schreibzimmer und sorge dafür, dass sie sämtliche Instrumente und Sonstiges hat, was sie für die Untersuchung braucht. Ich möchte, dass ihr beide wieder herkommt, sobald die Argonauten da sind.«

Isadora bemühte sich gar nicht erst, ihm zu widersprechen, drehte sich wortlos zur Tür und huschte auf ihren weichen Seidenschuhen hinaus. Callia seufzte resigniert. Ihr blieb keine andere Wahl, als der Prinzessin zu folgen.

»Acacia.« Der König wandte sich seiner anderen Tochter zu. »Such deinen Ehemann und lass ihn seine Wächter von ihrer Patrouille zurückrufen, egal, wo sie sind. Und keine Ausflüchte. Ich will sie hier, ausnahmslos. Ist das klar?«

Die Arme vor der Brust verschränkt, runzelte Casey die Stirn und trat näher an sein Bett. Nicht nur war sie mit ihrer ärmellosen weißen Bluse und der schwarzen Hose vollkommen anders gekleidet als Isadora; im Gegensatz zu ihrer Schwester hatte Casey auch keinerlei Hemmungen, ihn in seine Schranken zu verweisen. »Oh ja, ich werde zu Theron gehen und ihm genauestens berichten, was du vorhast, keine Bange.« Als sie glaubte, nahe genug zu sein, dass er sie einigermaßen erkennen konnte, tippte sie sich an den Kopf. »Das geht nach hinten los, wie dir hoffentlich bewusst ist.«

Der König schnaubte verächtlich und blickte stur geradeaus.

»Ja, wird es«, bekräftigte sie, beugte sich hinunter und küsste ihn auf die faltige Wange. »Glaub mir, Dad, Isadora wird nicht ruhig dasitzen und dich über ihr Leben bestimmen lassen.«

»Doch, wird sie«, murmelte er. »Weil sie nicht so ist wie du.«

Casey richtete sich wieder auf, und obwohl sie unverkennbar in Rage über das war, was mit ihrer Schwester angestellt wurde, sah Callia in den Zügen des Halbbluts auch Mitgefühl mit dem lange verloren geglaubten Vater. Ein Mitgefühl, von dem Callia wünschte, sie könnte es für ihren eigenen Vater empfinden.

»Du hast recht«, sagte Casey. »Ist sie nicht. Sie ist stärker als ich, stärker als wir alle. Und schon bald wirst auch du das erkennen. Wie jeder andere.«

Der König antwortete nicht. Weder als Casey sich abwandte und hinausging, noch als Callia ihre Tasche aufnahm und ihr folgte. Doch als sie an der Schwelle war, meinte Callia beinahe sicher, den alten *Ándras* murmeln zu hören, »Ich hoffe, du hast recht. Und um unser aller willen hoffe ich, dass sie endlich beweist, wie unrecht ich habe.«

Zweites Kapitel

Zander war blutig und zerschunden. Ein Hieb in die Nieren zwang ihn beinahe in die Knie zu gehen, doch er fiel nicht. Wenn überhaupt, stählte die Wunde nur seine Entschlossenheit. Schwungvoll drehte er sich zu dem Dämon um und versenkte sein Parazonium tief in der Brust des Gottlosen. »Nimm dies, du elendes Stück Dreck!«

Die Bestie brüllte und kippte nach hinten. Mit einem schmatzenden Geräusch glitt die Klinge aus seiner Brust. Doch ehe Zander seitlich ausholen und das Monster enthaupten konnte, auf dass seine Seele für immer gen Hades fuhr, stürzte sich von hinten ein anderer Dämon auf ihn und versenkte seine Zähne tief in Zanders Schulter.

Er schrie auf, als ihm der Schmerz bis in den Schädel fuhr, schaffte es jedoch, das Ungeheuer abzuwerfen. Alles färbte sich rot, als er um sich trat, ausschlug und seinen Dolch nach links und rechts hieb. Blut spritzte, traf ihn in die Augen, lief ihm über die Wangen. Sein Rücken tat weh, seine Lunge brannte, und seine Schulter stand nachgerade in Flammen, wo die Bestie ihm durch die Jacke die Haut zerbissen und Muskeln zerrissen hatte. Trotzdem gab er weder auf, noch rief er nach Hilfe. Dies hier war genau, was er wollte. Adrenalin pumpte durch seine Adern, befeuert von Jahren aufgestauter Wut, und verlieh ihm die Kraft, immer wieder zum Schlag auszuholen, bis ein weiterer Dämon erledigt war. »Kommt schon!«, schrie er. »Ist das alles, was ihr zu bieten habt?«

Die zwei, die er Sekunden zuvor niedergeschlagen hatte, griffen aus einem anderen Winkel erneut an. Pfeifend schwang er seine Klinge, um die beiden abzuwehren. Dabei entging ihm nicht, dass die anderen sich für die nächste Runde bereitmachten. Er hielt sich gut, doch diesen Kampf konnte er nicht gewinnen; nicht allein gegen sechs.

»Zander! Wir müssen gehen. Sofort!« Titus sprang mitten ins Getümmel, sein Schwert durch Fleisch und Knochen treibend, und dezimierte die Angreifer. Zander hörte Schreie und Kreischen, Ächzen und klatschende Fausthiebe auf Haut. Verdammt, ihm blieben nur Sekunden, bis Titus diese Schlacht für sie entschied, und noch war er nicht ausreichend verwundet.

Zorn regte sich tief in seiner Brust – wie so oft. Und dann fiel es ihm ein, als er gerade zwei weitere hässliche Kreaturen niedermetzelte. Die Lösung war so einfach.

Hör auf zu kämpfen.

Titus konnte sich selbst schützen. Auf diesem Berg gab es keine Halbblute zu schützen, niemanden, den sie in Sicherheit bringen mussten. Falls es brenzlig wurde, konnte Titus ein Portal öffnen und sich zurück nach Argolea retten. warum also kämpfte Zander hier, wenn er doch die Chance hatte, es ein für alle Mal zu beenden?

Ehe er es sich anders überlegen konnte, ließ er seine Waffe fallen, stellte sich gerade hin und sah die drei Dämonen an, die ihn umringten. Sie wirkten genauso benommen und blutig vom Kampf, wie Zander sich fühlte, waren indes noch lange nicht fertig. Jeder von ihnen verfügte über die Kraft von zehn Männern, und sie strahlten eine Bösartigkeit aus, die keinerlei Zweifel daran zuließ, dass sie ihn töten würden.

Ja, genau wie er es wollte.

Zander breitete die Arme aus und schloss die Augen. Schweiß lief ihm über die Stirn, vermischte sich mit dem Blut und anderem auf seinem Gesicht, über das er lieber nicht nachdenken wollte. Stattdessen klärte er seinen Geist und dachte an … nichts. Köstliche Leere war alles, was er sich noch wünschte.

»Du verfluchter Scheißkerl!«

Jemand rammte in ihn hinein und warf ihn um, wobei er mit dem Kopf gegen Fels schlug. Als er jedoch seine Augen öffnete, erkannte er, dass nicht etwa ein Dämon auf ihm lag, sondern Titus.

Die Augen des Argonauten sprühten Funken. Hinter ihm knurrten die Dämonen.

»Du Arsch, runter von mir!«, schimpfte Zander und wehrte sich gegen ihn, während ein vertrauter, unkontrollierbarer Drang in ihm wütete. Was hatte Titus denn vor?

»Dich retten, du Hurensohn.«

Bevor Zander begriff, dass Titus wieder einmal seine Gedanken gelesen hatte, legte der Argonaut seine Unterarme zwischen ihnen beiden zusammen. Nun drückten Titus' Ellbogen in Zanders Rippen, doch was machte das schon? Wichtig war einzig, dass Titus seinen Plan durchkreuzte.

»Nein!«

Titus hatte die Hände zusammengelegt, und jene Zeichnungen, die von seinen Unterarmen bis hinunter zu den Fingern verliefen, begannen zu leuchten. Ein Blitz zuckte, als sich das Portal öffnete. Dann fühlte

Zander nur noch Luft, als sie beide durch den Raum gewirbelt wurden.

Er landete rücklings auf hartem, kaltem Stein und wusste auch ohne hinzusehen, dass sie im Torhaus waren, dem Eingang von Argolea. Seine unsanfte Landung allerdings bescherte ihm keine Sterne vor den Augen; die verdankte er dem mächtigen rechten Haken, den er kassierte.

»Du gottverdammter Hurensohn!« Titus schlug ihn abermals, fest genug, dass es ihm vorkam, als klapperte seine Schädeldecke.

»Titus! Das reicht!«

Titus wurde mit einem Knurren von ihm weggerissen. Wie aus der Ferne nahm Zander Stimmen wahr, Therons und Demetrius', sowie noch weitere Flüche, meistenteils von Titus. Dann lachte Gryphon ihm ins Ohr. »Gut gemacht, Z. Was hast du getan, das ihn derart in Rage bringt?«

Ach, egal! War es nicht wieder typisch, dass ausgerechnet jetzt alle Argonauten im Torhaus versammelt waren?

Starke Arme hakten ihn unter, und ein schneidender Schmerz jagte durch seinen linken Arm, als Gryphon ihn aufsetzte, doch Zander schüttelte ihn einfach ab. Als er die Lider hob und sich in der großen Halle mit dem hohen Deckengewölbe umschaute, sah er Demetrius, der Titus mit eisernem Griff zurückhielt, und Theron, der auf den aufgebrachten Argonauten einredete.

Das Portal glühte und schloss sich hinter ihnen. Titus blickte an Therons massigen Schultern vorbei zu Zander und versuchte, sich Demetrius zu entwinden.

Zander wies Gryphons Hilfe ab und stand auf. Wut

brodelte in ihm, zerrte an seiner Selbstbeherrschung. Zum Hades mit allem. Zum Hades mit Titus, mit diesem verdammten Krieg und seinem unendlichen Leben. Zum Hades mit all den Argonauten und ihren ewigen Einmischungen.

»Wegen deiner beknackten Todessehnsucht wäre ich um ein Haar aufgefressen worden!«, brüllte Titus.

»Sei nicht so eine Memme«, konterte Zander, der das Gefühl hatte, seine Schulter wäre gebrochen; ein oder zwei Rippen ebenfalls; und er hatte recht viel Blut verloren, aber leider spürte er gleichzeitig, dass sein Körper bereits zu heilen begann. »Du kannst deinen erbärmlichen Hals doch jederzeit mit diesem Lichterspektakel retten, das du eben veranstaltet hast.«

»Genug!« Zorn loderte in Titus' Augen auf, dann riss er sich von Demetrius los. »Dafür fordere ich deinen Kopf, du kranker Vollidiot.«

Zanders Adrenalin pulsierte in freudiger Erwartung eines neuerlichen Kampfes. Und die Wut, die er so sorgsam einzudämmen bemüht war, kochte über. Er streckte beide Arme zur Seite. »Nur zu, Arschloch.«

Titus bewegte sich blitzschnell und war fast auf Zander, ehe Theron ihn von hinten packen konnte. »Ich sagte, es reicht!«

Der Anführer der Argonauten schleuderte Titus durch den Saal, als wöge er nichts. Titus krachte mit einem unschönen Knacken von Stein und Knochen gegen eine Säule ein Stück entfernt, rutschte an dem glatten Marmor hinunter und blieb liegen.

»Memme«, murmelte Zander. »Mehr kannst du nicht bieten?«

»Du!« Theron drehte sich zu Zander. »Nach dem,

was du getan hast, sollte ich dich von ihm in Grund und Boden prügeln lassen.«

Oh ja, der großmäulige Titus hatte längst alles ausgeplaudert. »Dann lass ihn doch«, sagte Zander bissig.

Theron stellte sich dicht vor Zander, und obgleich Zander nichts abhalten konnte, Titus in Rage zu bringen, war er doch hinreichend bei Verstand, es bei Theron lieber nicht zu tun. Als direkter Nachfahre von Herakles, dem größten aller Helden, war Theron stark genug, Zander sämtliche Gliedmaßen einzeln auszureißen und ihm Pein zu bereiten, wie er sie nie gelitten hatte – mit einer einzigen Ausnahme.

»Reiß dich besser am Riemen«, warnte Theron ihn so leise, dass Zander ihn kaum hören konnte. Was beabsichtigt war. »Finde jemanden, für den es sich zu leben lohnt, oder trenn dich für immer von den Argonauten. Denn ich erlaube nicht, dass einer meiner Wächter in Gefahr gebracht wird. Haben wir uns verstanden?«

In Zanders Brust herrschte plötzlich Eiseskälte. Die Argonauten verlassen? Ausgeschlossen. »Ja, haben wir.«

Theron blickte auf. Hinter ihm öffnete sich das Portal sirrend ein weiteres Mal. Cerek und Phineaus kamen hindurch, Schneeflocken hafteten ihnen im Haar und an den Schultern. Die beiden blickten verwundert in die Runde.

»Das hoffe ich«, sagte Theron. »Es ist mir ernst, Zander. Jede Loyalität hat ihre Grenzen, und wenn ich muss, werde ich deinen Ausschluss durchfechten.«

Einen Argonauten aus der Truppe auszuschließen war kein einfacher Vorgang. Er bedurfte der Zustimmung des Königs, des Rates und bedeutete gewaltige Mengen Papierkram, an den Zander nicht einmal denken wollte. Vor allem aber kam ein Ausschluss einem Todesurteil gleich, verlor der Betreffende doch nicht bloß seine Arbeit, sondern seine Identität.

Was nicht einmal das Schlimmste wäre, wie Zander erst jetzt aufging, als er seinen Anführer ansah. War er kein Argonaut mehr, durfte er auch nicht mehr durch das Portal in die Menschenwelt und verlor damit den einzigen Lichtblick in seinem gottverdammten Leben.

»So weit wird es nicht kommen.«

Theron bedachte ihn mit einem strengen Blick, bevor er sich an die übrigen Argonauten wandte. »Der König hat eine Versammlung einberufen.« Er sah zu Titus, der sich wieder aufgerappelt hatte und den Putz und Staub von seinen Kleidern klopfte. »Ihr habt fünfzehn Minuten, euch frischzumachen und zur Burg zu kommen.« Wieder zu Zander gewandt, fügte er hinzu: »Und die Zeitvorgabe ist nicht verhandelbar.« Mit diesen Worten stampfte aus dem Torhaus – 280 Pfund äußerst gereizter Argonaut.

Angespannte Stille trat ein. Der Erste, der nach ihm ging, war Demetrius; ihn hatten die anderen noch nie gekümmert. Als Nächstes folgten Cerek, Gryphon und Phineus, so dass am Ende wieder Zander mit Titus allein blieb.

Und nun, da sich sein Zorn gelegt hatte, war es wohl oder übel an ihm, das Eis zu brechen, nur wusste er nicht, was er sagen sollte. Entschuldigungen waren noch nie seine Stärke gewesen, nicht einmal wenn er einsah, dass er sich wie ein totaler Idiot aufgeführt hatte.

Mit polternden Schritten durchquerte Titus den Saal Richtung Ausgang.

»Warte, T.«

»Lass es gut sein, Zander. Ich bin nicht in der Stimmung für deinen Blödsinn. Wir alle, auch ich, tragen unsere eigene Hölle in uns, mit der wir fertig werden müssen. Aber das ist dir bislang nicht in den Sinn gekommen, nicht wahr? Du denkst nur an dich selbst.«

Als er allein war, stieß Zander einen langen Seufzer aus. Die Portalwachen hatten ihm den Rücken zugekehrt und bemühten sich, nicht auf ihn zu achten. Was nicht weiter verwunderlich war. Inzwischen dürfte sich der kleine Tumult bis zum Rat herumgesprochen haben, was Zander indes einen feuchten Dreck scherte. Letztlich entschied der König, was mit den Argonauten geschah, nicht der Rat. So war es immer gewesen, und so würde es immer sein.

Nach wie vor nicht willens, sich zu den anderen zu gesellen, lungerte Zander im Torhaus herum, dessen klobige Marmorarchitektur mit den hohen Säulen zu beiden Seiten dem Hermestempel von Arkadien nachempfunden war. In der Mitte befand sich das Portal, jene Schwelle zwischen zwei Welten, umrahmt von festem Stein. Zanders Blick fiel auf die Worte, die in den Stein gemeißelt waren und die er Tausende Male gelesen hatte, ohne sie je wirklich aufzunehmen.

Dies ist die Grenze zwischen den Welten, bewacht von dieser Seite, durch heiliges Land geschützt von der anderen. Wer sie überschreitet, tut dies auf eigene Gefahr. Doch seid gewarnt vor der Passage, lädt sie doch die Überbringer von Albträumen, die Hüter des Wahns im steten Fluss von Licht und Schatten ein. Und immerfort lauert euch der Dieb an der Pforte auf, der den unsterblichen Göttern dient.

Lief nicht alles auf sie hinaus: die verdammten Götter und deren Unsterblichkeit? Auf das, was Zander besaß, aber gar nicht wollte? Der Gang durchs Portal bereitete ihm nie Sorge, weil er wusste, dass er immer wieder zurückkam. Andere hingegen nicht. Solche wie Titus. Jedes Mal, wenn seine Gefährten die Schwelle übertraten, setzten sie ihr Leben aufs Spiel, und dennoch taten sie es ohne zu zögern, um ihrer Art willen.

Ein bleiernes Gewicht drückte ihm auf die Brust. Ja, Theron mochte recht haben. Vielleicht sollte Zander sich zusammennehmen und aufhören, die anderen mit seiner finsteren Dauerstimmung zu bedrücken. Dann war er eben alt und sein Leben die Pest, na und? Schließlich ging es ihm nicht erst seit gestern so. Wie es aussah, war der Tod jedenfalls keine Option, und von den Argonauten ausgeschlossen zu werden, war das Letzte, was er wollte. Folglich musste er etwas finden, wofür es sich zu leben lohnte, und das schnell – bevor Theron seine Warnung wahrmachte und ihn für alle Zeiten rauswarf.

Das Problem war nur, dass ihm beim besten Willen nicht einfiel, was das sein könnte.

Callia blickte sich im königlichen Studierzimmer um. Sämtliche Wände waren von Bücherregalen eingenommen, die vergoldete Decke mindestens drei normale Stockwerke hoch. Hinter dem antiken Schreibtisch, der bis auf eine Lampe in der rechten vorderen Ecke leer war, gewährten große Erkerfenster freie Sicht auf weiche grüne Hügel und einen schimmernden See in weiter Ferne.

Der Raum roch nach Tabak und Leder, war angenehm gewärmt und verfügte über eine hübsche Sitzgruppe aus drei Ledersofas vor dem großen Kamin, die einluden, in ihnen zu versinken. Callia wusste, wie herrlich sie waren, seit sie einmal nachts in einem von ihnen versunken war. Damals hatte die ganze Burg geschlafen, und Callia war nicht allein gewesen. Heute trübte nichts ihre Stimmung so verlässlich wie die Erinnerung an jene Stunden.

»Brauchst du sonst noch etwas?«, fragte Isadora, auf deren Frage hin Callia sich erschrocken umdrehte. Die Prinzessin stand in der Tür. Ein seltsamer Ausdruck lag auf ihrem Gesicht, als fürchtete sie sich, den Boden mit dem königlichen Siegel zu betreten.

Es ist reine Routine. Du bist schon Tausende Male hier gewesen, und es macht keinen Unterschied, dass du diesmal einen Argonauten vor dir haben wirst. »Nein, es müsste alles bestens sein.«

»Na schön, dann sollten wir zurückgehen.« Doch Isadora machte keinerlei Anstalten, sich zu rühren, und ihre Augen wirkten beinahe gefühllos, als widerstrebte ihr nichts so sehr wie zurückzugehen.

Schwankend zwischen dem Wissen, dass es sie nichts anging, und der Gewissheit, dass sie es bereuen würde, sollte sie den Mund halten, platzte Callia heraus: »Weigere dich, Isadora.«

Langsam blickten Isadoras braune Augen zu ihr auf, und Callia stockte der Atem. Nein, sie wirkten keineswegs emotionslos. Vielmehr sahen sie tot aus, als hätte Isadora jedwede Hoffnung aufgegeben.

»Es würde nichts nützen.«

»Doch, würde es«, widersprach Callia, die nicht sicher war, warum sie der Prinzessin so dringend helfen wollte. »Wehr dich. Beweise ihm, dass er im Unrecht ist, dass sie es alle sind.«

Isadora verzog keine Miene, und in Callia regte sich ein ungutes Gefühl. Was war mit der Prinzessin passiert? So dürfte sie nicht sein, nur weil ihr Vater sie bevormundete.

»Halte dich aus Dingen heraus, die dich nichts angehen.«

Ohne eine Antwort von Callia abzuwarten, drehte sie sich um und ging. Callia war für einen Moment sprachlos. Aber wahrscheinlich hatte die Prinzessin recht. Es ging sie nichts an. Ja, sie hatte Mitleid mit der *Gynaíka,* aber im Grunde war es närrisch, sich um jemand anderen zu Sorgen, hatte Callia doch sehr viel größere Probleme.

Also stellte sie ihre Tasche ab und folgte Isadora zurück in die Gemächer des Königs, dankbar, dass wenigstens vorübergehend das Summen in ihrem Kopf nachließ. Sie schafften es bis zur großen Treppe, dann wurde Callia von Stimmen gestoppt, die von unten heraufdrangen.

Männliche Stimmen. Alle von ihnen, wie der König befohlen hatte. Callias Magen machte eine Umdrehung, und Schweiß brach ihr aus, obwohl sie sich auf diesen Moment vorbereitet hatte, seit der König seinen Befehl erließ.

Theron führte die Gruppe an und verneigte sich rasch, als er die beiden oben an der Treppe im dritten Stock sah. »Isadora, Callia.« Seine dunklen Augen hielten bei Callia inne. »Wie geht es dem König heute?«

»Er hält sich.« Sie versuchte, sich auf seine Gesichtszüge zu konzentrieren, aber der Argonaut war riesig: über zwei Meter pure Muskelmasse, breite Schultern und Beine wie Baumstämme. Allein war er schon furchteinflößend, doch in Begleitung fünf weiterer Argonauten, die allesamt so groß und imposant waren wie er? Es war wie die Vorhut einer Flutwelle, die Callia zu ertränken drohte.

»Das ist gut«, sagte Theron. »Ich nehme an, er ist bereit, uns zu empfangen?«

Sie hätte geantwortet, wirklich, das hätte sie. Nur leider wanderten ihre Augen von selbst suchend die Gruppe hinter ihm ab, huschten über Demetrius und die anderen hinweg, bis sie am Ende Zander fanden. Er bildete den Schluss der Gruppe, drehte sich unten an der Treppe um und kam auf sie zu.

Okay, sich geistig auf die Situation vorzubereiten und tatsächlich im selben Raum mit ihm zu sein, waren definitiv zwei verschiedene Dinge. Sie holte erschrocken Luft, obwohl sie sich so fest vorgenommen hatte, genau so nicht zu reagieren. Aber es war nicht bloß er, der diese Reaktion hervorrief – zumindest redete sie sich das ein – es war das, was mit ihm geschehen war.

Sein Gesicht war auf der einen Seite von den Schläfen bis zum Kinn grün und blau geschlagen, und unzählige Schnitte und Schürfungen verunstalteten seine sonnengebräunte Haut. Während sein blondes Haar feucht und zurückgestrichen war, als hätte er sich eben erst Wasser ins Gesicht gespritzt, und sein weißes Hemd sauber und frisch gebügelt war, ließ sich nicht verkennen, welche Schmerzen er litt. Zudem hing sein linker Arm in einem merkwürdigen Winkel an ihm herunter.

Offenbar war er in der Menschenwelt gewesen, hatte gegen Dämonen gekämpft, wie es ihm von klein auf beigebracht worden war. Trotzdem schlug Callias

Herz schneller vor Angst um ihn, wie immer, wenn sie daran dachte, was ihm alles widerfahren könnte.

Was natürlich komplett idiotisch war, denn ihn kümmerte nichts so wenig wie der Gedanke, was ihm zustoßen mochte.

»Callia?«

Erst jetzt wurde ihr bewusst, dass Theron sie ansprach, und rasch sah sie wieder den Anführer der Argonauten an, der sie interessiert beäugte. Auf einmal bemerkte sie, dass auch die anderen sie komisch anguckten und sogar Isadora ihre Hände rang, verwundert ob der Szene.

»J-ja?«

»Der König?«, fragte Theron mit hochgezogenen Brauen.

»Oh, ja, stimmt.« Sie verdrängte die Flut von Gefühlen, welche Begegnungen mit Zander immer wieder lostraten, denn darin war sie im Laufe der Jahre richtig gut geworden, und wandte sich zu den Gemächern des Königs. »Er erwartet euch.«

Ihre Anspannung ließ nach, als die Männer ins Zimmer gingen, nur das verdammte Summen in ihrem Kopf nahm wieder zu.

Althea, die dem König geholfen hatte, sich mit Hilfe eines Kissenbergs halb aufzusetzen, huschte aus dem Raum, sowie sie die Argonauten sah, während sich Casey, die am Fenster stand, zu ihnen umdrehte. Callia bedauerte, kein Lavendel gegen ihren pochenden Kopf dabeizuhaben, und nahm ihren Platz in der hinteren Ecke ein, nahe genug beim König, falls er sie brauchte, und zugleich in angemessenem Abstand zu den anderen. Ihr entging Caseys warmes Lächeln beim Anblick ihres frisch angetrauten Ehemannes ebenso wenig wie das Aufleuchten in Therons Augen.

»*Meli.*« Theron schritt auf die Halbbluttochter des Königs zu, küsste sie auf Wange und Schläfe und wechselte leise einige Worte mit ihr. Während mehr und mehr Leute in den Raum kamen, verwandelte sich der furchteinflößende, finstere Theron in einen wirklich gut aussehenden Mann – eine Wandlung, die allein durch den Umstand bewirkt wurde, dass er Casey anlächelte und sie in seine Arme nahm.

Beim Anblick der beiden tat sich eine schmerzliche Leere in Callias Brust auf. Es hatte einmal eine Zeit gegeben, gar nicht lange her, da war sie von derselben überwältigenden, elektrisierenden Emotion beherrscht gewesen. Ihr Blick wanderte über die Gruppe hinweg zu Isadora, die an der Wand lehnte, gleichfalls in einigem Abstand zu den anderen und weit entfernt von jenem Glück, das ihre Schwester gefunden hatte. Dann sah sie wieder zu Zander, der sich dicht an der Tür postiert hatte, auf dass er bei der erstbesten Gelegenheit die Flucht ergreifen konnte.

Ja, dieses Gefühl kannte Callia nur zu gut. Ihr ging es nicht anders, wann immer sie ihm begegnete. Wut regte sich in ihr, weil er seinen Blick auf alles andere richtete, bloß nicht auf sie. Einiges von dem Bart, den er letztes Mal noch trug, hatte er mittlerweile abrasiert, und selbst grün und blau geprügelt, hatte er größere Ähnlichkeit mit Adonis als sein Vorfahr Achilles: bronzefarbener Teint, blondes Haar, muskulös und wunderschön. Er war der Älteste der Argonauten, der einzige, von dem das Gerücht ging, er wäre unsterblich. Und der einzige, von dem Callia einmal dummerweise geglaubt hatte, sie würde ihr Leben mit ihm verbringen.

»Ich will keine Umschweife machen«, begann der König und riss Callia aus ihren düsteren Gedanken. Seine Stimme war von der Krankheit geschwächt, aber fest. »Eine Einigung mit dem Rat scheint zusehends unmöglicher. Zwar haben sie bislang noch nicht offen gedroht, aber es ist durchgesickert, dass sie sich bereitmachen, in dem Moment zuzuschlagen, in dem ich hinscheide. Theron und ich mögen in jüngster Zeit manche Meinungsverschiedenheit gehabt haben.« Er neigte den Kopf in die Richtung, aus der er zuletzt Therons Stimme gehört hatte. »Doch wir beide stimmen überein, dass die Zukunft der Argonauten nicht in den Händen des Rats liegen darf. Lucian macht keinen Hehl daraus, dass er die Argonauten durch die Portalwachen ersetzen will. Ich muss euch gewiss nicht erklären, dass dies unseren Untergang bedeuten würde.«

Er musste pausieren, um zu verschnaufen. Theron senkte den Kopf und konzentrierte sich auf Caseys Hand in seiner, als wüsste er, was nun käme, und wollte es lieber nicht hören.

»So glücklich ich bin, dass Theron *eine* meiner Töchter geheiratet hat, macht diese Verbindung unsere Monarchie nicht weniger angreifbar für den intriganten Rat. Ich sehe keine andere Möglichkeit, als bei dem ursprünglichen Plan zu bleiben. Theron und ich sind uns einig, dass Isadora sich vermählen muss …«

»Du wusstest das?« Casey sah ihren Ehemann empört an.

»Schh, *Meli*«, sagte Theron und tätschelte ihre Hand.

»… und zwar mit einem der Argonauten«, fuhr der König fort, was Casey nicht zu beschwichtigen schien. Wütend sah sie zu ihrem Vater. Zum Glück bemerkte der König ihre Reaktion nicht. Genauso wenig wie er mitbekam, dass sich sämtliche Argonautenschultern anspannten. »Wir konnten uns leider nicht einigen, welcher von ihnen es sein soll. Doch als König fällt mir diese Entscheidung zu.«

Er holte Luft und schien einige Zentimeter zu wachsen, so dass er auf einmal wieder die majestätische Ausstrahlung bekam, die er ehedem besaß. Selbst auf dem Totenbett verkörperte dieser Mann Autorität. »Da Jasons Linie die zweitstärkste unter den Argonauten ist, fällt die Verantwortung an dich, Demetrius.«

Es wurde sehr still, und sämtliche Augen richteten sich auf Demetrius, der recht weit hinten in der Gruppe stand, eine Schulter an die Wand gelehnt, und dem Geschehen nur begrenzte Aufmerksamkeit schenkte.

Offenbar begriff er erst, was der König gesagt hatte, als ihm bewusst wurde, dass alle ihn ansahen. Blankes Entsetzen spiegelte sich in seiner Miene, bevor er die verschränkten Arme löste und sich von der Wand abstemmte. Mit zwei Metern zehn war er der Größte unter den Argonauten, und seine tiefliegenden Augen, die Callia oft seelenlos vorkamen, verfinsterten sich, als er den König anblickte. »Kommt nicht infrage.«

»Demetrius«, warnte Theron ihn leise, ließ Caseys Hand los und richtete sich ebenfalls zu voller Größe auf.

»Ich werde es nicht tun«, sagte Demetrius kopfschüttelnd, »und ihr könnte mich nicht zwingen. Keiner kann das.«

Festen Schrittes durchquerte Theron den Raum und baute sich vor dem riesigen Argonauten auf, der nun vor Verachtung und Zorn bebte. Callia schluckte und fragte sich, ob die anderen Frauen dasselbe dachten wie sie, nämlich dass jeden Moment eine Prügelei ausbrechen würde, wenn nicht rasch etwas unternommen wurde.

»Demetrius, weggetreten.«

»Ich binde mich nicht an *das*«, knurrte Demetrius, wobei er über Therons Schulter hinweg zum König sah und mit dem Finger auf Isadora wies. »Und Ihr bringt mich nicht dazu.«

Theron sagte etwas, das Callia nicht hören konnte – im Gegensatz zu Demetrius' Reaktion, die alle deutlich hörten. Vor allem Isadora, die in der Zimmerecke stand und noch mehr in sich zusammenschrumpfte.

»Werft mich aus der Argonautentruppe, wenn ihr wollt. Verbannt mich in die Menschenwelt, es ist mir gleich. Aber eines sage ich dir, Theron, ich werde *das* nicht heiraten! Eher sterbe ich.«

Theron klatschte eine Hand auf die Brust des Argonauten und stieß ihn nach hinten.

Oh nein, das war nicht gut, gar nicht gut.

Auf einmal redeten alle gleichzeitig: Casey, die auf die unübersehbar erschütterte Isadora zulief; Theron, der Demetrius für dessen verletzende Bemerkungen schalt; die anderen Argonauten, die sich gegenseitig Kommentare zu dem zuraunten, was hier geschah.

Der König hingegen blieb erstaunlicherweise stumm, bis eine Stimme hinten aus dem Raum rief: »Ich werde es tun.«

Und diese Stimme war Callia leider allzu vertraut.

»Wer hat das gesagt?«, fragte der König, der sich

zu den Argonauten drehte, obwohl er sie nicht sehen konnte.

Abermals trat Stille ein, und alle wandten sich zur Tür um. Sogar Theron und Demetrius unterbrachen ihr Wortgefecht.

Ein Knoten bildete sich in Callias Bauch, als sich die Menge vor ihr teilte und sie Zander dort stehen sah, der den König mit einem Ausdruck vollendeter Resignation anstarrte.

Nein, er konnte unmöglich …

»Ich tue es«, wiederholte Zander ruhig. »Ich heirate Isadora.«

Drittes Kapitel

Okay, das war nicht die Reaktion, auf die Zander gehofft hatte.

Keiner sprach ein einziges Wort. Und, oh ja, er hätte sich wahrlich von jener Klippe stürzen sollen. Wenigstens wäre ihm dann diese nervenzerfetzende Stille erspart geblieben, von den entgeisterten Mienen seiner Gefährten ganz zu schweigen.

Er verlagerte sein Gewicht von einem Fuß auf den anderen, stemmte die Hände in die Hüften und wartete. Mit jeder Sekunde, die in angespannter Stille verging, wuchs sein Unbehagen. Schließlich brach er das Schweigen. »Na gut, ihr müsst mir nicht alle auf einmal danken.«

Theron blickte über seine Schulter hinweg zum König. »Wir brauchen einen Moment.«

Ehe Zander etwas entgegnen konnte, schob Theron ihn mit einer Wucht hinaus auf den Korridor, dass Zander beinahe umkippte. Der Anführer der Argonauten sprach erst wieder, als sie außer Hörweite waren; dann allerdings kannte er keine Zurückhaltung mehr.

»Was zum Henker machst du denn?«

Zander bereute sein Vorgehen schon, als er mit dem Rücken gegen die Wand stieß. Nicht dass er von Theron überschäumende Euphorie erwartet hätte, weil er sich wie ein ganzer Mann verhielt. Theron hatte allen Grund, misstrauisch zu sein. Dennoch wäre ein kleiner Dank wohl nicht zu viel verlangt.

»Ich helfe.«

»Das ist kein Witz, Zander.«

»Ich sehe auch niemanden lachen.«

»Warum zum Hades machst du dich über die Situation lustig?«

»Ich mache mich nicht …«

»Skata!« Theron fuhr sich mit der Hand durch sein schulterlanges Haar. »Ich bin schon so wütend auf Demetrius, dass ich nicht mehr klar denken kann. Es ist mir unerträglich mitanzusehen, wie Isadora genötigt wird, jemanden zu heiraten, doch es gibt keinen anderen Weg. Nicht, wenn wir den Rat aus den Argonautenangelegenheiten heraushalten und verhindern wollen, dass Atalanta nach Argolea kommt. Und da brauche ich nicht noch dich, der Öl ins Feuer kippt und alles verdirbt, wenn ich …«

»Ich gieße kein Öl ins Feuer, Theron. Es ist mir ernst. Ich heirate sie.«

»Ernst? Dir?«, fragte Theron ungläubig. »Das bezweifle ich. Dies hier ist keine Übung, bei der du dich freiwillig meldest, um wiedergutzumachen, was vorhin passiert ist. Oder um das Wohlwollen des Königs zurückzugewinnen. Eine Ehe mit Isadora würde nicht enden, sowie dir langweilig wird und du zu deinen menschlichen Frauen zurückkehrst. Sie wäre für immer. Die Zeremonie bindet beide …«

»Ein Leben lang, ja, das habe ich schon kapiert. Aber seien wir ehrlich, wir reden hier über ihre Lebensdauer, nicht meine.«

Theron war sprachlos, und Zander holte tief Luft. Ja, er konnte nicht mehr zurück, nicht nachdem er sich einmal angeboten hatte. Und ein Teil von ihm wollte es auch gar nicht. »Isadora hat wie lange, fünfhundert Jahre? Das ist eine lange Zeit, aber gemessen an meinem Leben? Wahrscheinlich nichts, und das weißt du auch.«

»Zander, du bist nicht …«

»Unsterblich? Lassen wir das. Uns beiden ist klar, dass du unrecht hast.« Er hatte nicht vor, sich von Theron umstimmen zu lassen. »Demetrius will es offenbar nicht, und du kannst ihn nicht zur Heirat zwingen, wenn er so vehement dagegen ist. Außerdem ist er unberechenbar. Der Mann würde ihr selbst an guten Tagen eine Todesangst einjagen. Was denkst du, das er mit ihr macht, wenn die zwei allein sind? Willst du, dass ihr für den Rest ihres Lebens elend ist, oder, schlimmer noch, dass sie sich dauernd vor dem fürchtet, was er ihr hinter verschlossenen Türen antun könnte?«

»Nein.« Theron verzog das Gesicht und blickte hinab auf seine Stiefel. Ihm widerstrebte die Vorstellung anscheinend ebenso wie Zander. »Selbstverständlich will ich das nicht. Demetrius ist der letzte Wächter, den ich für sie aussuchen würde, doch der König hört nicht auf mich.«

»Auch keiner der anderen will sie«, sagte Zander ruhig. »Das war ihnen deutlich anzusehen. Lass mich es übernehmen. Ich möchte es, und ich bin der Einzige, der nichts zu verlieren hat.«

»Zander«, begann Theron vorsichtig und sah Zander in die Augen, »falls du Isadora heiratest, opferst du eine große Chance.«

»Welche? Meine Seelenverwandte zu finden?«, höhnte Zander. »Die hatte ich bereits gefunden, Theron, vor Jahren. Nur wollte sie mich nicht.« Therons mitleidiger Ausdruck brachte Zander beinahe zum

Lachen. Schließlich hatte er gelernt, den Schmerz tief in seiner Brust zu ignorieren. »Weißt du noch, Heras Fluch über den Argonauten, der seine Seelenverwandte findet und sie verliert, um fortan nichts als eine leere Hülle zu sein? Der ist kein Mythos, denn ich erlebe ihn am eigenen Leib. Vor ihr wusste ich gar nicht, dass mir etwas fehlte; seither aber ist es, als würde sich derselbe endlose Tag immerzu wiederholen, und ich bringe ihn einfach nicht hinter mich. Und weißt du noch was? Ich bin es gründlich leid.«

»Zander …«

Das Mitgefühl, das in Therons Stimme mitschwang, war zu viel des Guten. Ungeduldig wischte sich Zander über die Stirn. Wenn er das Gespräch nicht bald in andere Bahnen lenkte, würde er Theron am Ende den wirklich hässlichen Mist erzählen, der geschehen war, und das wollte er ganz gewiss nicht. Diese Dinge sollte er für sich behalten. Sie waren seine Sache.

»Hör zu, du hast mir gesagt, ich soll mir etwas suchen, für das es sich zu leben lohnt. Das versuche ich gerade.« Er nahm seine Hand herunter. »Das Einzige, was mir dieser Tage etwas bedeutet, ist das Kämpfen, was mir, falls ich so weitermache wie bisher, nicht lange bleiben wird. Keiner sonst will sich auf diese Heirat einlassen, und ich kann es. Also, sag Ja. Bewahre die anderen davor, ein Opfer zu bringen, dem sie, wie dir wohl bewusst ist, nicht gewachsen sind, und sag dem König, du würdest meine Vermählung mit Isadora unterstützen. Damit wäre die Geschichte vom Tisch.«

Theron betrachtete ihn so lange, dass Zander unsicher wurde, ob der Argonaut ihn gehört hatte. Sein Herz pochte schnell und hart, während er wartete. Sollte Theron ablehnen … Zander wusste nicht, was er dann tat. Ihm war, als hätte man ihm soeben eine Rettungsleine hingeworfen, etwas, das ihm Halt, einen Grund zum Leben gab und ihn aus dem ewig gleichen Einerlei erlöste. Und Theron allein hatte die Macht, diesen einen Funken Hoffnung, den Zander seit Jahren erblickte, zu zertrampeln.

Endlich sagte Theron: »Der König will Erben. Nur deshalb zwingt er Isadora diese Heirat auf.«

»Ist mir klar.«

»Und dazu bist du bereit?«

War er es? Das hieße, Sex mit einer Argoleanerin haben, *nicht* mit einer menschlichen Frau. »Muss ich wohl sein, oder?«

»Er würde dir untersagen, zu kämpfen. Der König nähme dich aus dem Dienst und würde dich verpflichten, Argolea nicht zu verlassen, ehe sie guter Hoffnung oder ein Erbe geboren ist.«

Das hatte Zander nicht bedacht. »Okay, ja, ich schätze, das ist nachvollziehbar.«

»Und dann wäre da die Frage deiner … Manneskraft. Du hast im Laufe der Jahre einiges an Prügel eingesteckt.«

Dies war Therons höfliche Art, Zander zu sagen, er könnte einen Tritt zu viel in die Eier abbekommen haben. Doch zumindest in diesem Punkt war Zander sich absolut sicher. Er lachte schnaubend. »Ich bin durchaus zeugungsfähig, keine Sorge.«

»Woher weißt du das?«

»Weil ich diese besondere Magie schon einmal gewirkt habe.«

Theron zog die Brauen zusammen. »Du hast ein Kind?«

Hatte wäre korrekter – oder *hatte beinahe*. Es versetzte ihm einen Stich. »Nicht mehr.«

»*Skata.* Zander …«

Nein, nur wurde dieses Gespräch entschieden zu vertraut für Zanders Geschmack. »Die warten auf uns. Sag Ja, Theron.«

Der Argonautenführer seufzte. Man sah ihm deutlich an, wie er mit sich rang. Er wusste besser als alle anderen, welches Opfer Zander brachte, war er doch der einzige andere, der seine Seelenverwandte gefunden hatte. Und offensichtlich genügte der Gedanke, er könnte Casey verlieren, ihn um den Verstand zu bringen. »Du kannst nicht mehr zurück. Sowie die Zeremonie stattgefunden hat, ist es endgültig, darf es keine andere außer ihr geben.«

»Ich weiß.«

»Bist du bereit, diese Verpflichtung Isadora gegenüber einzugehen? Obwohl sie noch … da ist?«

Zander dachte an die »Sie«, die Theron meinte, und fragte sich, wie der Argonaut reagieren würde, sollte er erfahren, dass die Betreffende sogar im Raum nebenan war. Dann dachte er an all die Jahre, die er sich gewünscht hatte, alles könnte anders sein, sie könnte sich anders entscheiden – für ihn und gegen ihren dominanten Vater. Oder dass er über ihren Verrat hinwegkommen und ihr verzeihen könnte. Aber er konnte es nicht. Jedes Mal, wenn er Callia ansah, nahm er weder ihre Schönheit noch die Macht wahr, die sie besaß, sondern sah nur, was sie getan hatte. Und die Erinnerung daran war heute so schmerzhaft wie am ersten Tag.

»Bin ich«, sagte er voller Überzeugung; wahrscheinlich sogar überzeugter, als es Theron verlangen würde. Andererseits galt seine Überzeugung auch weniger Theron. Vielmehr überzeugte er sich selbst von dem, was er vorhatte.

»Isadora wird niemals deine Seelenverwandte sein, Zander.«

»Und deshalb möchte ich die Bindung zu ihr eingehen.«

Theron wandte sich zur Tür um und rieb sich übers Gesicht, als wäre er erschöpft. Dann atmete er sehr langsam aus. »Na gut, meine Unterstützung hast du. Die Entscheidung liegt natürlich beim König.« Er sah zu Zander zurück, halb mitleidig, halb respektvoll, und es hatte etwas seltsam Beruhigendes. Dann legte er Zander eine Hand auf die Schulter. Die Argonautenzeichnungen, die uralten griechischen Zeichen, die sich über seine Arme bis zu den Fingern hinunter zogen, exakt wie bei Zander und den übrigen Argonauten. »Meine Hochachtung und mein Dank. Was du tust, tust du für uns alle. Ich werde es nicht vergessen. Keiner von uns.«

Das Gefühl, das sich in Zanders Brust regte, war ihm fremd. Es war keine Freude oder gar Glück, denn er war weder erfreut noch glücklich. Nein, dies war anders. Es war warm und wohltuend, und es breitete sich aus seinem Innern in seinen ganzen Körper aus.

Es war ... Stolz, jetzt erkannte er es. Zum ersten Mal seit sehr langer Zeit war er stolz, weil er etwas für andere tat, für seine Leute, zum Schutz ihres Lebens. Und es fühlte sich gut an. Verdammt gut, denn es bedeutete, dass er nicht mehr wie betäubt war.

Leider hatte er auf einmal einen peinlichen Kloß im Hals, so dass er nur nicken und Theron zurück in die königlichen Gemächer folgen konnte.

Drinnen verstummten erneut alle, sowie sie eintraten, und Zander beantwortete die erwartungsvollen Blicke seiner Gefährten mit einem angedeuteten Kopfnicken. Er sah jedoch nicht zu Callia, die unweit vom Bett des Königs stand. Das konnte er nicht; und er redete sich ein, dass es gut so war. Denn seine Vergangenheit mit ihr endete hier und jetzt. Seine Zukunft – für die nächsten fünfhundert Jahre mindestens – war der *Gynaíka* auf der anderen Seite des Raumes bestimmt. Der Frau, die er heiraten, mit der er das Bett teilen und die er schwängern würde, und zwar alles binnen der nächsten Woche.

Bei diesem Gedanken zog sich ihm der Magen zusammen, doch er hob den Kopf und ließ Theron das Notwendige übernehmen.

»Eure Hoheit«, sagte Theron, dessen tiefe, kräftige Stimme Zanders Schicksal besiegeln sollte, »ich empfehle Euch, Eure Wahl zu bedenken. Zander hat meine volle Unterstützung als der Wächter, der am besten geeignet ist, Isadora zu ehelichen.«

Keiner sprach ein Wort. Hinter sich konnte Zander Demetrius hören, der Atem holte und ihn anhielt. Ihm gegenüber waren Isadora und Callia, die ihn anstarrten. Der König runzelte die Stirn, überlegte offensichtlich, welche Möglichkeiten ihm blieben. Und er wirkte alles andere als ekstatisch.

Sag einfach Ja. Schweißperlen traten auf Zanders Stirn, als er abwartete. Ihm fiel die Unterhaltung wieder ein, die er vor Wochen mit dem König geführt hatte, als Theron im Begriff gewesen war, sich von den Argonauten zu verabschieden. Der König war sehr unerfreut darüber gewesen, dass Zander sich auf Therons Seite schlug. Und nun schien er noch viel unglücklicher. Sollte er Zander vorwerfen, was er an jenem Tag sagte …

Sag einfach Ja.

Die Spannung war schon unerträglich, da sprach der König endlich: »So sei es.«

Erst jetzt bemerkte Zander, dass auch er die Luft angehalten hatte, und er atmete aus, fast zeitgleich mit Demetrius, der hinter ihm stand.

»Die Bindungszeremonie von Zander und Prinzessin Isadora wird in sieben Tagen stattfinden«, verkündete der König. »Am Vorabend des Vollmonds. Ihr dürft gehen.«

Geschlossen wandten sich alle Argonauten zum Gehen. Um Zander herum waren lauter murmelnde Stimmen zu hören, von denen nur eine laut genug wurde, dass Zander sie verstand, und das war die von Demetrius: »Ich stehe in deiner Schuld, Z.«

Abermals empfand Zander diesen wohltuenden Stolz, obgleich ihm der Gedanke an das, was ihm bevorstand, wie ein Eisklotz auf sein Herz drückte.

Er tat das Richtige, das Einzige, was er konnte. Er bewahrte die anderen vor etwas, das sie nicht wollten, und rettete dabei hoffentlich auch einen kleinen Teil von sich.

Als er sich mit den anderen umwandte, rief der König nach ihm. »Zander!« Er drehte den Kopf zum Bett. »Enttäusche mich nicht, denn die Folgen wären fürchterlich.«

Und wieder jemand, der sich mit schlichter Dankbarkeit schwertat. Zander verneigte sich, um zu bedeuten, dass er den König gehört hatte, doch sein Stolz geriet ins Wanken.

»Ehe du wieder deinen Pflichten nachgehst«, fuhr

der König fort, »findest du dich in meinem Studierzimmer ein, wo du einer gründlichen Untersuchung durch meine persönliche Heilerin unterzogen wirst. Solltest du die Überprüfung bestehen, wird die Bindungszeremonie wie geplant stattfinden. Falls nicht, wähle ich einen anderen Argonauten. Du kannst wegtreten.«

Zanders Blick fiel sogleich auf Callia, die den Boden anstarrte, als könnte er sie jeden Moment anspringen und beißen.

Bei allen Göttern des Olymp! Hatte er dieses Joch nicht auf sich genommen, um sie endgültig hinter sich zu lassen? Jedenfalls nicht, damit sie eine Gelegenheit bekam, seinen nackten Leib zu betatschen. Und, heiliger Hades, sein Blut wurde bei dieser Vorstellung nicht bloß warm. Noch viel weniger bei dem Gedanken, dass es ihre letzte Begegnung unter vier Augen sein könnte.

Callia wartete, solange sie konnte. Die Argonauten verließen den Raum, und auch Casey und Isadora gingen. Danach ließ Callia sich Zeit, den König richtig zu betten, schob den Moment auf, in dem sie mit Zander nach unten gehen musste.

Als er sich schließlich zur Tür wandte, schluckte sie. Oh, Götter! Er band sich an Isadora. In ihren wildesten Träumen hätte sie nicht damit gerechnet.

»Solltest du bei deiner Untersuchung etwas auch nur entfernt Bedenkliches entdecken, Callia«, sagte der König, »will ich es umgehend wissen. Hast du mich verstanden?«

Sie bejahte stumm, obwohl ihr nach Schreien zumute war. Zander band sich an eine andere; und nun musste sie mit ihm in jenes Zimmer gehen, ihn nackt sehen, ihn berühren, sich an alles erinnern, was sie miteinander getan hatten – und daran, was danach geschah.

Sie war so tief in Gedanken, dass sie gar nicht bemerkte, wie der König ihr Handgelenk umfasste. Erst als sie sich abwenden wollte und es nicht konnte, wurde ihr bewusst, dass sie festgehalten wurde. Sie sah den König an, dessen veilchenblaue Augen auf sie fixiert waren. Violette Augen, die sie unmöglich sehen konnten und sich dennoch auf sie richteten.

Er sagte nichts, blickte sie einfach nur an, als suchte er nach … etwas. Schließlich sagte er: »Deine Mutter war eine große Heilerin, Callia, feurig im Denken wie im Leben. Lange Zeit diente sie als königliche Heilerin, und zum Verdruss deines Vaters war sie sehr gut. Ich erkenne vieles von ihr in dir wieder, und es freut mich, dass du ihre Arbeit fortführst, auch wenn dein Vater sich anderes für dich gewünscht hätte. Aber deine Kräfte sind denen deiner Mutter noch weit überlegen, und du hast eine strahlendere Zukunft vor dir, als sie jemals hatte.« Als Callia etwas erwidern wollte, winkte er ab. »Nein, es ist wahr, und im Grunde deines Herzens weißt du es.«

Sie sah ihn nur stumm an, weil sie nicht sicher war, was sie sagen oder tun sollte.

»Callia, meine Liebe, mir ist durchaus vertraut, wie es ist, wenn man sich etwas wünscht, das man nicht haben kann, aber auf dieser Welt zählt einzig, was wir zurücklassen. Das war auch deiner Mutter bewusst. Verhindere nicht, was sein könnte, indem du nach etwas verlangst, das nie sein kann. Ein wahrer Anführer stellt seine persönlichen Bedürfnisse zugunsten des Gemeinwohls zurück. Und er bringt Opfer, die am Ende alles rechtfertigen, was vorher kam.«

Ihr Puls pochte stärker, und sie spürte ein seltsames Kribbeln an ihrem Haaransatz, während sie den König betrachtete und sich fragte, wie er wissen konnte, was sie empfand. Wusste er von ihrer Vergangenheit mit Zander? Hatte ihm jemand erzählt, was zwischen ihnen gewesen war? Oder sprach er von Loukas, Lucians Sohn, jenem *Ándras*, der eines Tages den Rat der Zwölf leiten sollte und dem Callia schon als Kind versprochen wurde?

»Ich … bin keine Anführerin, Majestät.«

Der Ausdruck in seinen Augen wurde eine Nuance weicher, gerade genug, um Callia zu verraten, dass er mehr wusste, als sie erwartet hätte. »Noch nicht. Aber eines Tages vielleicht.«

Dann ließ er sie ebenso unvermittelt los, wie er ihre Hand vorher ergriffen hatte, lehnte sich in die Kissen zurück und schloss die Augen. Offenbar hatte ihn die letzte Stunde sehr viel Kraft gekostet. Fort war alle Sanftmut und Weisheit, als er sagte: »Berichte mir, nachdem du bei Zander warst. Ich will dringend wissen, ob er Erben zeugen kann. Bevor ich dieser Verbindung zustimme, muss ich mir seiner Manneskraft sicher sein. Nach der Zeremonie gibt es kein Zurück mehr. Und gib der nutzlosen Althea Bescheid, dass ich nicht gestört werden will.«

Callia wurde flau, als sie den alten *Ándras* ansah, der ruhig einschlummerte, scheinbar sorglos. Der König erwartete von ihr …

Skata.

Sie hob eine zitternde Hand an ihre Stirn, wischte sich die Schweißperlen ab, die sich dort gebildet hatten, und wandte sich zur Tür. Diese Untersuchung nahm plötzlich die Züge einer persönlichen Folter an.

Beim Hinausgehen brodelten Angst und Wut in ihr. Nachdem sie Althea ausgerichtet hatte, was der König sagte, begab sie sich widerwillig zur großen Marmortreppe und hinunter in das Studierzimmer des Königs im ersten Stock.

Zum Teufel mit dem König! Callias schlechte Laune wuchs, als sie die unterste Stufe erreichte und um die Ecke zum Studierzimmer bog. Zum Teufel mit diesen politischen Winkelzügen! Und zum Teufel mit den Argonauten und ganz besonders Zander, der Gefühle in ihr weckte, die sie zehn Jahre lang mühsam verdrängt hatte. Sie wollte kein Opfer bringen, wollte nicht an Heirat oder Bindungen denken oder daran, das Richtige zu tun. Und vor allem wollte sie nicht allein mit dem einen Argonauten sein, der ihr Leben zerstört hatte.

Sie drückte die schwere Tür auf und sah Zander, der drinnen vorm Erkerfenster stand und sich zu ihr umdrehte. Die Nachmittagssonne ließ sein kurzes blondes Haar leuchten und umrahmte seinen muskulösen Körper, der Callia vertrauter war als jeder andere. Zander begrüßte sie nicht, wie er es überhaupt nie tat, und seine Miene zeigte keinerlei Reaktion auf sie – wie immer.

Wortlos wandte er sich wieder zum Fenster um.

Hinter Callia fiel die Tür ins Schloss, während sie bereits auf den Schreibtisch zuging. Ihre Schuhe klackerten auf dem Königssiegel, als sie den Marmorboden überquerte. Sie musste ruhig, kühl, professionell sein. So verhielt sie sich stets ihm gegenüber, egal wie gern sie etwas nach ihm werfen würde. Wenn er so tun wollte, als wären sie Fremde, konnte sie es auch.

»Zieh dich aus«, sagte sie und räumte die Lampe vom Mahagonischreibtisch, damit sie ihn als Untersuchungstisch benutzen konnte. »Vollständig.«

Blaugraue Augen richteten sich auf sie, deren Blick alles andere als Freude ob der Tatsache spiegelte, allein mit ihr zu sein. Als würde sie das interessieren!

»Ich entblöße mich nicht vor dir.«

Callia ignorierte das kleine Pochen, das seine tiefe Stimme in ihrem Herzen verursachte. »Dann dürfte es schwierig werden, dich mit der Prinzessin zu vermählen«, erwiderte sie und sah verächtlich zu seinen Hüften. Am liebsten würde sie ihm eine Wunde in die Brust reißen und eine ganze Wagenladung Salz hineinschütten. »Oder eben nicht, je nach Lage der Dinge. Es gehen Gerüchte, du könntest es nur mit menschlichen Frauen. Ob es dir gefällt oder nicht, der König möchte sichergehen, dass du deiner Aufgabe gewachsen bist, ehe er dich seine Tochter heiraten lässt.«

Ihr war bewusst, dass sie ihn wütend machte, doch sie konnte nicht anders. Zu vieles hatte sich angestaut, seit er ihr vor Jahren den Rücken zukehrte. Sie wollte, dass er genauso litt wie sie, dass dieser eiskalte Mistkerl etwas empfand, irgendetwas. Und da dies ihre erste Unterhaltung seit zehn Jahren war, verwunderte es gewiss niemanden, wie gründlich sie schiefging.

Callia konzentrierte sich auf seine Augen, die sich zusehends verfinsterten, und fühlte sich ein klein wenig besser, weil er endlich eine Gefühlsregung zeigte, auch wenn es sich um Wut und Verachtung handelte. »Natürlich kannst du dir die Unannehmlichkeit dieser Untersuchung ersparen, indem du schlicht zugibst, impotent zu sein.«

»Das würde dir gefallen, nicht wahr?«

»Nein«, entgegnete sie ernst. »Mir würde es gefallen, dies hier hinter mich zu bringen und zu gehen. Anders als du vielleicht glauben magst, Zander, dreht sich meine Welt schon lange nicht mehr um dich. Und jetzt zieh dich aus, oder ich sage dem König, dass er jemand anderen auswählen soll.«

Viertes Kapitel

Es gab Zeiten, in denen bittere Kälte ein Genuss sein konnte, weil zu frieren bedeutete, dass man noch am Leben war. Für Max war dies kein solcher Moment.

Er starrte zu dem zweieinhalb Meter großen Monster auf, das vor ihm stand. Blut, Schweiß und anderes, über das er lieber nicht nachdenken wollte, liefen ihm über die hässliche Fratze. Der Schauer, der Max durchfuhr, war teils den nordischen Oktobertemperaturen nahe null, teils der Angst geschuldet, die jede Faser seines kleinen Körpers erfasste.

Angetrieben von einer unsichtbaren Kraft, sprang Max zwischen die Beine des Dämons, schwang seine Klinge und hieb sie tief in dessen Oberschenkel. Mit einem Aufheulen ließ das Monster sein eigenes Schwert fallen und sank halb auf die Knie. Blut sprühte aus der anscheinend verwundeten Schlagader, bespritzte Max und den Boden um ihn herum. Max wurde schlecht, doch er holte erneut mit dem Schwert aus, bereit zum nächsten Schlag, um das hier zu beenden. Der Drang, seinen Gegner zu vernichten, war stärker denn je.

»Gut, gut, Maximus«, hallte Atalantas Stimme in seinem Ohr. »Lass dich von deinem Hass leiten. Erledige ihn. Bohr deine Klinge in seine Brust und enthaupte ihn, auf dass seine Seele für alle Ewigkeit zum Hades gejagt wird.«

Er wollte ja. Seine Muskeln verlangten schmerzlich danach, zu töten. Dennoch bewirkte der Stolz, den er in Atalantas Worten hörte, dass er innehielt.

Das Monster blickte auf, nun von Angesicht zu Angesicht mit Max. Da war Furcht, echte Furcht vor dem, was ihm geschehen könnte. Und in diesem Moment sah Max sein Spiegelbild in den Augen des anderen. Er sah das wochenlange Training, die Jahre der Hoffnungslosikeit und seinen eigenen Kampf ums schiere Überleben. Und er sah, dass Atalanta gewann.

Max warf sein Schwert ab und stolperte zurück. Es war ihm unmöglich, seinen Blick von dem Dämon vor ihm abzuwenden. Sie tauschten eine Art stumme, gegenseitige Respektsbekundung aus, und die Miene des Dämons signalisierte etwas wie Dank. Aber wahrscheinlich war es eher Erleichterung. Morgen hätte er sich wieder von seinen Wunden erholt und wäre bereit, Max abermals anzugreifen. Dann ginge der Kampf bis in den Tod.

»Weichling!« Atalanta rauschte an Max vorbei, hob sein Schwert auf und rammte es in die Dämonenbrust. Das Monster riss seine Augen weit auf, wollte nach der Waffe greifen, doch da zog Atalanta sie schon aus seinem Leib, holte aus und enthauptete die Bestie mühelos. Der groteske Kopf polterte unmittelbar vor dem Körper auf den Boden.

Max beobachtete alles, lief nicht weg, hielt nicht einmal den Atem an. Er hatte sie schon töten gesehen und würde es auch künftig wieder.

Nun drehte sie sich zu ihm um, beugte sich vor und kniff die nachtschwarzen Augen halb zu. »Ich bin deine Menschlichkeit leid, Maximus. Töten oder getötet werden, das ist die Welt, in der wir leben. Je eher du dich damit abfindest, umso früher kannst du deinen Platz an meiner Seite einnehmen.«

Sie war groß, annähernd zwei Meter, schätzte er, und mit ihrem pechschwarzen, hüftlangen Haar, der schneeweißen Haut, den dunklen Augen und den hohen Wangenknochen hätte manch einer sie gewiss hübsch gefunden. Max nicht. Aus der Nähe duftete sie nach Honig und Zuckerwatte, aber Max wusste, wie tödlich sie war. Ihre Schönheit war eine Maske, ihr Inneres hingegen so krank und verkorkst wie das der Dämonen, die ihr als Armee dienten. Und ihr Stachel war giftiger als der eines Skorpions.

»Ja, Maximus«, flüsterte sie. Ein zartes Lächeln trat auf ihre Züge, als sie sich noch näher zu ihm neigte. »Ich fühle deinen Hass auf mich. Du willst um dich schlagen, mir wehtun, aber du kannst nicht, weil ich deine *Materas* bin. Nähre dieses Gefühl, *Yios*, nähre und lenke es auf diejenigen, die mich geschaffen haben. Jene, die für dein gegenwärtiges Elend verantwortlich sind. Du weißt, dass die Argonauten die Wurzel allen Übels sind.«

Das Wort »Argonauten« sprach sie so nahe an seinem Ohr, dass dabei ihr heißer Atem über seinen Hals strich, unter den Kragen seines dünnen Hemds kroch. Die Übelkeit, gegen die er angekämpft hatte, stieg ihm in die Kehle, und er musste schlucken.

Mit triumphierender Miene richtete sie sich wieder auf. Allerdings war da neben ihrem Triumph auch Ekel, weil er sie abermals enttäuscht hatte.

Er starrte sie an, hielt den Blickkontakt, denn täte er es nicht, würde sie es als ein weiteres Zeichen von Schwäche auslegen. Sie hatte recht: Er hasste sie und wollte ihr wehtun. Was ihn davon abhielt, war jedoch nicht die Tatsache, dass sie seine Mutter war. Nein, es war jene Menschlichkeit in ihm, die Atalanta so sehr hasste und die sich nicht brechen ließe, solange er atmete.

Seine Mutter richtete sich in ihrem bodenlangen roten Gewand zur vollen Größe auf und blickte auf ihn herab. Mit ihrer makellosen Hand wies sie zur Festung auf der anderen Seite des kargen Feldes. »Geh jetzt, bevor ich es mir anders überlege und Thanatos erlaube, sich mit dir zu vergnügen.«

Obwohl er am liebsten gerannt wäre, drehte Max sich um und schritt betont ruhig über das gefrorene Feld, erhobenen Hauptes und mit gestrafften Schultern. Als er den riesigen Holzbau erreichte, flitzte er um die Ecke zum Dienstboteneingang hinten. Er kannte seinen Platz. Der größte Teil von Atalantas Armee war in der Kaserne im Wald untergebracht; dahinter ragten steile Berge auf. Einige »Auserwählte« residierten bei Atalanta im großen Haus: Thanatos, ihr Erzdämon, ein paar Bedienstete und Max.

Er betrat das Haus durch die Küche und stieg leise die wacklige Hintertreppe zum dritten Stock hinauf. Dieses gewaltige Haus hatte eher etwas von einer Wildhütte, war aber immer noch eine deutliche Verbesserung gegenüber der Unterwelt. Dort hatte Max nicht einmal sein eigenes Reich gehabt. Hier war es zwar durchgehend eiskalt, so dass seine Zehen gar nicht mehr aus ihrer Taubheit erwachten, doch zumindest hatte er mehr als eine Ecke, die er sein Eigen nennen konnte.

Nachdem sie aus Gründen, die Max nicht begriff, von Hades verbannt wurden, hatte Atalanta ihre Armee in diese bewaldete Einöde im Norden von British Columbia verlegt. Warum sie hier waren, wusste Max indes, nämlich weil es hier so einsam war. Außerdem wusste Max, dass dieses Haus und das Land drumherum früher einmal einem Ölbaron gehörten, der irgendwo in Alaska ein Vermögen gemacht hatte. Der Mann war nun tot, und die grausamen Einzelheiten seiner Verstümmelung blieben Max dank Thanatos lebendig im Gedächtnis. Die Leute aus der nahen Siedlung Fort Nelson hatten keine Ahnung, dass eine Halbgöttin aus der Unterwelt bei ihnen wohnte. Keinem von ihnen war bewusst, dass sie bald sterben würden, oder dass die Frau, die hier wohnte, einen Rachefeldzug plante, mit dem sie die Weltherrschaft an sich reißen wollte.

Max schmerzten die Oberschenkel, als er im dritten Stock ankam. Nach dem Kampftraining war er so müde, dass er kaum mehr geradeaus sehen konnte. Am Ende des langen Korridors, der das Stockwerk in zwei Hälften teilte, öffnete Max eine knapp einen Meter hohe Tür und duckte sich hindurch. Drinnen kletterte er eine staubige Holzleiter hinauf, bis er den Dachboden erreichte. Erst dann seufzte er erleichtert.

Am hinteren Ende des Bodens lockte sein Strohlager. Die schmutzigen runden Dachfenster gingen auf den überfrorenen, goldbraunen Trainingsplatz hinaus, nur sah Max gar nicht hin. Das tat er nie. Für ihn dienten die Bullaugenfenster einzig dem Zweck, Tageslicht in den schäbigen Raum zu lassen.

Er war schmutzig, voller Blut und Schweiß und brauchte dringend eine Dusche, doch die musste warten. Zuerst wollte er Trost, und den konnte ihm nur eine Sache spenden.

Er durchquerte den Raum. Die Decke auf seinem

Lager war entfernt worden – gewiss von einem Untergebenen Atalantas, der die Szene draußen mitangesehen hatte. Es war die Strafe dafür, dass er den Dämon nicht tötete, als sich ihm die Chance dazu bot. Wenn es etwas gab, das er täglich aufs Neue lernte, dann dass in dieser Welt nichts ohne Folgen blieb. Doch heute war es ihm egal.

Neben seinem Lager standen eine Schale mit frischem Wasser und ein Teller mit Brot. Bei dem Anblick knurrte ihm der Magen, trotzdem ignorierte er das karge Essen und ging weiter zum fünften Dielenbrett von der Wand aus, von dem nur Max wusste, dass es lose war.

Er hob das Brett mit steifgefrorenen Fingern in einer Ecke an und zog ein Glas aus dem Versteck.

Es war weder ein Spiegel noch eine richtig durchsichtige Scheibe. Vielmehr war das Oval von beiden Seiten mattiert und hatte ein Wellenmuster, obgleich die Oberfläche glatt war. Der Rahmen sah golden aus, auch wenn Max nicht sagen konnte, ob es sich um Gold handelte, weil er noch nie echtes Gold gesehen hatte. Er wusste lediglich, dass es schwer war, ein fühlbares Gewicht in seinen Händen, nicht größer als eine Untertasse. Und es enthielt eine Magie ohnegleichen.

Ein Fenster zwischen zwei Welten.

Er drückte das Glas vorsichtig an seine Brust und ging vorwärts, bis seine Füße das Strohlager streiften. Dort sank er auf die Knie. Nun hielt er das Oval vor sich und flüsterte die Worte, die ihm die kleine alte Frau beigebracht hatte, die ihn heimlich in Tartarus und hier besucht hatte.

»Zeig mir meinen Herzenswunsch.«

Die Wellen im Innern schienen sich zu bewegen, und das Glas wurde klar. Hitze floss von dem Oval in Max Hände, strömte in seinen Körper, wärmte ihn. Dann erblickte er ihr Gesicht.

Er wurde ganz aufgeregt, denn es geschah selten, dass sie direkt zu ihm sah. Und es bedeutete, dass sie in genau diesem Moment irgendwo selbst in das Glas hineinschaute. Womöglich dachte sie in ebendieser Sekunde an ihn.

Oh, sie war wunderschön! Ein Lächeln erstrahlte auf ihrem Gesicht, das niemals alterte. Schließlich war sie Argoleanerin und würde folglich nicht alt, oder? Jedenfalls nicht, bevor sie ihre letzten Lebensjahre erreichte. Solange sah sie für jeden aus, als wäre sie Anfang dreißig, dabei war Max sicher, dass sie viel älter sein musste. Ihre Haut war wie Seide, ihre Augen besaßen einen verträumten Violettton, sehr ähnlich seinen – wie er hoffte. Ihr rotbraunes Haar fiel ihr heute bis zu den Schultern, und Max war überzeugt, dass es sich ebenso weich anfühlen würde, wie es aussah. Als er jedoch genauer hinsah, jeden Millimeter von ihr in sich aufsog, bemerkte er, dass ihre Züge verhärtet schienen und ihre Lippen zusammengekniffen waren. Zwar hatte er schon viele Gesichtsausdrücke bei ihr gesehen, diesen hier aber kannte er noch nicht. Sie sah … traurig aus.

Prompt regte sich sein Beschützerinstinkt, der Wunsch, herauszufinden, wer sie verletzt hatte und warum, um denjenigen dafür bezahlen zu lassen. Doch ehe er noch mehr in ihre Miene hineinlesen konnte, drehte sie sich weg und das Bild verblasste. Das Glas wurde wieder zum mattierten, welligen kalten Oval.

»Nein, warte! Komm zurück.« Er schüttelte das Glas. »Zeig mir meinen Herzenswunsch. Komm zurück!« Wieder und wieder sprach er die Worte, nur geschah nichts. Die Hitze, die Sekunden vorher noch da gewesen war, schwand mit ihrem Bild.

Als er begriff, dass er heute Abend nicht mehr bekommen würde, streckte er sich auf seinem Bett aus, schloss die Augen und drückte das Glas an seine Brust. Tränen brannten hinter seinen Lidern, und wieder rumorte sein Magen. In seinem ganzen Leben hatte er sich nicht so schmutzig und eklig gefühlt wie in diesem Moment.

Vielleicht konnte sie ihn in dem Glas sehen und das war der Grund, weshalb sie traurig gewesen war und sich voller Ekel abgewandt hatte. Doch noch während er das dachte, wusste er, dass es nicht stimmte. Die alte Frau in dem weißen Gewand hatte ihm gesagt, dass das Glas nur in die eine Richtung wirkte. Es war jedoch ein schwacher Trost, dass allein der Gedanke an sie ihn an alles erinnerte, was er nicht haben konnte.

Er stellte sich gern vor, dass sie stolz auf ihn wäre. Stolz, weil er sich gegen Atalanta auflehnte, weil er dem treu blieb, der er tief in seinem Innern war. Aber wäre sie das wirklich? Würde sie nicht vielleicht nur das in ihm sehen, was alle anderen sahen? Einen schmutzigen Zehnjährigen, den keiner wollte?

Er drehte sich von dem Essen weg, nach dem sein Körper so dringend verlangte, kämpfte gegen die Tränen, die ihm nun die Wangen hinabliefen, und umklammerte das Glas. Die Wärme, die vorhin aus dem Oval in seinen Körper geflossen war, hatte sich noch nicht vollständig verflüchtigt. An diesem Gefühl hielt er sich ebenso fest wie an der Hoffnung, dass sie ihn eines Tages holen würde.

Ihn kümmerte nicht mehr, warum sie ihn gehen ließ; er wollte sie nur wiederhaben. Falls die Götter einen Weg fanden, sie zu ihm zu schicken, wäre er der beste Sohn, den sich eine Mutter wünschen konnte, das schwor er sich.

Als er schläfrig wurde, sah er ihr Gesicht wieder, nur stand sie diesmal in einem weißen Feld und blickte sich voller Sorge um. Sie suchte nach etwas, nach ihm hoffentlich. Und obwohl er wusste, dass es bloß ein Traum war, lief er zu ihr.

Denn sogar der Traum von ihr war besser als alles andere in seinem elenden Leben.

Als Argonaut war Zander noch nie jemand gewesen, der einfach »mit dem Strom schwamm.« Es war wider seine Natur. Sagte jemand »sitz«, stellte er sich hin. Wies man ihm an, in einer Richtung zu gehen, wählte er die andere. Der einzige Mensch, von dem Zander Befehle entgegennahm, war Theron, und das höchst ungern. Entsprechend machte ihn der Umstand, dass Callia ihn herumkommandierte, nicht nur gereizt, sondern ihm sträubten sich sämtliche Haare an seinem Leib.

Aber er war nicht blöd. Bisweilen tat man gut daran, sich auf die Zunge zu beißen, anstatt seiner Verärgerung Luft zu machen. Und jetzt gerade – egal wie sehr er sich darüber aufregte – war solch ein Moment.

Dennoch würde ihn nichts im Hades dazu bringen, sich vor ihr nackt auszuziehen.

Ohne sie eines Blickes zu würdigen, stampfte er quer durchs Zimmer, hockte sich auf eines der drei

Sofas und bückte sich vor, um seinen Stiefel aufzuschnüren. Zu spät erkannte er, dass es dasselbe Sofa war, über das er Callia in jener dunklen, schwülen Nacht vor beinahe elf Jahren beugte.

Blut staute sich in seinen Lenden, seine Haut wurde warm und klamm. Ihre Worte, die sie in der Nacht flüsterte, als er sie nach ihrem Besuch beim König abfing, kamen ihm in den Sinn.

Nimm mich, Zander, schnell, bevor mir jemand einen Grund gibt, Nein zu sagen.

Dreizehn simple Worte, sonst nichts. Sie hatte genau gewusst, was sie sagen musste, um seine Welt von einer Sekunde zur anderen auf den Kopf zu stellen.

Bei der Erinnerung, wie sich ihre seidig glatte Haut angefühlt hatte, traten ihm Schweißperlen auf die Stirn. Er hatte ihre feuchte Hitze gekostet, bis sie an exakt dieser Stelle kam. Zander wischte sich die Stirn und nahm verärgert den Arm herunter. Solche Erinnerungen konnte er ganz und gar nicht gebrauchen, erst recht nicht, während er sich die Stiefel aufschnürte, damit Callia ihre kleine »Untersuchung« vornehmen konnte.

Und zu seinem Verdruss war der Knüppel zwischen seinen Schenkeln eine allzu augenfällige Ermahnung, dass sie seine Seelenverwandte war und nicht die *Gynaíka,* die er heiraten würde.

Er ließ seinen Stiefel polternd auf den Boden fallen und sah auf. Callia hatte alles vorbereitet und blickte nun streng aus den großen Fenstern, ihre Arme vor der Brust überkreuzt.

Etwas in ihm zog sich zusammen, als er sie beobachtete. Götter, er war ein Idiot gewesen! Damals hatte es nichts an ihr gegeben, das er nicht gebraucht hatte. Er hatte sie gewollt und war derart geblendet gewesen, dass er sich nicht einmal vorstellen konnte, er würde sie irgendwann einmal weniger brauchen oder begehren.

Aber das war lange her, nicht wahr? Bevor er begriff, wozu sie fähig war und weshalb Hera sie als seine Seelenverwandte ausgewählt hatte: Weil sie der Inbegriff von allem war, was er am meisten hasste. Die Vergangenheit, was zwischen ihnen in diesem Zimmer geschah, war eigentlich eine Fantasie gewesen. Dies hier hingegen – ihre kalte Gleichgültigkeit, war ihr wahres Ich und nicht das, was er sich in ihr wünschte – dies war die Realität.

Die Erektion, die ihn plagte, seit er das Zimmer betreten hatte, schwand. Er ließ den zweiten Stiefel fallen, biss die Zähne zusammen und stand auf, um sein Hemd auszuziehen. Seine Waffen hatte er schon abgelegt, ehe er in die Burg kam, wie es dem Protokoll entsprach, folglich musste er sich keine Gedanken wegen seines Parazoniums oder anderer Gerätschaften machen. Und darüber war er froh, denn es ersparte ihm zusätzliche Zeit allein mit Callia im Raum.

»Wo soll ich hin?«

Sie drehte sich um, sah ihn jedoch nicht an, und zeigte auf den Schreibtisch des Königs. »Setz dich da hin.«

Barfuß ging er zum Mahagonitisch und schwang eine Hüfte auf die Tischkante. Nachdem er sich von der Tragfähigkeit des Möbels überzeugt hatte, rutschte er weiter auf den Tisch, bis seine Unterschenkel an einem Ende herunterbaumelten.

Sie verlor kein Wort darüber, dass er nicht ganz nackt war, und Zander würde es gewiss nicht ansprechen. Um sich abzulenken, sah er hinab auf seine Zehen. Unterdes brachte Callia einen kleinen Tisch mit ihren Instrumenten herbei. Sekunden später spürte er ihre Hand an seinem Rücken und bog ihn unwillkürlich durch. Als sie sagte, »Tief einatmen«, zwang er sich, entspannt zu bleiben, während sie ihr Stethoskop bewegte, um seine Lunge abzuhören.

Das Metall war kalt auf Zanders Haut, Callias Fingerspitzen aber waren warm und weich – zu warm und weich. Allein ihre Nähe bewirkte, dass sich sein Blut erhitzte, und jedes Mal, wenn sie seine Haut streifte, jagte es ihm einen Schauer durch den Leib. Er konzentrierte sich auf sein Atmen und war bemüht, ruhig zu bleiben. Als sie um ihn herum kam und ihn von vorn abhorchte, mied er es, ihr ins Gesicht zu sehen, und blickte stattdessen auf den weißen Pulli, den sie trug.

Ihr erschrockenes Luftholen ließ ihn aufmerken. »Was ist mit dir passiert?«

»Nichts. Mir geht's gut.«

»Das ist nicht nichts.« Sie sah seine Schulter an, hängte sich ihr Stethoskop um den Hals und griff nach ihrer Tasche mit dem Verbandszeug.

»Lass es«, sagte er, bevor sie ihn berühren konnte. »Es ist bloß eine Fleischwunde.«

Unbeirrt tupfte sie das getrocknete Blut mit einem Mullstück ab. »Der Muskel ist eingerissen. Das muss genäht werden, sonst entzündet es sich.«

»Es heilt schon.«

»Das sehe ich, aber …«

Er packte ihr Handgelenk, um sie zurückzuhalten. Dabei durchfuhr ihn zwar ein heftiges Zucken, doch das beachtete er nicht. Er musste vor allem verhindern, dass sie ihn mehr berührte als unbedingt notwendig. »Ich sagte, lass es.«

Ihr Blick huschte von seiner Seite zu seinem Gesicht. Und ehe er verstand, was hier geschah, sah er in ihre Augen: Augen wie ein karibischer Sonnenuntergang in der Menschenwelt; Augen, in die er geblickt hatte, als sie einander liebten, und von denen er seither unzählige Male geträumt hatte, bis er kalt und schweißgebadet aufwachte.

Alles Denken versagte. Jene besondere Nähe, die sie von Anfang an verbunden hatte, regte sich erneut, ähnlich eines Feuers, das in seiner Seele entfacht wurde. Es verlockte ihn, nach Callia zu greifen, um zu sehen, ob sie dasselbe empfand. Er konnte doch nicht der Einzige sein, der sich erinnerte. Auch sie musste etwas fühlen, wenn sie ihn sah, ihm so nahe war und ihn berührte.

Gedanken, Erinnerungen, Gefühle, die er sorgsam in sich vergraben hatte, erwachten zu neuem Leben. Vor seinem geistigen Auge lief ein Film von ihrer gemeinsamen Zeit ab. Und dann, als er zu der Stelle kam, an der sie ihn verriet, erlosch das Feuer. Zurück blieben nichts als Asche und Ruinen.

Es war unwichtig, was sie fühlte. Ihre Vergangenheit war aus und vorbei. Die Parzen hatten ihn auf vielfältige Weise zum Narren gehalten, und heute gab es nichts mehr, was sie tun könnten, um das Geschehene zu ändern.

Er ließ ihre Hand ebenso schnell los, wie er sie ergriffen hatte, und sah wieder auf ihren Pullover. »Mach weiter mit der Untersuchung.«

Leider half ihm das Betrachten ihres Pullis wenig, denn er sah auf einmal nur noch ihre Brüste. Oh

Mann, sie waren genauso rund, voll und atemberaubend, wie er sie erinnerte, und er bildete sich ein, die gespannten Spitzen zu erkennen, die sich von innen gegen die weiche Baumwolle drückten. Sollte er den rechten Arm nur ein klein wenig heben, könnte er eine berühren, spüren, wie sie unter seinen Fingern anschwoll und hart wurde.

Langsam trat Callia zurück, legte ihr Stethoskop und den Verbandsmull ab und räusperte sich. Der Laut lenkte Zanders Gedanken wieder zurück zum Eigentlichen. Doch so wie ihre Stimme bebte, als sie wieder sprach, wurde ihm klar, dass sie seine strenge Aufforderung verstanden hatte. Warum er sich deshalb wie ein Lump fühlte, wusste er selbst nicht.

»Wir nehmen nur eine grobe Untersuchung vor. Es besteht kein Grund für eingehendere Überprüfungen.«

Zander war es recht, wollte er doch schnellstens hier raus – vorzugsweise früher als später.

»Setz dich gerade hin«, wies sie ihn an, »und schließ die Augen.« Er gehorchte, klammerte sich mit beiden Händen an die Tischkante und machte den Rücken gerade. Zum Glück klang ihre Stimme wieder fester, und nun musste er sie wenigstens nicht ansehen. »Gut. Es wird sich jetzt etwas warm anfühlen, wenn ich nach Anomalien suche, vielleicht auch in deiner Schulter zwicken, aber größtenteils sollte es schmerzlos sein.«

Für dich vielleicht.

Zander holte tief Luft, bemühte sich, nicht die Stirn zu runzeln, und fühlte ihre Hände wenige Zentimeter von seiner nackten Brust entfernt, obwohl sie ihn nicht berührten. Als Heilerin konnte sie körperliche

Beeinträchtigungen auf diese Weise ertasten und sie mittels ihrer Kräfte wieder ins Lot bringen. Argoleaner waren weniger krankheitsanfällig als Menschen und heilten schneller, aber letztlich waren auch sie sterblich. Dennoch wusste Zander, dass Callia bei ihm nichts finden würde.

»Ruhig ein- und ausatmen«, murmelte Callia. »Ja, so ist es gut. Lass einfach deinen Gedanken freien Lauf, und entspanne dich. Schön. Das ist … gut.«

Ihre Stimme wirkte seltsam beruhigend – das hatte sie schon immer – und von ihren Fingern strahlte Wärme auf seine Haut ab, floss in seine Muskeln und erreichte schließlich seine Knochen. Sie untersuchte ihn auf Krankheiten, und doch fühlte es sich beinahe an, als würde sie mit bloßen Händen in ihn hineingreifen, ihm unter die Haut kriechen und es sich dort drinnen gemütlich machen. Ihm wurde wohlig warm in der Brust, als sie die Handfläche über ihm bewegte, und es gefiel ihm verdammt gut. Er mochte es, wie sie ihn ausfüllte, denn es machte ihn ruhig, warm und vollkommen. So stellte er sich die elysischen Gefilde vor, in die man nach dem Tode kam.

Aus dem Nichts durchzuckte ein stechender Schmerz seine Schulter, schoss ihm bis in den Schädel, als würde ihm die Wunde ein zweites Mal geschlagen. Keuchend krallte er die Finger in die Tischplatte.

»Die ist tief«, sagte Callia. »Willst du wirklich nicht, dass ich sie behandle?«

Die Wunde. Sie war in der vermaledeiten Wunde. »Nein«, raunte er angestrengt und bohrte die Finger ins Mahagoni. »Es ist … bestens.«

»*Ilithios*.« Professionell durch und durch, beließ sie es dabei, ihn als Idioten zu titulieren. Bald bewegten sich ihre Hände weiter, glitten weg von der Wunde, worauf der Schmerz abebbte und die Wärme in Zanders Brust zurückkehrte.

Heiliger Hades! Er atmete langsam aus. Das war eindeutig mehr als ein »Zwicken« gewesen. Würde sie ihm jemals wirklich wehtun wollen, könnte Callia es mit einem bloßen Fingerschnippen.

»Konzentrier dich bitte wieder, Zander«, sagte sie streng. »Entspanne dich, und schließ die Augen.«

Entspannen, ja, natürlich.

Er holte noch einmal tief Luft und versuchte, an nichts zu denken, wie sie gesagt hatte. Es gelang ihm sogar ganze zwei Sekunden lang. Dann bewegten sich ihre Hände gen Süden, seinen Brustkorb hinunter zum Bauch, wo sie direkt vor seinem Nabel verharrten.

»Leg dich hin«, sagte sie. »Und spreiz die Beine ein bisschen.«

Diese Aufforderung reichte, dass sein gesamtes Blut in seine Lenden strömte. Sein Schwanz dehnte die Hose, und, oh ja, das war herrlich. Er würde jeden Moment einen Ständer bekommen, und sie sagte ihm, er solle sich zurücklegen und die Beine spreizen.

Zander biss abermals die Zähne zusammen, tat, was sie sagte, und betete, dass Callias Augen noch geschlossen waren. Nach wie vor berührte sie ihn nicht, doch er spürte, wie sie näher kam, fühlte es an der Hitze zwischen seinen Schenkeln. Nun beugte sie sich zu ihm, ihre Hände Millimeter über ihm bewegten sich über den Hosenbund, den Reißverschluss und noch tiefer. An den Druckpunkten zwischen Hüften und Rumpf kribbelte seine Haut. Wärme wanderte weiter hinunter. Zander hielt den Atem an und wartete, während er in seiner Hose unsagbar steif wurde.

Ihre Hände hielten über seinem Schoß inne, so dass die Wärme zu Hitze wurde, einem Flammen in seinen Lenden, das ihm nur allzu vertraut war. Und leider spürte er auch noch ihren Atem auf seinem Nabel. Sie musste demnach ziemlich tief über ihn gebeugt sein, ihr Gesicht ganz nahe. In seinem Kopf erschienen Bilder: von ihren sinnlichen Lippen, ihrem Mund, der über seine Haut glitt, ihrer Zunge … Von ihr, wie sie diese Untersuchung und sonst noch alles mit ihm machte, was sie wollte, nackt, während er wie eine Opfergabe vor ihr lag.

Sein Atem ging angestrengt, als er gegen seine Erregung kämpfte. Sollte sie auch nur versehentlich an seinen Schwanz stoßen, wäre er geliefert, direkt hier auf diesem Behelfsuntersuchungstisch. Was könnte beschämender sein? Er redete sich ein, dass es nicht an ihr lag, sondern an dem, was sie mit ihm tat. Diese Energie, die ihn durchströmte, befeuerte seine Libido, nicht Callia.

Ja, natürlich, Blödmann!

Ihm kam es wie eine Ewigkeit vor, bis sie sich tiefer bewegte, sein rechtes Bein hinab, und er endlich wieder Luft bekam, weil sich die Wärme von seinen Lenden in seine unteren Gliedmaßen verlagerte. Callia wurde schneller und effizienter, untersuchte erst das eine Bein, dann das andere. Und es gab nur einen winzigen elektrisierenden Schauer in seinen Lenden, als sie am linken Oberschenkel ansetzte.

Am Ende war es, als würde die gesamte Wärme aus seinem linken großen Zeh hinauslaufen, und er hörte, wie sie sich seufzend aufrichtete und sagte: »Wir sind fertig.«

Sie drehte sich weg von ihm und packte die Instrumente, die sie vorher benutzt hatte, in ihre Tasche. Zander graute ein bisschen davor, was er sehen würde, wenn er die Augen öffnete, deshalb starrte er zunächst einmal an die hohe vergoldete Decke und versuchte, sich zu beruhigen. Was nicht funktionierte. Ja, die Hitze war fort, aber sein Schwanz immer noch bretterhart, und das dürfte ihr kaum entgangen sein.

Mist! Sie hatte sich bei dieser Geschichte absolut professionell verhalten, und das hätte er auch sollen. Schließlich war zwischen ihnen nichts mehr. Er stützte sich auf die Ellbogen auf.

Leider nutzte der Versuch, eine bequemere Stellung zu finden, rein gar nichts. Callia hatte ihm den Rücken zugedreht und blickte nicht auf, nicht einmal als sie das Zimmer durchquerte, sein Hemd von der Couch nahm und es ihm zuwarf. »Alles scheint bestens. Ich sage dem König, dass du imstande bist …« Mitten im Satz brach sie ab, als wäre sie im Begriff, ihre Meinung zu ändern. »Dass du gesund bist. Falls die Probe normal ausfällt, brauche ich sonst nichts weiter.«

»Probe?«, fragte er, fing sein Hemd und hielt es sich über seine Erektion. »Welche Probe?«

Sie ging wieder quer durchs Zimmer, griff in ihre Tasche und reichte ihm einen kleinen Plastikbecher mit Deckel. »Du musst mir eine Spermaprobe geben, die ich im Labor überprüfe.« Dann legte sie eine braune Papiertüte auf den Tisch. »Steck sie in die Tüte und lass sie einfach hier stehen, wenn du fertig bist.«

Sprachlos starrte er den Plastikbecher in seiner Hand an, als Callia schon zur Tür ging. Er sollte …? Während sie draußen wartete? Jetzt gleich?

Sein Blick wanderte zu ihr, und obgleich er weit davon entfernt war, prüde zu sein, kam ihm dieses Arrangement irgendwie falsch vor. Völlig absurd.

Eine Hand auf dem Türknauf, blieb sie stehen, sah jedoch nicht zu ihm. Folglich konnte er ihr Gesicht nicht sehen, als sie sagte: »Ich wünsche dir und Isadora viel Glück, Zander. Ja, mögest du und mögen die Deinen in der Tradition der großen Helden gedeihen.«

Es war die typische Glückwunschformel an einen *Ándras* und seine Braut, die sich in seinen Kopf mogelte und von dort in seine Brust sank, wo sie sich kalt, schwer und dunkel festsetzte. Die Erregung, mit der er seit dem Betreten des Zimmers kämpfte, verschwand im selben Moment, in dem Callia hinausging, worauf sich eine gereizte Unzufriedenheit in ihm breitmachte. Und so abwegig es war, überkam ihn Wut, sobald die Tür hinter Callia ins Schloss fiel und alles still wurde.

Er wollte ihre guten Wünsche nicht. Isadora und er brauchten ihre Zustimmung nicht. Ihre Worte, seine Reaktion und das, was geschehen war und was nicht, machten ihn sekündlich wütender. Er blickte hinab in seinen Schoß, wo sein Schwanz inzwischen ziemlich zusammengeschrumpft war.

Verdammt, er war über sie hinweg! Er brauchte sie nicht, und er wusste eine sichere Methode, es ihr ein für alle Mal zu beweisen.

Nur ehe er sich auf die Suche nach Isadora machte, um genau das zu sehen, musste er wohl auf Kommando ejakulieren. Oder er blieb für den Rest seines Unsterblichenlebens in diesem Zimmer eingesperrt.

Was für ein Mist!

Fluchend über Callia, den König und diese ganze dämliche Situation, packte er den Becher und sein Hemd, warf beides auf die Couch und sank in die weichen Kissen. Es dauerte mehrere Minuten, bis sein Herz zu rasen aufhörte und seine Gedanken sich nicht mehr überschlugen. Dann lehnte er den Kopf nach hinten, schloss die Augen und stellte sich Isadora vor: blass, zierlich, hübsch, vollkommen. Es war kein Geheimnis, dass sie zu den schönsten Frauen im Land zählte. Und tatsächlich zuckte sein Schwanz nicht einmal, als er an sie dachte.

Er atmete langsam durch und probierte es erneut. Diesmal umfing er sein Glied mit einer Hand. Das hier müsste er doch schaffen.

Leider passierte nichts.

Frustriert entkleidete er Isadora im Geiste, während er sich in der Hoffnung streichelte, es so hinzubekommen. Er malte sie sich in einem langen fließenden Rock und einem ärmellosen Oberteil aus. Ihr helles Haar fiel ihr bis zu den Hüften. Sie strich mit ihren Fingern über ihren Hals, hinab zu ihren Brüsten, über den Bauch und zum Saum ihres roten Tops. Ihre milchweißen Hände überkreuzten sich vor ihr, zupften an dem Stoff, so dass Zander ein kleines Stück glatte Haut erblickte, die sanfte Vertiefung ihres Nabels und die straffen Bauchmuskeln, als sie das Oberteil höherzog. Er hielt den Atem an und wartete, beobachtete, wie sie sich ihm Zentimeter für Zentimeter enthüllte, bis das Kleidungsstück ganz verschwand und ihre hohen, festen Brüste alles waren, was er sah.

Oh ja, sie waren makellos, rosig und straff, hatten exakt die richtige Größe für seine Hände und seinen Mund.

Sie flüsterte etwas. Seinen Namen? Er war nicht sicher. Ehe er sich überlegen konnte, was sie gesagt hatte, lehnte sie sich vor, so dass ihr das Haar ins Gesicht fiel, während sie die Finger in den Bund ihres langen, eleganten Rocks tauchte und ihn über ihre kurvigen Hüften schob.

Sein Mund wurde trocken. Er wartete, konnte nichts sehen außer viel seidigem Haar und dem Rockstoff, der weiter hinabrutschte, bis er nur noch ein Satinbausch auf dem Boden war, zwei der verführerischsten Beine umrahmend, die er jemals gesehen hatte. In deren Mitte oben war ein Dreieck rotbrauner Haare, in das er eintauchen wollte und … Ja, endlich funktionierte es.

Als sie sich jedoch wieder aufrichtete und in vollkommener Nacktheit erstrahlte, bemerkte er, dass die *Gynaíka* vor ihm nicht mehr zierlich und makellos war. Vielmehr war sie groß und üppig, mit dunkelrotem Haar und Augen von der Farbe eines Amethyst. Und sie lächelte, für ihn allein, wie Hunderte Male zuvor. Dieser Anblick brachte seinen Schwanz sofort in Stimmung, trieb all sein Blut in die Lenden, und er wurde unglaublich hart wie seit Jahren nicht mehr.

Callia drehte sich weg, schenkte ihm klare Sicht auf ihren wohlgeformten Hintern und die Beine und kniete sich auf die Sofapolster, wo sie ihre Knie spreizte, dass sein Atem stockte. Sie sah sich verführerisch zu ihm um, und dieser Blick allein reichte, ihn magnetisch anzuziehen.

Dann vollführte sie den Todesstoß, indem sie flüsterte: »Nimm mich, Zander, schnell. Bevor mir jemand einen Grund gibt, Nein zu sagen.«

Oh, Götter, er war verloren. Jede Gegenwehr war zwecklos, denn sein Samen kochte bei der Erinnerung an das Gefühl, in Callia hineinzustoßen und ihr das zu geben, was sie beide wollten. Und noch ehe der erste Schwall aus seinen Hoden aufstieg, wusste er, dass er in einer königlichen Bredouille steckte.

Was der königlichen Hoheit wenig gefallen dürfte.

Fünftes Kapitel

Isadora stieg aus der Dusche und wickelte sich das flauschige Badelaken um. Nach der Szene im Schlafgemach ihres Vaters hatte sich sich schmutzig gefühlt und den Dreck dieses beschämenden Erlebnisses herunterwaschen müssen. Wie alle sie angestarrt hatten! Und was Demetrius sagte!

Sie nahm sich noch ein Handtuch und drückte konzentriert das Wasser aus ihrem Haar, damit sie nicht mehr an die Worte denken musste. Dann warf sie das Tuch auf den Waschtisch.

In ihrem Schlafzimmer betrachtete sie das schwere lange Kleid, das ihre Zofe Saphira an die Schranktür gehängt hatte. Ihr Magen verkrampfte sich. Sie konnte den Anblick des Kleides nicht ertragen, hasste es, sich damit zu verhüllen. Der Stoff und das Gewicht waren schrecklich. Allein bei dem Gedanken, noch irgendetwas zu tun, was andere von ihr wollten, wurde ihr übel. Sie riss sich das Badelaken vom Leib, schleuderte es auf ihr Bett und atmete tief ein.

Hosen. Sie wollte Hosen. Doch wo bekam sie welche her? Nachdenklich nagte sie an ihrem Daumennagel. Sie könnte Casey fragen. Ihre Halbschwester würde ihr mit Freuden helfen. Sollte allerdings ihr Vater sie in etwas anderem als einem langen Kleid sehen, könnte er vor lauter Entsetzen einen Herzanfall erleiden.

»Isadora?«

Zanders Stimme dröhnte eine Mikrosekunde durchs Vorzimmer, da ging auch schon ihre Tür auf und er kam herein. Sofort erstarrte er und rührte sich nicht mehr.

Zu ihrem Verdruss wurde Isadora feuerrot, weil er – als erster Mann überhaupt – sah, was er sah. Rasch schlang sie das Badelaken wieder um sich und wünschte, sie hätte daran gedacht, ihren Bademantel mit ins Schlafzimmer zu bringen.

Gütige Götter, was wollte er hier? Und warum im Namen aller Dinge, die ihr heilig waren, benahm sie sich wie eine hilflose Jungfer?

Weil du, rein technisch gesehen, eine bist, Isa.

»Ich, ähm, Verzeihung«, murmelte er. »Mir war nicht bewusst, dass Ihr … nicht bedeckt sein könntet.«

Nein, offensichtlich nicht; aber nachdem er es nun wusste, warum ging er nicht?

»Ist … ist schon gut«, sagte sie, nach Fassung ringend. »Ich hatte nicht erwartet, dass du … jemand … hier hereinkommt.«

Wo in aller Welt steckte Saphira?

Er antwortete nicht. Und als sie sich endlich zu ihm umdrehte, starrte er sie mit einem Ausdruck an, den sie unmöglich deuten konnte.

Was sie nicht weiter überraschen sollte. Sie wusste ja, dass sie keine Frau war, bei der ein Mann entbrannte. Sie war zu blass, zu dünn, knochig, wo sie kurvig sein sollte. Also war nicht verwunderlich, dass er von dem, was er gesehen hatte, wenig beeindruckt wirkte. Aber dies hier war einfach seltsam. In ihrem ganzen Leben hatte sie höchstens zehn Worte mit ihm gewechselt, und nun standen sie einander gegenüber, sie fast nackt, und sollten in wenigen Tagen heiraten – und das Bett teilen.

Als er immer noch nichts sagte, sie bloß stumm und mit steinerner Miene ansah, nahm Isadora all ihren Mut zusammen. »Wolltest du etwas, Zander?«

Sehr klug, Isa. Er ist ein Mann, ein Argonaut, und platzt in dein Schlafzimmer, als gehörte es ihm. Und du bist praktisch nackt. Was denkst du denn, das er will?

Oder gewollt hat, bevor er dich sah.

Sie zurrte das Laken fester um sich und krümmte die Zehen im weichen Teppich.

Nach einer gefühlten Stunde machte er den Mund auf, als wollte er etwas sagen, schloss ihn jedoch gleich wieder. Dann senkte er den Kopf und rieb sich die Stirn. »Ich bin mir nicht sicher, was ich hier tue«, raunte er, wurde aber gleich lauter. »Doch, ich weiß es.« Er sah sie an. »Euer Vater zwingt Euch diese Heirat auf, obwohl Ihr sie nicht wollt, habe ich recht?«

»Ich …« Isadora wusste nicht, was sie sagen sollte. Stimmte sie ihm zu, würde ihm klar, wie sie wirklich empfand, und ihre Ehe begann mit offener Feindseligkeit. War sie hingegen unehrlich, kämen sie niemals auf Augenhöhe. Und auch wenn es ihrem Vater nicht bewusst sein dürfte, hatte sie nicht die Absicht, sich von irgendeinem *Ándras*, diesen eingeschlossen, zu etwas nötigen zu lassen. »Nein«, gestand sie und machte sich gerade. »Will ich nicht.«

»Dachte ich mir.« Er nahm seine Hand herunter und sah ihr in die Augen. Mit seinem Bronzeteint, seiner muskulösen Statur und dem blonden Haar war Zander wirklich gut aussehend, trotzdem fühlte sie sich kein bisschen zu ihm hingezogen. »Ich bin froh, dass Ihr es mir sagt. Doch so archaisch es auch anmuten mag, hat in dieser Situation Euer Vater das letzte Wort.«

Ja, das wusste sie, und es gefiel ihr nicht.

»Wie auch immer«, sagte Zander, der nun auf seine Hände blickte, »mich stört die Art und Weise, wie alles vonstattenging. Also …« Er verstummte, als suchte er nach den richtigen Worten. »Was Demetrius gesagt hat, im Gemach des Königs.« Seine grauen Augen richteten sich wieder auf sie. »Das war falsch von ihm. Und ich möchte mich entschuldigen, falls er Euch verletzt hat. Es gibt Züge an Demetrius, die wir anderen bis heute nicht verstehen.«

Isadora sagte nichts, aber ihr Blutdruck erhöhte sich schon bei der bloßen Erwähnung von Demetrius. Zum ersten Mal seit Wochen, seit ihrer Rückkehr vom Hades, wo sie ihre Seele und noch viel mehr opferte, um Casey zu retten, fühlte sie sich nicht mehr wie betäubt. Bitterer Hass brannte in ihr, ein Hass, von dem sie glaubte, sie hätte ihn sich für Hades persönlich aufgespart, wegen dem, was er sie in den Stunden in seinem Reich durchmachen ließ. Aber nein, jener finstere Gefühlsschwall konzentrierte sich direkt auf Demetrius.

»Ich bin gewiss, dass Ihr Euch Demetrius nicht auswählen würdet, wäre Euch die Wahl überlassen«, fuhr Zander fort. »Aber sollte es einen anderen Argonauten geben, den Ihr lieber an meiner Stelle sähet, bitte ich Euch, es mir jetzt zu sagen.«

Isadora wurde stutzig. »Du willst mich auch nicht heiraten.«

»Nein«, entgegnete Zander hastig. »Das ist es nicht. Ich will es. Ich meine, ich hätte mich nicht freiwillig bereiterklärt, wenn ich nicht wollte. Ich …« Er trat unsicher von einem Bein aufs andere, stemmte die Hände in die Hüfte und blies seinen Atem aus. »Ich denke nur, dass Ihr in dieser Sache die Wahl haben solltet. Eine Frau sollte immer wählen können, mit wem sie zusammen sein will.«

Solch ein Gespräch hatte Isadora nicht erwartet. Weder mit ihm noch sonst jemandem. Im Gegensatz zu ihrem Vater wollte er sie nicht zu einer Heirat zwingen. Und obgleich sie den Eindruck hatte, dass er selbst sich ungern binden wollte – warum auch immer –, überließ er die endgültige Entscheidung ihr. Man erzählte sich, dass menschliche Frauen eher sein Geschmack wären und er noch nie mit einer Argoleanerin gesehen wurde, jedenfalls nicht dass sie wüsste. Und gewöhnlich war sie auf dem Laufenden, was die Argonauten anging, zumindest indirekt, denn Saphira und ihre Freundinnen tratschten gern. Er hingegen blieb immerzu höflich, schien sich wenig um die intriganten Geschäfte des Rats zu scheren. Und überdies war er ein furchteinflößender Wächter. Einer, der, wie es die Gerüchte besagten, nie getötet werden konnte.

Das waren guten Gene für ein gemeinsames Kind.

Sie dachte an den anderen Argonauten, Cerek mit dem freundlichen Lächeln und den sturmgrauen Augen, die von Geheimnissen kündeten, wie Isa sie sich nie erträumen würde. Titus, den sie immerfort als stoisch erlebte, und dessen wissende Blicke sie verlässlich unsicher machten. Gryphons helle, selbstbewusste Miene, die von Eroberungen nah und fern kündeten – und von mehreren gleich hier in der Burg. Und Phineus, der Abenteurer und Rebell, von dem es hieß, er würde Feuer speien.

Sie wollte ganz sicher nicht eines Morgens verkohlt in ihrem eigenen Bett aufwachen; oder sich bei jeder *Gynaíka,* die ihr diente, fragen, ob sie auch schon ihren Gemahl privat bedient hatte. Ebenso wenig wollte sie, dass ihr ungefragt ihre Geheimnisse aus dem Kopf gesogen wurden; und erst recht konnte sie auf einen finsteren Ehemann verzichten, der sie noch tiefer in jenen Abgrund zog, von dem sie jetzt schon nicht wusste, wie sie wieder herauskommen sollte.

Sie blickte wieder zu Zander und schloss, dass er noch das kleinste Übel war. Zumindest hoffte sie es um ihrer selbst willen. »Ich wähle … dich.«

Einen Moment lang sagte er gar nichts. Dann aber streckte er ihr die Hand hin. »Komm zu mir.«

Sie zog das Badelaken fester um ihre Brüste und ging zaghaft auf ihn zu. Auf ihren nackten Füßen bewegte sie sich lautlos vom Teppich auf den Dielenboden. Einen halben Meter vor ihm blieb sie stehen und legte den Kopf in den Nacken, um zu ihm aufzusehen. Erst jetzt wurde ihr bewusst, wie groß er war. Und wie muskelbepackt – überall. Aus ihrem gegenwärtigen Blickwinkel nahm er sich geradezu riesig aus.

Er trat näher, so dass sie seine Körperwärme fühlen konnte, Sandelholz und etwas Zitroniges roch. Doch obwohl ihr Puls schneller ging, weil er ihr so nahe war, empfand sie nicht den geringsten Hauch von Erregung.

Zander hob ihr Kinn mit einem Finger an, worauf Wärme aus seiner Hand auf ihre kalte Haut strahlte. »Ich werde dir niemals absichtlich wehtun, Isadora. Wenn du ehrlich zu mir bist, werde ich ehrlich zu dir sein. Hast du mich verstanden?«

Sie nickte.

»Vertrauen ist alles, worum ich dich bitte. Nicke, damit ich weiß, dass du mir glaubst.«

Sie tat es.

»Gut.« Er sah sie an. »Und jetzt küss mich und zeig mir, dass es dir mit dieser Bindung genauso ernst ist wie mir.«

Isadora rührte sich nicht; doch sie sträubte sich auch nicht, nicht einmal, als er den Kopf senkte und ihre Lippen mit seinen streifte.

Es fühlte sich weich an. Sein Mund war voll und fest zugleich, und sobald er ihren ein weiteres Mal neckte, merkte sie, wie sie reagierte. Wie von selbst bewegten sich ihre Lippen, was weniger Zustimmung als … Einverständnis war.

Der zarte Kuss endete schnell. Zander wich zurück und blickte sie an. Beide schwiegen sie, wussten offenbar nicht, was sie sagen könnten. In Zanders Augen war kein Anflug von Hitze oder gezähmter Leidenschaft, und Isadora vermutete, dass das ein gutes Zeichen wäre. Denn für sie war der Kuss auch nichts weiter gewesen als ein weiterer Punkt auf der Liste aller Dinge, die sie noch nicht erlebt hatte.

»Ich komme in sechs Tagen zur Zeremonie.« Leise verließ er das Zimmer und schloss die Tür hinter sich.

Wieder allein, ging Isadora zu ihrer Frisierkommode und sank auf den weichen Hocker vor dem Spiegel. Irgendwann im Gespräch mit Zander hatte sie jenes dumpfe Gefühl wieder eingeholt. In wenigen Tagen wäre sie seine *Syzygos*, seine Ehefrau. Und der Kuss? Er war lediglich eine Andeutung dessen, was er mit ihr tun würde, wenn sie erst Mann und Frau waren.

Keine Erregung, keine Vorfreude, nicht einmal Sorge regte sich bei dem Gedanken. Sie ließ das Badelaken bis zu ihren Hüften hinunterrutschen und fuhr sich mit den Händen durch ihr langes blondes Haar. Die dichte Lockenmasse reichte ihr weit über den Rücken. Als Thronerbin und Frau war sie an Traditionen gebunden, die viele Argoleaner seit langem aufgegeben hatten – sehr zum Verdruss des Rates. Ihr Haar durfte nicht geschnitten werden, sie musste bodenlange Kleider tragen, die sie vollständig verhüllten, und sie musste unberührt sein, in jeder erdenklichen Hinsicht.

Stimmte das noch?

Sie nahm die Hände aus ihrem Haar und verdrängte die Erinnerungen an ihre Zeit in der Unterwelt, die sich in ihr Denken zu schleichen drohten. Mühsam unterdrückte sie die innere Unruhe, die mit jedem Tag schlimmer wurde. In wenigen Monaten wurde sie zweihundert. Zweihundert Jahre alt, und sie war noch nie geküsst worden. Bis jetzt.

Ihre Hände zitterten nicht so sehr, wie sie erwartet hätte, als sie die Schublade der Kommode aufzog und darin umherwühlte, bis sie ihre Schere gefunden hatte. Das Metall blinkte im frühen Abendlicht, während Isadora überlegte, wer sie zuvor gewesen und wer sie heute war.

Ihr Vater wollte, dass sie sich an Zander band und einen Erben gebar, auf dass die Monarchie gefestigt wurde und der Rat Isadora nicht stürzen konnte, sowie ihr Vater nicht mehr war. Und sie würde tun, was er befahl, denn ihr Leben war nun geopfert. Aber damit hörte es auch auf. Es würde keine weiteren »Ersatzthronfolger« geben. Egal wie nett, umgänglich oder gut aussehend Zander sein mochte, würde sie ihn nicht wieder in ihr Bett lassen, war die Schwangerschaft erst bestätigt. Und sie wollte herrschen, auch wenn es den Argonauten, dem Rat und vor allem ihrem Vater mächtig gegen den Strich gehen dürfte.

Ihr blieben fünfhundert Jahre, bevor sie von diesem Leben ins nächste überging. Dann gehörte ihre Seele nicht mehr ihr, sondern Hades. Es war also höchste Zeit, dass sie aufhörte, für alle anderen zu leben, und endlich anfing, für sich zu leben.

Sie öffnete die Schere und packte eine dicke Haarsträhne nahe ihrer Schläfe. Ohne zu zögern schnitt sie zu.

Zander blieb vor Isadoras geschlossener Schlafzimmertür stehen, atmete tief ein und rieb sich über die Stirn. Nicht dass er schwitzte, oh nein, vielmehr fühlte sich seine Haut so kalt und klamm an wie eben Isadoras.

Unwichtig. Er verließ das Vorzimmer und ging auf die große Marmortreppe zu. Als er in ihr Zimmer kam, hatte er nicht mit einer splitterfasernackten Isadora gerechnet. Oder gar geplant, sie nackt zu überraschen. *Skata*, er hatte es sich nicht einmal gewünscht! Aber nun bekam er das Bild nicht mehr aus seinem Kopf. Nackt wie am Tage ihrer Geburt und so vollkommen geformt, wie es sich jeder Argoleaner nur erhoffte, hatte die Frau vor ihm gestanden, die bald ihm gehören würde. Und wieso in aller Welt ihn das nicht erregte, begriff er selbst nicht.

Unwillkürlich wanderten seine Gedanken zurück und verglichen Isadoras Körper mit seiner Fantasie von Callia im Studierzimmer. Nur eines von beiden Bildern versetzte sein Blut in Wallung. Nur eine Frau schaffte es, seine Körpertemperaturen in unermessliche Höhen zu jagen. Nur bei einer Frau reichte der Gedanke an sie, um ihn steif zu machen.

Was für ein Schlamassel. Eine Hand auf dem Treppengeländer, blieb er stehen und zwang sich, ruhig ein- und auszuatmen.

Isadora ist es nicht.

Sein Herzschlag beschleunigte, doch er strengte sich an, ihn zu bändigen. Zander sagte sich, nun gut, dann reagierte sein Körper eben nicht so, wie es sein Verstand wollte, aber das hieß nicht, dass diese Sache nicht funktionieren könnte. Es gab argoleanische Aphrodisiaka, die seine Libido ankurbeln konnten. Und falls die versagten, konnte er jederzeit ins menschliche Reich wechseln, in eine Apotheke einbrechen und sich Levitra, Viagra oder Cialis besorgen. Er hatte schon Medikamente für Menschen genommen und wusste, dass sie bei ihm wirkten. Warum sollte er sie um seiner Ehe und seines Volkes willen nicht wieder nehmen?

Bei deiner Seelenverwandten hast du nie Mittelchen gebraucht, Vollidiot.

»Egal«, murmelte er und ging weiter. »Ist nichts als Biologie, Dummkopf.«

»Führst du mal wieder Selbstgespräche, alter Mann?«

Zander blieb am Fuße der Treppe im ersten Stock stehen, eine Hand auf dem Geländerpfosten, und linste in den schattigen Korridor.

Nahe der gegenüberliegenden Wand trat Titus hinter einer Säule hervor, an der er offensichtlich wartend gelehnt hatte. »Ich hatte schon länger den Verdacht, dass du ein bisschen senil bist.«

»Hey!«, sagte Zander, dem es nicht behagte, von

einer unangenehmen Situation in die nächste zu stolpern. »Was ist los?«

Titus verschränkte die Arme vor seinem breiten Oberkörper und stellte die Beine leicht auseinander. Es war eine eindeutig defensive Pose, nicht jedoch aggressiv, und das beruhigte Zander. Er war nicht in der Stimmung, sich heute noch einmal den Arsch versohlen zu lassen.

»Theron hat gesagt, ich soll auf dich warten. Er hat Nachricht von Nick, dass Dämonen ein Dorf irgendwo nahe den nordamerikanischen Kolonien überfallen haben. Anscheinend leben dort Halbblute und Menschen. Nick bittet um Hilfe bei der Suche nach Überlebenden. Die anderen hat Theron schon hingeschickt, und er will, dass du dich bereitmachst.«

Ein wohliges Kribbeln überkam Zander. Theron ließ ihn kämpfen? Eigentlich hatte er gedacht, von jetzt ab dürfte er nicht mehr in den Kampf ziehen, solange Isadora keinen Erben geboren hatte. Aber da sie ja noch nicht offiziell gebunden waren, wollte Theron ihm anscheinend einen letzten Auftrag gönnen. »Ja, klar. Ich muss nur meine Waffen holen, dann können wir gehen.«

»Eines noch.« Titus versperrte Zander den Weg zur Treppe, und prompt verkrampften sich Zanders Muskeln in Erwartung dessen, was als Nächstes kommen würde. Revanche nervte, aber letztlich hatte er es provoziert.

»Was du vorhin getan hast, im Königsgemach, das war …« Titus hob eine Hand und betrachtete sie, als wäre er unschlüssig, ob er sie Zander auf die Schulter legen oder in den Magen rammen sollte. Zander machte sich sehr steif, doch dann nahm Titus seinen

Arm wieder herunter. »Das war heldenhaft, Z. Ich will dir nur sagen, dass wir alle, vor allem Demetrius, dir das nicht vergessen werden.«

Jener flüchtige, überwältigende Stolz traf Zander frontal in die Brust. Ja, er mochte gegen seine eigenen Dämonen kämpfen, was Isadora und Callia betraf, aber dies hier war der Grund, aus dem er das Opfer brachte. Für Titus, der ausschließlich im Zorn jemand anderen berühren konnte; für Demetrius, der so verkorkst war, dass keiner einen Schimmer hatte, was mit ihm nicht stimmte; für Cerek, der sich von allen Frauen fernhielt. Zander tat es für all seine Wächtergefährten, die dasselbe Opfer aus tausenderlei Gründen nicht bringen konnten.

»Demetrius vergisst alles. Spätestens nächste Woche kratzt ihn die ganze Geschichte gar nicht mehr.«

Ein Lächeln erschien auf Titus' sonst so ernsten Zügen. Oder zumindest kam dieses kleine Heben des einen Mundwinkels für seine Verhältnisse einem Lächeln gleich. »Wahrscheinlich nicht. Oder aber ihm fällt eine irrwitzige Begründung ein, du könntest dich auf die Sache eingelassen haben, um uns alle reinzulegen.«

Zander schüttelte den Kopf, grinste und folgte Titus, als der sich umdrehte und voraus die Treppe hinunterstieg.

»Und eines will ich gleich klarstellen«, sagte Titus im Gehen. »Auf keinen Fall werde ich dich mit Königliche Hoheit anreden, nur weil du Isadora heiratest. Königliche Hohlheit vielleicht schon.«

Zanders Grinsen wurde breiter, als sie um die Ecke bogen und Richtung Krypta gingen, dem Raum im untersten Geschoss der Burg, wo die Argonauten ihre

Waffen und sonstige Ausrüstung lagerten. Das war schon eher der Titus, wie Zander ihn kannte.

»Oder Eure Majestät«, fuhr Titus fort. »Dann schon eher Eure Maulverdreht. Nein, warte, ich habe was noch Besseres! Der Rat spricht doch immer vom König als Seine treueste, allerdurchlauchigste Hoheit, nicht? Dich nennen wir einfach Seine irreste, samenspendende Hohlheit.« Diese Variante schien ihm zu gefallen. »Ja, das passt.«

Zanders Lächeln erstarb, als Titus die schwere Tür zur Krypta mit einer Schulter aufschob. Stimmt, die letzte Bezeichnung passte zu ihm. Seine gesamte Zukunft war in diesem Schmähtitel zusammengefasst.

Er nahm sich eine neue Schwertscheide und ein Parazonium, hängte sich den Gurt quer über die Brust und rückte ihn so hin, dass die Waffe auf seinem Rücken war, bevor er sich seine Jacke überstreifte und jeden Gedanken an den König, Isadora und erst recht Callia aus seinem Kopf verbannte. »Machen wir uns auf den Weg, Titus. Wir wollen ja nicht Demetrius den ganzen Spaß überlassen.«

»Das ist der beste Plan, den ich heute höre.« Titus schnappte sich seine Ausrüstung und nickte zur Tür. »Ich bin so weit. Gehen wir ein paar Dämonen vertrimmen.«

Zander war ebenfalls bereit, wenn auch auf eine Weise, die Titus oder die anderen Argonauten niemals verstehen würden.

Sechstes Kapitel

Max schrak aus dem Schlaf, in kalten Schweiß gebadet und am ganzen Leib zitternd.

Das Atmen viel ihm schwer. Rasch setzte er sich auf und blickte klopfenden Herzens in die Dunkelheit, während seine Sinne langsam wach wurden.

Er war auf seinem Dachboden, lag auf seinem Strohbett. Mondlicht fiel durch das schmutzige Fenster an der gegenüberliegenden Wand und beleuchtete die dicke Staubschicht auf den kahlen Dielen, so dass es aussah, als läge eine Schneeschicht drauf.

Dies war nicht das Übungsfeld. Er sah nach unten. Es war kein Blut an seinen Händen. Er hatte eben nicht in blinder Raserei getötet, wie er es in seinem Traum sah.

Ein Traum. Bloß ein blöder Traum.

Er holte tief Luft, zwei Mal, schloss die Augen und versuchte, seinen rasenden Puls zu beruhigen. Der Traum war genauso gekommen wie sonst. Und wie immer fiel es Max schwer, ihn von der Wirklichkeit zu unterscheiden. In diesem Traum hatte er seine Mutter gesehen, die ihn suchte – wieder einmal. Als sie jedoch erkannte, was aus ihm geworden war, was er getan hatte, kehrte sie ihm entsetzt den Rücken zu und floh.

Das ist nicht passiert. Nur ein blöder, ganz blöder Traum.

Er fühlte sich ein wenig ruhiger, öffnete die Augen und schaute sich um. Während sein Puls langsamer und seine Sicht im Dämmerlicht besser wurde, erkannte er, dass er sehr unruhig geträumt haben musste. Das Brot neben seinem Lager, das er nicht angerührt hatte, war überall auf dem Boden verstreut und größtenteils zerdrückt, der Teller in mindestens drei Teile zerbrochen und sein Wasser nur noch ein feuchter Kreis auf dem harten, kalten Holz.

Komisch.

Mit einem Achselzucken verscheuchte er den Gedanken und legte sich wieder hin. Er war nicht sicher, wie lange er geschlafen hatte, aber es mussten Stunden gewesen sein, ging man nach dem Licht. Von draußen war zu hören, dass Atalanta nach der Abendessenspause wieder bei der Arbeit war und ihre Dämonen trainierte. Zum Glück hatte sie Max schlafen lassen, wohl weil sie zu angewidert von seiner Menschlichkeit war und seinen Anblick nicht mehr ertrug. Waffenklirren, Schmerzensschreie und Atalantas Brüllen hallten durch die Luft, pochten in seinem Kopf.

Er warf den Arm über seine Augen und versuchte, die Geräusche auszusperren. Bibbernd sehnte er sich seine Decke herbei, nur war jedwedes Wünschen zwecklos, denn heute Nacht bekäme er sie nicht wieder. Also sollte er sich damit abfinden, zu frieren.

Um nicht an die Kälte zu denken, drehte er sich auf die Seite, rollte sich zusammen und stellte sich das Gesicht seiner Mutter vor. Wenn er sich ganz doll anstrengte, konnte er sogar fast die Wärme vom Glas wieder spüren.

Der Spiegel!

Er setzte sich ruckartig auf, nun hellwach, und erneut raste sein Herz. Nur dass diesmal kein Traum daran schuld war. Das war die Wirklichkeit.

Er sprang auf, kniete sich wieder hin, suchte jeden

Zentimeter seines Strohlagers nach dem Spiegel ab, doch er konnte ihn nicht finden. Seine Hände zitterten, und ihm kamen die Tränen. Wieso hatte er den Spiegel nicht zurückgelegt, bevor er einschlief? *Blöder, blöder Max!* Wo war er?

Wieder und wieder tastete er sein Strohbett mit zittrigen Fingern ab, wurde mit jedem fruchtlosen Suchen verzweifelter. Dann aber ertastete er etwas Kleines, Rundes, Metallenes und erstarrte.

Er hob die Münze ins Mondlicht, um sie besser sehen zu können, und ihm wurde eiskalt, als er den eingestanzten Buchstaben *A* im Gold entdeckte.

Es war Atalantas Münze, ihr Erkennungszeichen. Folglich musste sie in seinem Zimmer gewesen sein, ihn mit dem Spiegel gesehen haben. Und nun war er fort. Das zerkrümelte Brot, das verschüttete Wasser, der zerbrochene Teller: Alles ergab jetzt einen Sinn.

Binnen einer Sekunde war er auf den Beinen, angetrieben von einer Wut, wie er sie nie zuvor gekannt hatte. Er stieg die Leiter hinunter in den dritten Stock und stürmte über die Hintertreppe hinab zur Küche. Mit jedem Schritt wuchs der Zorn in ihm.

Meiner. Meiner. Meiner!

Ohne auf das Personal oder deren warnende Rufe zu achten, raste er durch den Raum. Eisige Luft schlug ihm entgegen, sowie er die Tür aufstieß, doch auch die ignorierte er. Drüben auf dem Trainingsplatz erblickte er eine Gruppe von Dämonen, die Atalanta und einen ihrer Lakaien umringten.

»Schwach!«, brüllte Atalanta. »Wollte ich rückgratlose Würmer in meiner Armee, hätte ich Menschen statt Dämonen ausgesucht. Jetzt leg dich mal ins Zeug!«

Max' Füße bewegten sich wie von selbst. Alles um ihn war dunkel und verschwommen, und ehe er begriff, was er tat, drängte er sich durch die Menge in die Mitte.

Atalanta bemerkte ihn, und der Dämon, mit dem sie kämpfte – Phobi? –, nutzte die Gelegenheit, um die Oberhand zu gewinnen. Aber sie war schneller als er und tausend Mal tödlicher.

Ihr Schwert schwang aus, ehe Phobi zuschlagen konnte, und mit einem Schrei, der durch die kalte Nacht gellte, flog sein Kopf vom Körper und landete mit einem dumpfen Poltern auf der gefrorenen Erde. Sekunden später fiel der Rest von ihm um.

Von solchen Szenen hatte Max schon unzählige bezeugt, und jedes Mal hatte ein Teil von ihm aufgeschrien. Tod war Tod, egal welche Kreatur er traf. Dieses Mal jedoch kümmerte es ihn nicht. Er sah nur Atalanta und was sie ihm angetan hatte.

»Maximus«, sagte sie und wischte die blutige Klinge in ihrem roten Rock ab. »Wie schön, dass du dich zu uns gesellst.«

»Ich bin nicht hier, weil ich mitmachen will«, schrie er und schleuderte ihr die Münze vor die Füße. »Ich komme, um mir zu holen, was du mir gestohlen hast.«

Sie blickte hinab zu dem Goldstück, und ein Flackern regte sich in ihren Augen, doch ihre Miene blieb so kalt und ungerührt wie immer.

Dann sah sie zu ihm, spießte die Schwertspitze in den Boden, so dass die Waffe aufrecht stand, und zog das ovale Glas aus ihrer Rocktasche.

Max stockte der Atem, als er seinen Schatz in ihrer Hand sah. Angst schnürte ihm die Kehle zu, denn er wusste, was sie wollte. Er sollte betteln, sollte vor den anderen zeigen, wie schwach er war. Und das würde er. Für dieses Glas und die eine Verbindung zu seiner Mutter tat er alles.

»Willst du das hier?«, fragte sie mit eklig süßer Stimme. »Dieses ... Kleinod?«

Leider brachte er keinen Ton heraus.

Sie drehte das Glas langsam in ihren Händen, ohne den Blick auch nur eine Sekunde von ihm abzuwenden. »Es ist so hübsch, Maximus. Ich frage mich, wo du das nur herhast?«

Er war nicht so dumm, ihr etwas vorzulügen. So wie sie ihn anstarrte, vermutete sie bereits, dass es von den Göttern stammte. Aber so blöd, ihr die Wahrheit zu sagen, war er natürlich auch nicht.

Sie packte das Glas mit einer Hand und warf es nach rechts. Mit einem stummen Aufschrei beobachtete Max, wie es durch die Luft flog. Krumme, knorrige Finger griffen danach, ehe es auf die gefrorene Erde fiel. Zelus gackerte.

»Schön, nicht wahr, Zelus?«, fragte Atalanta, die nach wie vor Max ansah.

»Ja, meine Königin«, knurrte der Dämon.

Ein träges Lächeln erschien auf ihren Zügen. »Jetzt gehört es dir.«

Zelus hob es über seinen Kopf.

»Nein!«, schrie Max, in dessen Körper sich jeder einzelne Muskel anspannte.

Zelus' Arme bewegten sich so schnell, dass Max es kaum verfolgen konnte. Ihm stockte der Atem, und als das Glas mit einem leisen Klimpern auf der harten Erde zersprang, lösten sich auch all seine Träume in winzige Scherben auf.

Nun könnte sie ihn niemals finden. Nicht mehr. Nie mehr.

Max sah tiefrot und stürzte ohne nachzudenken los. Seine Hand schnellte nach vorn und ergriff Atalantas Schwert, ehe sie ihm zuvorkommen konnte. Ein Brüllen hallte über das Trainingsfeld, doch Max sah nicht einmal hin, bemerkte gar nicht, dass er dieses Geräusch machte. Er fühlte, wie etwas in sein Gesicht klatschte, was ihn nicht scherte. Die Klinge in seiner Hand holte aus, traf auf Zelus' Haut und grub sich in dessen Knochen. Der Dämon heulte, wollte sich wehren, aber Max war zu flink. Er wich dem Dämon ein ums andere Mal aus, und als Zelus schließlich auf den Knien war, zögerte er nicht einmal.

Hinter sich hörte er Atalanta »Ja!« flüstern.

Er holte aus. Der Vernichtungswunsch überwog all seine anderen Sinne, selbst den für Moral.

Mit einem Pfeifen sauste die Klinge seitwärts, das nur gedämpft wurde, als sie das Hindernis durchschnitt, und Zelus' Kopf rollte über den Boden bis vor Phobis Füße. Als Nächstes kippte der Körper des Dämons auf die Erde.

Hinter Max ertönte glockenhelles Frauenlachen. »Ja, Maximus, ja!« Atalanta klatschte in die Hände, packte seine Oberarme und schüttelte ihn begeistert.

Verschwitzt und atemlos starrte Max auf das Blutbad, das er angerichtet hatte, und erwartete, Reue zu empfinden. Doch die regte sich nicht einmal andeutungsweise in ihm. Vielmehr empfand er Triumph. Anstelle des toten Dämons sah Max nichts als seine dummen, sinnlosen Hoffnungen und Träume in Trümmern vor sich liegen.

Er ließ sich von Atalanta zurückziehen und an sich

drücken, wehrte sich nicht gegen ihre Berührung oder verkrampfte sich wie sonst. »Ich wusste, dass es in dir steckt!«

Rasch gab sie ihn wieder frei und wies die anderen an: »Hybris, schnell, sag den Köchen, sie sollen ein Festmahl bereiten. Heute Abend feiern wir den Sieg meines *Yios*!«

Hybris rannte zum Haus. Die anderen Dämonen trotteten zur Kaserne am Waldrand, raunten und grummelten untereinander, wovon Max allerdings nichts verstand und auch nicht wollte. Er rührte sich nicht.

Warum fühlte er nichts? Wieso regte sich in ihm gar nichts. Da war bloß … Nichts.

Atalanta trat vor ihn, so dass ihm ihr langes Gewand die Sicht auf den enthaupteten Dämon versperrte; aber er musste ihn nicht sehen, um sich zu erinnern. Dieses Bild konnte er sich jederzeit ins Gedächtnis rufen.

Atalanta beugte die Knie, bis sie auf Augenhöhe mit Max war. Ihre Iris war von jenem Pechschwarz, aus dem Diamanten entstehen könnten.

»Du hast soeben deinen ersten Schritt auf mich zu gemacht, *Yios*, und ich weiß, wie schwer das für dich ist, denn früher war ich wie du. Aber das Kämpfen ist mir bestimmt, es ist, was ich bin.« Ihre Stimme klang sanft, zur Abwechslung mal nicht herablassend. Und aus Gründen, die er nicht erklären konnte, hörte er ihr zu. »Du und ich, Maximus, wir haben gemeinsam die Macht, alles zu tun. Zusammen sind wir stark genug, um die Welt zu beherrschen.«

Die Metallscheibe, die sie stets um den Hals trug, rutschte aus ihrem Kleid und baumelte vor Max. Er hatte sie schon häufiger gesehen, doch heute Abend strahlte sie so hell wie der Mond.

Atalanta legte eine Hand an seine Wange. »Du glaubst mir, nicht wahr, Maximus?«

Er blickte auf die Scheibe mit den vier gleichmäßigen Aussparungen und versuchte, sich zu erinnern, was Thanatos, der Erzdämon darüber zu den anderen gesagt hatte. *Es ist der Schlüssel, der die Pforten zur Welt öffnet. Geschmiedet von den Göttern und von ihr gestohlen.*

Wie ein Schlüssel sah das Ding eigentlich nicht aus, aber was wusste Max schon?

»Maximus?« Ein rot lackierter Finger hob sein Kinn an.

»Ja?«, flüsterte er und konzentrierte sich wieder auf ihre Augen. Rund, genau wie das Medaillon an ihrer Brust.

»Ja, was?«

»Ja, *Matéras*?« Das Wort hatte sich ihm derart eingeprägt, dass er sich nicht einmal mehr sträubte, es auszusprechen. Oder fing er an, sich endlich damit abzufinden?

Sie lächelte ein richtiges Lächeln, wie er es noch nicht an ihr gesehen hatte, und ihre verblüffende Schönheit raubte ihm den Atem. »Heute Abend bin ich stolz, dich meinen Sohn zu nennen. Komm und feier mit mir. Und wenn es Zeit zum Schlafengehen ist, sollst du in den weichsten Federn liegen, von Luxus umgeben. Denn bei mir wird es dir künftig an nichts mehr mangeln.«

Irgendwo in seinem Kopf schrie eine kleine Stimme *Nein!*, nur war sie so schwach und erstickt, dass er sie kaum hörte.

Atalanta stand auf und reichte ihm die Hand. »Komm, *Yios*.«

Stumm betrachtete er ihre langen Finger im Mondschein. Auf dem Boden hinter ihr konnte er das zerbrochene Glas inmitten von Blut und Tod sehen.

Das hier ist deine Wirklichkeit. Alles andere war nie echt, nur ein Traum …

Er ließ das Schwert fallen, legte seine Hand in ihre und gab jene Fantasie auf, an die er sich so lange geklammert hatte – den Traum von seiner Mutter, seinem Vater und den blödsinnigen Wunsch, jemand würde kommen und ihn retten. Das würden sie nicht, niemals. Denn Atalanta hatte recht: Er war genau wie sie, ein Mörder, ein Ausgestoßener. Nicht mehr als ein unerwünschter Held.

Sein Blick fiel auf die Zeichnungen an seinen Unterarmen, die einen scharfen Kontrast zu ihrer blassen Haut bildeten. Er konzentrierte sich auf die uralten Worte, als sich ihre Finger um seine schlossen, auf die Linien und Wirbel, die in seine Haut gebrannt waren, nicht hingegen in ihre. Und beim Anblick ihrer vereinten Hände wurde ihm bewusst, was er bisher gar nicht recht erkannt hatte. Sie beide mochten sich gleichen, doch im Gegensatz zu ihr war er von den Göttern gesegnet. Daran änderte auch dieser entsetzliche Ort nichts.

Sein Herz begann zu pochen, langsam zunächst und dann schneller, je klarer er begriff, was es bedeutete. Und als er wieder zu Atalanta aufsah, trat ein neuer Traum an die Stelle des alten. Nur dass dieser sich nicht warm und sicher anfühlte, sondern gefährlich, elektrisierend und übermächtig. Die Gedanken rumorten in seinem Kopf, explodierten geradezu, bis

Max sich überhaupt nicht mehr betäubt fühlte. Jener Teil in ihm, der vor wenigen Momenten von Zorn befeuert wurde, nahm sein gesamtes Sein ein.

»Ja, *Matéras*«, flüsterte er, blickte wieder zu der Metallscheibe und glaubte zum ersten Mal in seinem jungen Leben, dass sie die Wahrheit sagte. Bei ihr konnte er alles haben, was er wollte. Und durch sie könnte *er* die Welt beherrschen.

Ihr Lächeln wurde noch strahlender, obwohl sie nicht ahnte, was in ihm vorging. Doch eines Tages würde sie es wissen.

An dem Tag, an dem sie bereuen würde, was sie geschaffen hatte.

Callia saß auf dem Stuhl hinter ihrem Schreibtisch im Büro der Klinik und sah hinaus zu den verblassenden Aegis-Bergen in der Ferne. Argoleanische Jahreszeiten verliefen im gleichen Rhythmus wie die in der Menschenwelt, und nun war Spätherbst. Heute hingen tiefe Wolken über dem Tal, in dem die Stadt Tiyrns lag. Sie verschleierten Callia den Ausblick auf violette Turmspitzen und schneebedeckte Hügel – oft das Einzige, was ihr ein Gefühl von Frieden bescheren konnte.

Einer alten Sage nach hatten die Götter vor langer Zeit etwas Wertvolles in den Bergen versteckt, als sie ihrem Volk Argolea schenkten. Etwas, das sie keinem von ihnen überlassen wollten, weil sie fürchteten, ein Einzelner könnte es zum Schaden aller nutzen. Callia hatte die Geschichte schon Hunderte Male gehört und häufig, wenn sie zu den Bergen sah, überlegt, was es wohl sein mochte. Heute hingegen war die alte Sage nur ein flüchtiger Gedanke. Etwas von großem

Wert? Sie hatte schon alles verloren, was ihr wirklich teuer gewesen war. Und jetzt hatte sie auch Zander verloren, obgleich ihr gar nicht bewusst gewesen war, dass ihm immer noch ein Teil ihres Herzens gehörte.

Es klopfte an der Tür, bevor eine vertraute Stimme rief: »Callia?«

Ihr Vater, Lord Simon, zweithöchstes Mitglied des Ältestenrates, steckte den Kopf zur Tür herein. »Störe ich?«

Sie verneinte stumm und drehte sich mit ihrem Stuhl zu ihm. An jedem anderen Tag hätte sie sich wenig über seinen Besuch gefreut, aber heute war kein gewöhnlicher Tag und sie für alles dankbar, was sie von Zander ablenkte. »Nein, ich dachte gerade über einen Fall nach. Was tust du hier? Ich dachte, du wärst mit Ratsangelegenheiten beschäftigt.«

»Bin ich«, sagte er und kam herein. Er trug eine maßgeschneiderte Tuchhose und ein traditionelles argoleanisches Hemd, das bis zum Hals zugeknöpft war und dessen langer Kragen von einer Seite wie ein Schal über die andere Schulter drapiert war. Lord Simon war beinahe vierhundert Jahre alt, sah jedoch keinen Tag älter als vierzig aus. Groß und athletisch von Gestalt, mit schwarzem Haar und grünen Augen, hatte Callia ihn immer für gut aussehend gehalten und stellte sich gern vor, dass ihre Mutter es ebenfalls tat. Es war ein angenehmerer Gedanke als der, sie hätte ihn nur aus Zwang geheiratet.

Innerlich schüttelte sie den Kopf, als sie ihn ansah. Argoleaner waren konservativ, was ihre Art anging, und dennoch relativ modern. Die meisten Halbblute – oder Misos – glaubten, Argoleaner würden in griechischen Togen und mit Weinranken im Haar herumlaufen; sie hatten keine Ahnung, wie sehr sich ihre beiden Welten ähnelten.

»Ich habe mir eine Pause genommen, um dir eine Überraschung zu bringen«, erklärte ihr Vater. »Ich dachte mir, du kannst eine gebrauchen, so viel wie du in letzter Zeit arbeitest.« An der Art, wie er das Wort *arbeitest* aussprach, war sein Missmut deutlich zu erkennen, was Callia wie immer überging.

Als er zur Tür blickte, tat sie es ebenfalls. Was hatte er vor?

Sekunden später erschien ein weiteres Gesicht, nur leider eines, das sie ausgerechnet heute nicht sehen wollte.

Loukas lächelte, dass seine weißen Zähne im sonnengebräunten Gesicht leuchteten, und schritt ins Büro, als wäre es seines. »Überraschung, Callie!«

Callia erhob sich langsam und ein bisschen steif von ihrem Stuhl, bemüht, ihren Widerwillen für sich zu behalten. Sie hasste die Dreistigkeit, mit der er sie Callie nannte, als gefiele ihm ihr richtiger Name nicht, weshalb er ihr einfach einen anderen gab. »Loukas, was machst du denn hier?«

Seine Bernsteinaugen musterten sie kritisch, denn ihn störte es, dass sie Hosen trug. Eine sandfarbene Locke fiel ihm in die Stirn. Loukas war kein unattraktiver Mann, mittelgroß, recht gut gebaut und mit kantigen Zügen; dennoch ließ er Callia physisch wie emotional vollkommen kalt, was insofern ungünstig war, als sie diesem *Ándras* versprochen war.

Er war ebenso konservativ gekleidet wie ihr Vater, hatte gleichfalls ein *Chison* an, was nicht weiter verwunderte. Schließlich sollte er bald *Lord* Loukas sein, das jüngste gewählte Mitglied des Rates. »Ich bin hier, um dich zum Essen einzuladen, heute Abend. Deine Reinigungsperiode ist beinahe um. Ich ...« Ihr Vater räusperte sich, worauf Loukas zu ihm sah. »*Wir* dachten, es wäre eine hübsche Abwechslung für dich.«

Callia konnte nichts sagen. Waren die zehn Jahre tatsächlich schon um? Im Geiste rechnete sie nach und musste zu ihrem Elend feststellen, dass sie es im nächsten Monat wären. Ihr Magen zog sich zusammen. »Ich ...«, begann sie und blickte rasch zu ihrem Vater, dann wieder zu Loukas. »Ich habe noch ein paar Wochen, denke ich.«

»Wissen wir«, sagte ihr Vater. »Aber es ist lange genug her.« Er nickte mit einem stolzen Lächeln zu Loukas. »Und Loukas konnte dem Ratsvorsitzenden seine Zustimmung entlocken, vorausgesetzt, dass eure Bindungszeremonie nicht vor Ablauf der vollen Reinigungsperiode vollzogen wird.«

Callia wurde übel, als sie Loukas' selbstzufriedenes Grinsen bemerkte. Nach dem, was vor Jahren geschah, war er zu Recht wütend auf sie gewesen, hatte während der Reinigungszeremonie und in der Zeit danach kaum eine Handvoll Wörter mit ihr gewechselt. Und insgeheim hatte Callia gehofft, dass er sich eine andere *Gynaíka* wählen würde. Aber das hatte er offensichtlich nicht, denn nun stand er hier und verlangte seinen Preis. Callia war für ihn nichts als eine Trophäe, genau so, wie es der Rat von argoleanischen Frauen erwartete. Sie war dem Gesetz nach sein, nicht verdientermaßen.

»Also heute Abend zum Essen, Callie«, sagte er, denn für ihn war es offenbar entschieden. »Sieben Uhr bei mir. Wir haben eine Menge zu besprechen, Pläne zu schmieden.« Er blickte sich angewidert in ihrem Büro um. »Ich bin sicher, dass du ebenso darauf brennst wie ich, unsere gemeinsame Zukunft zu beginnen. Also sei pünktlich.«

Er wartete nicht einmal ihre Antwort ab, sondern ging einfach. Und das kleine bisschen Unabhängigkeit, das sie sich in den letzten zehn Jahren erkämpfen konnte, schien mit ihm zu verschwinden.

»Lucian freut sich sehr auf eure baldige Vermählung«, erzählte ihr Vater begeistert, als Callia zurück auf ihren Stuhl sank und versuchte, trotz allem weiterzuatmen. »Er plant eine große Feier.« Simon blickte zur noch offenen Tür und in den Korridor. »Unter uns, ich denke, Lucian wird kurz nach dem Fest seinen Rücktritt verkünden und Loukas zu seinem Nachfolger ernennen. Loukas steckt voller großer Ideen, und wollte ich dir erzählen, wie sehr sie unserem Volk zugutekämen, könnte ich gar nicht wieder aufhören.«

Callia drehte sich der Magen um. Ja, Loukas' gute Ideen waren ihr leider bekannt. Unter anderem sahen sie vor, dass Frauen wieder ins finstere Mittelalter zurückgeworfen wurden, jede Unabhängigkeit verloren, ihre Jobs aufgaben und ausschließlich dem *Ándras* dienten, der ihr Vormund war, und Nachkommen für ihre Art produzierten.

»Callia? Stimmt etwas nicht?«

»Nein, nichts, ich …«

Wehr dich. Beweise ihm, dass er im Unrecht ist, dass sie es alle sind. Ihre Worte gegenüber Isadora fielen ihr wieder ein, und ein unangenehmes Pochen hob in ihren Schläfen an. Götter, sie hatte Isadora geraten, sich gegen den König aufzulehnen? Was für ein Witz! Sie selbst schaffte es ja nicht mal, ihrem Vater zu widersprechen.

Die Augen geschlossen, stützte sie beide Ellbogen auf ihren Schreibtisch und rieb sich die Stirn. Sie wollte sich nicht an Loukas binden, an überhaupt niemanden. Der Einzige, den sie jemals gewollt hatte, wollte sie nicht. Und der Gedanke daran, mit Loukas intim zu sein … Oh Götter, das konnte sie nicht!

Sie nahm die Hände herunter, blickte zu ihrem Vater auf und wollte ihm genau das sagen. Aber sie brachte es nicht über die Lippen.

Wie viel hatte er schon mitansehen müssen, und wie viel mehr erwartete ihn noch? Der Tod ihrer Mutter hatte eine Leere in sein Leben gerissen, die er bis heute nicht wieder gefüllt hatte. Und an Callias Affäre mit Zander – sowie allem, was danach kam – wäre er beinahe zerbrochen. Er hatte für sie seinen Ruf im Rat aufs Spiel gesetzt, ihren gebrochenen Leib umhegt, als es niemand sonst wollte. Er hatte dafür gesorgt, dass sie nicht auf jenem griechischen Hügel starb. Und als es vorbei war, als es nichts mehr gab, wofür sie noch leben wollte, hatte er es möglich gemacht, dass sie nach Argolea zurückkehren durfte. Hier war sie geschützt vor den Dämonen in der Menschenwelt, konnte ihrer geliebten Arbeit in der Klinik nachgehen, was ihrem Leben wenigstens einen Anflug von Sinn verlieh.

Er hätte sich von ihr abwenden können, so wie es alle anderen, einschließlich Loukas, taten. Doch er war bei ihr geblieben, und deshalb blieb sie letztlich die ganzen Jahre bei ihm.

Ein wahrer Anführer stellt seine persönlichen Bedürfnisse zugunsten des Gemeinwohls zurück. Und er bringt Opfer, die am Ende alles rechtfertigen, was vorher kam.

Die Worte des Königs ergaben in diesem Moment einen neuen Sinn, so wenig es ihr auch behagte.

»Callia?«, fragte ihr Vater wieder. »Was ist geschehen? Du sahst bedrückt aus, als ich hereinkam. Warst du in der Burg?«

Sie nickte, denn wenigstens in diesem Punkt wollte und konnte sie ihn nicht belügen. »Ja. Der König berief eine Versammlung ein, als ich dort war. Er …«

»Was?«

Sie zögerte, weil sie nicht sicher war, ob sie es ihm erzählen sollte. Aber warum nicht? Er würde es ohnehin bald erfahren. »Er hat die Verlobung der Prinzessin bekanntgegeben.«

Prompt verfinsterte sich die Miene ihres Vaters. »Mit einem anderen Argonauten?«, fragte er angeekelt. »Welcher ist es diesmal? Demetrius?«

Kopfschüttelnd blickte sie auf ihre Hände. »Nein. Isadora heiratet … Zander.«

Erst auf sein Schweigen hin sah sie erneut zu ihm auf. Selbst im Dämmerlicht des frühen Abends war ihm deutlich anzusehen, wie überrascht er war.

»Verstehe«, sagte er schließlich.

Callia hatte plötzlich einen Kloß im Hals, der nicht weggehen wollte, egal wie angestrengt sie schluckte. »Ich dachte, die Nachricht würde dich freuen.«

Ihr Vater nahm ihre Hände und zog Callia von ihrem Stuhl. Wärme strömte ihre Arme hinauf, und der vertraute Sandelduft wehte ihr entgegen. »Nichts, was dir Schmerz bereitet, freut mich, Callia. Anders als du vielleicht denkst, war mein größter Einwand gegen die Beziehung zu Zander nicht der, dass er ein Argonaut war, sondern dass er dich benutzt hat.«

Sie blinzelte, als er ihr eine Haarsträhne hinters Ohr strich, denn es erschreckte sie, dass er nach all den Jahren mit ihr über Zander sprach, fast noch mehr als der Umstand, dass er sie berührte. Sie entsann sich nicht, wann er sie das letzte Mal angefasst hatte. Nicht … seit Griechenland.

»Du willst es wahrscheinlich nicht hören, aber die Argonauten tun alles, um die Arbeit des Rates zu sabotieren, und du, meine Tochter, warst ein Mittel zu genau diesem Zweck.«

»Das stimmt nicht. Zander würde nie …«

»Er würde und er hat. Ich hege nicht den geringsten Zweifel, dass er dich aus diesem Grunde verführte. Und es hat funktioniert, nicht wahr? Deine, nun ja, Situation lenkte von wichtigen gesellschaftlichen Problemen ab, mit denen sich der Rat seinerzeit befasste. Wir brauchten Jahre, um den Rückschlag wettzumachen, den uns jener Skandal einbrachte.«

Der König hatte es gewusst? Callia merkte, wie sie blass wurde. Ihr gegenüber hatte er kein Wort darüber verloren. Die ganzen Jahre hatte sie geglaubt, ihre Geschichte mit Zander wäre kaum jemandem bekannt.

»Ungeachtet dessen«, fuhr ihr Vater ein klein wenig sanfter fort, »selbst wenn Zanders Absichten ehrenhaft gewesen wären, was sie nicht waren, hätte er dich nie wirklich achten können, wie es dir gebührt, entspringt er doch einem gänzlich anderen Hintergrund. Es liegt schlicht nicht in seiner Natur, Frauen oder die Familie zu würdigen. Seine eigenen Eltern wollten ihn ja nicht einmal. Er kennt nichts anderes als das Kämpfen, und keiner kann etwas gegen seine Blutlinie tun, Callia. Seine ist zu mächtig, seine Verbindung zu den Göttern zu eng. Er hat dich nie gebraucht. Und ich wollte nicht, dass du dem Zorn zum Opfer fällst, der seinesgleichen im Blut liegt. Ich nehme an, dass er für

Isadora eine gute Partie ist, nicht aber für dich. Für dich wünsche ich mir mehr.«

Tränen brannten in Callias Augen, die sie heute wahrlich nicht noch zusätzlich zu allem anderen brauchte. Warum musste er so verflucht vernünftig klingen, wo doch das, was er sich wünschte, grundfalsch war?

»Loukas«, sagte er, »versteht, woher du kommst. Er kennt unsere Geschichte und will, dass Argolea wieder wie einst wird. Er wird dich auf die Weise ehren, die dir zukommt. Diese Verbindung mit Loukas ist gut für dich, gut für uns, das weißt du doch, nicht?«

Während ihr Vater wartete, begannen die Narben an ihrem Rücken zu kribbeln. Zumeist dachte Callia gar nicht mehr an sie, war der Schmerz doch mit der Erinnerung verblasst. Aber jetzt kehrte alles zurück, woher sie waren und wofür sie standen.

Opfer bringen. Darauf lief das Leben letztlich hinaus. Nicht Glück, nicht Erfüllung, nicht Liebe. Das Leben ging weiter, weil manche bereit waren, ihre Wünsche und Bedürfnisse zum Wohle der anderen zu opfern.

Ich bin keine Anführerin, Majestät.

Noch nicht, aber vielleicht eines Tages …

Bei dem Gedanken daran, was hinter ihr und was noch vor ihr lag, wummerte ihr Herz in der Brust. Nein, sie wollte sich nicht an Loukas binden, aber womöglich hatte der König recht. In dieser Ehe eröffnete sich ihr eventuell die Chance, etwas für die Frauen in ihrer Welt zu tun. Oder zumindest zu verhindern, dass Loukas sie so unterdrückte, wie er es vorhatte.

Sie blickte zu ihrem Vater auf und wusste, dass sie

das Richtige tat, auch wenn es ihr das Herz brach. »Mir ist klar, was geschehen muss.«

Bei Simons Lächeln, das nicht minder siegesbewusst war als Loukas', wurde ihr eiskalt. Er umfing ihre Oberarme und drückte sie sanft. »Sehr gut. Du wirst sehen, Callia, dass für dich ein völlig neues Leben beginnt. Sowie deine Reinigung abgeschlossen ist, gibt es keinen Grund, jemals wieder an die Vergangenheit zu denken.«

Der Singsang seiner Worte schien noch in der Luft zu hängen, als er sich bereits verabschiedet hatte. Sobald sie allein war, drehte Callia sich wieder zum Fenster. Die Berge waren nun ganz hinter den Wolken versteckt.

Etwas von großem Wert. Die Sage ging ihr durch den Kopf. Die Vergangenheit, die ihr Vater so gern vergessen wollte, war das einzig Wertvolle, das ihr geblieben war. Sie und die Erinnerung an eine Liebe, die sie einst gekannt, und das Kind, das sie nicht gehabt hatte. Sie konnte eine Menge opfern, sich selbst inbegriffen, aber niemals diese Erinnerungen. Und weder ihr Vater noch Loukas noch die Tatsache, dass Zander eine andere heiratete, könnte sie je dazu bringen.

»Heilige, beknackte Hera!«, hauchte Titus, als er mit Zander inmitten der vormaligen Siedlung hoch in den Bergen stand und sich das Ausmaß der Zerstörung ansah.

Ein Feldweg führte zu dem abgelegenen Dorf, und durch die Bäume waren keine Wagen oder sonstigen Fahrzeuge zu hören. Um sie herum lagen überall Tote; aber das waren nicht nur Misos. Es waren auch Menschen darunter, halb aufgefressen oder verstümmelt.

»Verdammt«, sagte Zander angesichts der verwesenden Körper und des blutgetränkten Bodens. Der Gestank des Todes war überwältigend. Dies hier war schlimmer als alles, was er in den letzten achthundert Jahren gesehen hatte.

Atalantas Zorn wuchs – und Unschuldige bezahlten ihn mit ihrem Leben. Als sie noch in der Unterwelt gefangen war, hatten ihre Dämonen Misos gejagt, um deren Seelen als Bezahlung für Atalantas Unsterblichkeit an Hades zu schicken. Aber dank Casey und Isadora war Atalanta nicht mehr unsterblich. Nun war sie entschlossen, so viel Leiden zu schaffen, wie sie irgend konnte, um sich an den Argonauten zu rächen. Und das nur, weil sie vor Jahrtausenden aus der Gruppe verbannt wurde.

Zander glaubte, dass es sich bei dem Körper unweit von ihm ehedem um eine menschliche Frau gehandelt hatte, von der allerdings nichts als zerfetztes Fleisch und halbausgerissene Organe übrig waren. Ihm wurde übel. Die Dämonen töteten auch, um zu fressen. Theron hatte sie gewarnt, dass sie aggressiver würden, ihre Jagd von den Misos auf die Menschen ausdehnten, weil sie keine Kraft mehr aus der Unterwelt schöpfen konnten.

Erst jetzt, beim Anblick der entsetzlichen Verwüstung, begriff Zander richtig, was er gemeint hatte. Dieser Krieg hatte sich verändert. Jahrhundertelang hatte er *gedacht*, er würde über die Erde streifen, um Menschen zu schützen. Nun tat er es wirklich.

Am anderen Ende des blutigen Schlachtfeldes erkannte er Theron im Gespräch mit einem Mann, der genauso groß war wie der Argonaut. Er schwenkte die Hände und wies zum Waldrand. Es war Nick, wie

Zander feststellte, als Titus und er näher kamen, der Anführer der Halbblutkolonie in dieser Gegend. Zander war Nick schon zuvor begegnet, vor einer Woche, als er mit Titus in den Nordwesten geschickt wurde, um die Bergregion zu überprüfen. Bisher hatte er zwar nur wenig mit Nick zu tun gehabt, aber manches an dem Mann machte ihn stutzig.

Da war zum einen seine Größe. Er überragte alle anderen Halbblute und war sehr viel aggressiver als sie. Man sah ihn niemals ohne fingerlose Handschuhe, und er hatte eine lange Narbe auf der linken Wange, die bis zu seinem Mundwinkel reichte. Der gezackte Riss stammte nicht von einer Klaue oder den Klingen, die Dämonen benutzten. Etwas anderes musste das Wundmal verursacht haben, eine Waffe, die Zander nicht kannte.

Und das war nicht das Seltsamste an Nick. Irgendwie schrie seine Erscheinung förmlich, dass er menschlich und zugleich ein Argonaut war, und das schien nicht einmal Theron erklären zu können. Noch dazu war eine solche Kombination undenkbar, was die Sache umso verrückter machte.

Theron winkte Zander und Titus zu, während Nick sie nicht zur Kenntnis nahm, sondern eine Karte auf einem langen Holzstück ausbreitete, das wie eine Tür auf zwei Sägeböcken aussah. Die erstickten Schreie von Misos auf der Suche nach Überlebenden trieben durch die Luft. »Es gibt einen Weg, der hier durch die Berge führt. Auf der anderen Seite liegt eine Schlucht, durch die unten ein Fluss verläuft. Aber in dieser Jahreszeit und bei dem Regen, den wir die letzten Wochen hatten, können sie den unmöglich überqueren.«

Theron überflog die Karte und wies auf einen Punkt weiter flussabwärts. »Was ist auf der anderen Seite?«

»Noch ein Bergkamm. In den Bergen befindet sich allerdings ein Höhlensystem, das sich über Meilen erstreckt.«

»Sie werden sich dort verstecken wollen«, murmelte Theron. »Was ist mit dieser Brücke? Ist die passierbar?«

»Ja«, antwortete Nick, der sich mit einer Hand über sein stoppeliges Haar strich. »Zumindest war sie es, als ich das letzte Mal da oben war. Dahin ist es aber ein ziemlich weiter Marsch, bedenkt man, dass wir über Frauen und Kinder reden. Und im besten Zustand war die Brücke auch nicht.« Im Gegensatz zu Theron trug Nick gar keine wärmende Kleidung. Er hatte nichts an außer einer schmierigen Jeans, einem langärmligen T-Shirt und Arbeitstiefeln. Dennoch schien er die Kälte nicht wahrzunehmen, als er aufblickte und zu den Überresten des Dorfes schaute. Anscheinend war er von Endorphinen aufgeputscht, dass er nicht fror. An seinen Hüften hingen zwei halbautomatische Pistolen sowie eine Auswahl unterschiedlicher Klingen.

Immerhin war das Halbblut vorbereitet.

»Ich habe Männer, die zusammen mit deinen Wächtern die Hügel absuchen, falls sie sich in der Nähe verstecken«, sagte Nick. »Die Chancen stehen gut, dass wir …«

»Hier sind sie nicht«, fiel Theron ihm ins Wort, ohne den Blick von der Karte abzuwenden. Er wies auf die Brücke über die Schlucht. »Sie wollen hierhin, weil sie das für den besten Fluchtweg halten. Und die Schweinehunde treiben sie vor sich her.«

»Demetrius!«, rief Theron den Argonauten herbei, der am anderen Ende der Siedlung stand und etwas auf dem Boden inspizierte. Als Demetrius zu ihnen kam, wandte Nick sich von der ausgebreiteten Karte ab, sagte etwas zu Theron und schritt zu einer Gruppe wütender Misos, die in einem Trümmerhaufen wühlten. Mit keinem Wort dankte er Zander oder Titus, dass sie ihnen zu Hilfe gekommen waren, nahm nicht einmal deren Anwesenheit zur Kenntnis. Und Demetrius würdigte er keines Blickes.

Es war ziemlich offensichtlich, dass Nick die Argonauten nur gerufen hatte, weil ihm keine andere Wahl blieb; vielen der Misos schien es ebenso wenig zu gefallen. Und dennoch …

Zander konzentrierte sich wieder auf die Karte, als Demetrius bei ihnen war.

»Ihr drei geht zu dieser Schlucht«, sagte Theron. »Die Dämonen haben vier bis fünf Stunden Vorsprung, also müsst ihr euch beeilen. Die Gruppe, die vermisst wird, besteht aus sechs Frauen und vierzehn Kindern zwischen zwei Monaten und zehn Jahren.«

»Verdammt«, sagte Titus. »Die werden abgeschlachtet.«

Nicht wenn Zander es irgend verhindern konnte. Egal wie manche hier im Dorf über die Argonauten dachten. Sein Blut pulsierte schneller, als er Therons Anweisungen für seinen vorerst wohl letzten Auftrag lauschte.

»Seid vorsichtig«, riet Theron ihnen. »Wir müssen ein paar der Dämonen lebend schnappen, damit wir herauskriegen, wie und warum dieses Dorf überfallen wurde und was Atalanta als Nächstes plant.« Er reichte jedem von ihnen ein Satellitentelefon. »Die sind auf die Kolonie programmiert. Sobald ihr Überlebende findet, meldet euch, und ich schicke jemanden, der sie holt.«

Als sie ihre Telefone einsteckten, sah Theron erst Demetrius und Titus an und nickte dann zu Zander. »Und lasst ihn ja nicht draufgehen. Vor allem jetzt nicht.«

»Ich brauche keinen Leibwächter«, knurrte Zander.

»Tja, Pech«, konterte Theron. »Du hast trotzdem zwei.«

Titus schnalzte vergnügt, als Theron die Karte aufrollte. »Ich pass auf den Jungen auf, Pa, keine Bange. Wir treten ein paar Dämonen in den Hintern und bringen ihn rechtzeitig zur Kappelle. Garantiert.«

»Ach, was für ein Witzbold«, raunte Zander.

»Haltet euch an die Anweisungen«, sagte Theron, dessen strenger Tonfall sie erinnern sollte, dass dies hier kein Spaß war. »Habt ihr alles?«

Die drei nickten.

»Gut. Und nun geht, geleitet von der Kraft der gesegneten Helden.«

Sie drehten sich um und marschierten gen Wald, als Therons Stimme sie noch einmal aufhielt. »Wächter!«, rief er laut und klar, was Zander verriet, dass das Nachfolgende nicht ausschließlich für ihre Ohren bestimmt war. Mehrere Köpfe wandten sich in seine Richtung: Misos, Argoleaner und Menschen, die alle gemeinsam arbeiteten, ganz gleich wie sie übereinander dachten. Sogar Nick unterbrach, was er gerade tat, und sah auf. »Die Argonauten sind die letzte Hoffnung dieser Leute. Im Moment die letzte Hoffnung dieser Welt, ob sie es glauben oder nicht. Ihr werdet dringender gebraucht, als irgendjemand wissen kann. Es darf *keiner* von euch fallen.«

Theron begab sich wieder ins Getümmel, und das, fand Zander, als er seinem Freund nachblickte, war der Maßstab, an dem sich jeder Anführer messen lassen sollte. Theron wusste nicht bloß, wie man Stellung bezog; er hatte auch ein Gespür dafür, wann und wie man anderen seine Position deutlich machen musste. Vielleicht wollte er nicht immer führen, aber er drückte sich nicht, vor nichts. Nicht einmal vor seinem Schicksal.

»Komm schon, Z.«, sagte Titus. Seine Augen funkelten vor Vorfreude. »Jagen wir ein paar Dämonen.«

Neben ihm grummelte Demetrius zustimmend.

Zander folgte seinen Gefährten tiefer in den Wald und dachte, dass er sich seinem Schicksal ebenso wenig entziehen würde. Es war wie ein leuchtender Pfad vor ihm ausgelegt. Das Einzige, was noch zu tun blieb, war, den Boden mit Blut von Dämonen zu tränken, die dringend auf immer zu Tartarus geschickt werden mussten.

Siebtes Kapitel

»Deine schleppenden Fortschritte strapazieren meine Geduld, Thanatos.« Atalanta trommelte mit den Fingern auf dem Holztisch. »Die nordamerikanische Misos-Kolonie sollte längst ausgerottet sein.«

Thanatos bemühte sich, nicht zu knurren. Sie saßen im Esszimmer der kanadischen Hütte, in der sich neuerdings ihre Zentrale befand, zwischen ihnen fünf Meter massive Holzplatte. Auf dem Tisch standen zahlreiche Kerzen in schnörkeligen Leuchtern, die den Raum erhellten und flackernden Lichtschein auf Atalantas blasses, angewidertes Gesicht warfen. Draußen vor den dunklen Fenstern zogen dicke Wolken vorm zunehmenden Mond vorüber, und in der Ferne heulte ein einsamer Wolf.

Zu seiner Rechten räusperte sich *der Junge* und griff nach seinem Kelch.

Thanatos warf ihm einen hasserfüllten Seitenblick zu. Oh ja, das Kind mochte seine Begnadigung aus dem Kerker, den es ein Zimmer nannte, genießen, aber schon bald wäre es wieder dort. Dafür sorgte Thanatos.

»Hast du mir nichts zu sagen?«, fragte Atalanta frostig und riss ihn jäh aus der Fantasie, die in seinem Kopf entstand.

Der Dämon stellte sich vor, wie all das cremige Fleisch von ihren Knochen schmolz. Sie war jetzt sterblich, was bedeutete, dass sie getötet werden konnte. Aber sie besaß immer noch gottgleiche Kräfte, und es gab nichts, das sie nicht sah oder kontrollierte.

Seine Augen wanderten über ihren langen schmalen Hals und verharrten auf der schweren Kette. Die Goldglieder verschwanden im Ausschnitt ihrer blutroten Robe, aber Thanatos wusste, was zwischen ihren makellosen Brüsten ruhte. Einmal hatte er den Anhänger gesehen, als er Atalanta aus dem Dekolleté gerutscht war.

»Maximus«, sagte Atalanta streng, »lass uns allein, *Yios*. Die Bediensteten haben für dich ein Zimmer im Westflügel vorbereitet.«

»Ja, *Matéras*.« Der Junge schob seinen Stuhl zurück, wischte sich den Mund ab und ging zu Atalanta. Zögerlich beugte er sich zu ihr und küsste sie auf die Wange.

Aufs Neue überkam Thanatos lodernder Hass. Er konnte schnell sein; ehe es einer der beiden bemerkte, könnte er am anderen Tischende sein und ihre zerbrechlichen Leiber stünden in Flammen. Er konnte sie verbrennen, ihre Knochen splittern lassen, bis von ihnen nichts als Asche blieb …

»Thanatos!«

Ruckartig sah er zu ihr auf. Atalanta war aufgesprungen und kam um den Tisch herum zu ihm. Der Junge war nirgends zu sehen.

Thanatos erhob sich.

Sie war beinahe so groß wie er, knapp zwei Meter, und sie verabscheute Schwäche bei ihren Soldaten, weshalb er gelernt hatte, in ihrer Nähe nie auch nur einen Hauch von Angst zu zeigen. »Ich dulde keinen Ungehorsam!«

Er machte sich bereit, einen möglichen Angriff abzuwehren, und bemühte sich, seine Verachtung nicht durchklingen zu lassen, als er sagte: »Die nordamerikanischen Misos haben Hilfe von den Argonauten. Einer unserer Jagdtrupps konnte erst gestern eine wichtige Siedlung in Schutt und Asche legen, und alle Flüchtigen werden eingefangen und vernichtet wie besprochen.«

Sie blieb einen Schritt entfernt von ihm stehen. »Wie viele Halbblute wurden getötet?«

»Mindestens sechzig.«

»Sechzig sind gar nichts. In den Bergen dort verstecken sich drei Mal so viele.«

»Wir finden sie.«

Sie ging zum Kamin und blickte in die züngelnden Flammen. »Du sagst, die Argonauten sind ihnen zu Hilfe gekommen?«

»Ja.«

»Dann suchen sie jetzt ebenfalls nach den Flüchtigen. Was für ein Haufen Möchtegernheiliger, diese widerwärtigen Argonauten. Nun«, sagte sie, wobei ihre Stimme befremdlich ruhig wurde, »dies ist deine Chance, möglichst viele von ihnen auszuschalten.«

»Ich?«

Sie blickte über ihre bloße Schulter zu ihm. »Ja, du, Thanatos. Bist du nicht mein Erzdämon? Oder bist du dir auf einmal zu fein zum Kämpfen?« Ihr Tonfall verhärtete sich bedrohlich. »Such die Flüchtigen, dann findest du die Argonauten. Benutze die Halbblute als Köder, wenn es sein muss, aber töte die Argonauten. Und anschließend zerstörst du alles, was von ihrer elenden Kolonie übrig ist.«

Ein seltsames Unbehagen nistete sich in Thanatos'

Brust ein. Sie betrachtete ihn als einen gewöhnlichen Dämon, als wäre er … entbehrlich.

Er? Entbehrlich? Dämonen gab es wie Sand am Meer, was er eigentlich wissen sollte, hatte er doch die schwachen selbst getötet, ehe sie ihn im Kampf töten konnten. Aber er war jetzt ein Erzdämon, kein Fußsoldat. Während sie einander anstarrten, schweiften seine Gedanken zum Übungsfeld heute, wo er Atalanta mit Phrice tuscheln gesehen hatte, als hätte dieser hirnlose Dämon irgendwas Interessantes zu sagen. Dann fiel ihm die Szene mit Maximus wieder ein, die Leichtigkeit, mit welcher der lächerliche Junge Zetus nur mit dem Schwert erledigt hatte.

Hatte sie Phrice schon zu seinem Nachfolger erkoren? Intrigierten die beiden gegen ihn? So verstörend die Vorstellung auch war, bereitete ihm etwas anderes weit größere Sorge: Waren sie möglicherweise alle entbehrlich, sobald Maximus seine Menschlichkeit endgültig ablegte und seinen Platz an Atalantas Seite einnahm?

Wieder sah er zu der Kette an ihrem Hals, und sein Unbehagen wuchs. Er dachte an den Anhänger, an seine Zukunft, oder besser gesagt: an das wenige, was ihm an Zukunft blieb.

Atalanta drehte sich zu ihm. Hinter ihr tanzte das Feuer im großen Steinkamin und umrahmte ihre Gestalt mit grellen Orange-, Rot- und Blautönen. Er wünschte, es würde sie vollständig verschlingen.

»Ich bin am Ende meiner Geduld mit dir, Thanatos. Töte oder werde getötet, das ist unser Motto.«

Töte oder werde getötet.

Sie würde ihn bei der erstbesten Gelegenheit umbringen, wie er an ihren nachtschwarzen, seelenlosen Augen erkannte. Für sie war er bereits tot.

Er verneigte sich, obwohl es ihm zuwider war, welche Unterlegenheit er damit bekundete. Andererseits schmiedete er schon Pläne, wie er sich Geltung verschaffte und siegte.

»Wie du befiehlst, meine Göttin.«

Zander strich sich über das nasse Haar und blickte in den Wald, wo die hochaufragenden Douglas- und Hemlocktannen dicht an dicht standen.

Demetrius, der auf dem Waldboden hockte und Spuren las, blickte auf und wies nach vorn. »Sie sind nach Norden.«

Nieselregen fiel, der von ihren erhitzten Körpern aufdampfte und ihren Atem zu Wolken in der feuchten Luft verwandelte. Alle drei – Zander, Demetrius und Titus – waren die letzten vier Stunden gelaufen, um die Dämonenbande einzuholen. Sie mussten sie erreichen, ehe sie bei den Misos waren, welche der Verwüstung entkommen konnten. Bisher aber hatten sie nichts als Fußspuren entdecken können. Wenigstens waren diese frisch, und Demetrius, der begnadete Fährtenleser, war sicher, dass sie sich ihrem Ziel näherten.

»Die haben den beknackten Weg verlassen«, sagte Titus.

Demetrius richtete sich kniend auf, so dass sein langer Staubmantel in der leichten Brise flatterte. »Dadurch werden sie nur langsamer.« Er zeigte auf das Unterholz: ein Dickicht aus Mahonie, Prachthimbeere und Setzlingen, die miteinander um das spärliche Licht konkurrierten. »Die bräuchten eine Sichel, um sich durch den Mist zu schneiden. Und jeder abgeknickte Zweig und zertretene Setzling schreit praktisch, ›Hier sind wir. Kommt und holt uns.‹«

Abgesehen vom Wassertröpfeln im Laub über ihnen war nichts zu hören, was unheimlich war. Als wüsste der Wald, dass etwas Böses in ihm unterwegs war.

Zander blickte durch die Bäume zu den Bergen dahinter. »Sie wollen zu den Höhlen, würde ich sagen. Vielleicht sind sie schon da.«

Demetrius runzelte die Stirn. »Bei dem Tempo, in dem sie gehen, und mit den kleinen Kindern werden sie es nie schaffen. Die Dämonen haben sie fast überholt und fangen sie wahrscheinlich an der Brücke ab.«

Bei seinen Worten krampfte sich Zanders Bauch zusammen. Sie waren im Krieg, ja, und da gab es immer Opfer. Aber Kinder?

Titus betrachtete sein GPS-Gerät. »Wenn wir nach Osten ausscheren und bei der nächsten Gabelung zurückbiegen, könnten wir die Dämonen erwischen, bevor irgendwer von ihnen an der Brücke ist.« Er sah zuerst Zander, dann Demetrius an. »Ich weiß, dass es keine glorreiche Idee ist, aber wenn von euch keiner eine bessere hat, würde ich sagen, das ist unsere einzige Chance.«

Zander überprüfte das Ersatzmesser an seinem Oberschenkel, ehe sie sich wieder aufmachten. Sie liefen noch schneller als vorher, Demetrius voran, Zander in der Mitte, und Titus bildete den Schluss. Beinahe eine Stunde verging, bis sie sich an der Gabelung wieder nach Norden wandten. Aus der Ferne drang Wasserrauschen herbei, was bedeutete, dass sie sich der Schlucht mit der einsamen Brücke näherten. Sie beschleunigten ihr Tempo abermals.

Bitte, lass uns nicht zu spät kommen!

Ein schriller Schrei hallte durch die Bäume. Demetrius, der Schnellste von ihnen, verließ den Weg und sprintete ins Unterholz. Zander und Titus folgten ihm. Als sie näher kamen, erstickte lautes Brüllen das Klatschen der Wellen auf Felsen, vermengt mit Entsetzensschreien von Frauen und Kindern.

Demetrius war bereits mitten im Getümmel, bis Zander und Titus aus dem Wald kamen. Seine Waffe krachte auf Haut und Knochen. Fauchen, Klatschen und weitere Schreie schwollen in der Luft an, als Demtrius mit seinem Schwert ausholte und einen Dämon köpfte, um sich sogleich den nächsten vorzunehmen.

Der Wald öffnete sich einem breiten Ufer aus Sedimentgestein, das ins Nichts abzufallen schien. Weit unterhalb des Felsvorsprungs strömte ein Fluss. Auf der anderen Seite der Schlucht erhoben sich die Berge in majestätischer Pracht. Sie boten ein ideales Versteck für die Misos, waren jedoch nur über eine Holzhängebrücke zu erreichen, deren Taue verwittert waren und der mehrere Holzplanken fehlten.

Zander zählte mindestens acht Dämonen, die sich der Gruppe näherten, die beiden nicht mitgezählt, die Demetrius schon niedergeschlagen hatte. Sechs Misos-Frauen scharten sich schützend um gut ein Dutzend Kinder, die Rücken zur Schlucht. Ihre einzigen Waffen waren Steine und Zweige sowie ein Gewehr, und das wiederum nutzte ihnen gegen diese Monster nichts. Zudem zitterte die Frau mit dem Gewehr so heftig, dass sie eher versehentlich eine ihrer Freundinnen erschoss, statt einen Dämon zu treffen.

Vor allem aber konnte niemand die Kinder beschützen, die viel zu nahe am Abgrund waren.

»Weg von dem Abhang!«, brüllte Zander.

»Zander!«

Erst auf Titus Rufen hin wurde ihm klar, dass er als Einziger noch nicht kämpfte. Aufgeputscht von Adrenalin, zog er sein Parazonium von seinem Rücken und rannte auf den Dämon zu, der am nächsten an der Gruppe war.

Er hieb, trat und stach zu, während er den Klauen und Zähnen des Monsters auswich. Um ihn herum wurde gefaucht und geschrien, Schwerter klirrten und durchtrennten pfeifend Muskeln und Gliedmaßen. Aber die Dämonen kämpften unerbittlich. Gingen sie zu Boden, sprangen sie wieder auf, kassierten sie einen Schwerthieb, machten sie weiter. Das Einzige, was sie stoppen konnte, war die Enthauptung, doch die musste aus dem richtigen Winkel ausgeführt werden. Und einem Zwei-Meter-Monster mit herkulischen Kräften den Kopf abzuschneiden, war nicht eben leicht.

Der Dämon, mit dem Zander es aufnahm, attackierte ihn mit messerscharfen Klauen, denen Zander immer wieder ausweichen musste. Einmal erwischte sein Gegner Zanders Jacke, worauf der Stoff mit einem laut ratschenden Geräusch zerriss und ein brennender Schmerz über Zanders Rücken kroch. Zander griff das Messer von seinem Oberschenkel und schleuderte es auf den Dämon zu, dem es tief in der Brust stecken blieb, so dass die Bestie aufheulte. Im selben Moment schwang Zander das Schwert in seiner anderen Hand und hieb es dem Dämon in die Seite.

Das Monster torkelte, fiel jedoch nicht. Brüllend knallte es Zander den Handrücken ins Gesicht und schlug ihn zu Boden. Zander landete unsanft auf dem Felsgestein. Für eine Sekunde blieb ihm die Luft weg. Blut und Schweiß rannen ihm in die Augen.

Hinter ihm hallten Schreie. Er drehte sich gerade so weit um, dass er sah, wie ein anderer Dämon auf die Gruppe losging. Ein Kind, nicht älter als acht oder neun Jahre, stand zitternd da und klammerte sich an eine der Frauen, die blauen Augen weit aufgerissen vor Angst.

Zander rappelte sich auf. »Titus!«, brüllte er. »Schaff sie über die Brücke!«

Der gut drei Meter weiter kämpfende Titus zog sein Parazonium aus dem Dämon, den er gerade geköpft hatte, und drehte sich zu den Misos um. Seinem erschrockenen Gesichtsausdruck nach sollte man annehmen, er sähe erst jetzt, dass kleine Kinder unter ihnen waren.

»Mach schon!«, rief Zander, während er sich auf den knurrenden Dämon vor ihm stürzte. Dieser war den Kindern am nächsten, daher konnte er nicht riskieren, sie selbst nach drüben zu bringen.

Die Klauen des Monsters erwischten Zander am Arm, was er jedoch kaum beachtete. Er stieß mit seinem Parazonium auf die Kreatur ein, versenkte die Klinge tief in dessen Fleisch. Als das Untier brüllend auf die Knie sank, rammte Zander ihm den Ellbogen in die Visage. Das Monster schwankte, verdrehte benommen die Glubschaugen, und Zander trennte ihm mit einem kräftigen Schlag den Kopf vom Rumpf.

»Alles über die Brücke!«, schrie Titus, der zwischen den Kämpfenden und dem einzigen Fluchtweg Stellung bezog. »Sofort! Lauft!«

Zander wischte sich mit dem Ärmel übers Gesicht

und blickte rasch zur Gruppe. Die Frauen wirkten vollkommen verängstigt, bugsierten die Kinder aber eilig zur Brücke – alle bis auf die mit dem Gewehr. Sie blieb wie angewurzelt stehen, die Augen so weit aufgerissen, dass ihre Iris nur Kreise inmitten von Weiß bildete, und das Gewehr in ihrer Hand schwankte, als stünde sie in einem Erdbeben der Stärke zehn.

Skata. Zander hatte keine Zeit, sich um sie zu kümmern. Drei weitere Dämonen kamen aus dem Wald und sahen, dass ihre Opfer zu entkommen drohten. Statt Demetrius anzugreifen, der mit einem anderen Dämon kämpfte, wechselten sie die Richtung und rannten auf die Brücke zu.

»Demetrius!«, schrie Zander. Die Argonauten waren in der Unterzahl, kräftemäßig unterlegen und konnten die Misos unmöglich beschützen, es sei denn, Titus schaffte sie über die Schlucht und kappte anschließend die Brückenseile. Womit sie dann zu zweit gegen eins, zwei, drei … sieben wären.

Verfluchte Hera!

»Titus! Bring sie rüber!« Zander packte seine Waffe mit beiden Händen, holte tief Luft und stellte sich zwischen die nahenden Dämonen und die Brücke. Falls er aus dieser Geschichte herauskam – *wenn* er herauskam –, würde er das Leben nie wieder für selbstverständlich nehmen. In jenen Kinderaugen eben hatte er die Zukunft gesehen: Eine Zukunft, die es für keinen von ihnen geben würde, wenn er und seine Gefährten versagten.

»Zurück in die Hölle mit euch, ihr Hurensöhne!« Er hob seine Klinge hoch über seinen Kopf und machte sich sprungbereit.

Ein Schrei gellte hinter ihm, gefolgt von einem

merkwürdigen Ploppen. Bevor er zuschlagen konnte, schoss ihm Feuer durch die Schulter und den Rücken. Ihm blieb ein kurzer Moment, sich zu fragen, was los war, dann glitt ihm das Parazonium aus den Händen und fiel klappernd auf den Fels. Er wollte danach greifen, nur schienen sich seine Arme in Zeitlupe zu bewegen, und dann stürzte er, stürzte der Länge nach zu Boden, während die Dämonen heranrückten.

»Zander!«

»Zander! *Nein!*«

Ihm war nicht ganz klar, warum auf einmal alle seinen Namen schrien, doch eigentlich kümmerte es ihn nicht. Als der Boden in Lichtgeschwindigkeit auf ihn zuraste, erfüllte ihn nur ein einziger Gedanke.

Endlich hatte er beschlossen, dass es etwas gab, für das es sich zu leben lohnte, und ausgerechnet da gewährten die Götter ihm seinen Todeswunsch.

Achtes Kapitel

Callia blieb oben an der Treppe vorm Schlafgemach des Königs stehen und rieb sich die pochende Schläfe. Nicht der König und dessen schwindende Gesundheit bescherten ihr Kopfschmerzen, sondern vielmehr das, was sie als Nächstes tun musste.

Ein wahrer Anführer …

Wenn sie sich die Worte des Königs oft genug vorbetete, fing sie vielleicht irgendwann an, sie zu glauben.

Verärgert schüttelte sie ihre Weltschmerzhaltung ab, die ihr ohnedies nicht helfen würde, und stieg die Treppe hinunter. Im zweiten Stock angekommen, blickte sie auf ihre Uhr. Ihr blieben noch knapp dreißig Minuten, bis sie bei Loukas sein sollte, also musste sie eilig nach Hause, sich duschen und umziehen. Zwar wollte sie sich gewiss nicht eigens für ihn herausputzen, aber sie hatte auch nicht vor, ihn zu verärgern. Jedenfalls nicht bevor sie vermählt waren.

Bei dem Gedanken wurde ihr übel, doch auch das ignorierte sie. Seit ihr Vater sich vorhin von ihr verabschiedete, hatte sie lange nachgedacht, und nun wusste sie eines mit Sicherheit: Falls sich wirklich etwas in ihrem Land ändern sollte, musste es bei ihr beginnen. Und das war nur möglich, indem sie Loukas' Frau wurde.

Sie war derart gedankenversunken, dass sie beinahe Isadora übersah, die ihr auf dem Treppenabsatz im ersten Stock entgegenkam. Im letzten Moment blieb Callia stehen, bevor sie die Prinzessin umrannte. Dann wich sie erschrocken zurück.

»Isadora! Götter, was ist mit dir passiert?«

Isadora griff sich nach oben ins kurze Haar. Ihre einst langen blonden Locken kräuselten sich auf eine unordentliche, aber unbestreitbar hübsche Art um ihren Kopf. Der Schnitt ließ ihre Augen größer wirken, brachte ihr Gesicht insgesamt besser zur Geltung. Die hohen Wangenknochen wurden betont, und zum ersten Mal bemerkte Callia, dass die Prinzessin links neben ihrem Mund ein kleines Muttermal besaß.

Aber das Haar war nicht die einzige Veränderung. Die Prinzessin war außerdem ganz anders gekleidet als sonst. Sie trug kein langes Gewand, sondern eine schmale schwarze Hose, einen engen roten Pulli und Sandalen, in denen vorn rote – blutrote – Fußnägel leuchteten.

Ihr Vater würde eine Herzattacke kriegen, wenn er das sah.

»Nichts ist passiert«, sagte Isadora und machte sich gerade. »Mir geht es gut.«

Callia, der bewusst wurde, wie bevormundend sie klang, schüttelte den Kopf. »Ich … das meinte ich nicht. Ich finde, du siehst wundervoll aus. Es ist nur …«

»Callia!«

Beide Frauen blickten über das Geländer nach unten, wo Titus rufend über den Marmorboden gerannt kam.

Er sprang die Treppe vier Stufen auf einmal nehmend hinauf, bis er bei ihnen war. Sein Gesicht und die Argonautenrüstung waren voller Blut, Schmutz und etwas Grünem. Einzelne braune Locken hatten sich aus dem Lederband in seinem Nacken befreit und hingen ihm ins Gesicht. Er keuchte, als wäre er einen Marathon gelaufen. »Du musst sofort mit mir kommen.«

»Was ist passiert?« Offensichtlich hatte er gekämpft, aber wo und mit wem, wusste sie nicht.

»Wir haben einen Verwundeten.«

»Wer?«, fragten Callia und Isadora im Chor.

Titus bemerkte anscheinend erst jetzt, dass sie nicht allein waren. Er sah Isadora an, doch es war unmöglich zu sagen, ob er die Veränderung an ihr überhaupt wahrnahm. »Zander. Es sieht übel aus.«

Eine lähmende Sekunde lang stand für Callia die Zeit still. Ihre Brust war wie zugeschnürt, so dass sie kaum Luft bekam. Sie hatte ihn gerade erst gesehen, ihn berührt. Heute Morgen noch war er wohlauf gewesen, gesund und *ganz*, wie immer. Er war unbesiegbar, unsterblich. Nichts konnte ihn verwunden.

»Wird er wieder gesund?«, fragte Isadora. »Wer ist bei ihm? Titus, wie schlimm ist es?«

Doch Titus achtete gar nicht auf die Prinzessin. Als Callia sich endlich zusammenriss und aufblickte, ertappte sie ihn dabei, wie er sie mit einem allzu wissenden, mitleidigen Ausdruck betrachtete.

»*Skata*«, flüsterte er. »Ich wusste nicht, dass du diejenige bist.«

Callia atmete tief durch, erstarrte und murmelte: »Was redest du da?« Leider ahnte sie es bereits. Zu spät erinnerte sie sich wieder, dass Titus Gedanken lesen konnte.

Langsam schüttelte er den Kopf. »Ich wusste, es

war eine Frau, die ihn verletzt hat, zählte aber nicht zwei und zwei zusammen. Er passte auf, nie in meiner Gegenwart an dich zu denken.«

Stille legte sich wie ein bleiernes Gewicht über sie alle. Callia spürte, wie Isadora sie ansah, Millionen Fragen in ihrem Blick. Ihr Herz klopfte schneller und so laut, dass sie schwören wollte, die anderen könnten es hören.

Ihn verletzt? *Ihn* verletzt? Er war es gewesen, der weggegangen war, von ihr und ihrem … Sie war außerstande, auch bloß das Wort zu denken. Je mehr sie sich bemühte, ruhig zu bleiben, umso rasanter ging ihr Herzschlag.

»Ich verstehe nicht, was hier vor sich geht«, sagte Isadora.

Titus beachtete sie nach wie vor nicht. »Du musst mit mir kommen, Callia. Jetzt.«

»Ich kann nicht.« Auf keinen Fall wollte sie den Schmerz der Vergangenheit noch einmal durchleben. »Ich soll bei Loukas sein, in …« Sie schaute auf ihre Uhr, verzweifelt auf der Suche nach etwas Vertrautem, Normalem. »In zehn Minuten.«

»Zur Hölle mit Loukas!« Titus trat einen Schritt näher, und Callia bekam Angst. »Zander wird sterben. Ich kann ihn nicht retten. Wenn du es schon nicht für ihn tun willst, tu es für den König.«

In ihrem Kopf war alles vernebelt, was es ihr schwermachte, sich zu konzentrieren. »Er kann nicht sterben. Er ist unsterblich.«

»Nein, ist er nicht«, entgegnete Titus rasch. »Das denkt er bloß. Bitte.« Er streckte eine Hand nach ihr aus, berührte sie jedoch nicht, sondern ballte sie unmittelbar vor Callias Arm zur Faust. »Bitte.« Das Flehen in seiner Stimme durchdrang ihre Benommenheit. »Er braucht dich.«

Er hat mich nie gebraucht. Im Grunde nicht.

Ihr kam in den Sinn, was ihr Vater gesagt hatte. Aus Gründen, die sie nicht benennen konnte, wollte sie ihm unbedingt beweisen, dass er sich irrte. Und sei es auf eine für ihn unbedeutende Weise.

Sie blickte in meergrüne Augen, in deren Tiefen Sprenkel von Braun- und Goldtönen funkelten. Augen, die mehr sahen, als sie ihnen jemals zeigen wollte. »Wo?«, fragte sie leise.

»Im Menschenreich.«

Callia nickte verhalten, denn Furcht ergriff sie. »Ich brauche meine Sachen.«

»Wir können in die Klinik, bevor wir zurückgehen, aber wir müssen uns beeilen.«

»Ich komme auch mit«, sagte Isadora hastig.

»Nein«, entgegnete Titus. »Es ist zu gefährlich. Callia und ich regeln das.« Dann wandte er sich wieder an Callia. »Danke. Ich verspreche, dass es nicht lange dauert.«

Callias Magen krampfte sich zusammen. Was Zander betraf, war nichts je schnell vorbei.

Zander versuchte, die Augen zu öffnen, doch etwas Klebriges hielt seine Lider zusammen, kalt, zäh und … nass?

Er lag auf der Seite, so viel wusste er, aber als er sich auf den Rücken rollen wollte, gehorchte sein Körper ihm nicht.

Wo, zur Hölle, war er?

Er probierte es wieder mit den Augen und schaffte es, sie einen Spalt aufzubekommen. Durch einen bräunlichen Nebelschleier erkannte er seine Wimpernspitzen, an denen tatsächlich irgendein Schlamm haftete. Der Boden unter ihm war kalt und hart, aber er war nicht draußen, den Elementen ausgeliefert. Dies hier musste drinnen sein, in einer Scheune oder einer Höhle.

Eine Höhle, ja, das musste es sein. Sein Kopf fühlte sich wattig an, doch er wusste noch, dass er gekämpft hatte. Was den zähflüssigen Kram in seinen Wimpern erklärte. Dämonenschleim war schwierig zu entfernen. Offenbar war er verwundet, konnte jedoch seinen Verstand nicht dazu bringen, richtig zu arbeiten und ihm zu verraten, wie, wo und wann was passiert war. Wieso wollte sein Gehirn nicht funktionieren?

Er kniff die Augen wieder zu und versuchte, das wattige Gefühl aus seinem Kopf zu vertreiben. Mit größter Anstrengung, die ihm ein unschönes Dröhnen durch den Schädel jagte, konnte er sich an den Kampf mit den Dämonen erinnern, an die Schlucht, an Demetrius und Titus. Er erinnerte sich an die Frauen und die schreienden Kinder. Und er erinnerte sich, dass er fiel.

»Ich kann nicht. Oh, Götter, Titus, hast du das gesehen? Dafür bin ich nicht stark genug.«

Hoppla, Augenblick mal, die Stimme kannte er!

Callia. Hier an diesem kalten Ort, an dem sie nicht das Geringste verloren hatte. Sie durfte hier nicht sein.

Wieder öffnete er die Augen so weit, wie es der Schleim erlaubte, blendete die Umgebung aus und konzentrierte sich ganz auf die Stimme.

»Du musst.« Das war Titus, sogar noch strenger

und schroffer als gewöhnlich. »Ich schaffe das nicht. Du bist die Einzige, die es kann.«

Was kann?

»Und wenn ich nicht die Kraft habe?«, flüsterte sie. »Titus, was ist, wenn …«

Worüber redeten sie? Wieder versuchte Zander, sich auf den Rücken zu drehen, konnte sich aber nicht rühren. Ärgerlich und mit jeder Minute ärgerlicher werdend, begnügte er sich vorerst damit, seinen Kopf auf dem Stein zu verlagern, was er sofort bereute. Es tat scheußlich weh.

Er war sicher, dass er geschrien hatte wie ein kleines Mädchen, doch Titus und Callia unterbrachen ihr Wortgefecht nicht, und auch sonst schien es niemanden zu kümmern, dass er grausige Schmerzen litt.

»Schlimmer als so kann es nicht werden, Callia. Du musst es tun.«

Wieder bewegte Zander seinen Kopf, gerade so weit, dass er die beiden endlich sehen konnte. Sie standen ein ganzes Stück entfernt von ihm. Obgleich er nur verschwommen sah, erkannte er, dass er recht gehabt hatte: Er war in einer Art Höhlengewölbe. Eine Laterne in der Mitte des Raumes warf Schatten auf die beiden anderen und beleuchtete die Felswände und die Stalaktiten, die vom Deckengewölbe herunterhingen.

Callia hob beide Hände an ihre Wangen. »Eine Kugel sitzt in seinem Rückenmark. Titus, weißt du, was das heißt? Wenn ich versuche, die zu entfernen, könnte ich es noch schlimmer machen. Er wäre nicht nur von der Hüfte abwärts gelähmt, sondern komplett. Ich könnte ihm die Atmung abschneiden. Die Folgen können noch viel schlimmer sein.«

Gelähmt? Moment mal … Zander versuchte wieder, seine Beine zu bewegen, nur tat sich nichts.

»Hast du keine anderen Möglichkeiten?«, bellte Titus.

Okay, das hörte sich nicht gut an.

Callia sah sich in dem kargen Gewölbe um. »Wir könnten zurückgehen, jemand anderen holen, der stärker ist. Ich habe von Hexen in den Aegis-Bergen gehört, die …«

»Dafür haben wir keine Zeit!«

»Dann müssen wir sie uns nehmen! Zander ist …«

»Nicht mehr lange am Leben!« Bevor Callia abermals widersprechen konnte, drückte Titus ihr die Hände auf die Schultern, um sie ruhig zu halten. Seine Augen weiteten sich, sein Körper wurde steif, und sein Gesicht verzerrte sich vor Pein, bevor er zu schwanken begann.

»Titus! Oh, Götter, nicht du auch noch.« Callia packte Titus' Arme. »Alles okay? Titus, rede mit mir. Was ist los?«

Titus stolperte, fing sich aber ab. Sein Kopf schien auf den Schultern hin- und herzurollen. Irgendwie konnte Callia verhindern, dass der gewaltige Argonaut umkippte. Sekunden verstrichen, bis er den Kopf hob und auf sie hinabsah.

Zander blinzelte, wollte sich wieder bewegen, um einen besseren Blickwinkel zu bekommen, aber er war wie festgenagelt, angefroren … gelähmt?

Nein, das durfte nicht wahr sein! Er war ein Argonaut. Argonauten konnten nicht gelähmt sein. Und er war unsterblich.

Callia stieß einen stummen Schrei aus, der Zanders Aufmerksamkeit auf sie zurücklenkte.

Titus hatte ihre Schultern ziemlich fest gepackt, und während Zander hinsah, flammte eine Verbindung zwischen ihnen auf. Sie waren wie gefangen im Blick des jeweils anderen, rührten sich beide nicht, sprachen nicht, versuchten nicht, sich dem anderen zu entwinden.

Und ein Gefühl, das Zander schon seit langem nicht mehr empfunden hatte, regte sich in seiner Brust, brachte sie beinahe zum Erglühen und schob all die Panik beiseite, um sie durch etwas weit Dunkleres zu ersetzen.

Nimm die Finger von ihr, du Dreckskerl! Sie gehört mir.

Eine halbe Ewigkeit verging, in der die Luft vor Elektrizität zu flirren schien, bis Titus schließlich zusammensackte. Seine Augen verdrehten sich, seine Hände glitten von Callias Armen, und er sank vor ihr auf die Knie.

»Titus?« Sie streckte die Hand nach ihm aus. »Jetzt brich mir bitte nicht zusammen.«

Langsam wiegte er den Kopf vor und zurück. »Ich … alles okay. Ich bin nicht … verwundet.« Nur hörte er sich gar nicht okay an. Vielmehr klang er völlig überwältigt.

Und niemand außer Zander sollte so auf Callia reagieren.

Wut brodelte in ihm, Wut und ein instinktives Bedürfnis, zu zerstören, das von irgendwo außerhalb seiner selbst zu rühren schien. *Jetzt bist du vielleicht noch okay, du Mistkerl, aber warte, bis ich meine Beine wieder bewegen kann!*

»Was ist passiert?«, fragte Callia.

Sie versuchte, Titus zu berühren, doch er wehrte sie mit seinem Arm ab. Und die Art, wie sie zusammenzuckte – als hätte er ihr wehgetan –, brachte Zander erst recht zum Kochen. Wieder strengte er sich an, sich zu bewegen. Und wieder scheiterte der Versuch.

Zander biss die Zähne zusammen und blickte Titus zornig an. *Mach das mal bei mir, du Vollidiot.*

Aber die beiden beachteten ihn nicht. Warum konnten sie ihn nicht hören?

»Du musst es ihm sagen«, murmelte Titus.

»Wo… Woher weißt du es?«, flüsterte sie.

»Weil ich es fühle, durch dich. Und ich garantiere dir, dass er überhaupt nicht ahnt, was du durchgemacht hast.«

Callia wurde kreidebleich.

Nun flüsterten sie beide, so dass es schwierig wurde, sie zu verstehen, und Zander nur glaubte zu hören, wie Titus sagte: »Und sobald er es weiß und sich immer noch wie ein Arsch benimmt, trete ich ihn höchstpersönlich ins nächste Reich.«

Das will ich sehen, Vollidiot.

Titus zögerte, ehe er Callia eine Hand an die Wange legte und ihr etwas ins Ohr flüsterte, das Zander nicht verstand. Er sah lediglich, dass ihr darauf Tränen in die violetten Augen stiegen. Dann fügte Titus lauter hinzu: »Es geht schon zu lange, Callia. Du musst ihn aus seinem Elend erlösen. Und eines solltest du wissen. Wenn du es nicht kannst, werde ich es tun.«

Nun reichte es Zander endgültig.

Er spannte sämtliche Muskeln an und belegte Titus mit allen Flüchen, die er kannte. Und das wollte einiges heißen, bedachte man, in welcher Gesellschaft er sich gewöhnlich bewegte. Nur hörte er die Kraftausdrücke nicht. Alles, was er vernahm, war ein lautes Heulen, das durch die Höhle hallte. Und erst als die beiden zu ihm schauten, wurde ihm klar, dass er diesen Laut von sich gab.

»Er kommt zu sich«, sagte Titus.

Sofort waren beide bei ihm. Und zum Glück fand er im selben Moment heraus, wie er seinen Arm dazu brachte, sich zu bewegen. Er schwang ihn nach oben und hoffte, Titus einen saftigen Kinnhaken zu verpassen. Leider merkte er selbst, wie linkisch und schwach die Bewegung ausfiel. Der Mann sollte sein Kampfgefährte sein, doch hier und jetzt schien er Zander feindlicher als jeder Dämon, dem er begegnet war.

»Schhh, lieg lieber ruhig, Zander.« Callias sanfte Finger fassten seinen Arm und drückten ihn mühelos wieder nach unten. »Titus, hol mir meine Tasche. Ich brauche die Spritze.«

»Wird aber auch Zeit«, raunte Titus, dessen Schritte auf dem Felsboden donnerten.

Zander wünschte, er würde nicht mehr wiederkommen. Ein guter Treffer war alles, was er brauchte ...

Er versuchte, ein- und auszuatmen, schloss die Augen und konzentrierte sich auf Callias Hände, während sie ihn von seiner engen Kleidung befreite.

Oh Mann, das war nicht richtig, aber es fühlte sich gut an – sündhaft und erotisch. Genau wie im Studierzimmer des Königs, als sie bei der Untersuchung mit ihren Händen über seinen nackten Körper wanderte. Er wollte einfach nur, dass sie ihn immer weiter streichelte.

Und er war eindeutig nicht gelähmt, denn er konnte sie fühlen.

Sie strich mit beiden Händen seine entblößte Brust hinauf und wieder hinunter, um die Schulter herum, die er sich verletzt hatte, und den rechten Arm hinab.

Elektrizität schoss durch seine Muskeln. Er stöhnte – ob vor Wonne oder Schmerz, wusste er nicht – und genoss ihre Berührungen.

Dies hier war alles, was er sich jemals gewünscht hatte. Warum konnte er es nicht für den Rest seines Lebens haben?

»So ist es gut, Zander«, hauchte sie. »Entspann dich und wehr dich nicht.«

»Hier ist sie«, murmelte Titus ganz in der Nähe.

Etwas Spitzes stach ihm in den Arm, und er riss die Augen auf. Sein Oberkörper verspannte sich, dann schienen der Schmerz, die Eifersucht und die Wut einfach aus ihm herauszufließen. Er sah ihr Gesicht über sich, ruhig, gefasst und tröstlich. Ihre Wärme umfing seinen Leib; ihr Duft war so intensiv, dass er beim Einatmen bis in Zanders Seele drang. Und er wusste, wenn sie ihn wirklich aus seinem Elend erlösen wollte, wie Titus es vorgeschlagen hatte, war dies hier das ideale Bild, um es mit auf die andere Seite zu nehmen.

»Ja«, flüsterte Callia, als sich Dunkelheit über alles legte und Zander zu schweben schien. »So ist es gut. Lass einfach los.«

Er konnte gar nichts anderes tun. Die Höhle wurde beständig dunkler, bis sie ganz fort war und er Callias süße Stimme nicht mehr hörte. Bis er überhaupt nichts mehr hörte, nicht einmal seinen eigenen Herzschlag.

Neuntes Kapitel

»Euer Abendessen, Mylady.«

Isadora blickte auf und bemühte sich, überzeugend zu lächeln, als Saphira das Tablett auf die Ottomane stellte.

»Ich habe Euch Euer Lieblingsgericht kochen lassen, Lammbraten mit Kartoffeln.«

Isadora, die im Wohnbereich ihres Gemachs saß, klappte das Buch auf ihrem Schoß zu und legte es neben sich auf die Couch. Draußen ging gerade die Sonne unter und tauchte die Berge in orangenes Licht. Nur mit äußerster Selbstbeherrschung gelang es Isadora, ein Zittern ihrer Hände zu unterdrücken. »Ich danke dir, Saphira. Mmm, das riecht köstlich, und ich bin am Verhungern«, log sie.

Ihre Zofe glaubte ihr offensichtlich nicht, denn sie neigte den Kopf zur Seite und beäugte Isadora prüfend. »Ihr seht kränklich aus. Vielleicht solltet Ihr Euch nach dem Essen gleich hinlegen.«

Ins Bett wollte Isadora gewiss nicht. Und sie würde ihre neue Frisur und die Kleidung nicht als »kränklich« bezeichnen.

Statt zu widersprechen, täuschte Isadora ein Gähnen vor, hielt sich eine Hand vor den Mund und sagte: »Du hast wohl recht. Meine Augen sind plötzlich sehr müde.«

Saphira wirkte skeptisch und sah Isadora weiter an. »Hmm.«

Unbeirrt nahm Isadora ihren Löffel auf, beugte sich über das Tablett und probierte einen Bissen. »Mmm, ja, köstlich!«

Sie hatte schon beinahe den halben Teller leergegessen, als Saphira seufzte: »Ich denke, ich sollte Euch jetzt in Ruhe Euer Abendessen beenden lassen.«

Endlich. Isadora lächelte.

»Möchtet Ihr, dass ich Euer Bett aufschlage?«

»Nein, danke. Ich werde nach dem Essen noch ein wenig lesen, bevor ich mich hinlege.«

Das leise Grummeln verriet Isadora, dass die *Gynaíka* nicht einverstanden war. »Ihr solltet Euch vor der Bindungszeremonie möglichst viel ausruhen. Der König wäre enttäuscht, wenn Ihr am feierlichen Tag nicht auf der Höhe seid.«

Bindungszeremonie, ja, richtig. Als könnte sie die vergessen!

»Gute Nacht, Saphira.«

»Gute Nacht, Mylady.«

Isadora wartete, bis die äußere Tür mit einem Klicken ins Schloss fiel, dann schlug sie das Buch, das sie vor Saphira versteckt hatte, wieder auf.

Ὧραι. Die Horen. Drei Göttinnen, die über die natürliche Folge und Ordnung wachen. Sie bringen und gewähren Reife, kommen und gehen mit den Gesetzen der Periodizität von Natur und Leben. Im Wesentlichen entsprechen sie dem richtigen Moment.

Isadora strich über ihre neue schwarze Hose, wo sie die Markierung auf ihrer Schenkelinnenseite bedeckte. Sie musste nicht hinsehen, um zu wissen, dass sie da war. Das Bild hatte sich in ihr Gedächtnis eingebrannt. Das geflügelte Omegazeichen. Omega stand für das Ende. Alle anderen Argoleaner trugen eine Alpha-Markierung, doch Isadora und Casey waren anders. Sie waren die Auserwählten, deren Zeichnung das Ende von Atalantas unsterblicher Herrschaft prophezeite. Die Flügel indes hatten Isadora immer schon verwirrt. Wozu Flügel? Die waren sicher nicht grundlos da.

Hätte sie doch nur ihre Gabe wieder, in die Zukunft zu sehen. Ihre Halbschwester Casey konnte in die Vergangenheit blicken, während sie selbst früher Ausschnitte dessen sehen konnte, was kommen würde. Aus unerfindlichen Gründen hatte sie ihre Kräfte verloren. Andernfalls könnten sie ihr nun vielleicht erklären, was dies alles zu bedeuten hatte. Und warum sie sich so unruhig fühlte.

Stundenlang hatte sie über ihren Büchern gebrütet, denn auch wenn sie nicht wusste, wieso, brauchte sie die Antworten auf ihre Fragen unbedingt, bevor sie sich an Zander band. Ihr Gefühl sagte ihr, dass es nicht nur für ihre Zukunft entscheidend war, sondern auch für seine.

Mit einer Mischung aus Furcht und Vorahnung blickte sie wieder auf den Text. Es gab einen Menschen, der wusste, was das bedeutete, der die Leerstellen füllen konnte. Nur war er der letzte *Ándras*, in dessen Schuld sie stehen wollte.

Ehe sie es sich anders überlegen konnte, sprang sie auf und lief zu dem großen Wandschrank hinüber. Der Tarnumhang war ganz hinten versteckt, unter einem bodenlangen Cape, das sie bei offiziellen Anlässen trug. Sie zog den Umhang vom Bügel und betrachtete den leichten schwarzen Stoff.

Bitte mach, dass er noch wirkt.

Sie trat aus dem begehbaren Schrank, schlüpfte in die flachen schwarzen Schuhe, die Casey ihr gegeben hatte, und knöpfte sich den Umhang um. Nachdem sie einmal tief eingeatmet hatte, zog sie die Kapuze auf und lief zur Tür.

Draußen auf dem großen Korridor blieb sie stehen und lauschte auf die frühabendlichen Geräusche. In der Nähe läutete eine Glocke; eine Tür wurde geöffnet und wieder geschlossen; Schritte entfernten sich leise.

Isadora ging zur hinteren Treppe. Aus der Küche hallte Geschirrklappern und Lachen herauf. Unten blieb Isadora im Schatten vor der Tür stehen und hielt den Atem an. Es war so weit. Zeit herauszufinden, ob die Parzen sie für würdig hielten, die Krone zu übernehmen, oder nicht.

Sie schritt in die Küche. Drei Köchinnen füllten dampfendes Fleisch und Kartoffeln auf Teller. Eine Handvoll Bediensteter befüllte Gläser und sortierte Besteck. Tellerwäscher standen an den großen Spülbecken, wo sie Töpfe, Pfannen und andere Kochutensilien abwuschen. An dem langen Holztisch auf der anderen Seite des Raumes saßen sechs Wachen, die Pause machten, Geschichten erzählten, lachten und sich das Essen reinschaufelten.

Keiner blickte in ihre Richtung.

Den Atem anhaltend, schlich sie auf die Hintertür zu, vorbei an Cookie, der dienstältesten Köchin. Immer noch beachtete sie niemand. Sie umfasste den Türknauf und zog vorsichtig. Hinter ihr rief jemand: »Wer hat die Tür nicht verriegelt? Der Wind hat sie aufgedrückt!«

Bevor einer der anderen herbeieilen und sie wieder

schließen konnte, schlüpfte Isadora durch die schmale Öffnung. Im nächsten Moment wurde die Tür hinter ihr zugeworfen. Genüsslich atmete Isadora die frische Abendluft ein und konnte nicht umhin, zu lächeln.

Sie hatte es geschafft. Sie war draußen, und keiner hatte etwas bemerkt.

Mit wachsender Zuversicht schritt sie an den vier Wachen am Haupttor vorbei, ohne sich umzusehen, und lief weiter, bis sie die Straße unten am Hügel erreichte, von wo aus sie auf die Stadt Tiyrns sah.

Hohe Marmorbauten ragten aus dem Zentrum auf, umkränzt von kleineren Wohnvierteln, die sich bis zur Burganlage erstreckten. Die meisten Läden und Geschäfte waren schon geschlossen, doch obwohl Isadora sich problemlos in das Viertel teleportieren könnte, in das sie wollte, kostete sie es lieber aus, dass sie unbemerkt durch die Stadt schlendern konnte.

Niemand sah sie, die künftige Königin von Argolea, die sich außerhalb der Burgmauern bewegte. Jenseits der strengen Kontrolle ihres Vaters und weit weg von allem, was sie langsam umbrachte.

Trödel nicht, Isadora.

Genau, das dürfte sie nicht, denn bliebe sie zu lange fort, würde es jemandem auffallen, und dann wäre die Hölle los.

Sie rief sich die Karte ins Gedächtnis, die sie sich angesehen hatte, und überlegte, wo die Corinth Avenue lag. Dann schloss sie die Augen, ihre Glieder wurden leicht, und sie flog.

Teleportieren fühlte sich merkwürdig an, zumal Isadora es nicht oft erlebte, war sie doch für gewöhnlich in der Burg eingesperrt. Einer der Vorteile, wenn man in Argolea lebte, war, dass man sich mittels purer Gedankenkraft von einem Ort zum anderen begeben konnte. Man brauchte sich bloß das Ziel vorzustellen, schon gelangte man hin. Dies war natürlich eine sehr viel schnellere Form, Wege zu bewältigen, als zu Fuß durch eine Zwei-Millionen-Stadt zu kommen, und weit sicherer als die unberechenbaren Autos und Lastwagen, die Isadora in der Menschenwelt gesehen hatte. Zwar musste man im Freien sein und konnte keine Mauern durchdringen, aber das spielte heute Abend keine Rolle.

Isadora wurde langsamer, hielt an und öffnete die Augen. Sie war exakt an der Stelle, deren Beschreibung sie zufällig mitgehört hatte. Es war nun vollständig dunkel, und Straßenlaternen beleuchteten im Abstand von jeweils zehn Metern das schäbige Kopfsteinpflaster. Die kleinen Läden in diesem Viertel waren heruntergekommen, ihre Schaufenster schmutzig und die Beschriftungen teils abgefallen, teils verwittert. Die wenigstens von ihnen betrieben überhaupt noch Geschäfte. Ein Mülleimer lag umgekippt auf dem Gehsteig, aus dem Unrat und gammelige Essensabfälle aufs Pflaster quollen. Drei Kinder, die aussahen, als hätten sie seit Tagen nicht gebadet, und nicht älter als zehn sein konnten, durchsuchten die Abfälle.

Isadora huschte eilig an der Bar zu ihrer Rechten vorbei, deren Tür weit offen stand, so dass Grölen, Gelächter und das Schaben von Stühlen nach draußen drangen. Sie ging an dem Lärm vorbei zu dem einsamen Eckladen, über dem ein Schild mit der Aufschrift HELIOS hing.

Hinten im Laden brannte Licht, und obwohl das Zeichen an der Tür sagte, dass geschlossen war, griff Isadora nach dem Knauf und drückte.

Sogleich wehte ihr ein beißender Geruch nach Weihrauch und Kräutern entgegen, wie sie in alten Zeremonien verwandt wurden. Hier und da auf den Tischen sowie in einem Kronleuchter über dem Tresen flackerten Kerzen. Auf den mit bunten Tüchern drapierten Tischen lagen polierte Steine, getrocknete Blumen und Kräuter, Kristalle und Perlen. Und überall war menschlicher Schnickschnack verteilt wie Goldstaub in einem fließenden Gewässer.

Eine anderthalb Meter hohe Freiheitsstatue, ein Handy, ein Buch mit dem Titel *Twilight*, hochhackige Damenstiefel, ein T-Shirt mit dem Aufdruck *Abercrombie* auf der Brust. Wo man auch hinsah, entdeckte man etwas, das nicht von dieser Welt war. Und so wurde man immer weiter in den Laden gelockt.

Isadora nahm die Kapuze ab und blickte sich um. *Götter, er muss seit Jahren menschliche Relikte herschmuggeln.* Einerseits wunderte sie, dass der Rat hier offenbar ein Auge zudrückte, andererseits musste sie beinahe schmunzeln, denn genau hierauf hatte sie gehofft.

Als sie ein paar Schritte weiter ging, stieß sie gegen einen Tisch. Ein Bilderrahmen darauf geriet ins Schwanken und fiel klappernd um.

»Wir haben geschlossen«, rief eine Stimme aus dem Hinterzimmer.

Behutsam stellte sie den Bilderrahmen wieder richtig hin und schluckte, weil es vollkommen still blieb.

Isadora brachte schlicht kein Talent zur Erpressung mit, und diese Karte hatte sie schon einmal ausgespielt. Entsprechend war sie nicht sicher, ob es wieder klappen könnte. Aber sie brauchte ihn jetzt – womöglich dringender als zuvor.

Hinter der Wand waren Schritte zu hören. Isadora

blieb, wo sie war, wartete und hoffte, dass sie ihn nicht in einer seiner befremdlichen Stimmungen störte.

Das Geräusch verstummte. Obwohl sie seine Schritte gehört hatte, kam er nicht durch die dunkle, offene Tür hinten im Laden. Wo war er? Sie blinzelte.

»Wie bist du deinem Laufställchen entkommen, Isa?«

Isadora zuckte zusammen, als die raue Stimme direkt hinter ihr erklang, drehte sich um und musste den Kopf in den Nacken legen, um zu Orpheus aufzusehen.

Ihr Puls raste, als seine grünen Augen sie musterten, doch sie wich nicht zurück. Er war so groß und muskelbepackt wie die Argonauten, und mit seinen kantigen Zügen und den breiten Schultern auch mindestens so furchteinflößend. Damit erschöpfte sich die Ähnlichkeit allerdings, denn von den Argonauten ging zwar durchaus eine gewisse Gefahr aus, doch Orpheus war regelrecht verstörend. Wie er durch Wände dringen konnte, war schlicht nicht normal, und wenn seine Augen auf diese Dämonenart grün aufblitzten, so wie jetzt, wollte Isadora am liebsten schreiend in die Berge fliehen. Orpheus, ein Neffe Lucians, entsprang der Perseus-Linie und hätte eigentlich ein Argonaut werden sollen, wurde jedoch zugunsten seines jüngeren und stärkeren Bruders Gryphon übergangen.

Isadora schlug eine Hand vor ihre Brust. »Götter, Orpheus, du hast mich erschreckt!«

»Gut so«, erwiderte er ernst. »Du bewegst dich auf meinem Grund und Boden, da ist es nur klug von dir, große Angst zu bekommen.«

Sie rührte sich nicht vom Fleck. Er wollte ja, dass sie vor ihm kniff und weglief, dass sie sich fürchtete. Was sie auch tat. Seine dämonische Seite – die zu verbergen er sich keinerlei Mühe gab – war unberechenbar. Doch anstatt ihrer Furcht nachzugeben, klammerte Isadora sich an die Vision, die sie von ihm gehabt hatte, bevor sie ihre Gabe verlor, und die sie heute Abend hergeführt hatte. In jener Vision rettete er sie.

Er trat näher, bis sie seinen heißen Atem auf ihrer Haut spürte. »Hast du die Gerüchte nicht gehört? Dämonen vernaschen Jungfrauen gern zum Abendessen.« Als sie nicht antwortete, streckte er einen Arm aus und befingerte ihr kurzes Haar. »Das gefällt mir. Erzähl mir nicht, der König hätte dich von seinem Spielplatz vertrieben, weil du dir das Haar geschnitten hast und dir jetzt nur noch die Wahl bleibt, dich an einen Sünder zu wenden.«

Seine Amüsiertheit weckte Isadoras Trotz. Furcht einflößen und veralbern, so hielt er es mit jedem, von je her, aber sie fiel nicht darauf rein. »Bilde dir nichts ein, und mach dir lieber keine falschen Hoffnungen. Mein Vater ist todkrank. In wenigen Wochen wirst du vor mir knien und deiner neuen Königin Treue schwören.«

»Verlass dich nicht darauf, Jungfrau. Ich schwöre niemandem Treue.« Er ließ ihr Haar los und ging an ihr vorbei hinter den Tresen.

Isadora drehte sich um und verfolgte seine fließenden Bewegungen. Dem arglosen Betrachter käme er wie ein Argoleaner von vielen vor, wenn auch überdurchschnittlich groß. Doch er war alles andere als das. Er verkörperte, was alle fürchteten und hassten. »Was ist mit der einen Person, die dein Geheimnis kennt?«

Er blickte sich verärgert zu ihr um. Seine Augen, die schwarz wurden, als er ihr Haar berührte, waren nun wieder grün. »Sei nicht dumm. Mir zu drohen, hat Folgen, die dir ganz gewiss nicht behagen.«

Sie reckte ihr Kinn. *Zum Teufel mit ihm!* Sie hatte schon Schlimmeres durchgemacht, als er ihr antun könnte, hatte mit einem Gott gekämpft und es überlebt. »Ich brauche deine Hilfe, Orpheus.«

Er runzelte die Stirn. »Ich hätte diesen vermaledeiten Tarnumhang vernichten sollen, nachdem wir den Olymp verließen.«

»Das meinte ich nicht.«

Er stützte seine beiden kräftigen Hände auf den Tresen, der sich fast an der gesamten Wand entlang erstreckte, und lehnte sich zurück. »Dann verrate mir, was du wohl von mir wollen kannst? Ich bin ganz Ohr.«

»Ich möchte«, begann sie zögernd, denn es hörte sich zu absurd an, »dass du mich lehrst.«

»Dich was lehre?«, fragte er sichtlich gelangweilt.

»Zu kämpfen.«

Diese Bitte quittierte er mit einem verächtlichen Schnauben.

»Ich bin stärker, als ich scheine.«

»Du bist erbärmlich.«

»Ich will es lernen.« Er öffnete den Mund, doch sie kam ihm zuvor. »Es gibt Gruppierungen, die mich nicht auf dem Thron sehen wollen und alles tun werden, um meine Autorität zu untergraben. Deshalb darf ich keine Schwäche zeigen. Bring mir Kämpfen bei, damit ich gleich dem Ersten, der meine Herrschaft anzweifelt, zeigen kann, dass ich keine Marionette bin.«

Seiner Miene nach hielt er ihr Ansinnen für aberwitzig, aber er sagte wenigstens nicht gleich Nein, was sie als verkapptes Ja deutete. Was wider den Rat oder die Argonauten ging, fand grundsätzlich Orpheus' Zustimmung, und Isadora konnte förmlich sehen, wie es in ihm arbeitete, wie er sich ausmalte, wie sie Lucian, den Ratsvorsitzenden, mit ihrem Schwert zu Fall brachte.

Bei der Vorstellung musste sie beinahe lächeln, ehe ihr bewusst wurde, dass nicht immer der Tod die Lösung war. »Und ich möchte, dass du mir noch etwas anderes beibringst.«

»Ach, Lara Crofts Kampftechniken reichen dir nicht?«

Lara Croft? Sie überging die Frage, zog ein Papier aus ihrem Umhang und legte es vor ihm auf den Tresen. »Lehr mich alles hierüber.«

Schlagartig wurde er total still, und etwas blitzte in seinen Augen. »Ich weiß nicht, wovon du redest.«

»Doch, weißt du«, entgegnete sie. »Ich bin nicht dumm, Orpheus, und habe Nachforschungen angestellt. Das Omega-Symbol war das Zeichen für die Prophezeiung, und diese Flügel hier«, sie wies auf das Blatt mit dem Symbol, das sie in der ersten Übersetzung der Horen und auf ihrer Haut entdeckt hatte, »die bedeuten noch etwas anderes.«

Er verdrehte die Augen. »Hast du irgendwas geraucht?«

»Nein«, sagte sie streng, denn sie wollte sich nicht von ihm verunsichern lassen. »Habe ich nicht. Irgendetwas geht vor, seit Wochen schon, seit Casey und ich vereint wurden. Ich kann es fühlen, aber es ist anders als vorher, und ich weiß nicht, was das heißt.«

Sie trat einen Schritt vor und zeigte auf den Text, den sie abgeschrieben hatte. »Das geflügelte Omega ist das Symbol der Horen, und die waren nicht zwei, sondern drei. Göttinnen der Ausgewogenheit und Ordnung, Halbschwestern der Moiren oder Parzen. Die Drei ist eine mächtige Zahl in der Wissenschaft, der Religion und der Mythologie – die dritte Dimension, das Dreieck, Anfang, Mitte und Ende, die drei Parzen, die Dreifaltigkeit …«

»Bist du auf einmal religiös?«

»Der Dreiklang, die drei Phasen des Mondes, die drei Musen …«

»Waren die nicht neun?«

»… die drei Furien, die drei Gesichter Hekates …«

»Schluss«, fuhr er ihr ernst über den Mund. »Über Hexerei scherzt man nicht, Isadora.«

Sie verstummte. Das grüne Leuchten in seinen Augen war zurück, und an seiner angespannten Haltung erkannte sie, dass sie einen wesentlichen Punkt angesprochen hatte. »Ich scherze nicht.«

»Lass es gut sein, Prinzessin.«

»Kann ich nicht. Das Summen in meinem Kopf lässt mich nicht. Du weißt, was es bedeutet, oder? Hier geht es nicht mehr nur um Casey und mich. Da ist noch etwas.«

Seine Wangenmuskeln zuckten, und sie wusste, dass sie recht hatte. Genauso wie sie wusste, dass es richtig gewesen war, herzukommen. Ihr Herz schlug schneller.

»Was willst du von mir?«

»Was kannst du mir anbieten?«

Sie überlegte. »Ich sorge dafür, dass du weiter wie bisher leben kannst.«

Er runzelte die Stirn. »Unsinn. Wenn du mich bloßstellen wolltest, hättest du es längst gekonnt. Aber wir beide wissen, dass du viel zu weich dazu bist.«

»Na gut, ich erzähle keinem von diesem kleinen Laden. Du kannst weiter Sachen und Leute hin- und herschmuggeln, ohne dass jemand etwas ahnt.«

»Es ahnt sowieso keiner was. Du hast nur gesehen, was ich dich sehen ließ. Versuch's mit einem besseren Angebot.«

Er besaß die Macht, Wahrnehmung zu beeinflussen? Irre.

»Gold«, sagte Isadora rasch.

Er schnaubte. »Ich brauche dein Gold nicht, Isadora. Guck dich um. Dieser Laden ist eine Goldmine.«

Leider musste sie gestehen, dass er recht hatte. »Also schön, was willst du?«

Abermals blitzten seine Augen grün, nur war es diesmal nicht boshaft, sondern hitzig; jene Art Glühen, bei dem eine Frau sofort wusste, was der *Ándras* im Sinn hatte.

Dämonen sind impotent. Diese allgemein bekannte Tatsache ging ihr durch den Kopf, während sie ihn von oben bis unten musterte. Nur war er nicht bloß ein Dämon. Er war auch ein Argoleaner. Und sollte er nicht von einem Dämon gezeugt worden sein, war die kleine Tatsache null und nichtig.

»Ich denke, du weißt, was ich will«, raunte er.

Sie schluckte. »Ich soll ... mit dir schlafen?«

»Nein, Isa«, erwiderte er, während sein Blick über ihren Körper wanderte, »an Schlafen hatte ich nicht gedacht. Was ich will, ist dein Körper, ganz und gar. Ich will ihn für mich, mit ihm tun können, was immer mir beliebt, wann und wo ich will, und zwar so lange, wie das Training andauert.«

»Training?«

Er nickte zu ihrem rechten Schenkel, wo das Mal unter ihrer Hose verborgen war. »Was du dort hast, ist mächtiger, als dir oder deiner Schwester bewusst sein dürfte. Mit Atalantas Unsterblichkeit hört es nicht auf. Sie war vielmehr der Anfang. Aber um diese Kräfte zu nutzen, muss man lernen, wie man sie beherrscht. Es stimmt, dass ich dir helfen kann, nur wird es dich einiges kosten.«

Isadora wurde flau, denn ihr kamen Bilder aus der Unterwelt in den Sinn.

»Guck nicht so entsetzt, Isadora«, murmelte er mit einem Anflug von Belustigung. »Etwas sagt mir, dass du es genießen könntest.«

Ihren Körper.

Eigentlich gehörte er ihr gar nicht mehr. In wenigen Tagen würde er Zander gehören, und wechselte sie von dieser Welt in die nächste, würde er zu Hades' Eigentum. Sollte sie bis dahin nicht selbst bestimmen dürfen, was sie damit anfing? Es war ihre Entscheidung, ihre ganz allein. Und wenn sie so an ihr Ziel gelangte, war es das wert.

Ihr Schicksal selbst zu entscheiden, statt es andere für sie tun zu lassen, lohnte den Preis ihrer Tugend.

Sie blickte wieder zu ihm auf. »Einverstanden.«

Immer noch an den Wandtresen gelehnt, zog er eine Miene, die Isadora deutlich verriet, dass er eine andere Antwort erwartet hatte.

»Ich sage Ja. Solange das Training dauert, gehört mein Körper dir. Aber du wirst mich alles lehren, Orpheus, alles, was ich wissen will, und mehr.

Und was du nicht weißt, wirst du für mich herausfinden.«

Sie nahm sein Schweigen als Zustimmung und wollte gehen. »Wir fangen morgen mit der ersten Stunde an. Ich bin um dieselbe Zeit wie heute hier.«

Sie blieb stehen, drehte sich jedoch nicht wieder zu ihm.

»Ja, Isa«, sagte er. »Mir ist bekannt, dass du dich an den Argonauten Zander binden willst. Dinge sprechen sich selbst bis hierher herum, *Jungfrau*.«

Nun wandte sie langsam den Kopf zu ihm und sah ihn an, ebenso hart, kühl und ungerührt wie er sie. »Zander ist verwundet, daher bin ich ziemlich sicher, dass die Zeremonie verschoben wird. Was bedeutet, dass wir vorher Zeit haben.«

»Und deine Tugend?«

»Gehört mir, und ich kann mit ihr verfahren, wie es mir beliebt.«

Er stieß einen leisen Pfiff aus. »Hubby wird nicht froh sein, wenn er erfährt, dass du das Siegel ohne ihn gebrochen hast.«

»Dann wird er lernen müssen, mit Enttäuschungen zu leben. Das musste ich auch.«

Sie ging weiter zur Tür.

»Isadora«, rief er ihr nach, wobei seine Stimme sanfter klang.

Eine Hand schon auf dem Türknauf, verharrte sie.

»In dieser Kultur wird Untreue hart sanktioniert, ganz besonders bei einer Angehörigen der Königsfamilie. Bist du sicher, dass du das willst?«

Sie dachte an die Frauen, die bestraft worden waren. Obwohl viele meinten, die archaischen Geißelungen der Vergangenheit gäbe es nicht mehr, wusste

Isadora, dass der Rat sie unbedingt wieder einführen wollte. Es stimmte, was Orpheus sagte: Sollte sie in einer kompromittierenden Situation ertappt werden, hätte es schreckliche Folgen für sie, nicht hingegen für ihn. Männer kamen immer ungeschoren davon. Bis sie regierte und manche Dinge änderte, konnte ihre … Beziehung … für Isadora tödlich sein.

Das Mal an ihrem Schenkel kribbelte. Nein, das war es wert. Lieber starb sie durch die Hand des Rats, als dass sie nie die Chance ergriff, ihr künftiges Schicksal mitzubestimmen.

Sie öffnete die Tür und zog sich mit der freien Hand die Kapuze wieder über den Kopf. Ihre Entschlossenheit war wohltuend wie lieblicher Wein. »Bis morgen Abend, Orpheus. Lass mich nicht warten.«

Zehntes Kapitel

Jemand sang, und er war es nicht, denn er konnte ums Verrecken keinen Ton halten.

Es war ein herrlicher Klang, beruhigend und entspannend. Das Lied erkannte Zander nicht, doch es war ihm auch gleich. Es hörte sich einfach nur schön an, selbst in seiner wirren, benebelten Wahrnehmung. Etwas streifte seine Stirn. Eine Hand? Dann seine Schulter, als Nächstes seine Hüfte. Sanfte Finger wanderten zu seinem Bein. Er atmete tiefer, ließ locker, horchte auf die samtige Stimme, die allmählich kräftiger, klarer wurde und sich wie Seide auf seiner Haut anfühlte.

Sein Bein …

Er riss die Augen auf. Konnte er wirklich sein Bein spüren? Aber wieso war alles schwarz?

»Meine Augen …« Hoppla, war das seine Stimme? Sie war viel zu kehlig und rau.

Das Singen endete abrupt. »Zander?«

Callia? Was tat sie denn hier? Er überlegte, versuchte die Erinnerungsfetzen zusammenzufügen, was ihm nicht gelingen wollte. »Ich sehe nichts.«

»Ist schon gut.« Wieder strich ihre Hand über seine Stirn. Oh ja, ihre Finger auf seiner bloßen Haut waren wundervoll. Er neigte den Kopf in die Richtung, aus der ihre Stimme gekommen war, und inhalierte ihren Duft. Süß wie Sommerrosen. Ja, das war eindeutig Callia.

»Das ist eine Nebenwirkung der Medizin. Es vergeht wieder.«

Na, was für nette Neuigkeiten. Aber wozu brauchte er Medizin?

Und dann, als hätte jemand den Lichtschalter in seinem Kopf betätigt, erinnerte er sich: an die Dämonen, den Kampf, dass er verwundet wurde und in dieser Höhle bei Callia und Titus aufwachte.

Wenn sie bei ihm war, konnte er nicht tot sein. Aber dann fiel ihm wieder ein, wie Titus sie berührt hatte, und sein Puls begann zu rasen.

»Entspann dich, Zander.« Ihre Hände drückten auf seine Schultern. »Du darfst noch nicht aufstehen.«

Ihre Stimme beschwichtigte ihn, und er hörte auf, sich zu wehren. War das nicht seltsam? Bis sie etwas sagte, hatte er gar nicht gemerkt, dass er sich bewegte.

»So ist es besser«, sagte sie.

Er blinzelte, denn inzwischen war nicht mehr alles vollständig schwarz. Eine schemenhafte Gestalt war über ihn gebeugt. Die Umrisse blieben verschwommen, wurden jedoch heller. »Wo ist Titus?«

»Er wollte Demetrius suchen.«

Das war sicher eine kluge Entscheidung.

»Demetrius hat die Dämonen weggelockt, nachdem du verwundet wurdest«, erzählte sie.

Hat er? Zander überlegte. »Was ist mit den Misos?«

Callia seufzte, und wieder fühlte er ihre Hände auf seinem Bein. Nahm sie ihm einen Verband ab? Er wusste es nicht genau. »Einige haben es nicht geschafft.«

»Die Kinder?«

»Bleib liegen, Zander.« Wieder drückte sie seine Schultern nach unten.

Sie fuhr fort mit dem, was sie mit seinem rechten Bein tat, und ihre Stimme klang leise, als sie sagte: »Sechs von ihnen. Es waren zu viele Dämonen und nicht genug ...«

Weiter sprach sie nicht, und er musste auch nicht mehr hören. Sie waren zu wenige Argonauten gewesen.

Er ließ seinen Kopf zurücksinken und schloss die Augen, als ihm übel wurde. »Da war ein Junge, höchstens acht Jahre alt.«

»Ich weiß nicht, was mit ihm geschehen ist«, flüsterte sie.

Beide schwiegen, während Callia weiterarbeitete. Zander dachte an den Jungen mit den blauen Augen. Dieser Krieg wurde beständig blutiger, und bald dürfte er nicht einmal mehr mitkämpfen, solange Isadora keinen Thronerben geboren hatte. Wie viele Kinder sollten noch sterben, weil zu wenige Argonauten da waren, um sie zu schützen?

Seine Gedanken schweiften zu Demetrius, und er fragte sich, ob Titus ihn gefunden hatte, und, wenn ja, in welcher Verfassung. Falls Demetrius gleichfalls verwundet wurde, könnte Titus ihm rechtzeitig Hilfe holen? Als Zander zu Boden ging, waren noch mindestens sieben Dämonen dort gewesen. Sieben gegen einen war ein fatales Kräfteverhältnis. Selbst zu zweit gegen sieben hatten ihre Chancen nicht gut gestanden. Aber wenn es einen Argonauten gab, der es an Unerschrockenheit mit Zander aufnehmen konnte, dann war es Demetrius.

Nur war Demetrius nicht unsterblich. Nein, er dürfte keine Chance gehabt haben.

Zander musste raus, ihnen helfen, statt hier herumzuliegen wie ein Invalide. Es war das Mindeste, was er tun konnte, ehe ihn der König aus dem Dienst nahm. Er stützte sich auf die Ellbogen auf.

»Nein!«, sagte Callia sofort und wollte ihn wieder nach unten drücken. An ihren besten Tagen war sie nicht halb so stark wie er, doch aus irgendeinem Grund konnte sie ihn untenhalten. »Du bleibst liegen.«

»Mir geht es gut«, sagte er und blickte sich um. Wo, zur Hölle, war er?

Sie waren in einer Höhle, so viel konnte er erkennen. War es dieselbe wie vorher? Hier sah es anders aus. Der Raum erschien ihm größer als der vorherige, die Decke war gute zehn Meter über ihnen, in der Dunkelheit kaum auszumachen. Wasser gurgelte und plätscherte ganz in der Nähe, aber Zander konnte nur wenige Meter weit sehen. Einige Laternen waren aufgestellt worden, eine nahe seinen Füßen, eine andere hinter seinem Kopf. Das sanfte Licht warf Schatten auf den Felsboden und Callias Gesicht.

Zander versuchte, nicht hinzusehen, konnte aber die Augen nicht von ihr lassen. Ihr rotbraunes Haar war zu einem Zopf nach hinten gebunden, und die Laternen betonten ihre hohen Wangenknochen, den schmalen Hals sowie die sanft gebogenen Lippen. Callia sah ihn nicht an, denn sie war mit seinem Bein beschäftigt, aber sie wusste, dass er sie beobachtete. Das erkannte er an der Art, wie sie es vermied, ihn anzusehen.

Was tat sie hier? Und warum war sie noch nicht verschwunden? Er mochte schwer verwundet gewesen sein, doch jetzt ging es ihm gut. Sie könnte jederzeit gehen.

Misstrauisch sah er sie an, umwerfend und vollkommen wie eh und je, und sie würde ihm niemals gehören. Dieses Wissen schmerzte ihn und weckte jene brennende Reue, die ihn in ihrer Nähe verlässlich überkam.

Aber da war noch mehr. Etwas an ihr stimmte nicht. Sie war zu blass, hatte dunkle Ringe unter den Augen und wirkte, als lastete das Gewicht der Welt auf ihren Schultern.

Das ist nicht dein Problem.

»Ich muss Demetrius und Titus finden.«

»Nein, musst du nicht«, sagte sie, ohne aufzusehen, während sie ihm weiter das Bein verband.

»Wenn Demetrius verletzt ist …«

»Dann kannst du ihm nicht helfen. Bleib liegen und entspann dich.«

Doch er wollte nicht und setzte sich auf. »Das ist Blödsinn!«

Sie stemmte ihn beidhändig wieder auf die Ellbogen hinunter. »Blödsinn ist, dass du dich für unbesiegbar hältst. Das bist du nicht. Also leg dich hin und hör auf, dich wie ein Fünfjähriger zu benehmen.«

Er wurde wütend. »Ich muss nicht verarztet werden, Callia! Meine Wunden heilen schon, falls es dir entgangen ist. Ich weiß nicht mal, wieso du eigentlich hier bist. Ich bin unsterblich und brauche weder dich noch sonst jemanden, der mich versorgt.«

»Ilithios.« Sie richtete sich so schnell auf, dass sein Kopf nach hinten sackte. Als sie auf ihn hinabblickte, war ein Feuer in ihren Augen, das er nie zuvor bei ihr gesehen hatte. »Vor sechs Stunden hattest du eine Kugel im Rückenmark. Begreifst du, was das heißt, Zander? Es heißt, dass ich dich aufschneiden und die

entfernen musste. Danach musste ich dich nochmals von vorn heilen. Es war keine einfache Prozedur. Du magst unsterblich sein, aber ohne mich wärst du jetzt gelähmt. Und du gehst nirgends hin, bis ich sicher bin, dass ich es nicht vermasselt und noch schlimmer gemacht habe.«

Sie stieg über ihn hinweg und verschwand in der Dunkelheit, so dass Zander allein zurückblieb, nach wie vor auf seine Ellbogen gestützt, und ihr mit offenem Mund hinterherstarrte. Weniger das, was sie gesagt hatte, machte ihn sprachlos, als ihr Blick dabei.

In ihm war Wut gewesen, Frust auch, aber vor allem Angst, echte Angst. Die Sorte Angst, die man empfand, wenn jemand, der einem viel bedeutete, dem Tode nahe war.

Sie hatte Angst um ihn gehabt.

Prompt beschleunigte sich sein Herzschlag. Er schloss die Augen, holte tief Luft und legte sich wieder hin. Es war egal, redete er sich ein, nur leider war es das nicht. So blöd war nicht einmal er. Es war ihm nämlich ganz und gar nicht egal.

Verdammt! Er sollte sich in wenigen Tagen an Isadora binden, da konnte er es gewiss nicht gebrauchen, dass seine Seelenverwandte wieder in sein Leben trat.

Callias Schritte hallten auf dem Felsboden, als sie wieder zurückkehrte. Sie hatte ihren Zopf gelöst, so dass ihre rotbraunen Locken teils ihr Gesicht verdeckten. Nach wie vor sah sie ihn nicht direkt an, ging um ihn herum, kniete sich hin und widmete sich erneut seinem Bein.

Und obgleich es ihm nicht gefiel, kam er sich wie ein Idiot vor. Zu allem Überfluss fühlte sich seine Haut von der simplen Berührung wie elektrisiert an.

Er sprach nicht, während sie ihm einen frischen Verband anlegte, und strengte sich mächtig an, nicht auf jedes Streifen, Streichen und Ziehen zu reagieren. Leider wurde deren Wirkkraft durch die Erkenntnis von eben vervielfacht. Als Callia innehielt und zu seiner Brust aufblickte, hielt Zander die Luft an.

»Du zitterst. Ist dir kalt?«

Tat er das? Okay, das war wirklich seltsam, denn er hatte es nicht einmal bemerkt.

»Nein, alles bestens«, sagte er. Doch noch ehe er ausgeredet hatte, durchfuhr ihn ein Schauer, bei dem seine Zähne aufeinanderschlugen.

»*Ilithios*«, flüsterte sie wieder, stand auf und ging, um gleich darauf mit einer Wolldecke wiederzukommen, die sie ihm umlegte. »Ich hatte senile Patienten, die weniger schwierig waren. Nicht mal der König ist so anstrengend wie du.«

Er konnte nicht umhin, zu schmunzeln. Immer schon hatte Callia es geschafft, ihn zum Lächeln zu bringen, sogar wenn seine Laune unterirdisch war.

Sie befühlte seine Stirn, fluchte und kniete sich neben seinen Oberkörper. Ihr Duft umgab ihn wie ein Kranz aus frischen Rosen. Sie neigte sich über ihn und zog an seinen Schultern. »Setz dich hin.«

»Was hast du vor?«

Sie schob ihn sanft nach oben und rückte hinter ihn. »Du frierst, und wir stabilisieren deine Körpertemperatur, indem ich dir etwas von meiner Körperwärme gebe.«

Ihrer Körperwärme? Oh nein! »Hör mal, ich brauche kein…«

»Lass diesen Unsinn, was du alles nicht brauchst,

Zander. Im Moment ist es mir herzlich egal, was du meinst.«

Ihre schroffen Worte ließen ihn verstummen. Wo war die allzeit liebenswürdige *Gynaíka* geblieben, die er gekannt hatte? Die Frau, die stets höflich und anständig war? Diese hier ließ sich jedenfalls von keinem einen Bären aufbinden, erst recht nicht von ihm.

Sie setzte sich hinter ihn, die Beine zu beiden Seiten von ihm ausgestreckt, und zog ihn an sich. Gute Göttin, es gab doch einen Grund, weshalb er sich zehn Jahre lang von ihr ferngehalten hatte! Wenn sie ihm so nahe war wie jetzt, vergaß er alles, sogar seinen Namen.

Ihre vollkommenen Brüste schmiegten sich an seinen Rücken, ihre Hüften sich an seine, als wären sie für ihn gemacht. Sie schlang ihre Arme um ihn, zurrte die Decke fester um sie beide. Er konnte ihren Herzschlag an seinem Rücken ebenso fühlen wie die Wärme zwischen ihren Schenkeln nahe der Wunde unten an seinem Rücken. Und bei ihrem Ausatmen wehte ein seidiger, heißer Wind über seinen Nacken, dass er erschauerte.

»Entspannen«, sagte sie dicht an seinem Ohr, weil sie offenbar seine Reaktion falsch deutete. Aber sollte er sie tatsächlich korrigieren? Nein, auf keinen Fall. Schon jetzt pochte das Blut in seinen Adern, und dieses Kribbeln in seinen Lenden war viel zu gut, um es zu ignorieren.

»So ist es besser«, sagte sie leise. »Ich verstehe nicht, wieso sich verwundete Männer wie Kleinkinder gebärden müssen.«

Er schloss die Augen, lehnte seinen Kopf an ihre Schulter und versuchte, sich zu sagen, dass dies hier nichts Erotisches hatte. Es war rein medizinisch. Ja, das war es.

»Du sagst es, als wäre es etwas Schlimmes«, murmelte er. Ihre Hände rieben seine Arme, und mit jedem Strich von Stoff auf Haut wurde der Kitzel stärker.

»Ist es«, antwortete sie. »Ich will dir nur helfen.«

Plötzlich fielen ihm unzählige Methoden ein, wie sie ihm helfen konnte. Und sie alle begannen damit, dass ihre Hände in diesen magischen Kreisen über seine nackte Haut strichen – ohne die Wolldecke dazwischen.

Als ihm bewusst wurde, wohin seine Gedanken abdrifteten, riss er die Augen auf und versuchte, sich zur Ordnung zu rufen. Aber er konnte nicht auf Abstand zu ihr gehen. »Wo sind wir hier eigentlich?«

»Irgendwo in den Bergen, wo genau, weiß ich nicht. Titus hat mich hergebracht. Nachdem er dich in der Höhle versteckte, kam er nach Argolea und holte mich.«

»Wie sind wir in diese Höhle gekommen? Sie sieht anders aus als die vorher.«

»Daran erinnerst du dich?« Als er nickte, seufzte sie und zog ihr linkes Bein an, so dass ihr Knie zum Gewölbe über ihnen wies. Durch die Bewegung sank er noch näher an sie, was ihn von der Frage ablenkte. »Es war dieselbe Höhle, nur dichter am Eingang. Dort war zu kalt und zugig. Ich war besorgt, dass ich dich nicht warm halten könnte, deshalb haben wir dich tiefer in den Berg gebracht.«

Oh Mann, sie fühlte sich großartig an! Viel zu gut. Er räusperte sich. »Wie weit im Berginnern sind wir?«

»Ungefähr einen Kilometer, schätze ich. Ich dachte,

hier müsste es warm genug für dich sein, sonst hätte ich dir schon früher die Decke übergelegt. Diese Berge sind vulkanisch, also unter uns noch geothermisch aktiv.«

Zum ersten Mal fiel ihm auf, dass die Luft sich überhaupt nicht bewegte, und obgleich er fröstelte, war es nicht annähernd so kühl, wie es mitten in den Bergen sein müsste. »Deshalb ist es hier nicht kalt.«

»Ja, weil die heißen Quellen die Höhlen heizen.«

»Heiße Quellen?«

Sie nickte und zeigte in die Dunkelheit rechts von ihnen. »Da drüben gibt es mindestens vier Quellbecken. Zum Glück, denn so tief im Berg hätten wir unmöglich ein Feuer machen können.«

Was erklärte, weshalb sie ein kurzärmeliges T-Shirt trug und er vorhin glaubte, eine Schweißperle auf ihrer Stirn gesehen zu haben.

Minutenlang schwiegen sie beide, und er spürte, wie sein Leib von ihrer Hitze gewärmt wurde. Mit jedem Reiben ihrer Hände auf seinen Armen nahm das Kribbeln zu.

Wieso musste Titus von allen Heilern ausgerechnet sie zu ihm holen? Zugegeben, sie besaß seltene Gaben, aber es gab andere Heiler in Tiyrns, die ihm ebenso gut hätten helfen können – auch wenn keiner von ihnen dem König und den Argonauten so eng verbunden war wie sie.

Wärme breitete sich in seiner Brust aus. Als er reflexartig erschauerte, deutete sie es abermals falsch und zog ihn dichter zu sich. Wenn er klug wäre, würde er jetzt gleich von ihr wegrücken. Er würde nicht sterben, dessen war er sich sicher, und ob sie es glauben wollte oder nicht, er brauchte sie nicht. Zumindest nicht, um ihn zu retten. Aber er wollte sie. Als ihre Hand über seine Brust strich, bewirkte die Reibung der rauen Decke, dass ihm Funken in die Lenden schossen. Er begehrte Callia in diesem Moment noch heftiger als während der Untersuchung; heftiger als in jener Nacht in der Burg, mehr denn je.

Was falsch war, oder nicht? Er sollte sich mit Isadora vermählen, und Callia war mit diesem üblen Loukas verlobt, auch wenn Zander keinen Schimmer hatte, warum die beiden nicht längst verheiratet waren. So oder so war es falsch, an Sex mit ihr zu denken, ganz besonders hier und jetzt, wo sie schlicht eine gute Samariterin war.

Ihre Hände rieben wieder über seine Brust, reizten seine Brustwarzen mit der Wolldecke, und er rang hörbar nach Atem. Daraufhin erstarrte sie, und er fühlte, wie ihr Herzschlag an seinem Rücken schneller wurde. Er wartete, weil er nicht wusste, was er sagen oder tun sollte. Dann strichen ihre Finger ein weiteres Mal über die empfindliche Stelle, als wollte sie seine Reaktion testen.

Und das wiederum war entweder komplett abgedreht, krank oder … oder es bedeutete, dass ein Teil von ihr genauso erregt war wie er.

Oh Moment! Das ist auch falsch, oder nicht?

Fragen, Möglichkeiten, Antworten, für die er sich sämtlich nicht bereit fühlte, jagten durch seinen Kopf. Aber egal was er sich einredete, es fühlte sich nicht falsch an. Jetzt gerade kam es ihm sogar verdammt richtig vor.

Das darfst du nicht. Setz dem ein Ende, ehe es angefangen hat. Sie ist nicht dein.

Aber rein technisch gesehen, war sie es doch, nicht

wahr? Ungeachtet ihrer Gefühle füreinander, blieb sie seine Seelenverwandte. Und sie hatten eine physische Verbindung, wie er sie noch mit keiner anderen erlebt hatte. Dass sie gleich empfand, merkte er an ihrem flachen Atem und dem schnelleren Puls. Die Frage war nur, was tat er?

Seine Gedanken überschlugen sich vor lauter Möglichkeiten, die zu verdorben waren, als dass er sie in Worte fassen wollte. Callia hob ihr anderes Bein, woraufhin er noch dichter an sie sank. Hitze strahlte von der Mitte zwischen ihren Schenkeln auf seinen unteren Rücken, erregte ihn, bis seine Lenden pochten.

Er bemühte sich, ruhiger zu atmen. So war es mit ihr immer gewesen: In ihrer Nähe war er sofort erregt. Wäre es denn unverzeihlich, dem hier und jetzt nachzugeben? War er erst einmal an Isadora gebunden, hätte er keine Chance mehr dazu. Dann gehörte er ihr und sonst keiner. Er hatte nicht vor, seinen Treueschwur zu brechen, was bedeutete, dass er nach der Zeremonie nie wieder Callias Körper an seinem spüren würde, nie wieder die weiche Wärme seiner Seelenverwandten genießen dürfte, nie wieder ihre Süße schmecken.

Und, ja, er erinnerte sich nur zu gut an ihr süßes Aroma.

Zum Teufel mit den Erinnerungen! Er konnte es jetzt haben. Sie war hier, er war hart. Und so wie sie seine Arme und seine Brust rieb, wollte sie ihn ebenfalls.

Eine Nacht. Keine Verpflichtungen. Er war stark genug für Sex, so viel stand fest. Sein Schwanz zuckte, als ihm erotische Bilder von ihnen beiden durch den Kopf huschten, und seine Erektion wurde noch härter. Er rang nach Luft, während ihn eine leise Stimme warnte, *Spiel nicht mit dem Feuer.*

Ihre Hände verharrten auf seiner Brust. »Ist dir immer noch kalt?«

Seine Kehle war so eng, dass er nicht antworten konnte. Nein, ihm war heiß. Er brannte für Callia.

Sie hob eine Hand an seine Stirn. »Deine Haut ist klamm. *Skata.*«

Eilig schob sie ihn höher und rutschte von ihm weg, bevor er widersprechen konnte. Er öffnete gerade den Mund, um ihr zu sagen, dass es ihm gutginge und sie wieder zu ihm kommen sollte, da sah er, was sie tat.

Sie griff den Saum ihres T-Shirts und zog es nach oben. Darunter trug sie nur ein schlichtes Bustier. Zander stockte der Atem, als sie sich das Hemd über den Kopf abstreifte, wie sie es in seiner Fantasie getan hatte, und es auf den Boden fallen ließ. Als Nächstes kickte sie ihre Schuhe weg und griff nach dem Knopf an ihrem Hosenbund.

»W-was machst du?« Heiliger Hades, war das seine Stimme? Er hörte sich an, als wäre er eben erst zu sich gekommen, nachdem er einmal zur Hölle und zurück gereist war. Mit einiger Verspätung bemerkte er, dass er auf die Ellbogen aufgestützt dalag und sie fasziniert beobachtete. Wie ein Ausgehungerter war er unfähig, den Blick von ihr abzuwenden.

»Ich bringe dich in die heiße Quelle«, sagte sie sachlich, wobei sie sich bereits die Hose auszog. Beim Anblick ihrer göttlichen Beine stellte er fest, dass er härter denn je wurde.

»Callia …«

»Wir müssen dich sofort aufwärmen«, fiel sie ihm ins Wort. Inzwischen hatte sie ihre Jeans abgelegt und stand nur in ihrem Bustier und Slip vor ihm. Ihm wurde der Mund wässrig angesichts dieser Liebesgöttin, die sich seiner Heilung opfern wollte.

Seine Seelenverwandte, praktisch nackt vor ihm, bereit, sich ihm hinzugeben. Er müsste ein Narr sein, sie abzuweisen.

Sie bückte sich hinter ihm, legte die Arme um seinen Oberkörper und hob ihn hoch, bis er saß. Ihr Duft durchbrach seinen letzten Rest Widerstand.

»Komm mit mir, Zander. Es wird dir guttun, versprochen.«

Daran zweifelte er keine Sekunde. Was noch an Blut in seinen Adern war, sammelte sich in seinen Lenden, als sie ihm auf die Beine half. Und mit ihm floss auch jedwede Regung von Widerspruch aus seinem Kopf.

Elftes Kapitel

Callia hievte Zander auf die Füße. Er schwankte, aber sie fing ihn ab und konnte verhindern, dass sie beide umkippten. Von wegen, er brauchte ihre Hilfe nicht! Unsinn.

»Halt dich an mir fest«, sagte sie und umfasste ihn mit beiden Armen, um ihn zu stützen. Und da gab es wahrhaft einiges an Gewicht zu stützen.

Er legte seine Hände auf ihre Schultern. »Ich kann schon.« Konnte er nicht. Nicht einmal ansatzweise.

Sie duckte sich unter seinen linken Arm und umfasste seine gegenüberliegende Schulter, um ihn zu stabilisieren. Die Decke, die sie ihm umgelegt hatte, war schon vorher heruntergerutscht, und im Dämmerlicht hatte sie freien Blick auf sehr männliche, sehr nackte Haut erheischt.

Denk nicht daran!

Das würde sie nicht, denn es wäre höchst unprofessionell. Schließlich hatte sie schon viele nackte Männer gesehen, und keiner, nicht einmal die richtig umwerfenden, hatten sie jemals erregt.

Weil sie nicht Zander waren.

Sie verscheuchte den Gedanken aus ihrem Kopf und packte Zanders Hand an ihrer Schulter fester. »Es sind nur ein paar Schritte bis zum Becken. Da drinnen ist es schön heiß.«

Während sie sich langsam auf das Wasser zubewegten, sprach er nicht, wofür sie ihm dankbar war.

Denn auch wenn in diesem Höhlenabschnitt Saunatemperaturen herrschten und sie ziemlich schwitzte, war ihr leider allzu bewusst, dass sie nur Unterwäsche trug. Aber was blieb ihr anderes übrig? Es war offensichtlich, dass sie mit ihm in das Quellbecken steigen musste, damit er nicht unterging; und Wechselkleidung hatte sie keine bei sich. Nasse Unterwäsche war ja wohl ein geringer Preis für die Rettung eines Patienten, und sie erfror dabei gewiss nicht.

Sie erreichten das erste Becken. Als sie Zander behutsam am Felsrand hinsetzte, wünschte sie, sie hätte eine Laterne mitgebracht. Auf dieser Seite der Höhle war es sehr dunkel, und schwarze Schatten tanzten über Zanders Haut. Er steckte eine Zehe ins Wasser, zog sie aber sofort zurück.

»Skata!«

»Ich habe dir gesagt, dass es heiß ist.«

Sie hatte es vorhin schon gefühlt, für alle Fälle, und wusste, dass das Wasser um die vierzig Grad hatte, was nicht schlimm war, ausgenommen man war halb erfroren. Während er damit beschäftigt war, seinen Fuß vorsichtig ins dampfende Nass zu tauchen, glitt sie hinab ins Becken und rang nach Luft, als das heiße Wasser ihre Beine und den Rumpf umfing.

Die Hitze war ein kleiner Schock für den Kreislauf, von dem Zander sich jedoch binnen weniger Sekunden erholte. Das Wasser reichte Callia bis knapp unter die Brust, und der Boden war flacher Fels, der sich an den Fußsohlen glatt anfühlte. Sie schritt durch das Wasser auf Zander zu, dessen Füße nun immerhin beide eingetaucht waren. Die Hände im Schoß, wartete er ab, dass sich sein Körper an die Temperatur gewöhnte.

Götter, er war unglaublich schön! Für einen Moment raubte ihr sein Anblick im matten Schein der Laterne auf der anderen Seite, der alle Kanten und Vertiefungen an dem gemeißelten Leib betonte, den Atem. Sie hatte ihn schon oft nackt gesehen, aber sie würde wohl nie damit aufhören können, ihn zu bewundern. Jetzt jedenfalls tat sie es.

Seine Schultern waren breit, die Brust muskulös und klar definiert, das Muskelspiel so geschmeidig und glatt, als wäre er aus Marmor; der Waschbrettbauch stramm gerippt, die Arme so kräftig wie die Beine. Und diese schmale Haarlinie, die sich von seiner Brust zum Nabel zog, war wie ein blinkender Pfeil, der sie lockte, weiter hinunter zu sehen.

Sie ermahnte sich, professionell zu bleiben. Er war ihr Patient, sie war die Heilerin. Ihre gemeinsame Geschichte war längst vorbei und überdies kein bisschen lustig gewesen.

Ohne hinabzusehen, neigte sie sich zu ihm vor und schlang erneut die Arme um ihn. Sogleich spreizte er seine Beine, und auf einmal fand sie sich an seine bloße Brust gepresst wieder. Und an anderes, das sie definitiv nicht dort brauchte, wo es nun war.

Ihr Herzschlag ging schneller, weil sie ihm so nahe war, genau wie im Studierzimmer des Königs. Sie musste die Zähne zusammenbeißen und sich auf ihre Stimme konzentrieren, die zu zittern drohte. »Komm. Wir machen es ganz langsam. Es wird sich gut anfühlen, wenn du dich erst daran gewöhnt hast.«

Seine gemurmelte Antwort klang verdächtig nach, »Ich dachte, das wäre mein Text«, aber das kümmerte sie natürlich nicht, denn er glitt ins Wasser, und sie achtete ausschließlich darauf, dass ihm nicht die Beine wegknickten.

Er holte ruckartig Luft und blies sie sehr langsam wieder aus. Währenddessen hielt Callia ihn und schritt mit ihm ins Tiefere, wo ihnen beiden das Wasser bis zu den Schultern reichte. Seine Atmung wurde ruhiger, und er schloss die Augen, machte aber keinerlei Anstalten, sich ihr zu entwinden, was sie so deutete, dass er entweder ihre Hilfe brauchte oder gar nicht wahrnahm, dass sie ihn immer noch festhielt.

Das Wasser machte ihn praktisch schwerelos und leicht zu manövrieren. Behutsam bugsierte Callia sie beide zu der Beckenseite, an der die Felsen glatter waren, so dass man sich besser daranlehnen konnte. Sie stützte seinen Rücken gegen einen sehr flachen Stein, hielt ihn dabei allerdings fest umklammert, für den Fall, dass er herunterglitt und unterging.

Um sie herum waberte Dampf vom Becken auf. Ihre nassen Haarspitzen schwappten mit jeder Wellenbewegung an ihre Schultern. Stöhnend lehnte Zander seinen Kopf nach hinten an den Felsen, und Schweißperlen bildeten sich auf seiner Stirn. Callia hob eine Hand aus dem Wasser und wischte sie ihm weg.

»Hmm«, machte er, als ihre Finger über seine Haut strichen. »Das fühlt sich gut an.«

Unwillkürlich musste sie schmunzeln. Er hatte es immer gemocht, wenn sie ihm die Stirn massierte oder mit den Fingern durch sein Haar strich. »Besser?«

»Viel besser.«

»Ich sagte ja, dass du frierst.«

»Nicht mehr. Ich glaube, ich fühle meine Zehen wieder.«

Ihr Lächeln wurde breiter. Das war mal eine gute Neuigkeit. Sie fuhr fort, seine Stirn, die Schläfen und den Nasenrücken zu reiben. Hatte er sich die Nase in den letzten Jahren irgendwann gebrochen? Diese leichte Verdickung im Knorpel an der einen Stelle musste relativ neu sein. Ihr Blick fiel auf die gezackte Narbe an seinem Hals, und sie entsann sich, wie sie mit den Fingern und der Zunge darüberstrich, als sie …

Gefährlich, warnte die leise Stimme in ihrem Kopf. *Wenn du nicht aufhörst, ihn zu berühren, wirst du bald eine Grenze überschreiten.*

Sie hielt inne. Sie war teils menschlich, oder nicht? Hatte sie da nicht ein wenig Lockerlassen verdient? Nach den letzten Stunden – Tagen vielmehr – verdiente sie allemal einige Minuten Entspannung. Ach was, nach den letzten zehn Jahren stand ihr ein ganzes Leben in Frieden zu. Warum konnte sie nicht entspannen und die Momente mit Zander genießen, frei von Feindseligkeit und Wut, die sie beide so lange beherrscht hatten. War es zu viel verlangt, ein paar Minuten zu wollen, in denen sie sich daran erinnerte, warum sie sich einst in ihn verliebt hatte?

Ja, ist es, denn das hier kann nur böse enden.

Ihr Ringen mit sich und ihren Schuldgefühlen führte dazu, dass sie diesen Moment festhalten wollte, ihn aus Gründen brauchte, die sie selbst nicht verstand.

Als hätte er die Stimme in ihrem Kopf gehört, öffnete Zander die Augen und beendete es. Callia erstarrte, denn er war vollkommen auf sie konzentriert, sein Blick klar und ernst. »Was?«, fragte sie unsicher.

»Warum bist du gekommen?«

»Ich …« Okay, ja, diese verdammten Selbstheilungskräfte der Superhelden. Er war wieder ganz da. »Weil Titus mich darum gebeten hat.«

»Du hättest ablehnen können.«

Richtig, und sie hatte es auch überlegt. Zwei Sekunden lang. Aber leider könnte sie ihn niemals im Stich lassen. »Ich habe einen Eid abgelegt, denen zu helfen, die in Not sind.«

»Sogar mir.«

Es war keine Frage, wie ihnen beiden klar war. Und plötzlich fiel ihr wieder ein, wie mühelos er sich von jenen in Not abwenden konnte. Damit war der friedliche Augenblick vorbei.

Sie nahm ihre Hand herunter und blickte auf die Narbe an seinem Hals, um ihm nicht in die Augen sehen zu müssen. Wassertropfen glitzerten auf seiner sonnengebräunten Haut, rannen über den erhabenen Wundrand.

»Sogar dir.«

In der Stille, die nun eintrat, war nichts zu hören außer seinem ruhigen Atem und dem Plätschern des Wassers.

»Wo bist du hin?«, fragte er schließlich. »Danach?«

Sie erschrak. Dass er fragte! Dass es ihn überhaupt kümmerte! War es nach all den Jahren denn noch von Bedeutung? Sie erwog, nicht zu antworten, doch dann dachte sie, warum nicht? »Ich habe Zeit gebraucht. Ich blieb, wo ich war, in Griechenland.«

Auf sein Nicken hin fragte sie sich unweigerlich, ob er gewusst hatte, wo sie gewesen war. »Ich hörte Gerüchte, dass du an einer menschlichen Hochschule Medizin studiert hast.«

Hatte er? Das war ihr neu. Aber wieso interessierte es ihn? Sie könnte fragen, wollte es, entschied sich jedoch dagegen. In seinem Zustand sollte er sich nicht aufregen, und falls er lediglich seine Neugier befriedigen wollte, würde sie ihm den Gefallen tun. »Ich habe an der Aristoteles-Universität in Thessaloniki studiert.«

Er hob eine Hand aus dem Wasser und rieb sich über das stoppelige Kinn. »Hattest du keine Angst, allein in der Menschenwelt? Argoleaner sind beliebte Angriffsziele für Dämonen.«

Schulterzuckend beobachtete sie einen Wassertropfen, der ihm die Wange hinab, über das kantige Kinn und zur Narbe lief. »Anfangs ein bisschen. Aber Thessaloniki ist eine große Stadt. Ich habe dafür gesorgt, dass ich nie ganz allein war. Dämonen riskieren ungern eine Szene im Beisein von Menschen.«

»Taten sie früher nicht«, sagte er leise. »Heute ist es anders.«

Ja, das war es. Seit Atalanta wieder sterblich war, scherte es die Dämonen nicht mehr, wer ihnen in die Quere kam. An jenem Tag hatte sie Glück gehabt.

Ihr Magen krampfte sich zusammen, und rasch verdrängte sie die Erinnerung. »Mein Vater war eine Zeit lang bei mir. Das machte es leichter.«

»Ah ja«, sagte er mit unverhohlener Abscheu. »Dein Vater. Wieso wundert mich das nicht?«

Nun sah sie doch in sein Gesicht, in dem die Verachtung für ihren Vater mehr als deutlich war. Was sie wiederum erstaunte, denn warum kümmerte es ihn überhaupt? Er hatte ihr einst vorgeworfen, sie würde sich von ihrem Vater ihr Leben diktieren lassen, obwohl sie sich in den wichtigsten Dingen gegen den Wunsch ihres Vaters entschieden hatte. Und es teuer bezahlte.

Sie blickte hinab zu dem Wasser, das sich sanft um Zander kräuselte, und versuchte, nicht an den Schmerz zu denken. Doch leider hörte er niemals ganz auf. »Willst du wirklich über meinen Vater reden?«

»Nein.«

Seine prompte Antwort war im Grunde keine Überraschung. Warum versetzte sie ihr trotzdem einen Stich?

»Ich möchte nur eines wissen«, sagte er. »Warum bist du zurückgekommen? Wenn die Menschenwelt so großartig war, wieso bist du dann nach Argolea zurückgekehrt?«

Was sollte sie ihm darauf antworten? Sie wollte ihm nicht erzählen, dass ihr Vater sie gebeten hatte, zurückzukommen. Oder dass ihr die zunehmenden Dämonenangriffe in der Gegend hinreichend Angst einjagten, um sie in eine Welt zu treiben, in der Frauen als minderwertig galten. Vor allem aber sollte Zander nichts von dem Dämon erfahren, dem sie eines Abends begegnete, als sie von der Uni nach Hause kam. Jenes Erlebnis war furchteinflößend gewesen, zumal der Dämon sie zu erkennen schien. Sie hatte Glück gehabt, dass eine Gruppe Menschen vorbeikam und sie fliehen konnte. Nein, das wollte sie Zander nicht erzählen, und schon gar nicht wollte sie seine selbstzufriedene Miene sehen, die ihr bedeutete, dass er es ja gleich gewusst hatte.

Also sagte sie stattdessen: »Es war einfach die richtige Zeit, zurückzukommen.«

Wie er sie musterte, ahnte er wohl, dass sie ihm etwas verschwieg. Sie senkte den Blick abermals zu seinem Hals, doch ihr Adrenalinpegel stieg, und ihr Herz pochte schneller.

Irgendwann im Verlauf des Gesprächs hatte sie ihn losgelassen, und er hielt sich inzwischen sicherer. Was gut war, denn schon die Worte waren intimer als ihr lieb war, da brauchte sie gewiss nicht noch physische Nähe.

Am besten sagte sie ihm klipp und klar, dass er zu weit ging und aufhören sollte, sie anzustarren. Doch er kam ihr zuvor, indem er mit der Schulter zuckte und ein Stück weiter ins Wasser glitt. »Muss nett sein, einen guten Draht zum Rat zu haben und kommen und gehen zu können, wie man will. Die wenigsten Argoleaner haben solch ein Glück.«

Glück? Die Narben an ihrem Rücken ziepten, und ihre Gedanken schweiften zu den ersten Monaten zu Hause ab. Glück würde sie es nicht nennen, oh nein. Sie würde eher von Elend sprechen.

Ehe sie etwas erwidern konnte, verschwand sein Kopf unter Wasser.

Und alles, all der Ärger, die Wut und das Elend verpufften.

Sie tauchte die Arme ins Wasser und tastete nach ihm, doch er war fort. Einfach weg.

Panik schnürte ihr die Kehle zu. Es war so dunkel, dass im Wasser nichts zu erkennen war, nichts außer glasigem Schwarz. Warum hatte sie ihn losgelassen? Wieso hatte sie die Laterne nicht mit hergebracht?

»Zander!«

Sein Kopf tauchte wieder auf, und er schüttelte sich das Wasser aus dem Haar, so dass ein Tropfenschauer auf Callia niederging. »Mann, ist das heiß!«

Vor lauter Erleichterung und Empörung wollte sie schreien. Sie ballte die Hände zu Fäusten und versetzte ihm einen Knuff gegen den unversehrten Oberarm.

Wasser sprühte auf. »Götter, du hast mir einen Riesenschrecken eingejagt! Warum machst du das?«

Er besaß tatsächlich die Stirn, verblüfft zu sein. »Was?«

Und in diesem Augenblick wurde ihr alles – sein Plan, Isadora zu heiraten, ihr Gespräch und sein Untertauchen, um ihr Angst zu machen – einfach zu viel. Mit einem Stöhnen legte sie sich rücklings ins Wasser, gab ihrer Erschöpfung nach und ließ ihre sämtlichen Sorgen und Ängste für einen kurzen Moment davontreiben.

Weit weg, wo sie nicht mehr an sie denken musste.

»Callia? Was hast du? *Skata*, komm wieder her.«

Mit einer Hand packte er ihren Knöchel und zog, aber sie sträubte sich nicht, auch nicht, als ihr Wasser übers Gesicht rauschte und sie keine Luft mehr bekam. Sie war so müde, emotional ausgelaugt und am Ende ihrer Kräfte. Er hatte recht: Es war ein Fehler gewesen, herzukommen. Hatte sie ernsthaft geglaubt, sie könnte damit umgehen, in seiner Nähe zu sein? Konnte sie nicht. Sie musste sofort gehen, in ihre Klinik zurückkehren, wo die Dinge normal waren, berechenbar und … sicher.

Ihre Füße stießen gegen seine steinharte Brust, dann ihre Knie. Sie spürte, dass er sich über sie beugte, bevor er die Arme um ihre Taille schlang. Immer noch wehrte sie sich nicht, hatte nicht die Energie dazu, nicht einmal als er sie aus dem Wasser hob und an sich drückte.

Sie prustete und holte japsend Luft, während ihr Wasser übers Gesicht lief.

»Was, zur Hölle, tust du denn?«, fragte er verärgert.

Wieder hustete sie und blinzelte sich den Schleier

aus den Augen. »Ich? Du hast doch gezogen … und bist untergetaucht.«

»Ich habe mir nur das Haar nass gemacht und bin nicht auf und davon geschwommen. Du hast keine Ahnung, wo dieses Becken hinführt oder was da draußen im Dunkeln ist. Erst Titus, jetzt das hier. Wollt ihr mich für irgendwas bestrafen?«

Sie erstarrte und blickte zögerlich zu ihm auf. Zwischen seinen Brauen hatte sich eine steile Falte gebildet, die seine vollkommene Stirn verunstaltete.

Was hatte Titus mit ihnen zu tun? Und wie kam er auf die Idee, dass sie ihn bestrafen wollte?

Tropfen fielen aus ihrem Haar auf seine Brust, während sie seine verwirrte Miene betrachtete, den Kopf schüttelte und nicht begriff, was er sagte. »Bist du noch benebelt von den Medikamenten, die ich dir gegeben habe? Oder bin ich weggetreten?«

Er runzelte die Stirn. »Einer von uns ist es jedenfalls.«

»Warum …?«

»Weil ich verdammt nochmal drauf und dran bin, dich zu küssen.«

Dieser Satz riss sie jäh aus ihrer Benommenheit. Sie stemmte beide Hände gegen seine Schultern. »Wieso zum Hades?«

Er war so nahe, dass sie gar nichts dagegen tun konnte. Sein Mund fing ihren zu einem leidenschaftlichen Kuss ein, dessen Hitze bis in ihre Zehen strahlte. Seine Lippen waren hart und unbarmherzig, seine Arme umklammerten sie, bis ihr nur noch die Wahl blieb, sich an ihm festzuhalten oder unterzugehen.

Die gegenseitige Anziehung zwischen ihnen war

immer schon explosiv gewesen, wahnsinnig und zweifellos ungesund, wenn man bedachte, welche Folgen sie für Callia gehabt hatte. Die Götter wussten, dass sie die schmerzvollen Jahre, die hinter ihr lagen, nicht noch einmal durchleben wollte. Warum stieß sie ihn dennoch nicht von sich?

Er glitt mit der Zungenspitze über ihre Lippen. »Öffne dich mir, Callia. Lass mich ein.«

Oh nein, das sollte sie nicht. Ihr war klar, dass es nur einer Kostprobe bedürfte, um sie willenlos zu machen. Schon einmal hatte er sie mit seinen Wonneversprechungen beinahe ruiniert. Ließ sie ihn jetzt …

Seine Hände verlagerten sich auf ihrem Rücken, wanderten tiefer. Als er ihren Po fasste und sie anhob, so dass sie die Wölbung seiner Erregung an ihrer Scham fühlte, atmete sie erschrocken ein.

Er wartete nicht auf eine Einladung oder gab ihrem Verstand Gelegenheit, dem Geschehen zu folgen. Kurzerhand drang er mit der Zunge tief in ihren Mund ein und nahm sich, was er wollte, während ihr ein bisschen schwindlig davon wurde, ihn nach so langer Zeit wieder zu fühlen.

Fast elf Jahre. Hatte sie vergessen, wie er schmeckte? Wie er sich anfühlte? Sie stöhnte, als sich die Erinnerungen mit der Gegenwart verquickten. Honigsüß und gefährlich dunkel; mysteriös wie die verbotene Frucht. Er war all das in einer sündhaft verlockenden Hülle, die sie aufforderte, einfach loszulassen. Aber das hatte sie schon einmal getan, und sie wusste, welche Folgen es hätte.

Ihre Finger gruben sich in seine Schultern; ihr ganzer Körper spannte sich an. Sie wusste, dass dies der Moment war, es sofort zu beenden, dass es kein Zurück mehr gäbe, wenn sie nicht hier und jetzt einen Schlussstrich zog.

Etwas in ihrem Gehirn machte Klick, und sie stemmte sich von ihm ab. Es gelang ihr sogar, sich seinem verführerischen, talentierten Mund zu entwinden. »Ich kann nicht, Zander, ich …«

»Du kannst, das weiß ich.« Seine Lippen waren rosig, nah und viel zu verführerisch. Sie schluckte. »Und ich gebe dir nicht die Zeit, dir einen Grund auszudenken, Nein zu sagen.«

Wieder war sein Mund auf ihrem, inbrünstiger und deutlich härter als vorher. Sie stöhnte, als er an ihrer Lippe knabberte, den Winkel des Kusses änderte, seine Zunge in sie eintauchte und mit ihrer spielte. Sein finsteres Aroma versetzte sie in eine Art Rauschzustand. Sobald er ihre Hüften dichter an sich zog und seine Erektion an ihrer empfindlichsten Stelle rieb, löste sich ihr letzter Rest Selbstbeherrschung in Wohlgefallen auf.

Sie schmolz dahin und ergab sich jener ungezähmten Ekstase, die einzig er ihr bieten konnte.

Ihre Finger tauchten in die goldenen Strähnen seines Haars, und sie erwiderte seinen Kuss. Er stöhnte zustimmend, streichelte ihre Zunge mit seiner und wiegte Callia im Wasser, so dass er sich hart an ihr rieb, wo sie es am dringendsten wollte.

Sämtliche Nerven in ihrem Leib waren elektrisiert. Zanders Bewegungen verursachten Wellen, die gurgelnd gegen die Felskanten schwappten. Doch das nahm Callia nur nebenbei wahr, denn sie war ganz und gar auf den heißen, harten Argonauten konzentriert. Sein Mund glitt zu ihrem Ohr und ihren Hals hinab zu der Kuhle in der Mitte ihres Schlüsselbeins, wo er sie auf eine Art liebkoste, die sie immer schon verrückt gemacht hatte. Sie fragte sich, ob er schon hinreichend bei Kräften war, um Sex zu haben, verwarf den Gedanken aber gleich wieder. Seine Wunden hatten sich schon fast geschlossen, und im Wasser war Callia nahezu schwerelos.

»Zander.« Sie neigte den Kopf nach hinten, schloss die Augen und wiegte ihre Hüften im Takt mit seinen. »Oh …«

»Götter, schmeckst du gut.« Er hob sie höher, so dass ihr das Wasser nur noch bis zum Rippenbogen reichte. »Ich brauche mehr.«

Brennendes Verlangen erfüllte sie. Er zog die Träger ihres Bustiers hinunter, ehe sie etwas dagegen sagen oder tun konnte. Die kühle Höhlenluft sowie das Wasser, das ihr über die Brüste lief, machten die Spitzen hart; allerdings war es sein Stöhnen angesichts ihres Busens, das ihre Libido befeuerte.

»Koste mich«, flüsterte sie.

Sein Arm an ihrer Taille umklammerte sie fester, und sie spürte das Pochen seiner Erektion an ihrem Slip. Mit der freien Hand fing er eine ihrer Brüste ein, drückte sie sanft, neigte den Kopf und sog die Spitze in seinen Mund ein.

Und es fühlte sich … besser an, als sie es erinnerte. Heißer. Feuchter. Seine Zunge brannte förmlich und streichelte sie erotischer, als sie es sich jemals erträumen könnte. Bei seinem Lecken, Knabbern und Saugen durchfuhren sie wilde Kontraktionen.

Dann verlagerte er sie und widmete sich der anderen Brust. Er lachte leise. »Ja, tu es. Komm für mich.«

Das würde sie bald. Sie hatte von Frauen gehört, die allein durch Bruststimulation zum Orgasmus kamen, aber zu denen zählte sie nicht. Sie bog sich ihm entgegen und bemerkte erst verzögert, dass sie sich wie eine läufige Hündin an seinem Schenkel rieb.

Vor Scham glühten ihre Wangen. Sie wollte etwas sagen, aber da war sein Mund wieder auf ihrem, und er hielt sie erneut so, dass sein Schwanz an ihrer Scham war.

»So ist es gut. Bleib bei mir«, raunte er.

Sie stöhnte und erwiderte seinen Kuss. Als seine Finger am Bund ihres Slips entlang von ihrer Hüfte bis zwischen die Schenkel strichen, erschauerte sie.

»Möchtest du, dass ich dich berühre?«

Sie konnte kaum mehr klar denken, geschweige denn antworten. Lust verengte ihr die Kehle, während sie sich dichter an ihn drängte, die Arme spreizte und stumm bejahte.

Sein Lächeln war ein wenig zu selbstgewiss und gänzlich bezaubernd, dann nahm er aufs Neue ihre Lippen ein und tauchte gleichzeitig mit zwei Fingern in ihren Slip.

»Hmm, bist du feucht«, flüsterte er ihr zu, dass sein heißer Atem über ihre Wange und ihren Hals wehte. Seine Finger streichelten ihre Schamlippen, bis sie sich stöhnend vor Ungeduld an ihm wiegte.

»Willst du mich in dir?« Sie nickte, klammerte sich an seinem Haar fest und kam beinahe, sowie er ihre Klitoris berührte. »Sag es.«

»Ja«, hauchte sie. »In mir.«

Er schob einen Finger in sie hinein. »So?«, fragte er und zog den Finger wieder raus.

Ihre Anspannung wuchs unerträglich. Sie wollte nichts lieber, als dass er weitermachte. »Oh …«

»Mehr?«

»Ja.« Sie seufzte, als er mit zwei Fingern in sie eindrang und zugleich seine Zunge in ihren Mund glitt. Callia war dem Orgasmus so nahe, dass es nicht mehr brauchte. Sie spannte ihre Muskeln um ihn, genoss jedes Eindringen und Zurückgleiten und wollte so viel mehr. Die Arme noch energischer um ihn schlingend, küsste sie ihn mit derselben Leidenschaft, mit der er sie küsste. Und sie genoss es, ihn stöhnen zu hören, als sie seine Zunge ansog und nicht loslassen wollte.

Auf einmal waren seine Finger fort, und sie wollte wimmern, weil er zugleich den Kuss beendete. Dann jedoch merkte sie, dass er ihr den Slip auszog.

»Keine Spiele mehr«, knurrte er.

Ihre Unterwäsche flog an ihrem Kopf vorbei irgendwo hinter die Felsen. Er blickte ihr in die Augen, als er sich wieder näherte. Hemmungslos vor Verlangen, kümmerte es sie gar nicht, dass ihr Bustier in ihrer Taille hing oder er womöglich die Narben auf ihrem Rücken sehen könnte. Im Moment zählte nur er und was er mit ihr tun sollte.

»Sag mir, dass du mich willst«, flüsterte er, legte die Hände an ihre Hüften und hob sie erneut hoch.

Sie hielt den Atem an, sowie er sich zwischen ihre Beine drängte. Er lehnte sie mit dem Rücken an die flachen Felsen, beugte sich vor und fing ihr Ohrläppchen mit den Lippen ein. Zwischen ihren Schenkeln pulsierte seine Erektion und glitt ihre Schamlippen auf und ab.

»Sag's mir«, beharrte er und sog fest an ihrem Ohrläppchen, dass es beinahe wehtat. Aber nicht richtig. Es fühlte sich wunderbar an. Er hob seine Hüften, rieb sich an ihr und fand ihre Öffnung.

Zehn Jahre Sehnsucht schmolzen zu diesem einen Moment zusammen. »Ich will dich«, flüsterte sie. »Oh ... Zander ... ja ...«

Endlich war es so weit. Sie hielt den Atem an, sowie die Spitze seiner Erektion in sie eindrang, stöhnte und küsste ihn. Es war so lange her, dass sie vergessen hatte, wie groß er war, welche Kraft diesem muskulösen Leib innewohnte und wie wahnsinnig gut er sich zwischen ihren Beinen anfühlte.

Er zog sich wieder zurück und drang ein wenig tiefer in sie. Derweil streichelte seine Zunge ihre. »Callia, Götter, du bist so verdammt eng. Ich werde nicht lange durchhalten, wenn du nicht locker lässt. Du bist doch geschützt, oder?«

Sie erbebte, war unmittelbar vor dem Orgasmus, und er war kaum einen Zentimeter in ihr. Bei dem Gedanken, ihn vollständig in sich zu haben, lief ihr ein Schauer über den Körper.

Abermals zog er sich zurück, griff zwischen sie und kniff sie sacht in die Brustspitze. Die Folge war ein Funkenstrahl, der ihr von der Brust bis in den Schoß fuhr. »Wie?«, fragte er.

»Was wie?«, murmelte sie und wollte ihn zu sich ziehen. Warum wollte er reden, wenn sie einfach nur ihn wollte?

»Wie bist du geschützt?«, sagte er, beugte den Kopf und strich mit der Zunge über ihren Nippel. »So kurz vor meiner Vermählung mit Isadora darf ich nicht riskieren, dich wieder zu schwängern.« Er nahm die Brustspitze in den Mund und leckte und sog an ihr.

Nur hatte es diesmal nicht denselben Effekt wie zuvor. Etwas in Callia erkaltete, das eben noch glühend gebrannt hatte. »Du willst dich immer noch ... mit Isadora verbinden?«

»Natürlich.« Er neckte die andere Brust, drückte sie mit der Hand und schob seinen Schwanz wieder zwischen ihre Schamlippen. »Ich gab dem König mein Wort.«

Er meinte es ernst. Da war kein Anflug von Humor in seiner Stimme. Und wie ein Donnerschlag holte Callia die Realität ein.

Dies war keine Wiedervereinigung, wie sie es sich in ihrer grenzenlosen Naivität eingebildet hatte. Während sie vollständig von den Emotionen geblendet war, nach all den Jahren seine Nähe zu spüren, war es für ihn nichts als Sex. Und er hatte keinerlei Bedenken, seine Verlobte, die in der Burg auf ihn wartete, mit ihr zu hintergehen.

Callia wurde übel, und die kleine Stimme in ihrem Kopf schrie triumphierend: *Ich hab's dir ja gesagt!*

Sie stemmte die Hände gegen seine Schultern und drückte. »Zander, stopp, warte. Es gibt etwas, das du wissen solltest.«

Zwölftes Kapitel

Callia drückte fest gegen Zanders Schultern, doch es war, als wollte sie ein Gebäude verschieben. »Ich bin nicht geschützt. Die letzten zehn Jahre habe ich eine Reinigung durchgemacht.«

Er wurde sehr still, und sie begann zu frösteln. Ihr Herz klopfte so laut, dass sie sicher war, er könnte es hören. Stumm blickte er ihr in die Augen, und sie wünschte, er würde irgendwas sagen, die Tatsache zur Kenntnis nehmen, dass sie seit ihm mit niemandem mehr zusammen gewesen war oder dass er der Grund war, weshalb sie diese Reinigung vornehmen musste. Aber es kam weder noch. Er betrachtete sie kalt und prüfend, als würde er ihr nicht glauben.

Eine halbe Ewigkeit verging in beklemmender Stille, und auf einmal fühlte sich das Wasser kalt und schmutzig an.

Schließlich zuckte er mit der Schulter. Callias Herzschlag wurde schneller, sowie Zander den Kopf wieder neigte und an ihrem Ohrläppchen knabberte. Nun tat er es so fest, dass es schmerzte. »Ich will dich immer noch.« Er umfing ihre Hüften und zog sie näher, um sich aufs Neue an ihr zu reiben. »Falls du schwanger wirst, kannst du es genauso loswerden wie beim letzten Mal.«

Sie war entsetzt. *»Was sagst du?«*

»Du hast mich verstanden, und uns beiden ist klar, dass gerade du weißt, wie es geht.« Seine Stimme war hart, doch unbeirrt führte er seinen Schwanz zu ihrer Öffnung. »Kein Gerede mehr, Callia. Vögeln wir, wie wir beide es wollen.«

Callia konnte kaum klar denken, aber da seine Hand unter Wasser war, zögerte sie nicht. Sie hob ihr Bein, stützte ihren nackten Fuß gegen seinen steinharten Bauch und drückte so fest sie konnte. »Du Dreckskerl! Wie kannst du es wagen?«

Zander stolperte rückwärts und sah sie entgeistert, sogar ein bisschen verärgert an. »Was denn?«

Zitternd zurrte sie ihr Bustier wieder nach oben und steckte die Arme durch die Träger, bevor sie aus dem Wasser stieg. Nur hatte ihr Zittern nichts mit Erregung zu tun. Sie bebte vor Abscheu. Und vor einer maßlosen Wut, wie Callia sie sich noch niemals zuvor erlaubt hatte. Nicht einmal, nachdem er sie verließ.

»Verfluchter Mist«, murmelte er im Wasser hinter ihr, während sie nach ihrem Slip suchte. »Ausgerechnet jetzt wirst du zickig? Hätte das nicht noch zehn Minuten Zeit gehabt?«

»Fahr zur Hölle!« Ein rötlicher Nebel lag über allem, aber wenigstens entdeckte sie endlich ihren Slip ein Stück weiter auf dem Felsboden. Sie ging hin, streifte sich das Höschen über und lief wieder zu der Bettrolle, die Titus für Zander hingelegt hatte, ehe er ging. Dort stieg sie wieder in ihre Hose.

Sie hätte ihn sterben lassen sollen. Niemals hätte sie sich von Titus überreden lassen dürfen, hierherzukommen.

Er war aus dem Wasser und hinter ihr, ehe sie etwas bemerkte. Eine starke Hand packte ihren Oberarm und zog sie herum. »Du selbstsüchtiges kleines Miststück. Jetzt komm mir ja nicht so überheblich!«

»Nimm deine Finger von mir.« Sie versuchte, ihn mit beiden Händen von sich zu stoßen, was ihr leider nicht gelang. Der Mann war wie eine Granitstatue. »Wie kannst du es wagen, so etwas zu sagen?«

»Was? Die Wahrheit?«, konterte er höhnisch und gab kopfschüttelnd ihren Arm frei, als hätte er sich an ihr verbrannt. Ekel spiegelte sich auf seinen gemeißelten Zügen. »Ich hätte auch deutlicher werden und dir sagen können, was du wirklich bist, aber das habe ich nicht.«

»Weil du mich ficken wolltest«, schleuderte sie ihm entgegen. »Nicht, weil dir etwas an mir liegt.«

»Das tut es schon lange nicht mehr, und dafür hast du gesorgt.« Er musterte sie mit einer unverschämten Selbstverständlichkeit. Was gab ihm das Recht? Sie gehörte ihm schließlich nicht. Und sie würde sich gern verhüllen. »Aber wenn ich es recht bedenke, bist du die letzte Frau, die ich vögeln will. Ich weiß nicht, was in mich gefahren war.«

Die Verachtung in seinem Blick war schrecklich und weckte in ihr das Gefühl, sie hätte etwas falsch gemacht. »Und was bin ich?«, fragte sie trotzig.

Er kniff die Augen zu schmalen Schlitzen zusammen. »Eine Mörderin.«

Vor Schreck stand ihr der Mund offen und sie hauchte: »Wie nennst du mich?«

»Ich bat dich nur um eines«, knurrte er, als hätte er sie nicht gehört. »Um eine einzige Sache, nämlich ein paar Tage zu warten, damit ich alles mit Theron klären konnte. Aber nicht einmal das konntest du für mich tun, nicht wahr? Du bist zu deinem Vater gelaufen und hast getan, was er wollte, bist mein Kind losgeworden, als wäre es nichts.«

Etwas in ihrem Verstand sträubte sich gegen seine Worte. Hilflos blickte sie sich in der dunklen Höhle um und versuchte, das, was er sagte, mit den Geschehnissen vor fast elf Jahren zusammenzubringen. »Willst du behaupten, du denkst, ich hätte … ich hätte abgetrieben?«

»Ich weiß, dass du es hast!«

Ihre Wut verebbte, denn zehn Jahre Verwirrung und Schmerz ergaben auf einmal einen Sinn. »Zander, ich habe nicht … konnte nicht …« Sie schüttelte den Kopf. »Ich habe nie …«

»Lüg mich nicht an«, fiel er ihr ins Wort. »Ich war in der Klinik der Menschenwelt.«

Zögerlich sah sie wieder zu ihm. Der Argonaut vor ihr war nicht mehr der erregte, verführerische Mann, mit dem sie eben in dem Quellbecken gewesen war. Ebenso wenig hatte er mit dem Verwundeten gemein, den sie vor einer Lähmung bewahrt hatte. Er war ein Krieger, bereit zum Angriff. Eine Gefahr. Er könnte sie mit bloßen Händen in Stücke reißen, wenn er wollte.

Sie schluckte, machte einen Schritt auf ihn zu und versuchte, seinen Zorn zu bändigen. Einst hatte er sie vor dieser Seite an ihm gewarnt, ihr erklärt, dass sie der Fluch der Achilles-Nachkommen war, gegen den er beständig ankämpfte. Aber sie hatte ihn noch nie so gesehen.

»Du warst dort?«, flüsterte sie.

»Oh ja, war ich.«

»Dann weißt du …«

»Ich sah die Krankenakte und sprach mit einer Schwester. Dein Vater und du, ihr wart schon weg, verstecktet euch irgendwo. Hast du gedacht, ich finde es nicht heraus? Ich hatte es vor mir, schwarz auf weiß. Dir fehlte es sogar an dem nötigen Anstand, es mir zu erzählen. Stattdessen bist du bei Nacht und Nebel verschwunden.«

»Zander.« Sie holte tief Luft und bemühte sich, ruhig zu bleiben, denn zumindest einer von ihnen sollte es. »Ich bin nicht weggelaufen. Nachdem du fortgingst, gab es Komplikationen. Ich bekam Blutungen und glaubte, dass ich eine Fehlgeburt habe. Zu einem argoleanischen Heiler konnte ich nicht, denn dann hätten sie von uns erfahren.«

»Lügnerin.«

»Ich lüge nicht. Ich hatte Angst. Mein Vater fand mich, und er brachte mich ins menschliche Reich, damit mir geholfen wurde. Ich habe das Baby nicht abgetrieben, Zander. Ich habe versucht, es zu retten.«

»Lügnerin!«

»Du musst mir glauben.« Ihre Panik wuchs mit jedem Schritt, den sie auf ihn zu machte. Eine solche Bedrohung, wie sie nun in seinen Augen funkelte, hätte Callia bei keinem für möglich gehalten, vor allem nicht bei ihm. »Ich hätte unserem Kind nichts antun können. Ich habe unser Baby geliebt. Als er geboren wurde … Du hast keine Ahnung, was ich für ihn durchgemacht habe.«

»Lügnerin!«, schrie er wieder. »Ich habe genug von deinen Lügen.«

»Ich würde dich in dieser Sache nicht belügen.«

Er packte ihre Arme und drückte fest zu. »Das reicht.«

Ihr Leben lang war sie eine Heilerin. Schon als Kind hatte sie gemerkt, dass sie anders war. Viele Argoleaner besaßen Gaben, die ihnen selbst zugutekamen; von Callias profitierten andere. Aber als Zander sie packte und sie zwang, ihn mit aller Kraft von sich zu stemmen, konnte sie nur daran denken, dass sie sich gegen jemanden verteidigte, der sie offensichtlich mit jeder Faser seines Seins hasste.

Energie strömte in ihre Hände, die sie von einer unsichtbaren Kraft bezog, und ohne nachzudenken richtete Callia sie gegen die Gefahr vor ihr. Sie floss aus ihr heraus, und ihr Geist lenkte sie unbewusst.

Zanders Augen weiteten sich. Er äußerte kaum einen Laut, als er vor ihr zu Boden sank und ächzte, weil seine Lunge nicht mehr richtig zu arbeiten schien.

Ihre Hände vibrierten unter der rohen Kraft, die sie eben durchströmt hatte, und Callia stolperte zurück, entsetzt und angewidert von dem, was sie getan hatte. Überreste eines Zorns, wie Callia ihn noch nie empfunden hatte, wüteten in ihr, dass ihr übel und schwindlig wurde. Alles verschwamm vor ihren Augen, wurde dunkel, doch sie schüttelte den Kopf, um es abzuwehren. Zum ersten Mal hatte sie jemanden willentlich verletzt. Sie hatte gar nicht gewusst, dass sie dazu fähig war.

Ihr wurde seltsam, und sie bekam Atemnot. Sie wich zurück, bis sie gegen eine Felswand stieß.

»Callia!« Zander wollte sich zitternd aufstützen, konnte es aber nicht. Er sackte gleich wieder in sich zusammen.

Heilige Hera, was habe ich getan?

Blankes Entsetzen packte sie. Sie musste hier weg, raus, schnell. Hier kriegte sie keine Luft.

Panisch suchte sie nach ihrem Mantel, entdeckte ihn wenige Meter entfernt und holte ihn sich, zusammen mit den Stiefeln, die sie auf Geheiß von Titus angezogen hatte, ehe sie herkam.

»Callia«, keuchte Zander wieder. »Warte. Ich …«

Doch sie rannte bereits mit wehendem Mantel Richtung Höhlenausgang, denn sie brauchte dringend frische Luft.

Tränen stachen in ihren Augen, und sie erstickte fast an den Gefühlen, die sie so viele Jahre in sich vergraben hatte, aber sie lief weiter. Wegzukommen war das Einzige, woran sie denken konnte. Ihre Lunge brannte, ihre Beine schmerzten, was sie jedoch nicht aufhalten konnte.

Als es schließlich zu viel wurde, blieb sie stehen und rang nach Luft. Sobald sich ihr Herzschlag halbwegs normalisiert hatte, stellte sie fest, dass um sie herum alles still war. Sie war nach wie vor aufgeputscht, aber ihre Panik zum Glück weniger geworden. Langsam wurde sie sich ihrer Umgebung gewahr und schaute sich um.

Sie war in einem Wald. Wie weit es zur Höhle war, wusste sie nicht. Es war dunkel, allerdings drang hinreichend Mondlicht durch die Bäume, dass sie die überfrorenen Äste, den schneebedeckten Boden und das dichte Unterholz ausmachen konnte. Eisiger Wind schlug ihr ins Gesicht, und ein Schauer lief ihr über den Rücken, denn sie war verschwitzt vom Rennen, und nun kühlte der Schweiß auf ihrer Haut rapide ab. Sie zog den dicken Mantel fester zu und verfluchte sich für ihre Dummheit.

Irgendwo über ihr schrie eine Eule. Trocknes Laub und Zweige knackten rechts von ihr, und Callia drehte sich blitzschnell um. Ihr Herz begann erneut zu rasen, als ihr klarwurde, in welcher Lage sie sich befand.

Sie hatte keine Ahnung, wo sie war. Aus welcher Richtung sie gekommen war, konnte sie ebenso wenig sagen, denn es sah überall gleich aus.

Verdammt, verdammt, verdammt!

Furcht machte ihr die Brust eng. Der heulende Wind in den Bäumen bedeutete ihr auf unangenehme Weise, dass sie allein war. Wieder fröstelte sie und zurrte ihren Mantel weiter zu. Jedes Zweigknacken und Rascheln, jeder schwankende Schatten auf dem Waldboden ängstigten sie noch mehr.

Entspann dich. Denk nach. Du bildest dir bloß ein, dass es hier gefährlich ist.

Der rationale Teil ihres Gehirns übernahm, jene Seite in ihr, die sie schon unzählige Male gerettet hatte. Okay, lange konnte sie nicht hier im Freien herumstehen. Sie musste bis zum Morgen warten, wenn es hell wurde, damit sie sah, wohin sie gehen sollte. Titus hatte eine Schlucht und eine Brücke erwähnt. Falls sie die morgen fand, könnte sie den Weg suchen, der zur Halbblutsiedlung führte. In der Zwischenzeit brauchte sie Schutz vor der Kälte und möglichen Raubtieren.

Sie wollte sich ohrfeigen, weil sie sich von ihren Gefühlen hinreißen ließ und blindlings weggelaufen war. In der Höhle wäre sie sicherer gewesen, selbst wenn es bedeutete, dass sie bei Zander blieb. Er mochte ein Idiot sein, aber ihr Verhalten war noch idiotischer gewesen.

Nachdem sie einen Plan geschmiedet hatte, fühlte sie sich schon ein klein wenig besser. Blinzelnd sah sie in die Bäume und überlegte, wohin sie gehen sollte. Die Dunkelheit machte es unmöglich, mehr als graue Baumstämme zu erkennen, die einer wie der andere aussahen. Langsam drehte Callia sich um die eigene Achse, als ihr plötzlich etwas auffiel.

Links von ihr war etwas. Konnte das sein? War das …? Sie glaubte, etwas orange aufleuchten zu sehen, wie eine Flamme oder … ein Lagerfeuer.

Ein Lagerfeuer hier draußen?

Da war es wieder! Sie guckte noch angestrengter hin. Oder war das Licht aus einem Hüttenfenster?

Sogleich wurde ihr Adrenalinhaushalt wieder angekurbelt. Beides, ob Lagerfeuer oder beheizte Hütte, bedeutete, dass dort Menschen oder Halbblute waren, auf keinen Fall Dämonen, denn die brauchten weder Wärme noch sonstigen Komfort zum Überleben. Callia atmete erleichtert auf, weil sie offenbar doch nicht ganz allein war. Und im Gegensatz zu Dämonen konnten Menschen ihr keine Angst einjagen, egal was für welche. Zeus sei Dank.

Sie trat einen Schritt vor – vorsichtig, weil sie noch ein wenig zittrig war – auf das Licht zu, das hinter den Bäumen flackerte. Dabei sagte sie sich, dass die schreckliche letzte Stunde doch ein Gutes gehabt hatte: Mit Zander war sie für immer fertig. Er hatte ihr mehr als deutlich zu verstehen gegeben, wie er für sie empfand. Und mehr musste sie nicht wissen. Nichts auf dieser Welt könnte sie jemals wieder zu ihm zurücklocken.

Alles war still, als Max aus dem gigantischen Federbett stieg, das man ihm im Westflügel hergerichtet hatte, und lautlos auf dem Dielenboden landete.

Fast rechnete er damit, dass jemand mit einem Knüppel herbeigelaufen kam und ihn prügelte, doch nichts geschah. Dennoch war er auf der Hut, als er durchs Zimmer schlich und die schwere Tür aufzog. Ein Kälteschauer lief ihm über den Rücken, aber zum Glück knarrte das alte Holz nicht. Für einen Moment stellte er sich vor, dass ausnahmsweise mal irgendein namenloser Gott auf seiner Seite war, und verwarf den Gedanken gleich wieder. Keiner war je auf seiner Seite gewesen. Der Einzige, den kümmerte, was mit ihm passierte, war er selbst.

Nichts rührte sich, kein Geräusch war zu hören, als er um eine Korridorecke zur großen Treppe ging, die zu Atalanta führte. Sein Herz wummerte schnell, allerdings nicht vor Furcht, sondern vor Aufregung, weil sich sein Schicksal wenden sollte.

Oben angekommen, bewegte er sich wie ein Geist über die Holzdielen. Von der Galerie blickte man auf die breite Treppe und bis hinunter ins Erdgeschoss. Hinter zwei massiven Flügeltüren lagen Atalantas Privatzimmer, die das ganze Stockwerk einnahmen.

Sie schloss ihre Türen nie ab. Wieso sollte sie? Keiner wagte es, hier heraufzukommmmen. Pochenden Herzens legte Max eine Hand an den Türknauf und drehte ihn vorsichtig.

Kein Quietschen, kein Ächzen, nicht einmal ein Luftzug regte sich, als er die Tür nach innen aufschob. Könnte er tatsächlich einmal Glück haben?

Rasch schlich er ins Schlafzimmer. Da sein Dachboden direkt über diesem Geschoss lag, kannte er den Grundriss der Etage besser als irgendjemand sonst. Während der letzten Wochen hatte er gelernt, alle Geräusche Atalantas aus dem Stockwerk unter ihm zuzuordnen – vom gedämpften Klang ihrer Stimme über das Wasserrauschen aus ihrem Bad bis hin zu den Wärmepunkten von ihren Lampen und der Heizungsanlage.

Er stand in der offenen Tür und blickte ins Zimmer, wobei er langsam durch die Nase atmete, damit Atalanta ihn nicht hörte. Als Göttin der Unterwelt hatte sie nie richtig geschlafen. Natürlich musste sie hin und wieder ausruhen, doch es war kein Vergleich zu ihrem Schlafbedürfnis jetzt. Seit sie in der Menschenwelt waren, schlief sie mehr und mehr, was seine Vermutung bestätigte, dass sie genau wie er war: Sterblich, auch wenn sie es schaffte, sich göttergleiche Kräfte zu bewahren.

Er beobachtete, wie sich ihre Brust hob und senkte, den Blick auf die Kette an ihrem Hals gerichtet. Erst als er überzeugt war, dass sie ihn nicht bemerkte, wagte er sich weiter ins Zimmer.

»Überlege gut, ehe du handelst, junger Maximus.«

Erschrocken blickte er zur Seite, wo die geisterhafte Frau still im Schatten neben ihm stand, und Panik regte sich in seiner Brust.

Es war dieselbe alte Frau, die ihm das Glasoval gegeben hatte. Er würde sie überall wiedererkennen. Heute Nacht schien sie wie ein Geist, unwirklich in ihren durchsichtigen Gewändern, die ebenso hell schienen wie ihre bleiche Haut. Aber ihr Gesicht war unverändert, die Haut faltig, das Haar schneeweiß und die Augen … so durchdringend wie bei seiner ersten Begegnung mit ihr.

»Ja«, sagte sie leise, »ich bin es. Und dies hier betrifft dich nicht.«

Er wusste, dass keiner außer ihm sie hören oder sehen konnte, trotzdem war die klare Stimme in dem stillen Zimmer befremdlich. Ängstlich sah er kurz zu

Atalanta, deren göttergleiche Kräfte sie womöglich doch etwas wahrnehmen ließen, aber sie schlief.

Wieder wurde er aufgeregt. Es betraf ihn nicht? Nein, es betraf *sie* nicht. Sie und ihr nutzloses Glas.

Er achtete nicht mehr auf die alte Frau, sondern trat an Atalantas Bett. Der Anhänger lag auf ihrer Brust, oberhalb des Dekolletés. Ihr Kopf war zur Seite geneigt, ihr einer Arm lag nach oben angewinkelt an ihrem Gesicht, der andere auf ihrem Bauch. Je näher Max ihr kam, umso zuversichtlicher wurde er.

»Maximus …«

Er streckte eine Hand aus.

»Maximus, nicht!«

Seine Fingerspitzen berührten den Anhänger, der sich heiß anfühlte; Max hielt den Atem an, denn er hätte gedacht, dass sich das Metall kalt anfühlen würde. Atalanta regte sich, und er blickte zu ihrem Gesicht. Die Furcht, ertappt zu werden, wurde sehr real.

Eine Ewigkeit verstrich, während er zu schwitzen begann, doch er wagte nicht, sich zu rühren. Atalantas Lider flatterten, ohne sich zu öffnen. Mit einem leisen Stöhnen drehte sie den Kopf zur anderen Seite und atmete in regelmäßigen Zügen weiter.

Max hatte das Gefühl, sein Herz würde erst jetzt wieder weiterschlagen.

Er durfte keine Zeit vergeuden, also beugte er sich vor und betrachtete den Verschluss der Kette.

»Du weißt nicht, worauf du dich einlässt«, sagte die alte Frau, die wieder neben ihm war. Ihre Stimme zitterte, als wäre sie von Gefühlen überwältigt. Aber Max achtete nicht mehr auf sie. Stattdessen öffnete er den schweren Kettenverschluss, der ein sanftes Klicken von sich gab. Als Atalanta sich immer noch nicht rührte, zog er behutsam an dem einen Kettenende.

Abermals seufzte Atalanta, wandte wieder den Kopf, und die Kette war frei. Max hielt die Metallscheibe in der Hand.

»Maximus, dies ist nicht bloß ein Schmuckstück. Es hätte nie in Atalantas Hände gelangen dürfen, und du solltest es erst recht nicht haben.«

Von der flachen Scheibe strahlte Energie in seine Hand ab. Sie floss durch seine Finger, in seinen Arm und seine Brust hinab, bis jeder Muskel in seinem Leib davon vibrierte. Ein Gefühl von Macht durchströmte ihn, und ihm war, als wüchse er auf die dreifache Größe an, obwohl gar nichts passierte.

Cool.

Er musste lächeln. An der alten Frau vorbei, eilte er leise durch Atalantas Wohnzimmer zurück zur Tür.

»Maximus.« Die Alte war wieder neben ihm, als sei sie hinter ihm hergeschwebt. Er sah sie nicht an, denn sein Blick war vom Anhänger gebannt. Aus dem Augenwinkel jedoch bemerkte er, dass die Frau ihn nicht überragte. »Noch ist es nicht zu spät. Du kannst es zurücklegen, und keiner erfährt, was hier geschehen ist.«

»Warum hast du keine Angst, wenn sie den Anhänger hat?«, flüsterte er, ohne von den vier leeren Kammern in der Scheibe aufzusehen. In ihnen musste mal etwas gewesen sein. Jede der leeren Halterungen war ein wenig anders geformt, eine rund, eine oval, eine rautenförmig und die vierte dreieckig.

»Weil sie seine Kräfte nicht beherrscht.«

»Aber ich?«

Die alte Frau antwortete nicht, doch ihr Schweigen

sagte genug. Ja, das war es, wovor Atalanta Angst hatte. Und er war klug gewesen, herzukommen und ihr den Anhänger wegzunehmen. Mit einem strahlenden Lächeln schloss er die Finger um die Metallscheibe.

»Maximus.«

»Was?«, fragte er, und nun sah er zu ihr. Pure Angst spiegelte sich in ihren Augen. War das nicht interessant? Sie war ein uraltes, göttliches Wesen, und sie hatte Angst vor ihm, einem zehnjährigen Jungen, den keiner wollte?

»In den falschen Händen«, sagte sie mit gesenkter Stimme, »bedeutet es Tod und Zerstörung.«

Er strahlte. »Spitze.«

»Maximus.«

So leise er konnte, rannte er die Treppe hinunter und in sein Zimmer, wo er sich den Pyjama herunterriss und hastig Kleidung und Stiefel anzog. Beim Anblick des Federbetts empfand er einen winzigen Hauch von Bedauern, doch der verflog rasch. Sobald die hohle Metallscheibe sicher in seinem Hemd verborgen war und ihre Energie auf seine Haut abstrahlte, schnappte er sich seine Jacke.

Die alte Frau stand in seiner Zimmertür, doch diesmal waren ihre Augen nicht ängstlich, sondern traurig. »Sie wird dich jagen.«

»Das ist besser, als hierzubleiben. Wir sind vielleicht nicht mehr in Tartarus, aber es ist immer noch die Hölle. Und das weißt du.«

Sie schüttelte den Kopf. »Du bist deinem Vater so ähnlich.«

Ein Kribbeln fuhr ihm über den Rücken. »Ein Arschloch?«

Erstaunt zog sie die Brauen hoch und schien beinahe amüsiert. Aber nach allem, was ihm widerfahren war, kümmerte es ihn gewiss nicht, dass er eine gespenstische alte Frau mit Kraftausdrücken schockierte.

»Ich meinte …«

Oh nein, darauf ließ er sich nicht ein! »Spar dir das. Wir beide wissen, dass ich keinen Vater habe.«

»Doch, hast du«, seufzte sie. »Und was immer du denken magst, es besteht noch Hoffnung.«

Der Hass auf Atalanta wegen ihrer Marter, auf die alte Frau wegen ihrer Einmischungen, auf die Eltern, die ihn in diesem Höllenloch verrotten ließen, sammelte sich in seiner Brust, direkt dort, wo der Anhänger war. Immerzu bemühte Max sich, diesen Zorn in sich zu bändigen, der nun drohte, unkontrollierbar zu werden. »So was wie Hoffnung gibt es gar nicht. Es gibt nur das hier.« Er umfasste den Anhänger durch sein Hemd. »Und jetzt gehört es mir.«

Er ging an ihr vorbei auf den Korridor, als würde ihn der Anhänger führen, ihm eine Kraft und einen Mut geben, wie er sie niemals besessen hatte. Und war das nicht noch cooler?

»Vergiss deine Menschlichkeit nicht, Maximus«, rief die Alte ihm nach.

Fast hätte er gelacht, als er im Erdgeschoss ankam und zum verborgenen Ausgang eilte, den er immer benutzte, wenn er nicht von den Bediensteten gesehen werden wollte. Seine Menschlichkeit hatte ihm bisher einen feuchten Dreck genützt, und sie würde ihn jetzt garantiert nicht retten. Er brauchte sie nicht, brauchte überhaupt nichts und niemanden.

Nur sich selbst.

Thanatos stand in der Mitte der heruntergekommenen Hütte und funkelte die beiden Dämonenkrieger vor sich wütend an – Dick und Doof. »Erklärt mir, wie euch der Argonaut entwischen konnte!«

Die Dämonen sahen einander an.

»Wir …« Der Linke blickte wieder zu Thanatos. »Als der Zweite kam, um dem anderen zu helfen, sind wir weg. Wir mussten doch zurückkommen und dir Bericht erstatten, wegen der anderen, die draufgegangen sind.«

Thanatos biss die Zähne zusammen. Das war der Grund, weshalb die Argonauten noch lebten: Weil Atalanta ihre Armee mit hirnlosen Feiglingen bestückte. Es gab einen Grund, warum diese Vollidioten auf dem Asphodeliengrund waren, um das Urteil von Tartarus zu erwarten, als Atalanta sie fand. Die waren zu blöd zum Leben.

Und sie gab *ihm* die Schuld, dass die Argonauten sie am laufenden Meter austricksten?

Er legte die Hand an sein Schwertheft. »Und wurde der erste Argonaut im Kampf verletzt? Ihr sagt, dass er sechs Dämonen getötet hat. Das kann er wohl kaum ohne einen Kratzer überstanden haben.«

»Na ja …« Der Dämon, der so dämlich gewesen war, diese Diskussion anzuzetteln, sah seinen Kameraden an, dann auf den Boden, wo das Blut der zwei Jäger in die schmutzigen Dielen sickerte. Ihre grünen Augen glühten hungrig. »Er kämpfte noch.«

»Wir wollten uns nur vergewissern, dass du nicht in eine Falle läufst«, meinte der andere Dämon schnell.

Die beiden sahen einander wieder an und nickten, als hätten sie sich soeben sehr geschickt aus dem Schlamassel gewunden.

»Danke«, sagte Thanatos und packte sein Schwert. »Ihr habt beide euren Wert bewiesen.«

Die zwei waren so unklug, wieder Blicke und sogar ein Grinsen zu wechseln, bei dem sie die fleckigen Zähne bleckten. Und Thanatos fand, das war hinreichend Beruhigung für sie. Er holte aus und köpfte sie beide mit einem Hieb.

Ihre Schädel landeten knallend auf dem Holzboden, gefolgt vom dumpfen Aufprall ihrer zuckenden Körper auf den menschlichen Jägern, an denen sie sich eigentlich gütlich tun wollten.

Angewidert steckte Thanatos sein Schwert wieder in die Scheide und blickte sich in der verfallenen Hütte um.

Nichts lief wie geplant. Jetzt hatte er nicht nur Atalanta im Nacken, sondern nicht einmal mehr eine Truppe in dieser Gegend. Er würde selbst nach den Argonauten suchen müssen. Das oder für immer aus diesem Wald verschwinden und den Rest seines Lebens auf der Flucht sein.

Er überlegte. Könnte er allein überleben? Atalanta wäre ihm bald auf den Fersen. Andererseits war er schlauer als ein gewöhnlicher Dämon. Und er besaß nach wie vor die Kräfte eines Erzdämons; zumindest bis sie ihn aufspürte und tötete.

Wenn er doch nur einen Weg fände, ihr diesen verfluchten Anhänger zu stehlen.

Es klopfte an der Tür, und er drehte sich um. Dann hörte er eine Stimme, eine weiche weibliche Stimme.

»Ist da jemand? Entschuldigen Sie die Störung, aber ich habe das Licht gesehen. Hallo?«

Thanatos atmete durch die Nase ein, um ihren Duft

zuzuordnen. Ja, eindeutig weiblich. Und argoleanisch. Und keine gewöhnliche Argoleanerin.

Jetzt wurde es spannend.

»Hallo?« Wieder klopfte sie. »Ist da jemand?«

Wie konnte sich ein Mitglied der königlichen Familie in diesen Wald verirren? Fragen überschlugen sich in seinem Kopf, doch dann formte sich ein Plan, wie er aus dem Mist herauskam, in den er sich manövriert hatte. Ein Plan, der nichts mit Atalantas Anhänger zu tun hatte, aber genauso gut war.

Ohne zu zögern, riss er die Tür auf. Die Frau vor ihm machte große Augen vor Entsetzen und öffnete den Mund, als wollte sie schreien, doch es kam kein Laut heraus. Als sie sich umdrehte und weglaufen wollte, packte er ihren Arm und zog sie zurück.

Der Schrei, der nun doch ertönte, hallte durch jede Zelle seines Leibes, und sein Raubtiergrinsen wurde breiter.

Er zerrte sie mühelos in die Hütte. »Wir sind uns noch nicht vorgestellt worden, Prinzessin. Ich bin der Erzdämon, und jetzt gerade dein schlimmster Albtraum.«

Dreizehntes Kapitel

Zander stützte sich auf Hände und Knie und holte tief Luft. Okay, diesmal war er ziemlich sicher, dass er es schaffte, ohne …

Nein. Wieder nicht.

Alles wirbelte um ihn herum, als hätte er ein Riesenbesäufnis hinter sich. Was, zur Hölle, hatte sie mit ihm gemacht? Sie war eine Heilerin, verflucht nochmal!

Schwere Schritte donnerten durch den langen Tunnel, und für eine Sekunde hielt Zander den Atem an, blies ihn aber gleich aus, als er erkannte, wer da kam.

Titus.

Den Argonauten erkannte er auf Anhieb. Sie waren schon oft genug auf der Jagd nach Dämonen durch die Lande gestreift, dass Zander den Gefährten schon an seinem Stampfen von allen anderen unterscheiden konnte. Der Geruch von Kiefern und frischem Blut waberte ihm entgegen, dann hörte er Titus' heißeren Atem.

»Callia? Ich bin wieder da!«

Zander hockte sich auf seine Fersen, ließ aber den Kopf gesenkt. Mann, wenn er sie wiedersah …

»Z.«, sagte Titus überrascht, als er in die Höhle kam. »Du bist auf.«

Zander blickte starr auf die Felsen vor ihm und wünschte, er hätte nicht solche verdammten Kopfschmerzen.

Titus lachte. »Ich hätte gedacht, du wärst inzwischen wieder halbwegs auf den Beinen. Mann, du siehst echt nicht gut aus.«

»Alles bestens.«

»Ja, das sehe ich.« Wieder lachte Titus. »Übrigens bist du splitternackt.«

Zander überlegte, Titus einen Vogel zu zeigen, aber das würde zu viel Kraft kosten.

Titus' Füße tauchten auf dem Felsen rechts von ihm auf. »Wo ist Callia?«

»Weg.«

»Weg? Wohin?«

»Weg eben.«

»Wie? Was ist hier passiert?«

»Nichts.« Zander richtete sich auf, angetrieben von seiner Verärgerung. Allerdings hatte er einen unschönen *Oh Mist*-Moment, als sich alles um ihn herum drehte und er sich mit einer Hand an der Felswand abstützen musste. »Das geht dich verdammt nochmal nichts an.«

»Sag mir wenigstens, dass du sie nach Hause geschickt hast.« Titus bekam keine Antwort. »Zander, sag mir, dass du verflucht nochmal das Portal geöffnet und sie nach Argolea zurückgeschickt hast.«

»Hätte ich vielleicht«, murmelte er. »Aber dazu kam ich nicht.«

»Oh, leck mich!«, Titus atmete schwer. »Du hast sie mitten in der Nacht hier rausmarschieren lassen?« Er wies zum dunklen Tunnelgang. »Da draußen herrschen fast zehn Grad unter null, und es schneit. Ganz zu schweigen von den Dämonen, die sich in dieser Gegend rumtreiben. Du weißt, dass sie geweihten Boden finden muss, um sich selbst ein Portal zu öffnen. Sie ist kein Argonaut, der überall ein Portal aufmachen kann. Und wir sind auf einem beknackten Berg!«

»Warte.« Eine Hand an den Fels gelehnt, hob Zander den Kopf. »Du und Demetrius habt die übrigen Dämonen nicht erledigt?«

Titus fuhr sich mit den Fingern durch seine dunklen Locken, merklich gereizt. »Bis ich Demetrius fand, war er schon so blutig geschlagen, dass er kaum noch sein Parazonium anheben konnte. Die beiden Mistkerle, gegen die er kämpfte, sahen nicht besser aus, und als sie mich bemerkten, sind sie abgehauen. Ich habe Demetrius nach Hause gebracht und bin gleich wieder her, um dich und Callia zu holen. Aber diese zwei Dämonen sind garantiert nicht weit.«

Skata. Sein Adrenalinschub war günstig, denn nun sah er seine Umgebung zum ersten Mal, seit er zu sich kam und Callia über sich gebeugt vorfand, klar vor sich. Er erblickte frische Kleidung, die Titus mitgebracht haben musste, als er Callia herholte, und bückte sich, um die Hose anzuziehen. »Sie kann nicht weit gekommen sein.«

Wie lange war sie fort? Zehn Minuten? Fünfzehn? Panik zehrte an ihm. Warum hatte er sie weglaufen lassen?

»Was zum Geier hast du zu ihr gesagt, Zander?« Titus prüfte seine Klinge und schob sie wieder in die Scheide.

»Nichts.« Er streifte sich sein Hemd über, hockte sich auf den Boden und zog die sauberen Stiefel an. Derweil ging ihm sein Wortwechsel mit Callia durch den Kopf.

»Schande«, flüsterte Titus. »Du dämlicher Schweinehund.«

Zander schwieg und schnürte seine Stiefel zu. Wut stieg in ihm auf; Wut, weil Titus sich auf einmal als Callias Beschützer aufspielte, und Wut auf Callia, die ihn eiskalt belog, bevor sie einfach wegrannte. Wie konnte sie bei so etwas Wichtigem lügen? Aber nein, daran durfte er nicht denken. Er musste die Beherrschung wahren. Egal was sie getan hatte, er wollte nicht, dass sie starb. Und er brauchte Titus' Hilfe, wenn er sie finden wollte, ehe sie sich in ernste Schwierigkeiten brachte.

Er stand wieder auf, warf sich seine Jacke über und hob seine blutige Waffe vom Boden auf. »Gehen wir sie suchen, in Ordnung?«

Zander scherte sich nicht um die Sachen, die noch von ihnen in der Höhle waren, und steuerte im Laufschritt auf den Tunnelgang zu. Weiter vorn erhellte Mondlicht den Höhlenausgang, so dass man schon von Weitem die Schneeflocken sah, die in einem Meer von Weiß herabschwebten. Mindestens fünf Zentimeter Neuschnee waren gefallen, und es zeichneten sich Spuren im Schnee ab. Die Stiefelabdrücke kurz vor der Höhle mussten von Titus sein, der hier aus seinem Portal gekommen war; aber es gab auch kleinere Abdrücke, die sich bereits mit frischem Schnee füllten.

»Da«, sagte Zander und wies auf die schwächer werdenden Spuren, die von der Höhle wegführten.

Titus hockte sich hin und betrachtete die Spuren. »Sie ist gelaufen.«

Zander runzelte die Stirn. Ja, klar, und ob, Sherlock! Sie wollte schnellstmöglich weit von ihm weg. Er rieb sich die Schläfe, denn ihm brummte noch die Energie im Schädel, mit der sie ihn so mühelos ausgeschaltet hatte.

Titus stemmte sich wieder hoch. »Sie kann nicht weit vor uns sein. Ich schätze, wir holen sie bald ein.«

Ihre Spuren waren gut zu erkennen, bis der Schnee zunahm und der Wald zu einem einzigen weißen Dickicht wurde. Sie folgten den Abdrücken eine gute Meile durch die Bäume, dann waren keine mehr zu erkennen. Zander blieb stehen und blickte sich in alle Richtungen um, während dicke weiße Flocken auf ihn herabfielen, in seinem Haar, den Wimpern und den Bartstoppeln hängen blieben. Verdammt, wo war Demetrius, wenn sie ihn brauchten? »Hier ist nichts.«

Titus suchte den unheimlichen dunklen Wald ab. In seinem Bart hatten sich weiße Eiskristalle gebildet. Blinzelnd wies er zwischen die Bäume. »Dort. Ein Licht.«

Zander hielt sich eine Hand schützend über die Augen. »Was ist das? Ein Feuer?«

»Irgendein Haus. Hier gibt es sonst nichts, wo man sich verstecken kann, und im Gegensatz zu deiner offenkundigen Meinung von ihr, ist sie nicht blöd. Sie würde nicht im Freien bleiben, egal wie sauer sie auf dich ist.«

Zander ignorierte die Spitze und lief los. Er schaffte es ungefähr fünfzig Meter weit, dann explodierte der Schmerz hinter seinen Augen und brachte seinen Schädel fast zum Bersten. Nur war er jetzt hundert Mal schlimmer als das, was Callia ihm entgegengeschleudert hatte.

»Verfluchte Sch…« Er griff nach einem Baumstamm, schwankte bedenklich, fing sich jedoch ab.

»Was hast du denn?«, fragte Titus, der zu ihm kam.

Zander presste die Finger an seine Schläfen und lehnte sich mit der Schulter an eine Douglasie. »Keine Ahnung.« Ein neuer Schmerzschwall blühte hinter seinen Augen auf. »So ein Mist.«

»Ist es dein Rücken?«

»Nein.« Er verzog das Gesicht, weil ihm ein weiterer Stich durch den Schädel fuhr. »Es ist mein verfluchter … Kopf.«

»Wann hast du dir den Kopf gestoßen?«

»Gar nicht.« Er beugte sich vor, in der Hoffnung, dass die Schwerkraft das Pochen linderte. »Was hat sie mir gegeben?«

»Nichts, das dir auf die Birne schlagen könnte. Mann, Zander, achthundert Jahre lang holst du dir kaum einen Kratzer, und jetzt zerlegt es dich innerhalb von zwei Tagen. Du wirst wohl doch alt, Knallkopf.«

Das konnte es nicht sein. Es musste etwas anderes sein, nur wusste Zander nicht, was.

»Komm schon, alter Zausel«, sagte Titus und zog an Zanders Ärmel. »Wir müssen Callia finden. Und dann kann sie sich deinen erbärmlichen Schädel angucken.«

»Den schlägt sie mir sicher ein«, murmelte Zander. Trotzdem ließ er sich von Titus mitziehen und versuchte, nicht daran zu denken, was geschehen könnte, wenn sie Callia fanden. Er konzentrierte sich lieber darauf, sie rechtzeitig einzuholen.

Angst würgte den Schrei in Callias Kehle ab, als sie durch die Luft geschleudert wurde. Sie knallte gegen die hintere Hüttenwand und sank zu Boden. Dabei schlug sie sich schmerzhaft die Stirn an und fühlte ein Stechen hinter ihren Augen. Benommen wollte sie aufstehen, aber alles drehte sich, und sie sah lauter blinkende Sterne.

»Du machst es mir zu leicht, Prinzessin«, knurrte der Dämon hinter ihr. »Steh auf.«

Sie schüttelte den Kopf, rollte auf den Rücken und stützte zittrig die Hände auf. Dann wünschte sie sich, sie hätte sich nicht zu ihm gedreht. Das Monster, das auf sie zukam, war geradewegs einem Albtraum entstiegen. Zwei Meter fünfzehn bebende Muskelmasse. Sein katzenartiges Gesicht passte weder zu den großen Spitzohren noch zu den Ziegenhörnern, die ihm aus der Stirn ragten, oder dem menschlichen Körper. Dafür signalisierten seine Reißzähne unmissverständlich, dass er alles andere als zahm war. In Griechenland war Callia schon einmal einem Dämon begegnet, aber der war nicht annähernd so riesig gewesen wie dieser hier. Und schon gar nicht so angsteinflößend.

Sie rutschte rückwärts, kam nur leider nicht weit, denn hinter ihr war die Wand. Panisch blickte sie sich nach rechts und links um, auf der Suche nach einem Fluchtweg. Die Hütte war klein, schien nur über diesen einen Wohnraum zu verfügen, aus dem ein Durchgang zu etwas abging, das wie eine sehr kleine Küche aussah. Ein Tisch versperrte ihr den Weg dorthin.

Sie wünschte sich inständig, sie könnte einfach mit der Wand verschmelzen oder sich per Gedankenkraft an einen anderen Ort bringen, wie es in Argolea möglich war. Dann fiel ihr Blick auf eine Porzellanscherbe aus einer Schale, die er vorher nach ihr geworfen hatte. Sie hob sie auf und schleuderte sie nach dem Dämon.

»Wie ich sehe, willst du spielen.« Er wehrte die Scherbe ab und stieg über – oh Götter! – einen Haufen blutiger, enthaupteter Körper. Ihr Magen rebellierte. Eilig rappelte sie sich auf und rannte hinter den

Holztisch, so dass er eine Barriere zwischen ihr und dem Monster bildete.

Der Dämon lachte hämisch auf. »Stell dir vor, wie ich gestaunt habe, dich ausgerechnet hier anzutreffen.« Ein fieses Grinsen huschte über sein pelziges Gesicht, bei dem seine scharfen Zähne im Schein der Deckenlampe aufblitzten. »Ich schätze, ich bin der glücklichste Erzdämon aller Zeiten.«

Vor lauter Entsetzen fiel es ihr schwer, klar zu denken. Zwei Gedanken schafften es allerdings, sich durchzusetzen. Der erste war, dass diese Bestie sie aus irgendwelchen Gründen für Isadora hielt; und der zweite, dass Erzdämonen angeblich über Kräfte verfügten, die kein anderer Dämon besaß, nur welche die waren, erinnerte sie nicht mehr.

Wenn sie hier nicht rauskam, war sie tot. In der Hoffnung, dass die Hütte eine Hintertür hatte, rannte sie in die Küche. Zwei Schritte waren ihr vergönnt, bevor er sie von hinten packte. Krallen ratschten über ihre Brust und ihren Bauch, dass sie vor Schmerz aufschrie, als er sie in den Wohnraum zurückzerrte.

»Eine Kämpferin, sieh an.« Der Dämon warf sie auf den Tisch, wo sie mit dem Rücken und dem Hinterkopf aufschlug. Doch der Schmerz war nichts verglichen mit dem Feuer in ihrem Oberkörper. Die massige Pranke drückte tonnenschwer auf ihre Brust. »Weißt du eigentlich, Prinzessin, was das Beste daran ist, ein Erzdämon zu sein?«

Mit aller Kraft versuchte sie, sich von ihm wegzurollen, konnte sich aber kaum wenige Zentimeter weit bewegen. Blut sickerte durch ihr T-Shirt, und das Brennen wurde schlimmer.

»Nein?«, antwortete er für sie. »Dann verrate ich es dir.« Er beugte sich so nahe zu ihr, dass sie von seinem stinkenden Atem würgen musste. Sie wollte den Kopf wegdrehen, nur hielt er ihn mit seiner anderen Klaue fest. Ihr blieb nichts anderes übrig, als in seine glühenden grünen Augen zu sehen. »Ich bin nicht impotent wie die anderen Arschlöcher.«

Ihre Angst steigerte sich ins Unermessliche, und sie wehrte sich heftiger. Doch sein scheußliches Lachen hallte um sie herum, während sie einsehen musste, dass sie keine Chance gegen ihn hatte.

»Ach, Prinzessin«, knurrte er. »Das wird ein Spaß!«

»Was hast du da gefunden, Thanatos?«

Callia erstarrte, als sie die scharfe Frauenstimme hörte. Der Dämon lockerte seinen Griff gerade genug, dass sie zur Seite sehen konnte. Eine Frau ganz in Rot stand nahe der Hüttentür. Sie musste aus dem Nichts gekommen sein. Ihr Gewand war elegant über die eine Schulter drapiert und in der Taille eng gegürtet. Der fließende Stoff bauschte sich leicht um ihre Füße. Sie hatte Alabasterhaut, langes schwarzes Haar, das wie Seide schimmerte, und obgleich sie allemal so groß war wie der Dämon, wirkte sie um ein Vielfaches graziler. Ihre Augen hingegen waren ebenso kalt und seelenlos wie seine.

Atalanta.

Trotz der Schmerzen in ihrem Bauch hielt Callia die Luft an. Das Böse, das wahre Böse, wirbelte durch den Raum, als Atalanta sich vorwärtsbewegte.

Der Dämon ließ Callia los, stellte sich neben den Tisch und verneigte sich. »Meine Königin. Ich hatte dich nicht erwartet.«

»Selbstverständlich nicht«, sagte Atalanta. »Deshalb bin ich hier. Warum hast du diese Argoleanerin nicht getötet?«

Die Glühaugen des Dämons wanderten zu Callia und zurück zu Atalanta. »Sie, meine Königin, ist von königlichem Geblüt.«

Atalantas dunkle Augen verengten sich, als sie näherkam, und ein Ausdruck ging über ihre makellosen Züge, der Callia verriet, dass sie wiedererkannt wurde. »Du meine Güte, Thanatos, das ist sie.« Sie musterte Callia von oben bis unten, holte tief Luft und schloss dabei die Augen.

Callia rührte sich nicht. Sie war nicht sicher, was hier vor sich ging, aber sie spürte deutlich, dass zwischen den beiden eine Art Machtkampf ablief. Der Dämon bebte neben ihr, und als sie kurz zu ihm sah, stellte sie fest, dass er die Fäuste ballte und entspannte, was hieß, dass er nicht froh über Atalantas Störung war.

Furcht schnürte Callia die Kehle zu. Sie sah wieder zu Atalanta, deren Augen nach wie vor geschlossen waren, während sie sich konzentrierte. Auf was?

Das war gar nicht gut. Callias sämtliche Muskeln verkrampften sich, als ihr bewusst wurde, dass sich ihre Lage keinen Deut verbessert hatte.

Atalanta öffnete die Augen, und sie blickte den Dämon an. »Gut gemacht, Thanatos.«

Er atmete erleichtert auf und löste die Fäuste.

»Diesmal«, ergänzte Atalanta. Sie nickte zu Callia. »Sie ist nicht bloß königlich. Sie ist die Mutter des Jungen.«

Dem Dämon stand der Mund offen vor Staunen. Er starrte erst Callia, dann Atalanta an. »Die …«

»Nimm sie mit. Falls der Junge nicht gehorcht,

kann sie uns nützlich sein.« Atalanta wandte sich zur Tür.

Der Dämon jedoch zögerte, rang sichtlich mit sich, ehe er Callias Arm packte und sie nach oben zog.

Erneut brach Feuer in Callias Bauch aus, und sie schrie auf. Blut floss aus dem tiefen Kratzer auf ihrer Brust und dem Bauch.

Atalanta drehte sich um und beachtete erstmals die blutigen Wunden. Dann sah sie zum Dämon. »Du wolltest sie gar nicht umbringen.«

»Ich …« Der Dämon wechselte die Position, so dass er hinter Callia war. »Sie hat sich gewehrt.«

Atalantas Augen wurden noch eisiger. »Du wolltest sie als Druckmittel benutzen.« Sie kam wieder näher. »Hattest du vor, dir einen Erben zu machen?«

Der Dämon ließ Callias Arm los und trat einen Schritt zurück, beide Hände vor sich in die Luft gestreckt. »Nein, meine Königin. Natürlich nicht. Ich wollte sie zu dir bringen.«

In Callias Kopf schrillten Alarmglocken.

»Lügner!« Atalantas Hand schnellte vor. Rasch duckte Callia sich auf dem Tisch und schirmte ihren Kopf mit beiden Armen ab. Da schoss auch schon ein Energieschwall aus Atalantas Handfläche und traf den Dämon mitten in die Brust. Er flog nach hinten und krachte in den Vorratsschrank an der hinteren Küchenwand. Die Regale zersplitterten und fielen herunter. Töpfe und Pfannen polterten auf den Dämon und den Holzboden um ihn nieder. Stöhnend versuchte er, sich wieder aufzurichten, konnte es aber nicht.

»Ich bin die einzige Herrscherin in dieser Welt. Nicht einmal die Götter können mir etwas anhaben.«

Atalanta ging am Tisch vorbei und feuerte noch einen Energieschwall auf den Dämon ab.

Er stöhnte und wand sich. »Meine Königin.«

Inzwischen stand sie über ihm, ihr Gesicht vor Zorn noch weißer. »Ich bin die einzige Königin, die du kennst. Meine Gnade hat dich gerettet, Thanatos. Und dein Verlangen nach Macht ist dein Todesurteil.«

Sie feuerte erneut. Callia krümmte sich und hielt ihre Ohren zu, um die albtraumhaften Schreie auszusperren. Der Gestank von brennendem Fleisch füllte den Raum. Erst als sie den Qualm bemerkte, der aus der Küche kam, wurde Callia bewusst, dass Atalanta abgelenkt war, sie mithin eine einmalige Chance zur Flucht hatte.

Sie nahm ihre Hände herunter. Schmerz strahlte von den Kratzwunden über ihren gesamten Torso, und Schweiß rann ihr über die Schläfe. Noch ehe sie es geschafft hatte, vom Tisch wegzukommen, war Atalanta vor ihr.

Atalanta streckte ihr eine Hand hin. Zunächst erstarrte Callia, rechnete mit einem Energieschwall, der sie in zwei Hälften sprengte, doch sie konnte ja nirgends hin.

Atalantas Hand war direkt vor ihren Bauch und der Brust. Genau wie Callia selbst es unzählige Male bei ihren Patienten getan hatte, schloss Atalanta nun ihre Wunden von innen nach außen. Scharfe Schmerzstiche pulsierten um die tiefen Kratzer, und sie rang nach Atem. Der Schmerz sammelte sich, bis alles an einem winzigen Punkt war und herausgezogen wurde wie eine Nadel, die einen Faden führte. Was blieb, war nur ein leichtes Ziepen. Verblüfft sah sie an sich hinab, wo sich die Wunden vor ihren Augen schlossen.

Langsam blickte sie wieder auf. Atalantas Augen waren geschlossen, wie Callias, wenn sie heilte. Und obwohl es völlig irrsinnig war, empfand sie eine bizarre Verbundenheit mit der anderen. Zwei Heilerinnen. Zwei Frauen. Zwei Mütter.

Plötzlich verzog die Halbgöttin das Gesicht und riss ihre Hand zurück. Ihre pechschwarzen Augen flogen auf und fixierten Callia. »Ich verstehe, was du und die anderen geplant habt, Eirene.«

»Was?« Instinktiv wusste Callia, dass was auch immer die Halbgöttin gesehen haben mag, nicht gut war. »Ich …«

Atalanta lief drei Schritte zurück und griff sich an die Brust. Ihr Gesicht rötete sich, als sie an dem Stoff ihres Kleides zurrte und unvermittelt innehielt. Vor lauter Wut färbte sich ihr Teint fast lila. »Maximus!«

Ihr Schrei brachte die Hütte zum Erbeben.

Dann wandte sie sich ruckartig wieder Callia zu. »Dich zu töten, würde gleich zwei Probleme lösen. Du und dein Wächter, ihr werdet für Maximus' Verrat zahlen.« Die Halbgöttin streckte ihre Hand aus, mit der sie den Dämon zu Staub verbrannt hatte, und nun hatte sie eindeutig nicht vor, Callia zu heilen. Aus ihrer Miene sprach blanke Mordlust.

Oh verdammt!

Callia wappnete sich. Wäre sie doch nur bei Zander in der Höhle geblieben! Sie schrie.

Das Licht wurde stärker. Als sie zu einer Lücke zwischen den Bäumen kamen, erkannte Zander, dass Titus recht gehabt hatte. Der gelbliche Schein kam aus den Fenstern einer Hütte. Er blinzelte, um es genauer zu erkennen. War Callia verzweifelt genug, dass sie sich menschliche Hilfe suchte?

»Kommt drauf an, wie sauer du sie gemacht hast«, sagte Titus neben ihm.

Zander warf ihm einen verärgerten Blick zu. Er konnte es auf den Tod nicht leiden, dass Titus jeden seiner Gedanken kannte.

Titus runzelte die Stirn. »Fürs Protokoll, ich bin da nicht scharf drauf.« Er nickte zur Hütte. »Wollen wir anklopfen oder gleich die Tür eintreten?«

Zander wollte ihm gerade sagen, wohin er sich seine dämliche Frage stecken konnte, als ein Brüllen den Waldboden erzittern ließ, gefolgt von einem schrillen Schrei, der ihm durch Mark und Bein ging. Die Kopfschmerzen, mit denen er die letzten fünf Minuten gekämpft hatte, verebbten zu einem flüchtigen Pochen, während er nach seiner Klinge griff. »Das war Callia.«

Titus zog sein Parazonium. »Sicher?«

Verdammt, ja, er war sicher! Ihre Stimme war ihm vertraut wie keine andere.

»Zander, warte!«

Er stürmte bereits zur Hüttentür und trat sie mit dem Fuß ein. Ein roter Wirbel leuchtete im Raum drinnen auf, dann blickte ihn eine Frau mit großen schwarzen Augen an. Hinter ihr lag Callia rücklings auf einem Tisch, ihr T-Shirt aufgerissen und ihre Haut wie der Shirtstoff blutbefleckt.

Er hob seine Klinge, ließ seinem Zorn freien Lauf und stürzte sich auf die Frau in Rot.

Atalanta wedelte mit einer Hand in seine Richtung.

»Zander, nein!«, schrie Callia.

Energie traf seinen Körper und schleuderte ihn nach hinten. Sie war ganz ähnlich der, mit der

Callia ihn angegriffen hatte, nur tausendfach stärker. Er krachte in den Türrahmen. Holz splitterte um ihn herum, als er aus der Hütte flog und auf dem gefrorenen Boden draußen landete, wo ein Splitterregen auf ihn herabrieselte. Der Schmerz in seinem Oberkörper verschlug ihm den Atem.

Stimmen erklangen aus der Hütte. Callia? Titus? Schreie, dann wieder Rufen. Knurren und Brüllen hob hinter der Hütte an, kurz bevor das Klirren von Waffen gegen Waffen zu hören war.

»Zander! Komm verflucht nochmal hier rein!«

Zander stützte sich zitternd auf, biss die Zähne zusammen und lief los. Er torkelte, fing sich ab und rannte auf die Tür zu. Als er endlich dort war und hineinblickte, bot sich ihm eine Szene aus einem Albtraum.

Titus kämpfte gegen zwei Dämonen, schwang seine Klinge wie ein Verrückter. Callia verkroch sich vor einem dritten Dämon unter dem Tisch. Ihr Arm war blutig, ihr Gesicht aschfahl und von Blutergüssen gezeichnet. Atalanta war nirgends zu entdecken.

»Zander!« Der Dämon, der hinter Callia her war, packte ihren Fuß und zog sie unter dem Tisch vor. Er warf sie auf den Rücken, holte mit seiner Klinge aus, doch Callia sprang auf und stieß ihm beide Hände gegen die Brust.

Der Dämon heulte vor Schmerz, hatte jedoch noch hinreichend Kraft, um ihr eine Ohrfeige zu versetzen, durch deren Wucht sie quer durchs Zimmer geschleudert wurde. Sie krachte gegen die Wand und sackte zu Boden.

Wieder überkamen Zander entsetzliche Kopfschmerzen, doch er stürzte sich ins Getümmel und hieb mit seinem Parazonium nach dem Monster. Blut sprühte aus der offenen Wunde auf ihn und den Holzboden.

Der Dämon stolperte und richtete sich auf. Er holte mit der Linken aus, erwischte Zanders Hemd vorn und versenkte seine Krallen in seiner Brust. Ein Schwert folgte, das Zanders Arm nur knapp verfehlte.

»Du kriegst die Prinzessin nicht, Argonaut«, fauchte der Dämon und holte zum neuen Schlag aus.

Zander wollte ausweichen, doch sein Körper bewegte sich weniger schnell als sein Verstand. Es war, als würde er unter Wasser kämpfen. Der Dämon setzte zum Todesstoß an. Gleichzeitig ertönte ein Brüllen von der anderen Seite des Raumes. Es lenkte den Dämon für einen kurzen Moment ab, und Zander duckte sich unter dem Arm des Monsters durch. Er wich schwankend zurück und hob seine Klinge mit beiden Händen. »Ab in die Hölle, Hurensohn.« Mit diesen Worten schwang er feste aus, was ihn seine gesamte Kraft kostete, und schnitt dem Dämon tief in die Seite.

Das Monster ging kreischend in die Knie. Zander hieb noch einmal zu, schlitzte der Bestie den Arm, den Rücken und die andere Seite auf. Blut sprühte in alle Richtungen, wobei das meiste Zander ins Gesicht traf. Der Dämon fiel um, aber Zander attackierte weiter. Seine Wut, die er sonst so sorgsam bändigte, verschlang ihn. Und bei jedem Hieb sah er Callia vor sich, wie sie einer Opfergabe gleich vor Atalanta auf dem Tisch gelegen hatte.

Sein Parazonium stach der Kreatur in den Rücken und machte ein scheußliches Geräusch, als er es wieder herauszog, um aufs Neue zuzustechen. Er zielte kein einziges Mal auf den Dämonenhals. Das Monster sollte erst gebührend leiden. Wieder und wieder rammte er seinen Dolch in ihn.

Jemand stieß seitlich in Zander hinein, so dass er das Gleichgewicht verlor. Er fiel polternd um und blickte verwundert zu Titus auf, ehe er wütend wurde. »Du dämlicher Scheißkerl!«

Titus schlug ihm das Parazonium aus der Hand. Knurrend wollte Zander sich aufsetzen, doch er war viel schwächer, als er dachte, und was immer ihm fehlte, es schien ihn ausgerechnet jetzt komplett auszuschalten. Sein Versuch aufzustehen ging jämmerlich daneben, und er landete auf seinem Hintern.

Der Dämon hinter Titus rumorte und machte Anstalten, eine zweite Runde zu eröffnen. Dazu gab ihm Titus jedoch keine Gelegenheit mehr, sondern enthauptete die Kreatur mit einem fließenden Dolchschwung. Anschließend wandte er sich wieder Zander zu. »Krieg dich ein, Z.«

Mühsam rappelte Zander sich auf. Schweiß und Blut liefen ihm übers Gesicht, tropften auf seine Brust. Sein Herz hämmerte gegen seine Rippen, und er konnte nur ein einziges Wort denken: *Töte.*

Titus baute sich breitbeinig vor ihm auf. »Denk gut nach, Zander. Mich kratzt nicht, ob du unsterblich bist oder nicht. Ich verpass dir eins mit der Klinge, und glaub mir, das tut weh.«

Zander zog eine hämische Grimasse, ging halb in die Hocke, bereit zum Angriff und blickte auf den Toten und den Dolch vor sich.

»Leck mich«, flüsterte Titus und packte seine Klinge fester. »Der Dämon ist tot, Zander. Sie sind alle tot. Und Atalanta ist weg. Ich bin hier nicht der Feind, sondern dein Freund. Glaub mir, Mann. Das willst du nicht.«

Es war, als würde er durch einen Tunnel blicken, wo alle Geräusche und Bilder am Rande ausgeblendet waren. Doch Zander konzentrierte sich auf Titus, auf die Art, wie sich die Brust des Argonauten bei jedem Atemzug hob und senkte, auf den Schweiß in seinem Gesicht und auf seinen Blick, der Zander bedeutete, dass *er* der Feind war. Plötzlich kam ihm ein anderer Gedanke.

Er schaute sich in der Hütte um. Neben ihm lag der Dämon, gegen den er gekämpft hatte, ein Stück weiter türmte sich ein ganzer Haufen Leichen, und schließlich sah er Callia bewusstlos an der Wand lehnen. Die brodelnde Finsternis in ihm wurde zu etwas Weicherem, sehr viel Vertrauterem, ehe sie vollständig verpuffte.

»Callia«, hauchte er. Die Augen ausschließlich auf sie gerichtet, erhob er sich aus seiner halben Hocke. Seine Kräfte drohten ihn zu verlassen, als er an Titus vorbeiging und neben Callia auf den Boden sank. »Callia? Oh nein.«

Titus' Parazonium fiel klappernd auf die Holzdielen. »Heiliger Hades«, murmelte er.

Zander riss Callias T-Shirt weiter auf, konnte aber nichts außer dünnen weißen Linien auf ihrer Brust entdecken. Er fühlte den Puls an ihren Hals, der sehr schwach war, und legte seine Hände unter ihren Kopf. »Callia, wach auf.«

Sie rührte sich nicht. Ihr Kopf fiel zur Seite, als wäre sie eine Stoffpuppe.

»Callia?«, wiederholte Zander lauter. »Wach auf. Scheiße. Titus!«

»*Skata.*« Titus schob Zanders Hände beiseite und fühlte selbst nach ihrem Puls. »Eben war er schwach, aber noch da.« Er legte die Finger an ihren Hals. »Ja, da ist er. Sie lebt.«

Allerdings nicht mehr lange. Nun, da seine Rage verflogen war, arbeitete Zanders Verstand wieder. Aber das war auch schon alles. »Ich kann sie nicht nach Argolea zurückbringen.« Panik schwoll in seiner Brust an. »Ich bin zu schwach, um ein Portal zu öffnen.«

Titus sah ihn an und zog etwas aus seiner Tasche, das er Zander zuwarf. Zander fing das Satellitentelefon mit beiden Händen, während Titus seine Arme unter Callia schob und sie hochhob. »Ich kann sie auch nicht zurückbringen.«

»Wie? Du musst. Hör mal, wenn es wegen vorhin ist, ich …«

Titus war bereits auf dem Weg zur Tür. »Ich kann sie nicht wegbringen und dich hierlassen. Du siehst beinahe so übel aus wie sie, und jeden Moment kommen mehr Dämonen.«

»Ich kann selbst auf mich aufpassen.« Zander wollte aufstehen, stolperte und wäre umgekippt, hätte er sich nicht an der Wand abfangen können. Was zur Hölle war mit ihm? Er rang nach Luft. Zahllose Schlachten hatte er in seinem Leben gekämpft, doch nach keiner war er so geschwächt gewesen wie jetzt.

»Hast du dein Medaillon?«, fragte Titus von der Tür aus.

Zander griff nach dem kleinen runden Anhänger, den alle Argonauten trugen und mit dem sie die anderen rufen konnten, falls sie in Schwierigkeiten gerieten. »Nein, Mist. Ich muss es irgendwo bei der Schlucht verloren haben. Oder in der Höhle.«

»Ich habe meins auch verloren.« Titus hievte Callia höher in seine Arme. »Ruf Nick an.«

»Nick?« Zander schaute auf das kleine Telefon in seiner Hand. Nick hatte ihnen allen so ein Ding gegeben, als sie vor Tagen bei der Halbblutsiedlung aufbrachen, und Zander hatte es für Unsinn gehalten.

»Sag Nick, wo er uns findet.« Titus stapfte mit Callia auf den Armen hinaus in den Schnee. »Und schwing deinen Hintern, Z. Atalanta ist nicht grundlos auf und davon gesegelt. Sie will deine Frau, und ich wette, dass sie wiederkommt, mit einer ganzen Armee.«

Vierzehntes Kapitel

»Ihm fehlt nichts.«

»Was heißt hier, ihm fehlt nichts? Er sieht aus, als würde er jeden Moment den Löffel abgeben.«

Stimmen drangen zu Zander durch, holten ihn aus der Finsternis, die ihn wie ein Schleier umgab. Er hatte das Gefühl, sich durch einen Nebel kämpfen zu müssen, der einfach nicht aufklaren wollte.

»Physisch fehlt ihm nichts«, wiederholte die weibliche Stimme. »Ich kann nichts finden, das seinen Zustand erklärt. Aber eines kann ich dir sagen: Wenn ihre Vitalfunktionen abschwächen, tun es seine auch.«

»Wie bitte?«, fragte eine tiefe Männerstimme, die Zander nicht kannte.

»Ich meine«, erklärte die Frau seufzend, »dass sie miteinander auf eine Weise verbunden sind, wie ich es noch nicht erlebt habe. Nichts, was wir mit ihm tun, hat irgendeine Wirkung auf sie, aber andersherum ist es eindeutig der Fall.«

Zander strengte sich an, ihre Worte zu begreifen.

»Willst du mir erzählen, dass wir nichts für ihn tun können?«, fragte eine andere Männerstimme, die Zander schon einmal gehört hatte. Aber wo? Er konnte sich beim besten Willen nicht erinnern. Was war denn nur mit seinem Kopf los?

»Genau das will ich dir erzählen«, antwortete die Frau. »Wir müssen uns auf sie konzentrieren.«

»Dann mach das, verdammt«, sagte die vertrautere Männerstimme.

»Tun wir ja.« Nun klang die Frau gereizt. »Das Problem ist bloß, dass du mir nicht zuhörst. Ihre Verletzungen sind es nicht, was sie umbringt.«

»Und was dann?«, fragte eine andere Frau. Auch die Stimme kam Zander bekannt vor. Im Gegensatz zu den anderen war sie vollkommen ruhig. Zander bemühte sich, seine Augen zu öffnen, um endlich Bilder zu den Stimmen zu haben und die Verbindungen herstellen zu können, die ihm sein Gehirn nicht liefern wollte. Er blinzelte, sah aber leider nur verschwommenen Nebel.

»Sie scheint keinen Lebenswillen mehr zu haben.«

»Skata!«

Okay, diese Stimme erkannte Zander sofort. Theron.

Stöhnend rollte Zander sich auf die Seite und stützte sich auf. Ihm tat alles weh, doch das ignorierte er. Das Bett unter ihm war fest, mehr wie eine Liege als eine Matratze. Er blickte auf, doch alles wurde abwechselnd klar und diesig, so dass er eine Weile brauchte, bis er die weißen Wände und das Verbandszeug auf dem langen Tresen rechts von ihm ausmachen konnte und begriff, dass er in einer Art medizinischer Einrichtung war.

Die Halbblutkolonie. Was bedeutete, dass Titus ihn und Callia hergebracht hatte.

Erinnerungsfetzen huschten ihm durch den Kopf, von der Höhle, der Hütte, alles durcheinander. *Callia.* Seine Füße schlugen auf den Boden auf, und fast wären seine Beine eingeknickt. Er hielt sich mit einer Hand am Bett fest, bis er einigermaßen stabil stand, dann folgte er vorsichtig den Stimmen hinaus auf den Korridor.

Mann, war er schwach! Schwächer als jemals zuvor, denn allein der Weg vom Bett zur Tür kam ihm wie eine Besteigung des Olymps vor.

Er kämpfte sich durch den Schmerz. Als er durch die Tür kam und den langen Flur hinunterschaute, stellte er fest, dass er recht gehabt hatte. Eine kleine Gruppe stand dort und unterhielt sich: Theron, Casey, Nick und eine Frau in einem blauen OP-Anzug, die ein Klemmbrett in der Hand hielt.

»Zander, oh, mein Gott!« Casey kam zu ihm gelaufen und wollte einen Arm um ihn legen, um ihn zu stützen, doch er wehrte sie ab und lehnte stattdessen eine Hand an die Wand nahe ihrem Kopf. »Du darfst noch nicht aufstehen.«

Die Königstochter, die niemals Königin werden würde, weil ihre Mutter menschlich gewesen war, schien besorgt. Womit Zander sich indes nicht aufhielt. Er sah zu Theron. »Wo ist Callia?«

»Sie ist auf der Intensivstation«, sagte die Frau, ehe Theron antworten konnte.

Für ein Halbblut war sie durchschnittlich groß. Ihr dunkles Haar hatte sie zu einem Pferdeschwanz gebunden, und ihr ungeschminktes, unscheinbares Gesicht schrie förmlich »Trottel.« Sie hielt offensichtlich nicht viel von ihm, denn ihre Miene war alles andere als freundlich.

Zander blickte über ihren Kopf hinweg zu Nick, der hinter ihr stand und aussah, als hätte er eine üble Migräne. *Willkommen im Club.* Nick überragte die Ärztin deutlich, sowohl an Größe als auch an Selbstbewusstsein. »Ich will zu ihr.«

»Zander.« Casey legte eine Hand auf seinen Arm. »Das ist keine so gute Idee.«

Nun sah er Therons Frau an und bekam das ungute Gefühl, dass sie ihm etwas verschwiegen. »Warum nicht?«

Theron stemmte sich von der Wand ab, an der er gelehnt hatte, und kam zu ihnen. »Weil es ihr nicht gutgeht. Und dir auch nicht. Du bist nicht in der Verfassung …«

Zander warf ihm einen warnenden Blick zu. Ihm wurde mulmig. Was tat Theron hier? Wenn Titus nach Argolea gegangen und ihn und Casey hergeholt hatte, stimmte etwas nicht. Casey blieb dieser Tage um Isadoras willen stets in Burgnähe.

»Verarsch mich nicht, Theron. Ist sie noch nicht bei Bewusstsein? Seit wann?«

»Es sind erst vierundzwanzig Stunden«, antwortete Theron.

Zander sah zu der Ärztin und wieder zu Theron. Ihm war bewusst, dass sie ihm seine Wut anmerkten, aber das kümmerte ihn nicht. »Vierundzwanzig Stunden? Wieso zur Hölle habt ihr sie nicht nach Argolea gebracht, wenn die hier nichts für sie tun können?«

»Pass auf, was du redest«, murmelte Nick, woraufhin Zander ihn zornig anfunkelte.

»Reg ihn nicht auf«, flüsterte die Frau Nick zu. »Du hast doch ihre Narben gesehen.«

»Wovon redest du denn?«, fragte Zander erbost. »Und wer zum Hades bist du überhaupt?«

»Lena«, sagte Nick hinter ihr und richtete sich sehr gerade auf. »Eine unserer besten Heilerinnen. Also hör auf, hier herumzumotzen, oder ich schmeiß dich höchstpersönlich wieder ins Bett.«

Zanders Kinn kribbelte, was eine untrügliche Ankündigung war, dass seine Wut zu explodieren drohte. Das Einzige, was ihn davon abhielt, die Beherrschung zu verlieren, war Therons Hand, die fest auf sein Zwerchfell drückte.

»Jetzt kriegen sich mal alle wieder ein«, sagte Theron und blickte zu Lena. »Und lassen wir die Sticheleien. Sag ihm, was du uns gerade erzählt hast.«

Die Frau schnaubte und presste die Lippen zusammen, als wollte sie am liebsten gar nichts mehr sagen. Doch schließlich fragte sie. »Weißt du irgendwas über Dämonengift?«

»Dämonen-*Was*?«

»Gift«, wiederholte sie lauter, wobei sie Zander mit einem Blick bedachte, dass er sich unweigerlich fragte, was er ihr eigentlich getan hatte. Er war sich hundertprozentig sicher, dass er dieser Frau noch nie begegnet war. »Die Krallen eines Erzdämons sind giftig. Selbst wenn die Wunden verheilen, zerstört das Gift das gesunde Gewebe nach und nach. Gerät es in die Blutzirkulation, greift es die Organe an, wo es allerdings sehr viel langsamer wirkt.«

»Und wozu erzählst du mir das?«, fragte Zander.

»Callia ist infiziert, Zander«, schaltete Theron sich ein. »Titus hat uns gesagt, was in der Hütte passiert ist. Atalanta hat Callias Wunden versiegelt und damit das Gift in ihr eingeschlossen.«

Zander blickte von einem zum anderen und versuchte, zu verstehen, was sie ihm erklärten. »Ich wurde auch schon geschnitten und gebissen, wie alle Wächter. Du …«

»Du bist nie von einem Erzdämon verwundet worden«, fiel Theron ihm ins Wort.

»Es ist sogar gut möglich, dass noch keiner von euch mit einem Erzdämon aneinandergerasselt ist«, sagte Nick. Als Zander zu ihm sah, runzelte Nick die Stirn, was Zander nicht unbedingt zuversichtlicher machte. »Normalerweise kämpft ein Erzdämon nicht, er befiehlt. Wir haben das schon erlebt. Bestimmte Opfer, die meine Scouts fanden, hatten solche eiternden Wunden, wie Lena sie beschreibt. Wir wussten erst nicht, was es war, bis wir eine Frau entdeckten, die noch lebte und eine ähnliche Wunde am Bein hatte.«

Lena senkte den Blick zu ihren Füßen und schürzte die Lippen, als hätte sie das alles schon mal gehört. Der Ekel in ihrem Gesicht entging Zander trotzdem nicht; so wenig wie die Tatsache, dass sie es vermied, ihn oder einen der anderen anzusehen.

»Sie war schwanger«, fuhr Nick fort. »Und sie hatte große Schmerzen. Man hatte sie mehrfach vergewaltigt.« Casey stieß einen stummen Schrei aus, und Nick rieb sich über die Stirn, als würde auch ihm übel bei dem Gedanken. »Wir haben versucht, ihr zu helfen, aber sie ließ uns nicht. Sie flehte uns an, sie zu töten.«

»Soweit ich es beurteilen kann«, übernahm nun Lena, da Nick eindeutig nicht weiterreden wollte, »ist der Erzdämon der einzige Dämon, der sich fortpflanzen kann. Wir vermuten, dass er sein Gift einsetzt, um das Opfer zu lähmen und lange genug am Leben zu erhalten, bis es entbunden hat.«

»Gütiger Gott«, sagte Casey und hielt sich eine Hand vor den Mund. Theron legte einen Arm um sie und zog sie dicht an sich.

»Die Schwangerschaft nach einer Dämonenzeugung ist sehr viel kürzer als eine normale«, fuhr

Lena fort. »Einen Monat, vielleicht zwei. Wir sind nicht ganz sicher. Bisher konnten wir dazu nicht forschen.«

»Forschen?«, wiederholte Zander entsetzt. »Wie ein wissenschaftliches Experiment?« Er dachte wieder an Callia, wie sie dort vor Atalanta auf dem Tisch gelegen hatte.

»Wir haben ein solches Kind kurz nach der Geburt gefunden«, sagte Nick, der Zander einen warnenden Blick zuwarf und Theron ansah. »Tot. Sein Körper sah menschlich aus, aber etwas mit den Augen stimmte nicht. Und dann ergab die Untersuchung der Organe etwas.«

»Als wir eine Autopsie vornahmen«, sagte Lena rasch, »fanden wir vollkommen andere Organe als menschliche. Das Herz hatte sechs Kammern, die Lunge drei Flügel, es hatte zwei Paar Nieren. Stellt euch eine solche Halbblut-Dämonenart vor, die unter uns lebt. Es wäre wie ...«

»Die ultimative Waffe«, beendete Theron den Satz für sie.

Zanders Verstand sperrte sich gegen das, was er hörte. Ihm wurde schlecht, und immer wieder hatte er das Bild von Callia vor sich, blutig, grün und blau geschlagen. Er hörte ihre Schreie aus der Hütte, ehe sie dort waren. Unwillkürlich hielt er sich wieder an der Wand fest, weil er fürchtete, sonst die Fassung zu verlieren. »Ist sie ...?« Götter, er konnte es nicht einmal aussprechen. »Wurde sie ...?«

»Nein«, sagte Lena prompt. »Es gibt keine Anzeichnung für sexuelle Gewalt. Wir glauben, dass ihr gleich nach ihrer Vergiftung dort wart. Der andere Wächter, der mit dir herkam, hat erzählt, was ihr gesehen habt.

Es muss wohl so was wie ein Machtkampf zwischen dem Erzdämon und Atalanta gewesen sein. Vielleicht wollte er die Frau schwängern, aber Atalanta hatte etwas anderes mit ihr vor. Wir wissen es nicht genau.«

Für einen Moment war er maßlos erleichtert, doch das kurze Glücksgefühl schwand sofort wieder. »Was habt ihr für die anderen tun können? Für die, die infiziert wurden.«

»Nichts.«

»Wie?«

»Sie sind alle gestorben«, sagte Nick.

Zander sah Theron an, der Casey im Arm hielt. Sie hatte Tränen in den Augen.

»Nein.« Zander kehrte den beiden den Rücken zu und blickte wieder zur Heilerin. Panik stieg in ihm hoch. »Es muss doch etwas geben, dass ihr tun könnt!«

Lena seufzte. »Es gibt nichts.«

»Zander«, raunte Theron und griff nach ihm.

Doch Zander schüttelte ihn ab. Zum Teufel mit ihnen allen! Sie benahmen sich, als wäre Callia verloren, und das durfte nicht sein. »Callia ist eine *Heilerin*!«

»Das bin ich auch«, entgegnete Lena, deren Stimme ein bisschen schrill wurde. »Aber es macht keinen Unterschied. Sie kann sich nicht selbst heilen, und meine Kräfte reichen hierfür nicht.«

Es machte sehr wohl einen Unterschied. Und ob! Er schloss die Augen und erinnerte sich an die letzten paar Tage: an Callia, die ihn pflegte, die ihn hielt, ihn mit ihrem Körper wärmte, mit ihrer Essenz lockte. Die ihm wehtat. Seine wirren Gedanken stoppten hier. Er dachte daran, was sie ihm angetan hatte, was sie beinahe dem Dämon antat, der sie quer durch die Hütte geworfen hatte.

Er öffnete die Augen wieder. »Ihre Kräfte sind übertragbar.«

»Was?«, fragte Lena. »Woher willst du das wissen?«

Ja, woher konnte er es wissen? Weil er es mit eigenen Augen gesehen und am eigenen Leib gespürt hatte. »Sie hat es mir gezeigt. Ihre Gabe kann Schmerz und Krankheit aus einem Körper ziehen, aber sie auch auf einen anderen übertragen. Nutz es, nimm dir mit deinen Kräften von ihren, und hol das Gift aus ihr.«

Lenas braune Augen leuchteten auf. »Theoretisch könnte es klappen. Aber wie kann ich es auslösen? Sie müsste schon ziemlich hart drücken, damit ich die Infektion rausbekomme. Und sie ist bewusstlos. Wir mussten sie sedieren, und selbst ohne die Mittel ist sie nicht klar.«

»Setz du die Mittel ab, und ich bringe sie dazu, dass sie mitmacht.«

»Du?«, fragte Lena verächtlich. »Du hältst dich ja selbst kaum aufrecht.«

Zander ging einen Schritt weg von der Wand, schwankte, fing sich jedoch sofort ab. Seine Entschlossenheit gab ihm die Kraft, die er brauchte, um das durchzustehen, was nun kam. »Mir geht es gut.«

Lena schüttelte den Kopf und verschränkte die Arme vor der Brust, das Klemmbrett in einer Hand. Auf die Weise wollte sie ihm das volle Ausmaß ihrer Verachtung demonstrieren. »Mir ist es ehrlich gesagt egal, ob du zusammenklappst oder nicht, Argonaut. Aber mich würde interessieren, wie ausgerechnet du ihre Kräfte wachrufen willst.«

»Sie muss nur richtig auf die Palme gebracht werden.«

»Was du nicht sagst?«

»Lena«, ermahnte Nick sie leise.

Sie wischte seine Hand von ihrem Unterarm und sah weiter Zander an. »Und ich schätze, du bist derjenige, auf den sie allen Grund hat, sauer zu sein.«

Ihm war durchaus bewusst, dass dieses kleine Halbblut ihn nicht ausstehen konnte, warum auch immer, und es war ihm egal. Er wollte nur zu Callia und ihr die Hilfe geben, die sie brauchte. »Ja, stimmt. Auf keinen hat sie eine solche Stinkwut wie auf mich. Also, ziehst du das jetzt durch oder was?«

Lenas Augen verengten sich zu schmalen Schlitzen, und sie biss die Zähne so fest zusammen, dass Zander vermutete, Nick könnte das Knirschen hören. »Na gut, versuchen wir's. Aber eines solltest du in deinen Schädel kriegen, *Argonaut*. Wenn sie aufwacht, geht sie nicht mit dir von hier weg.« Sie sah zu Theron. »Sie geht mit keinem von euch mit.«

Verwirrt blickte Zander zu Theron, der Casey losgelassen hatte und sich beschützend neben Zander aufbaute.

»Lena«, sagte Nick streng. »Das ist nicht unsere Sache.«

»Zu schade, Nick«, warf sie ihm über die Schulter zu. »Ich habe es schon zu meiner Sache gemacht, seit ich die Narben auf ihrem Rücken gesehen habe. Ich weiß, was du meinst, und ich weiß, dass gerade du weißt, was diese Narben bedeuten.«

»Narben?«, fragte Casey. »Was für Narben?«

Lena drehte sich zu ihr um. »Die von ihrer Bestrafung.«

»Bestrafung?« Zander stutzte. Er erinnerte sich nicht an Narben, nirgends auf Callias glatter Seidenhaut.

»Nick«, sagte Theron leise, »nimm diese Frau an die Leine.«

»Ich bin nicht in deiner Welt, *Argonaut*«, abermals sprach Lena die Bezeichnung voller Abscheu aus. »Und keiner ›nimmt mich an die Leine.‹« Sie wandte sich wieder zu Casey. »Hat dein Argonaut dir nicht erzählt, wie sie Frauen in seiner Welt behandeln?«

»Lena!«

»Du müsstest es doch wissen«, sagte Lena, die Nick nicht beachtete. »Wo du jetzt dort lebst.«

»Nick!«, rief Theron.

»Es ist ihr gutes Recht, ihre Meinung zu äußern«, sagte Nick. Inzwischen war die Luft geradezu testosterongeschwängert. Nick stellte sich dicht hinter Lena. »Besonders zu diesem Thema. Und wir beide wissen, dass sie recht hat.«

»Wovon redet ihr eigentlich?«, fragte Casey, deren violette Augen die Gruppe mit derselben Verärgerung absuchten, die auch Zander empfand.

Lena schmunzelte selbstzufrieden. »Männer in deren Welt«, erklärte sie und wies auf Theron und Zander, »können alles tun, was sie wollen. Aber Frauen? Für die gelten ganz andere Regeln.«

»Theron«, sagte Casey zaghaft. »Was meint sie?«

Therons Wangenmuskel zuckte deutlich, als er die Heilerin ansah. »Es ist eine archaische Tradition, die nicht mehr praktiziert wird. Die Reinigungszeremonie wurde seit Jahrhunderten nicht mehr durchgeführt.«

Reinigungszeremonie.

Zander merkte, dass er bleich wurde.

»Erzähl das der Frau, die mit Peitschennarben auf unserer Intensivstation liegt.«

Casey rang hörbar nach Atem.

Nun machte Lena einen Schritt auf Zander zu. »Mir ist egal, ob sie dich verschaukelt oder vor deinem ganzen Königreich zum Affen gemacht hat. Keine Frau verdient, ausgepeitscht zu werden wie ein Hund. Nicht für Untreue und erst recht nicht für etwas so Heiliges wie Leben zu schenken. Ich helfe dir, sie zu retten, aber danach rührst du sie nicht an. Nie wieder.«

Auf dem Korridor wurden Stimmen lauter, während Zander beobachtete, wie die Heilerin den Gang hinunterging und in einer Tür verschwand. Er achtete kaum auf den Streit, der um ihn herum entbrannte, denn auf einmal pochte sein Pulsschlag in seinen Ohren und er hörte Callias Worte aus der Höhle. Worte, die er für Lügen hielt.

Ich habe die letzten zehn Jahre eine Reinigung durchlebt.

Nein. Nein, nein, nein!

Zanders Magen krampfte sich zusammen, und der Korridor wirbelte um ihn herum. Er brauchte Luft. Schnell. Er drehte sich um, griff nach der Wand, konnte aber keinen Stein fühlen. Fuchtelnd packte er den ersten Arm, den er erreichte. »Luft. Nach oben. Sofort.«

Die Stimmen um ihn herum lösten sich auf, und er fühlte Therons Hand, die sich um seinen Oberarm schloss. »Zander. *Skata!* Du siehst nicht gut aus.«

»Luft!«, brüllte er. Sahen sie denn nicht, dass er nicht atmen konnte?

»Nick!«, rief Theron.

»Den Gang runter. Am Ende ist eine Treppe, die führt nach oben. Aber …«

Zander wartete den Rest nicht ab. Auch wenn er sekündlich schwächer wurde, bewegten sich seine Beine, als hinge sein Leben davon ab.

Irgendwie schaffte er es bis an die Oberfläche, stieß die schweren Türen auf und stolperte hinaus auf den Felsüberhang einer großen Schlucht.

Die Türen hinter ihm schlossen sich leise klappend, während er keuchend nach Luft japste. Kiesel knirschten unter seinen Füßen, fielen über den Felsvorsprung und hinab auf den Grund des Canyons, der mindestens eine Meile tiefer lag. Dort mäanderte ein Fluss wie eine sich windende Schlange. Weiter vorn rechts ragten die Berge auf, bedeckt von dichtem Unterholz und spindeldürren Kiefern. Zander nahm die Schönheit der Umgebung nicht wahr, wie er eigentlich überhaupt nichts sah oder hörte als Callias Gesicht, Callias Schreie, Callias Schmerz.

Oh Götter, was hatte er getan?

Er sank auf die Knie, als ihm alles vor den Augen verschwamm. Steine und Zweige piekten ihm in seine Schienbeine und die nackten Füße, was er ebenso wenig mitbekam, weil seine Gedanken zehn Jahre zurück und meilenweit weg waren.

»Verdammte Hera.«

Die Stimme, weiblich und älter, überraschte Zander eigentlich nicht, wie auch? In diesem Moment, in dem nichts in seinem unendlichen Leben mehr von Bedeutung war, ausgenommen die Tatsache, wie gründlich er es vermasselt hatte. Er drehte den Kopf zu einer Gruppe von Findlingen, bei der eine zierliche Frau stand, die ganz in durchsichtiges Weiß gekleidet auf einem der Felsen hockte und auf ihn hinabsah. Ihr Haar war bleich, die Züge scharf, die Haut faltig und dennoch leuchtend. Sie strömte pure Energie aus, jene Sorte Kraft, die er nie besessen hatte, und er wusste sofort, wer sie war.

»Lachesis.«

Sie zog eine Braue hoch. »Warum in aller Welt hältst du mich nicht für Atropos?«

In dem Versuch, trotz aller Schmerzen noch zu atmen und zu denken, blickte er hinab auf die Kiesel. »Atropos würde ihre Zeit nicht an mich verschwenden.«

»Warum nicht?«

Hierauf konnte er nicht antworten. In seinem Kopf rasten die die Gedanken, spielten sämtliche Gespräche noch einmal ab, jeden Moment seit dem Tag, an dem Callia ihm erzählte, dass sie schwanger war.

»Weil du nicht getötet werden kannst?«, fragte die Parze.

Schweigen. Eine knappe Sekunde lang glaubte er, sich alles nur einzubilden, bis sie leise sagte: »Du bist nicht unsterblich, Wächter.«

Lachesis rutschte von dem Findling und stellte sich vor ihn. Grellrosa Pantoffeln lugten unter ihrer fließenden Robe hervor, die lächerlich und zugleich ernüchternd echt aussahen. Wie sein Leben. »Du hast recht. Ich kann deinen Lebensfaden nicht einfach durchschneiden. Ich kann ihn nur spinnen. Aber nicht einmal ich kann sehen, wie lang er wird. Das hängt von zweierlei ab: von ihr und davon, was du jetzt tust.«

Zander hob vorsichtig seinen Kopf, und als die Worte der Parze allmählich bis in seinen Verstand vordrangen, fügten sich eine Menge Einzelteile in eins. Er wäre vielleicht gelähmt gewesen, hätte Callia jene Kugel nicht entfernt. Doch er wusste schon, als er wieder zu sich kam, dass sein Körper an der Heilung arbeitete. Ungeachtet der Umstände, wäre er in der Höhle nicht gestorben. Das einzige andere Mal, dass er sich dem Tode nahe gefühlt hatte, war zehn Jahre her. Da war er allein zu Hause gewesen, unverletzt, und Callia im Menschenreich.

»Sie ist meine Schwäche«, flüsterte er.

Lachesis kniete vor ihm, und obwohl sie ihn nicht berührte, fühlte er die Hitze ihrer Hand, die neben seiner Wange schwebte. »Ein Herz ist nie eine Schwäche, Wächter. Es ist eine Gabe. Ein Segen, den nicht einmal Hera dir versagen kann. Viele Wächter aus deiner Linie hätten sich solch einen Schatz gewünscht. Deine Verwundbarkeit ist nichts, wovor man sich fürchten muss. Sie sollte gewürdigt werden.«

Er schloss die Augen, weil sein Schmerz ihn überkam. Was für ein Schmerz! Und alles wegen ihm? »Ich habe sie verletzt.«

»Ja«, sagte sie leise.

»Wenn ich daran denke, was sie durchgemacht hat ...«

»Sie ist stark, stärker als du denkst oder ihr Vater denkt. Es gibt immer noch ungezügelte Kraft in ihr. Die Dinge sind nie schwarz oder weiß, wie sie scheinen. Manchmal befeuert Schmerz unser Los.«

Bei der Erwähnung von Callias Vater kochte die Wut in Zander wieder hoch. Er blickte zur Parze. »Warum bist du nicht früher zu mir gekommen? Wieso jetzt, nach zehn Jahren, wenn sie stirbt?«

Lachesis seufzte, richtete sich auf, und obwohl sie nicht einmal einen Meter sechzig groß war, schien sie über ihm zu sein. »Weil es nicht so simpel ist, Wächter.«

»Und wie ist es dann?«

»Ich kann dir nichts sagen, was du nicht schon weißt. Sehr wohl aber kann ich dir sagen, welche Wahl du hast. Es gibt keinen Stillstand im Leben. Der Verlauf indes hängt ganz von den Entscheidungen ab, die du triffst.«

»Und welche Wahl habe ich?«, fragte er, wobei er seine Füße vorschob, so dass die Spitzen zum Eingang der Kolonie wiesen. »Sie stirbt dort drinnen, und alles nur wegen mir. Alles wegen …«

Ihm ging die Luft aus, jedweder Ansporn war fort, obwohl er sich dagegen sträubte. Er wehrte sich mit aller Kraft, aber er war nicht stark genug, es aufzuhalten. So wie er nicht die Kraft gehabt hatte, irgendwas von dem zu verhindern, was geschehen war.

»… mir.«

»Ja«, flüsterte Lachesis, die näher kam. »Ich würde dir den Schmerz nehmen, wenn ich könnte, aber das kann ich nicht.« Ihre Arme schlangen sich um ihn, ohne dass er sie richtig spürte; trotzdem legte sie ihn behutsam auf den Felsboden. »Nutze ihn, Zander. Nutze den Schmerz und den Grund, nach dem du seit über achthundert Jahren suchst. Gib ihr einen Grund zu leben. Die Geschichte ihres Lebens und deines endet nicht, es sei denn, du lässt sie enden.«

Zander blickte an Lachesis vorbei zum Klippenrand und der Schlucht dahinter. Vor Tagen hatte er an einer ganz ähnlichen Klippe gestanden und sich den Tod herbeigesehnt. Aber jetzt? Jetzt ging es nicht mehr um ihn. Ihm war gleich, ob er lebte oder starb, doch Callia durfte nicht sterben. Nicht nachdem er erfahren hatte, was sie seinetwegen durchgemacht hatte. Und erst recht nicht, bevor er die Chance hatte, alles richtigzustellen.

Als er wieder zu Lachesis sah, gingen ihm lauter Fragen und Vermutungen durch den Kopf, die er klären musste. »Sie hat einen Sohn geboren.«

»Ja.«

»Und ihr Vater wusste es.«

»Ja.«

»All die Jahre hat keiner ein Wort gesagt.«

Einen Moment lang wirkte die Parze unsicher. »Die Dinge sind nicht immer, was sie scheinen. Ein Netz von Täuschungen spinnen diejenigen am besten, denen wir am meisten vertrauen.«

Ihre kryptischen Worte halfen ihm nicht weiter.

»Die Wahrheit wird beizeiten ans Licht kommen. Zuerst jedoch musst du sie heilen.«

Er atmete tief durch. Ihm war klar, dass sie recht hatte. Mit Lenas Hilfe könnte er es schaffen. Er konnte Callia so wütend machen, dass sie ihre Kräfte bündelte und gegen die Infektion kämpfte. Auf die Weise würde er wenigstens einen Teil dieses entsetzlichen Schlamassels wiedergutmachen. Und danach …

»Und danach ist nichts garantiert«, sagte Lachesis, die über dem Findling schwebte, auf dem sie vorhin gesessen hatte. Hinter ihr flirrte die Luft, und sie verblasste.

»Warte«, sagte er und streckte eine Hand aus.

»Der Faden ist dünn, Krieger.« Sie wurde immer blasser. »Deiner, ihrer, der des Sprösslings. Und er wird stündlich dünner. Die Zukunft hängt an der Gegenwart. Vergiss nie, dass sie die Konstante ist.«

Dann war sie fort.

Fünfzehntes Kapitel

Die Realität war eine komische Sache. Callia lag da, starrte an die Decke und versuchte, die Bilder in ihrem Kopf zusammenzufügen. Sie wusste, dass der Dämon sie schwer verletzt hatte, nur waren die Einzelheiten des Angriffs schemenhaft und wirr. Sie wusste außerdem, dass sie in einem Schlafzimmer lag, keinem Krankenhaus, und dass das Bett weich war, der Raum hübsch und sie anscheinend hinreichend erholt, dass sie keine größere medizinische Behandlung mehr brauchte. Allerdings war sie nicht sicher, wie das möglich war oder wer ihre wundersame Heilung herbeigeführt hatte. Und sie hatte keinen Schimmer, wo sie war.

Frustriert, weil ihr Gedächtnis nur Bildfetzen lieferte, setzte sie sich auf und schwang die Beine aus dem Bett. Beim Aufstehen stellte sie fest, dass sie noch sehr geschwächt war, und musste sich an der Matratze abstützen. Das rosa Krankenhausnachthemd reichte ihr bis zu den Knien, und ihre nackten Füße versanken im dicken, cremeweißen Teppich. Eine Locke fiel ihr ins Gesicht, und Callia strich sie nach hinten. Zum Glück hatte ihr jemand die Haare gewaschen. Der Gedanke, was da drin gewesen war …

Denk nicht daran!

Sie schlurfte zu einem kleinen runden Fenster. An der Felswand legte sie eine Hand auf das Glas und blickte hinaus in die Dunkelheit. Sterne waren zu sehen, sonst nichts, keine Erde, keine Bäume, keine Berge, nichts.

Hinter ihr quietschte die Tür, und sie drehte sich um.

»Du bist wach.« Zander kam herein und runzelte die Stirn. »Darfst du schon aufstehen?« Nachdem er die Tür hinter sich geschlossen hatte, war er mit drei großen Schritten bei ihr. »Du siehst blass aus.«

Das glaubte sie gern, schließlich hatte sie viel Blut verloren. Was machte er hier?

Seine grauen Augen musterten ihr Gesicht ein bisschen zu gründlich. »Wie fühlst du dich?«

Wie sie sich fühlte? Durcheinander. Verwundert. Und nicht ganz sicher, ob sie gleich ohnmächtig wurde. »Was … tust du hier?«

Er hob ihr Kinn mit zwei Fingern an und betrachtete sie immer noch, als wäre sie ein wissenschaftliches Experiment. »Deine Augen sehen gut aus. Viel besser als vorher.« Seine Brauen zogen sich zusammen. »Möchtest du etwas essen? Ich wette, du bist am Verhungern. Vorhin haben sie dir Essen gebracht, aber da hast du noch geschlafen.« Er wandte den Kopf zur Tür. »Ich könnte dir etwas holen, wenn …«

»Essen raufgebracht? Moment mal.« Das letzte Mal, dass sie ihn gesehen hatte, in der Höhle, hatten sie sich furchtbar gestritten. »Zander, was zur Hölle ist hier los?«

Es klopfte, und beide blickten zur Tür. Zander rief, »Herein.«

Eine Frau mit einem dunklen Pferdeschwanz betrat das Zimmer. Sie trug eine schwarze Hose und einen Pulli. Callia entging nicht, dass sie Zander einen vorsichtigen Blick zuwarf, ehe sie zu ihr sah. »Du bist auf.« Ihre Züge wurden ein klein wenig weicher. »Wie fühlst du dich?«

Die Stimme kam Callia bekannt vor. »Ähm, besser.«

»Das ist schön.« Wieder blickte die Frau zu Zander.

Es herrschte eine merkwürdige Spannung im Raum, und die Feindseligkeit zwischen Zander und dieser Frau war kaum zu übersehen. »Ich gehe kurz raus, damit du sie untersuchen kannst«, sagte Zander, allerdings zu Callia gewandt.

Von der Frau kam ein knappes »Gut.«

»Ich bin gleich draußen, falls du mich brauchst.«

Die Tür klickte hinter ihm ins Schloss. Und in der Stille, die nun folgte, wusste Callia nicht, was sie sagen sollte.

»Setz dich doch bitte hier aufs Bett«, sagte die Frau.

Ihr Herz schlug schneller als zuvor, stellte Callia fest, die langsam zum Bett ging.

»Ich bin Lena«, stellte die Frau sich vor, während sie Callias Kinn anhob und ihr mit einer Stablampe in die Augen leuchtete. »Wir sind noch nicht miteinander bekanntgemacht worden.«

»Deine Stimme habe ich schon mal gehört.«

Lena lächelte. Sie war hübsch, nicht atemberaubend, nicht schön, aber hübsch, vor allem wenn sie lächelte. Ihre braunen Augen funkelten dann beinahe. »Sollte sie auch. Wir haben in den letzten Tagen recht viel Zeit zusammen verbracht. Ich bin eine Heilerin. Weißt du, wo du bist?«

»Ähm … Du bist keine Argoleanerin.«

Lena steckte ihre Stablampe ein und tastete Callia den Hals und das Schlüsselbein ab. »Nein, ich bin eine Misos. Und du bist …«

»In der Halbblutkolonie«, hauchte Callia, als plötzlich alles einen Sinn ergab. »Du bist eine Heilerin? Hast du mich behandelt?«

»Ja und nein.«

Lena musste ihr ihre Verwirrung angesehen haben, denn wieder lächelte sie. »Meine Kräfte reichen nicht annähernd aus, so zu heilen.« Sie musterte Callias Haut. »Das ist verblüffend. Du wirst nichts als eine dünne helle Linie behalten. Wahrscheinlich sehen andere sie nicht mal. Stell dir vor, was wir tun könnten, wenn wir unsere Kräfte häufiger vereinen.«

Callia strich mit den Fingern über die kleinste Narbe. »Warte mal. Du meinst, ich habe das gemacht?«

»Du hast geholfen«, bestätigte Lena. »Sogar erheblich. Aber ich bin nicht bereit, dir die ganzen Lorbeeren zu überlassen.« Sie öffnete den Schulterverschluss von Callias Nachthemd. »Jetzt sehen wir uns deinen Bauch an. Leg dich bitte hin.«

Callia lehnte sich auf das Bett zurück und ließ sich das Nachthemd herunterziehen, damit die Frau ihre Bauchwunden begutachten konnte »Wow, die heilen genauso gut! In ein paar Tagen ist nichts mehr zu sehen.«

Auf die Ellbogen gestützt, sah Callia ebenfalls hin. Zwei schmale rosa Linien zeichneten ihren Bauch in einem Abwärtswinkel zu ihrer rechten Hüfte. Die Heilerin hatte recht: Sie wären bald verschwunden.

Ihre Gedanken kehrten zur Hütte zurück, zu dem scheußlichen Dämon, dessen Klauen ihr in Bauch und Brust schnitten. Da war so viel Blut gewesen. Sie hatte gewusst, dass ihr nur Minuten blieben, bis sie verblutete. »Wie bin ich hierhergekommen?«

Lena half ihr, sich wieder aufzusetzen und zog das

Nachthemd hoch, so dass Callias Brüste bedeckt waren, und öffnete es hinten. »Zwei Wächter haben dich hergebracht.«

»Zwei?«

Lena griff nach etwas hinter Callia. »Ja. Der eine hieß Titus und ist kurz danach wieder weg. Ich glaube, er ist zurück zu der Hütte, in der du gefunden wurdest, und hat alle Beweise vernichtet. Jetzt wird es kalt.«

Bevor Callia sich wappnen konnte, berührte ein kaltes, rundes Metallteil ihren Rücken. Sie zuckte zusammen, doch dann begriff sie, dass es ein Stethoskop war, und atmete automatisch tief ein.

»Gut«, sagte Lena. »Noch mal.« Sie bewegte das Stethoskop auf Callias Rücken, hörte sich ihre Lunge an und horchte anschließend auch Callias Brust ab. Zufrieden hängte sie sich das Stethoskop um den Hals und knöpfte Callias Nachthemd wieder zu. »Deine Lunge klingt super, und von der Infektion ist nichts mehr zu erkennen. Du bist wirklich ein medizinisches Wunder.« Sie strich Callias Haar zur Seite. »Das ist allerdings ein interessantes Mal hier in deinem Nacken.« Dabei tippte sie auf den Haaransatz. »Ein Geburtsmal?«

»Ich weiß nicht. Ich habe noch nie …«

»Es sieht fast wie ein Omega aus.«

Callia interessierte das alles nicht, solange sie noch rätselte, wer sie gefunden und hergebracht hatte. »Wer war es?«

Lena ließ Callias Haar los und stellte sich vor sie. »Wer war was?«

»Der andere Wächter«, sagte Callia gereizt. »Du hast gesagt, es waren zwei.«

»Ach so.« Lena runzelte die Stirn, sah zur Tür und wieder zu Callia. »Der.«

Callias Herzschlag wurde schneller. »Warum … wieso ist er nicht mit Titus zusammen weggegangen?«

Lenas Züge verfinsterten sich noch mehr, und sie steckte die Hände in ihre Hosentaschen. »Das ist die Preisfrage, nicht? Er bleibt hier, obwohl es keine von uns will. Die letzten Tage ist er nie länger als zehn Minuten von deiner Seite gewichen, und er benimmt sich wie ein Kettenhund gegenüber jedem, der es wagt, sich dir zu nähern, mit Ausnahme von mir. Ich meine«, sie sah wieder zur Tür, »er hatte recht. Ich habe ihn anfangs gebraucht, um deine Heilung einzuleiten, aber seitdem nicht mehr. Ich kapier nicht, wieso er nicht verschwindet. Wenn du vielleicht …«

»Was meinst du, um meine Heilung einzuleiten?« Callias Puls rauschte in ihren Ohren, und ihre Brust wurde seltsam eng. »Lena, ich kann mich nicht selbst heilen. Das konnte ich noch nie.«

Mitgefühl schimmerte in Lenas braunen Augen. »Ich kenne keinen Heiler, der das kann, mich eingeschlossen. Und ich habe ihm auch nicht geglaubt, als er meinte, deine Kräfte wären übertragbar, aber er hatte recht. Ich schätze, in diesem Fall hat die Tatsache, dass du ihn hasst, für dich gearbeitet.«

Seltsame Erinnerungen, Bilder und Geräusche kamen ihr in den Sinn. Sie sah Rauch, Nebel, ein brennendes Licht, das aussah, als käme es von einem Schiff. Sie hörte rufende Stimmen, die sie anlockten, bekannte Stimmen aus vergangenen Tagen, nur konnte Callia sie nicht richtig zuordnen. Die Szene war friedlich, und sie entsann sich, dass sie hingehen wollte, einen unkontrollierbaren Drang verspürte, auf jenes Boot zu steigen und über das trübe Wasser in unbekannte Länder zu segeln. Aber im Hintergrund war eine andere Stimme, die beständig lauter wurde. Männlich. Zanders Stimme.

Ich habe dir nicht geglaubt. Nie habe ich dir geglaubt. Warum sollte ich? Ich habe dich verlassen. Hörst du mich, Callia? Ich ließ dich im Stich, als du mich am dringendsten gebraucht hast. Und ich sah nie wieder zurück.

Callia hatte einen Kloß im Hals. Die Worte waren real gewesen. Das war seine Stimme. Er hatte Gefühle in ihr geweckt, die sie über Jahre tief in sich vergraben hatte. Dieselben Gefühle, die er in der Höhle provozierte, indem er sie eine Lügnerin nannte.

Übertragbar.

»Er hat mich absichtlich wütend gemacht, damit ich meinen Schmerz auf ihn loslasse«, murmelte sie und starrte zur Tür. Gütige Götter, sie konnte tatsächlich ihre Kräfte übertragen. Der Moment mit Zander in der Höhle war kein Zufall gewesen.

»Ja«, sagte Lena. »Und es hat funktioniert. Da du den Großteil der Infektion aus dir gedrängt hast, konnte ich den Rest herausholen. Das erklärt auch die erstaunlichen Narben. Zusammen sind unsere Kräfte unglaublich. Ich wünschte nur …«

»Was?« Callia sah sie an.

»Ich wünschte nur, du hättest es gewusst, als du die anderen Narben bekamst; die auf deinem Rücken.«

Callia wurde eiskalt. Natürlich hatte Lena die Narben gesehen. Und Zander? »Du hast Zander nichts von denen erzählt, oder?«

»Nein.« Lena verschränkte die Arme vor der Brust. »Nicht direkt.«

»Und wie dann?«, fragte Callia und stand auf.

Lena nahm ihre Arme herunter. »Das ist doch eigentlich egal, findest du nicht? Wir beide wissen, dass er sie vorher schon gesehen hat.«

Oh nein! Callia stützte ihren Kopf in die Hände. Oh *nein!*

»Wieso regst du dich auf, dass er sie gesehen hat?«, fragte Lena verärgert. »Du hast sie seinetwegen.«

Callia rieb sich übers Gesicht. Oh Götter, er hatte gesehen, was sie immerzu sorgsam verbarg. Von den Narben zu wissen, war eine Sache, sie zu sehen, eine gänzlich andere. »Es war meine Entscheidung«, sagte sie leise. »Du kannst das nicht verstehen.«

»Nein, kann ich nicht.«

Hass und Verachtung spiegelten sich in den Zügen des Halbbluts. »Meine Mutter war Argoleanerin, wie du. Vor vierundachtzig Jahren wurde sie mit einem *Ándras* verheiratet, den sie nicht liebte. Ihre Eltern arrangierten die Ehe, weil sie schon hundert Jahre alt war und noch keinen Gefährten gefunden hatte. Sie bekam, nun ja, kalte Füße und rannte weg. Sie lief durch eines der geheimen Portale in den Aegis-Bergen und kam ins Menschenreich, wo sie meinem Vater begegnete, einem Menschen. Die beiden verliebten sich, und sie wurde mit mir schwanger. Aber Frauen in deinem Reich sind nirgends sicher, nicht einmal hier.«

Geheime Portale? Callia hatte sie für ein Märchen gehalten.

»Ihr Vater spürte sie auf«, erzählte Lena weiter. »*Mein Pappous*. Er fand sie und holte sie zurück. Und er ließ sie auspeitschen, genau wie dich. Sie nannten es ein Reinigungsritual, aber daran war nichts Reinigendes. Es war eine Bestrafung, sonst nichts, weil sie es gewagt hatte, sich gegen das zu stellen, was die Männer in deiner Welt für richtig erachten.«

Ihre harschen Worte trafen Callia, zumal sie keinerlei Zweifel an Lenas Geschichte hegte. Dennoch brannte ihr eine Frage auf der Zunge, deren Antwort sie bereits erahnte. »Was ist danach passiert?«

»Sie konnte wieder fliehen und kam zu meinem Vater zurück. Bald darauf wurde ich geboren.« Lena blickte hinab auf das Bett. »Sie waren unterwegs zu dieser Kolonie, als eine Gruppe Argoleaner sie aufspürte. Meine Mutter weigerte sich, mit ihnen zu gehen, es kam zu einem Kampf, und beide wurden getötet.«

Callia schloss die Augen und setzte sich. »Wie bist du …?«

»Nick und ein paar seiner Soldaten kamen dazu. Sie brachten mehrere von den Männern um. Die anderen rannten weg. Er nahm mich mit hierher, in die Kolonie, und eine Frau zog mich auf. Ich war noch keine zwei Jahre alt, trotzdem erinnere ich mich an ein paar Bilder von diesem Kampf. An meine Mutter. Und ich erinnere mich, dass sie genau solche Narben auf dem Rücken hatte wie du.«

Lena tat ihr unendlich leid, doch ihre eigene Situation war eine vollkommen andere. Sie schüttelte den Kopf und öffnete die Augen wieder. »Es tut mir leid, schrecklich leid, was deiner Familie geschehen ist. Das ist furchtbar. Aber du solltest wissen, dass so etwas in meiner Welt nicht normal ist.«

»Nicht normal?«, fragte Lena entgeistert. »Guck dir doch deinen Rücken an!«

»Nein, niemand hat mich aufgespürt oder gezwungen, mich zu fügen. So ist es nicht mehr.«

Feuer loderte in Lenas Augen, als sie auf die Tür wies. »Dieser sogenannte Wächter da draußen ist für deine Wundmale verantwortlich. Er ist hier, um dich wieder zurückzubringen. Das weißt du, nicht?«

»So ist es nicht. Er hat nicht …«

»Er hat. Ich habe die Schuld in seinem Blick gesehen. Ich sah, wie du reagiert hast, als er dir ins Ohr flüsterte. Und jetzt wartet er, bis du gesund genug bist, dass er dich zurückschleppen und noch einmal bestrafen kann. Tja, aber das lasse ich nicht zu. Du gehst hier nicht weg.«

»Er weiß von nichts, Lena«, unterbrach Callia sie und sprang auf. »Er weiß nicht, was mit mir passiert ist, weil ich es ihm nie erzählt habe. Es war meine Entscheidung.« Als Lena mit offenem Mund vor ihr stand, wurde Callia wieder leiser. »Begreifst du nicht? Ich hätte in der Menschenwelt bleiben können, aber ich entschied mich dagegen. Ich wollte nach Hause, zu meinem Vater. Die Reinigungszeremonie …« Sie hob die Hände und ließ sie gleich wieder sinken. »Sie wird nicht mehr praktiziert. Mein Vater ist einer der Zwölf und ich wurde einem künftigen Ältesten versprochen. Meine Beziehung mit Zander …« Sie sah zur Tür und schluckte, weil sie erneut einen Kloß im Hals hatte. »Ich habe meinen Vater verletzt, aber das wirst weder du noch sonst jemand je begreifen.«

Sie sah zu Lena. »Ich wusste von Anfang an, worauf ich mich einließ. Ich traf meine eigenen Entscheidungen. Zander hat seine Fehler, aber er ist nicht wie dein *Pappous*. Er würde nie willentlich einer Frau wehtun. Und hätte er gewusst, wie ich mich entschied, hätte er niemals erlaubt, dass das geschieht, egal wie er am Ende für mich empfand.«

»Warum dann?«, fragte Lena leise. »Warum hast du zugelassen, dass sie dir das antun?«

Callia senkte den Blick zu ihren Füßen, die fast in dem Teppich versanken. Was sollte sie antworten, das auch bloß einen Funken Sinn ergab? Sie hatte es nicht allein für ihren Vater gemacht, um sein Ansehen wiederherzustellen und seinen Namen im Rat reinzuwaschen. Auch nicht, damit sie am Ende doch noch Loukas heiraten konnte – dieser Gedanke war ihr nicht einmal gekommen. Teils war es für sie selbst gewesen. Ihre Kraft richtete sich ganz auf das Gleichgewicht, die Erhaltung der Ordnung im Körper, aber sie konnte sich nicht selbst heilen. Und so wahnwitzig es auch klingen mochte, physischer Schmerz konnte es. Er tat weh, aber er linderte die Seelenqualen und gab ihr etwas, auf das sie sich konzentrieren konnte. Und irgendwie war es eine Form der Wiedergutmachung gewesen.

»Weil«, sagte sie ruhig, »ich meine eigene Form von Frieden finden musste.« Wieder schüttelte sie den Kopf. »Ich weiß, dass du es nicht verstehen kannst, aber es war nicht seine Schuld. Nichts davon.«

Lena wirkte nach wie vor verständnislos, aber wenigstens lag keine Verachtung mehr in ihrem Blick, als sie Callia ansah. »Ich will dich nur beschützen. So bin ich eben.«

Callia hielt andere stets auf Distanz, weil sie gelernt hatte, Dinge für sich zu behalten, doch diese Frau konnte sie sich als Freundin vorstellen. »Das ist gut so, für eine Heilerin. Nur ist Zander nicht der Feind. Der war er nie.«

»Was ist er dann? Für dich?«

Diese Frage warf Callia aus der Bahn. Er war der

Wächter, der ihre Welt auf den Kopf gestellt hatte. Der eine Mann, über den sie niemals hinweggekommen war. Und die Liebe ihres Lebens.

Diese Erkenntnis versetzte ihr einen Stich, weshalb sie den Gedanken sofort verdrängte. Hierin war sie mit den Jahren meisterhaft geworden. »Er ist Zander.«

Lena sah sie eine Weile lang ruhig an, dann seufzte sie: »Ich schätze, das heißt, ich soll bitte nett zu ihm sein.«

Unwillkürlich musste Callia schmunzeln. »Nett nicht unbedingt; nur nicht gemein.«

Lena rollte mit den Augen und ging zur Tür. »Nicht gemein. Zu einem Argonauten. Zwar widerstrebt es mir, doch ich sage ihm, dass er wieder reinkommen darf.« Sie blieb an der Tür stehen. »Ich hätte gern, dass du noch einen Tag bleibst und dich ausruhst. Aber du wirst sowieso tun, was du willst, egal was ich denke.«

»Danke.«

Lena zögerte. »Ich habe deine Welt lange Zeit abgelehnt, und ich bin noch nicht so weit, meine Haltung aufzugeben. Aber eventuell wäre ich bereit, eine andere Seite zu sehen. Vielleicht.« Sie öffnete die Tür. »Ich wünsche dir Glück, Callia.«

Hinter ihr fiel die Tür leise zu. Von draußen waren gedämpfte Stimmen zu hören, Lenas und Zanders. Was sie sagten, konnte Callia nicht verstehen, nur dass es eine kurze Unterhaltung war, bevor sich weiche Schritte entfernten.

Hunderte Fragen wirbelten Callia durch den Kopf, als sie auf dem Bett hockte und versuchte, diesem verrückten Tag einen Sinn abzugewinnen. Lena hatte gesagt, dass er ihr nicht von der Seite gewichen wäre, seit er sie herbrachte. War er jetzt auch fort? Ein kleiner Teil von ihr hoffte es. Ein weit größerer hoffte es nicht.

Götter, sie war völlig durcheinander.

Sie umklammerte die Bettkante und holte tief Luft, was ihren rasenden Puls leider nicht beruhigte. Ein leises Klopfen ließ sie aufschrecken. Erst beim zweiten Mal brachte sie ein »Herein« über die Lippen.

Sechzehntes Kapitel

Callia wurde das Herz schwer, als Zander ins Zimmer kam. Der allzeit selbstbewusste Wächter sah wie ein Toter aus. Nicht physisch, nein, er war stark und gesund wie eh und je, vollständig von seinen Wunden genesen. Er sah emotional tot aus: seine Augen leer, der Gang schwer und das blonde Haar zerwühlt, als wäre er sich mehrfach mit den Fingern hindurchgefahren. Ein unsichtbares Gewicht schien seine Schultern nach unten zu drücken und mit ihnen die Atmosphäre um ihn herum.

Sie hatte ihn nie als alt gesehen. Ein gewöhnlicher Mensch würde ihn auf Mitte dreißig schätzen, für einen auf verwegene Art attraktiven Mann in den besten Jahren halten. Der war er nicht. Zander war 829 Jahre alt. Und heute, jetzt gerade, sah man diese Jahre in seinen graublauen Augen, die sie an alles erinnerten, was er getan und gesehen hatte und was gewesen war.

»Lena sagt, sie ist sehr zufrieden mit dir.«

Callia musterte ihn stumm. Er trug die traditionelle schwarze Kampfhose, die Titus ihm in die Höhle mitgebracht hatte, und sein langärmeliges weißes Henley-Shirt, in dem seine Muskeln zwar zur Geltung kamen, die Zeichnungen der Argonauten hingegen weitestgehend verborgen blieben. Helle Stoppeln sprossen auf seinem Kinn, als hätte er sich seit Tagen nicht rasiert, und die zarten Narben auf seinen Fingerknöcheln und dem Hals sowie kleine Flecken von entblößter Haut hier und da ließen ihn nur noch rätselhafter und faszinierender wirken.

Götter, er war wirklich wunderschön, selbst mit den Narben aus Jahrhunderten in der Schlacht. Callia erinnerte sich, wie sie ihn zum ersten Mal gesehen hatte. Es war fast elf Jahre her. Damals war sie dreißig gewesen – erwachsen für menschliche Verhältnisse, für argoleanische praktisch noch ein Teenager. Der König hatte sie gebeten, die Position der königlichen Heilerin zu übernehmen, welche Jahre vorher ihre Mutter innegehabt hatte, bis zu ihrem Tod. Deshalb war Callia auf der Burg gewesen, überwältigt von dem ganzen Prunk und zugleich bemüht, nicht allzu unwissend zu erscheinen. Und auf dem Weg zum König war sie Theron und Zander auf dem Korridor begegnet.

Damals wie heute hatte ihr Herz gestottert und sie hatte das Gefühl gehabt, keine Luft mehr zu bekommen. Diese Wirkung hatte er immer auf sie, besser gesagt, sie nahm beständig zu, bis zu jener Nacht, als er sie ins Studierzimmer des Königs zog und sie alles, was sie jemals über Gleichgewicht, Ordnung und Kontrolle körperlichen Verlangens gelernt hatte, über den Haufen warf.

Er steckte die Hände in die Gesäßtaschen seiner Hose und rührte sich nicht. Offensichtlich wusste er nicht, was er sagen oder tun sollte, und in der Stille begann Callias Puls zu rasen. Sie war nicht sicher, warum er so still war, aber eines war klar: Er hatte Schuldgefühle. Und mit denen konnte sie nicht umgehen.

»Zander, du musst nicht bleiben. Mir geht es gut, und du bist mir nichts schuldig.«

»Habe ich dir je von meiner Mutter erzählt?«

Die seltsame Bemerkung machte sie sprachlos, umso mehr, als sein Ausdruck deutlich verriet, dass das, was ihm durch den Kopf ging, wichtig war. »Nein«, sagte sie verhalten, »ich glaube nicht.«

»Sie arbeitete in der Burg.« Er kam zu ihr und setzte sich neben sie auf das Bett, achtete jedoch darauf, sie nicht zu berühren. »Es war im zwölften Jahrhundert, als die Dinge noch recht anders waren. Archidmus war König, und der Rat hatte seinerzeit weit größere Macht über die Monarchie wie auch über das Volk.« Er stützte die Ellbogen auf die Knie und senkte den Blick. »Ihr Name war Khloe, und sie war Lehrerin. Sie unterrichtete die Kinder des Königs und einiger Bediensteter auf der Burg. Man vermählte sie mit einem Gelehrten, Alastor, dessen älterer Bruder die Familie im Zwölfen-Rat vertrat.

Sie bekamen keine Kinder und waren erst wenige Jahre gebunden, als mein Vater, Nikator, ihr eines Tages in der Burg über den Weg lief.«

Den Namen des Argonauten sprach er mit einer Abscheu aus, dass Callia ein kalter Schauer über den Rücken lief. Ihr war bekannt, wie wenig er von dem *Ándras* hielt, der ihn zeugte, aber er hatte selten von ihm gesprochen und Callia hatte nie gefragt. Die Gerüchte über Nikator indes waren im ganzen Königreich bekannt und mit ein Grund, weshalb ihr Vater gegen die Beziehung mit Zander gewesen war. Nikator war seinem Namen – der Eroberer – in jeder nur denkbaren Hinsicht gerecht geworden: ein brutaler Kämpfer in der Schlacht und außerhalb, ein *Ándras*, der sich nicht um das Gesetz scherte und sich nahm, was er wollte. Oft mit Gewalt.

Plötzlich war Callia nicht mehr sicher, ob sie den Rest dieser Geschichte hören wollte.

Zander rang die Hände, und obgleich er auf den Boden sah, wollte Callia schwören, dass sein Blick Jahrhunderte zurück gerichtet war statt auf die Baumwollfäden des Teppichs. »Ich rede mir gern ein, dass es einvernehmlich war, dass sie sich einander verbunden fühlten.« *Wie wir*, dachte sie, auch wenn er es nicht aussprach. »Aber ich weiß, dass es nicht so war. Jedenfalls wurde sie schwanger, und da der Rat ihre Vergewaltigung als Ehebruch ihrerseits auslegen würde, tat sie das Einzige, was sie tun konnte. Sie ging in die Berge zu einer Hexe, um das Baby wegmachen zu lassen.«

Er streckte die Hände vor sich aus, die Handflächen nach unten, so dass die uralten Argoleanerzeichen auf seinen Fingerrücken zu sehen waren. »Nur ging das nicht. Nicht einmal damals, noch im Mutterleib, konnte man mich töten.«

Callia stockte der Atem, denn ihr fielen seine Worte von jenem Tag ein, als sie ihm sagte, dass sie schwanger war. *Tu meinem Kind nichts. Wenn du es nicht willst, nehme ich es, aber was immer du machst, versprich mir, nichts Drastisches zu unternehmen.*

Er war ihr so wütend und misstrauisch vorgekommen. Und seine Worte hatten sie verletzt, stand sie doch selbst noch unter Schock. Vor allem aber war sie so verliebt in ihn gewesen, dass sie gar nicht begriff, warum er ihr unterstellte, sie käme auf solch eine Idee.

»Drei Mal«, erzählte weiter. »Drei Mal hat sie versucht, mich abzutreiben, aber es ging nicht.« Er griff an seinen Hals und strich über die lange, gezackte Narbe. »Hiermit wurde ich geboren.«

Callia wurde übel. Sie schloss die Augen, als ihr das Gespräch in der Höhle wieder einfiel, seine Worte, die wie ein Schlag ins Gesicht gewesen waren.

Und was bin ich?

Eine Mörderin.

»Am Ende brachte sie mich heimlich zur Welt«, fuhr er fort. »Die Hexe, die mich entband, sah die Zeichen auf meinen Armen und Händen und verständigte die Argonauten. Und obwohl nichts von alledem ihre Schuld war, ahnte meine Mutter, dass der Rat sie wegen ihrer Verbindung zu ihnen schlimm bestrafen würde.« Er zögerte und fügte leise hinzu: »Eine Woche nach meiner Geburt nahm sie sich das Leben.«

»Oh, Zander …«

Die Matratze unter ihr bewegte sich, und als seine Finger ihre Wange streiften, öffnete sie die Augen wieder. Er kniete vor ihr, sein schönes Gesicht von Sorgenfalten und Reue gezeichnet, und die Tränen, die in seinen Augen glänzten, brachen ihr fast das Herz. »Ich wusste nicht. Ich dachte …«

Er schluckte und schien nach Worten zu suchen. Seine Hand glitt hinab zu ihrem Bauch. »Ich wollte nie ein Argonaut sein. Diese verfluchten Zeichnungen haben mir mein Leben von Anfang an diktiert. Ich musste unter allen möglichen Anführern dienen; manche waren echte Mistkerle wie mein Vater, bei denen ich mich fragte, wofür zur Hölle ich überhaupt kämpfte. Dann kam Therons Vater, Solon, und die Dinge begannen, sich zu ändern. Die Männer, mit denen ich heute diene, sind anständig. Sie haben nichts mit den Argonauten früherer Zeiten gemein. Nicht einmal Demetrius ist halb so übel, wie die es waren. Als du mir sagtest, dass du schwanger bist, konnte ich Theron nicht einfach im Stich lassen. Ich schuldete ihm zu viel. Also verließ ich dich, um Vorkehrungen für die Wahl eines anderen zu treffen, der meinen Platz einnahm. Leider kam es nie dazu.«

Ihr graute vor dem, was er als Nächstes sagen würde, und dennoch musste sie es hören.

»Dein Vater kam zu mir in die Burg und erzählte mir, du hättest es dir anders überlegt und wärst ins Menschenreich gegangen, um deine Schwangerschaft abzubrechen.«

Callia sah erschrocken zu ihm auf, und er schüttelte langsam den Kopf. »Ich glaubte ihm nicht und machte mich auf die Suche nach dir. Schließlich fand ich die Klinik, wo mir eine Schwester sagte, dass es schon vorbei und du wieder fort wärst. Die Krankenakten bestätigten es.«

»Ich habe nie …«

»Ja, das weiß ich jetzt. Ich hätte mir damals denken müssen, dass du so etwas nicht tun würdest, ohne vorher mit mir zu sprechen, aber ich war so wütend.« Er fuhr sich mit einer Hand durchs Haar. »Manchmal beherrscht mich mein Zorn. Und als du nicht zurückkamst, als Wochen vergingen, Monate, Jahre, glaubte ich es doch irgendwann. Ich dachte mir, dass du vielleicht etwas ganz anderes wolltest.«

All die Jahre hatte er gedacht, sie wäre einfach weggegangen; dabei war nichts weiter von der Wahrheit entfernt.

Tränen brannten in ihren Augen, von denen sie meinte, sie längst ausgeweint zu haben. »Ich bin ins Menschenreich gegangen, weil ich unser Baby retten wollte, Zander. Ich hätte nie …«

Er drückte ihre Hand. »Ich weiß.«

Eine Flut von Gefühlen überrollte sie, machten ihr das Atmen schwer. Sie löste ihre Hand aus seiner und stand auf, weil sie sich bewegen musste, ehe sie in ihrem Schmerz und ihrer Fassungslosigkeit ertrank. Am Fenster angekommen, legte sie eine Hand an die kühle Felswand. »Mein Vater erzählte mir von der Begegnung mit dir, nur sagte er, du hättest es dir anders überlegt und beschlossen, dass du die Argonauten nicht verlassen willst.«

Gütige Götter, sie hatte ihrem Vater geglaubt! Ihn sogar gebeten, Zander zu sagen, wo in Griechenland er sie fände, falls er seinen Fehler einsah und sie und das Kind doch noch wollte. Kein Wunder, dass er nie zu ihr gekommen war.

»Er hat nie gewollt, dass wir zusammen sind«, sagte Zander leise hinter ihr.

Nein, hatte er nicht. Simon hasste die Argonauten inbrünstig; so sehr, dass Callia sich oft fragte, woher seine tiefe Abneigung rührte. Es war nicht bloß Zanders Person, die er ablehnte, sondern dessen Verbundenheit mit den Argonauten und wofür sie standen.

»Er …« Zorn loderte in ihr auf ob des Verrats, den ihr Vater an ihr und an Zander begangen hatte.

Sie fühlte, dass Zander hinter ihr war, noch ehe seine Hände ihre Arme berührten und er sie zu sich umdrehte. Aber sie blickte nicht zu ihm auf, konnte sich dem nicht stellen, was sie zweifelsohne in seinen Augen sehen würde. Als er sie näher zog, lehnte sie ihren Kopf an seine Brust und wehrte sich nicht gegen seine sanfte Umarmung.

»Hätte ich es gewusst«, raunte er mit belegter Stimme, »wäre ich bei dir gewesen. In jeder Sekunde. Nichts hätte mich von dir fernhalten können. Und niemand …« Seine Muskeln spannten sich merklich an. »Niemand hätte dir wehgetan.«

Ihr fiel nichts ein, was sie sagen könnte. Sie war nicht einmal sicher, ob sie diesem Gespräch jetzt gewachsen war, ihm jemals gewachsen wäre.

»Callia.« Seine Finger tauchten in ihr Haar und neigten sacht ihren Kopf nach hinten. Doch da war keine Wut in seinen Zügen, sondern Bedauern. Und Trauer. Ein Kummer, den nur sie verstehen konnte. »*Thea.*«

Seine Benutzung des Kosenamens, den er ihr vor vielen Jahren gab, traf sie mitten ins Herz. *Göttin*. Er hatte einmal gesagt, für ihn wäre sie seine persönliche Göttin. Und sie glaubte ihm. Dann hasste sie ihn. Und heute wusste sie nicht, was sie denken sollte.

Als seine Lippen ihre streiften, erstarrte sie. Sie wich nicht zurück, könnte es wohl nicht. Dies hier, verrückt wie es war, fühlte sich richtig an. Sie beide hatten so vieles verloren, und Callia hatte jahrelang getrauert, nicht ahnend, dass sie in ihrem Schmerz nicht hätte allein sein müssen. Die ganze Zeit hätte sie ihn mit Zander teilen können.

Seine Hände glitten von ihrem Haar auf ihre Schultern, auf den Rücken und drückten sie an ihn. Die leichte Reibung von Haut auf Stoff vibrierte durch ihren ganzen Leib. Sie seufzte, neigte den Kopf weiter nach hinten und öffnete sich ihm.

Der Kuss war sanft und zaghaft. Behutsam drang seine Zunge in ihren Mund, streichelte ihre, als hätten sie alle Zeit der Welt, als kostete er sie zum ersten Mal und genoss jeden Moment. Und sie erwiderte seine Liebkosungen, legte die Arme um ihn und gab ihm, worum er wortlos bat. Dabei sagte sie sich, dass sie beide hier nichts nachholten, was nie hätte sein dürfen. Vielmehr war dies ein Abschluss, ein gegenseitiges Trösten, mit dem sie die Vergangenheit für immer verabschiedeten.

Seine Lippen bewegten sich über ihr Kinn zu ihrem Ohr, und sie erschauerte, als sein warmer Atem über ihre Haut wehte, ihren Hals hinab. »Du bist so stark, *Thea*«, flüsterte er. »Solch eine Kämpferin. Wenn ich daran denke, was dir hätte passieren können …«

Seine Worte schwebten durch ihre Gedanken, während sie seinen Duft inhalierte. Und dann, als hätten sie ihr Ziel gefunden, leuchtete eine Erinnerung auf. Eine Erinnerung aus der Jagdhütte mit dem Dämon, der sie beinahe umgebracht hatte.

Sieh an, eine Kämpferin.

Gefolgt von Atalantas Stimme.

Sie ist die Mutter des Jungen. Nimm sie mit. Falls der Junge nicht gehorcht, kann sie uns nützlich sein.

Abermals wurde ihr die Brust eng, nur diesmal nicht vor Kummer und Schmerz, sondern vor Schreck und Angst. Es konnte unmöglich sein …

»Was?«, fragte Zander, wich zurück und sah sie stirnrunzelnd an.

Die Erklärung, die ihr Vater ihr nach der Geburt gegeben hatte, vermengte sich mit ihren bereits chaotischen Gedanken. Ein Erdbeben auf der Peloponnes; der Arzt, der wegen der Verwüstungen nicht rechtzeitig zu ihrem kleinen Haus kommen konnte; Komplikationen bei der Entbindung; ihre Ohnmacht; das totgeborene Kind; Nachbeben, die ihr Haus zerstörten.

Ihr Vater hatte ihr erzählt, er hätte nur gerade genug Zeit gehabt, sie und sich selbst in Sicherheit zu bringen, konnte jedoch den toten Säugling nicht mehr aus den Trümmern holen. Das Gesicht ihres Sohnes hatte sie nie gesehen.

»Nein«, hauchte sie, hielt sich eine Hand vor den Mund und starrte Zander an, als sich alle Teile zusammenfügten.

»Callia?« Er packte ihre Schultern und beäugte sie sorgenvoll. »Was ist?«

»Ich«, begann sie, schluckte und ließ ihre Hände heruntersinken. Sie wollte selbst kaum glauben, was sie sagen musste, auch wenn sie überzeugt war, dass es die Wahrheit war. »Ich glaube, mein Vater log uns in allem an. Zander, ich glaube, unser Sohn lebt noch.«

Max wusste, dass Fort Nelson der erste Ort war, an den Atalanta ihre Monster schicken würde, um nach ihm zu suchen. Deshalb blieb er im Wald und überquerte den Fluss ein ganzes Stück stromabwärts. Es hatte kürzlich geschneit, aber die Fort-Nelson-Gabelung war noch nicht überfroren, obwohl das Wasser kälter war als Atalantas Ödland.

Bei seinen Bewegungen wärmte die Metallscheibe seine Brust, und ihm schien es, als würde die Wärme in seinen Leib ausströmen.

Das ist so cool!

Er stieg auf der anderen Seite aus dem Fluss, schüttelte sich und duckte sich unter die Bäume. Zu lange durfte er nicht warten, musste in Bewegung bleiben, aber vorher brauchte er eine Minute, um zu verschnaufen. Er hockte sich an einen Baumstamm, schlang die Arme um seine Knie und wärmte sich. Ein Wassertropfen fiel ihm aus dem Haar, zerplatzte auf seinem Unterarm und verdampfte sofort.

Er sah genauer hin, als der nächste Tropfen fiel und ebenfalls verschwand.

Irre.

Staunend lehnte er den Oberkörper zurück und betrachtete seine Arme. Sie waren schon trocken. Dasselbe galt für seine Beine in der Jeans, die sich nur noch ein bisschen klamm anfühlte. Der Anhänger an seiner Brust brannte heiß, versengte ihm jedoch nicht die Haut. Auch sein Sweatshirt war so gut wie getrocknet, und seine Jacke lediglich an den Ärmelenden noch nass. Er griff nach oben, berührte das Metall mit den Fingern und lächelte, weil es wirklich magisch zu sein schien.

Mit einer Energie, wie er sie vorher nicht gefühlt hatte, sprang er auf. Dann lief er eine Meile in Richtung Alaska-Highway, wo er sich im Unterholz versteckte, bis er die Scheinwerfer eines Sattelzugs in der Ferne sah.

Seine Zuversicht erfüllte ihn mit völlig neuem Elan. Er trat an den Straßenrand und schwenkte beide Arme.

Die Lichter rumpelten näher. Bei der dicken Eisschicht auf der Straße war nicht mal sicher, dass der Truck anhalten konnte. Aber dann hörte er das Puffen und Heulen der Gangschaltung, der riesige Wagen wurde langsamer, und schließlich blieb er zwanzig Schritt von ihm entfernt stehen.

Er lief auf das Führerhaus zu und zur Fahrerseite. Langsam rollte die Fensterscheibe herunter, und Max blinzelte zu dem Menschen auf.

»Hast du dich verlaufen, Junge?«

»Ähm …« Was nun? »Nein, eigentlich nicht.«

Der Mann lehnte einen Arm ins offene Fenster und

streckte den Kopf weiter raus, um Max besser sehen zu können. »Die Jacke da bringt dir hier draußen nicht viel. Die Temperatur fällt wie die Zwanziger im Stripclub. Wo kommst du her, Junge?«

Er konnte schlecht sagen, dass er von Fort Nelson kam, und überlegte, was er über die Gegend wusste. »Alaska.«

Der Mann wirkte ungläubig. »Alaska, ja? Und wie bist du hierhin gekommen?«

»Gewandert.«

Wieder musterte der Mann ihn, besonders sein Gesicht, so dass sich Max' Nackenhaare aufstellten. »Bist du vor irgendwas weggelaufen?«

Max merkte, wie ihm Schweiß ausbrach. »Nein.«

»Mhm«, machte der Mann. »Woher hast du das Veilchen?«

Max befühlte unwillkürlich seine linke Wange. Das Einzige, was ihm einfiel, war, dass er vorhin Zelus angegriffen hatte. »Ich … weiß nicht.«

Der Mann schnaubte kurz, dann nickte er zur Beifahrerseite. »Steig ein.«

Max zog die Brauen hoch. Einen kurzen Augenblick stand er verwundert da, ehe er um das Führerhaus herum zur anderen Seite lief und die hohen Stufen hinaufkletterte. Sobald er drinnen war, wärmte die Kabine die letzten kalten Stellen an seinem Körper.

Der Fahrer musterte ihn noch einmal. Er musste in den Fünfzigern sein, hatte schütteres Haar, einen runden Bauch und rissige Hände. Wahrscheinlich hatte er schon viel hart gearbeitet. »Ich bin übrigens Jeb. Ich fahr die Westküstenroute für eine kleine Firma in Vancouver. Wo willst du hin, Junge?«

Max rang die Hände im Schoß. Besonders weit voraus hatte er nicht geplant. Wo konnte er denn hin? Ihm fiel ein, dass Atalanta mit Thanatos über eine Halbblutkolonie weiter südlich geredet hatte. »Oregon.«

»Und was ist in Oregon?«

»Da hab ich Verwandte«, sagte Max, der ahnte, dass er nicht zu geheimnisvoll tun durfte. Verraten sollte er allerdings auch nichts.

Jeb sah ihn aufmerksam an und sagte: »Ich bin unterwegs nach Vancouver, muss neue Ladung holen und dann nach Las Vegas. Wenn du keinen Ärger machst, kannst du mitkommen.«

»D-danke.« Max lehnte sich zurück, entspannte aber nicht. Ihm war klar, dass er auf der Hut bleiben musste. Dieser Kerl mochte nur ein Mensch sein, aber Max hatte längst gelernt, niemandem zu trauen.

Jeb setzte sich auf, ließ die Gangschaltung schnaufen und ächzen, und der gigantische Sattelzug setzte sich in Bewegung. »Tja, ich konnte meinen Alten auch nicht ausstehen. Mieser Dreckskerl. Hoffentlich findest du jetzt eine bessere Bleibe.«

Das hoffte Max auch.

Callia rannte los, sobald sie durch das Portal im Torhaus kamen.

Natürlich holte Zander sie blitzschnell ein, doch sie wich seinen Händen aus und sprintete zur Tür. »Verdammt, Callia, warte!«

Die beiden Wachen am Portal warfen sich verdutzte Blicke zu. Zander machte sich auf die Suche nach den Argonauten, die das Training der neuen Rekruten beaufsichtigten. Keiner der Argonauten riss sich darum, dass sie auf Befehl des Rates reihum die Portalbewachung beaufsichtigen mussten, aber das Babysitten bei den Anfängern verdross sie noch mehr. Entsprechend sah Gryphon, der gerade mit diesem Dienst gestraft war, so aus, als wollte er jeden Moment mit dem Kopf vor die Wand rennen.

»Zander, was ist denn mit dir?«

Die Frage ignorierte er und wies stattdessen zur Tür. »Hol Theron und die anderen und bring sie zum Argolion«, rief er.

Gryphons helle Brauen zogen sich zusammen, als er von seinem Stuhl aufstand. »Wieso zum Hades willst du den Rat sehen?«

»Tu's einfach!«

Er rannte zur Torhaustür hinaus und blieb auf dem Gehweg vor dem Gebäude stehen. Tiyrns funkelte im herbstlichen Sonnenlicht, und eine frische Brise strich ihm übers Gesicht, während er die belebte Straße nach Callia absuchte, sie aber nicht entdecken konnte. Also schloss er die Augen, stellte sich das Argolion vor – den antiken Bau, in dem die Ratsversammlungen abgehalten wurden und die Ratsmitglieder ihre Büros hatten. Binnen Sekunden war er auf den Stufen vor dem Gebäude und preschte hinein.

Die Halle drinnen war von zahllosen Säulen durchzogen. Da er Callia auch hier nirgends entdecken konnte, lief er auf den Ratssaal zu und betete, dass sie gerade keine Sitzung hatten. Der Marmorboden blitzte unter seinen Füßen, und er wollte sich verfluchen, weil er sich diesen Auftritt nicht gründlicher überlegt hatte.

Als er um eine Ecke bog, erblickte er sie, direkt vor der Tür der Ratskammer und im Begriff, sie zu öffnen. »Callia, warte!«

Sie drehte sich um und sah ihn mit einem derart gequälten Blick an, dass es ihn fast umbrachte. »Ich muss mit meinem Vater sprechen.«

Er umfasste ihren Arm und drehte sie sanft zu sich. »Vielleicht haben sie gerade eine Sitzung. Warte bis Theron hier ist, dann befragen wir ihn. Er …«

»Das ist mir egal, Zander. Zehn Jahre! Es sind zehn Jahre vergangen.«

Sie stieß die Tür auf, duckte sich unter seinem Arm durch und verschwand drinnen. Er wollte sie zurückhalten, erstarrte jedoch sogleich, als er einen Schritt in die Kammer hinein tat und alles verstummte.

Zwölf Ratsmitglieder saßen auf hochlehnigen Stühlen im Kreis um das Große Alphasiegel herum, das in der Raummitte in den Marmor eingelassen war. Hinter dem Kreis, auf einem erhobenen Podium, saß Isadora, die das Geschehen als Repräsentantin des Königshauses beobachtete. Rechts von ihr stand Casey, und zu beiden Seiten von ihnen waren bewaffnete Wachen postiert.

Sämtliche Augen richteten sich auf Callia und Zander, und die Spannung war fast zum Greifen. Zander blickte sich kurz um und fand zwei, drei … fünf weitere Wachen an den Ausgängen des runden Saals.

Skata, sie hätten auf Theron und die anderen warten sollen!

»Was hat diese Störung zu bedeuten?«, fragte Lucian, der Ratsvorsitzende, und stand von seinem Stuhl auf. Die *Rompa,* jene antike rote Robe, die alle Ratsmitglieder bei offiziellen Anlässen trugen, bauschte sich zu seinen Füßen.

»Ich muss mit meinem Vater sprechen«, sagte Callia, deren Augen ihren Vater rechts von Lucian fixierten.

»Callia«, fuhr ihr Vater sie barsch an und stand ebenfalls auf. »Das ist überaus unpassend.«

»Du hast mich belogen«, sagte sie.

Ihr Vater spannte merklich die Schultern an, und Zander beobachtete, wie Lucian Simon einen fragenden Blick zuwarf. Aus dem Augenwinkel sah er auch Loukas, Lucians Sohn und der Mann, dem Callia schon als Kind versprochen wurde. Er erhob sich ebenfalls von seinem Platz an der hinteren Wand.

Oh ja, hier kündigte sich ein theaterreifes Desaster an. Ausnahmslose alle miesen Beteiligten waren versammelt, und Zander hatte das untrügliche Gefühl, dass sich die Dinge fortan nur noch bergab bewegen konnten. Drei Wachen konnte er ausschalten und Callia beschützen. Sieben nicht. Und schon gar nicht, wenn ihnen noch zwölf Leute beisprangen, die ihn jetzt schon ziemlich feindselig beäugten.

»Callia«, sagte er leise, machte einen Schritt auf sie zu und griff nach ihrem Arm.

Sie schüttelte ihn ab und begab sich mitten in den Kreis, so dass sie direkt über dem großen Alpha stand. »Du hast behauptet, dass Zander mich verlassen hat, aber das hat er nicht.«

»Callia!«, herrschte ihr Vater sie an, sah von ihr zu Zander und wieder zurück zu ihr. »Das ist höchst unangemessen.«

Sie hörte ihm nicht zu, sondern ging weiter, bis sie nur noch wenige Schritte trennten, und obwohl Zander ärgerte, dass sie seine Warnungen verwarf, konnte er nicht umhin, von ihrer Stärke und ihrem Mut beeindruckt zu sein. Sie war umgeben von zwanzig *Ándres*, den zwölf mächtigsten Politikern in ihrem Reich und deren Wachen. Dieselben, die sie mit ihrem perversen Reinigungsritual für immer gezeichnet hatten und die Macht besaßen, ihre Karriere und alles zu vernichten, was sie sich über die Jahre aufgebaut hatte. Doch sie knickte nicht ein.

»Du hast mir gesagt, er würde mich nicht wiedersehen wollen«, sagte sie zu ihrem Vater, »aber das war auch gelogen. Du weißt, dass ich für immer von ihm fortgegangen wäre, wenn ich es gekonnt hätte.«

Sosehr Zander auch bei ihren Worten die Brust schmerzte, wurde seine Aufmerksamkeit auf Loukas hinten im Raum gelenkt. Niemand sonst schien es zu bemerken, da alle nur Callia ansahen.

»Was war sonst noch gelogen?«, fragte sie. »Was sonst hast du mir all die Jahre verheimlicht?«

»Callia«, sagte ihr Vater sanft und streckte einen Arm nach ihr aus. Zander war sogleich sprungbereit, sie zu verteidigen, doch sie bewegte sich schon selbst außer Reichweite ihres Vaters, und Simon nahm verlegen seinen Arm herunter. »Du kannst offenbar nicht klar denken, hierherzukommen und mir solche Dinge vorzuwerfen. Ich denke, du solltest in deine Klinik gehen und …«

»Lasst sie sprechen«, verkündete Theron von der Tür aus.

Wie auf Kommando sah der gesamte Rat zu ihm. Theron stand an der Tür, umgeben von den übrigen Argonauten, mit Ausnahme von Demetrius.

Zander atmete erleichtert auf und drehte sich wieder zum Kreis, wo er nun hinter Callia trat.

Simon blickte von ihr zu ihm, dann wieder zu ihr und schließlich zu Lucian. Ihm war deutlich anzusehen, dass ihn die Situation überforderte. »Lord Lucian, ich entschuldige mich für die Störung meiner

Tochter. Darf ich den Rat bitten, sich zu vertagen, bis ich … mich dieser Unterbrechung angenommen habe?«

Dass Lucian sehr verärgert war, konnte man an seinen grünen Augen ablesen. »Sei es drum. Der Rat vertagt sich bis morgen.«

Unter den übrigen zehn Ratsmitgliedern hob Raunen und Tuscheln an, als sie den Raum verließen, wobei sie immer wieder zu Callia, Zander und den Argonauten sahen. Lucian indes rührte sich nicht vom Fleck, ebenso wenig wie Casey und Isadora, die sich zu ihrer Schwester hinter den Kreis gestellt hatte. Zander bemerkte, dass Loukas sich an die Seite seines Vaters drängte.

Blödmann. Der Idiot sollte sich dringendst verziehen, weit, weit weg.

»Callia«, begann ihr Vater streng, sobald die anderen gegangen waren, »das war deplatziert und ich dulde nicht …«

»Ich will wissen, was auf diesem Berg in Griechenland passiert ist«, fuhr sie ihm über den Mund. »Ich will wissen, was noch gelogen war. Und vor allem will ich wissen, was du mit meinem Baby gemacht hast.«

Isadora stieß einen stummen Schrei aus und hielt sich eine Hand vor den Mund, aber der Schock der Prinzessin war Zanders geringste Sorge. Simons plötzlich große Augen und sein blasses Gesicht riefen Zander eine Unterhaltung ins Gedächtnis.

Die Dinge sind nicht immer, was sie scheinen, Wächter. Ein Netz von Täuschungen spinnen diejenigen am besten, denen wir am meisten vertrauen.

»Was ist mit ihm passiert?«, fragte Callia. »Was ist mit meinem Sohn geschehen?«

Simons entsetzter Blick huschte von Callia zu den Argonauten an der Tür und schließlich zu Zander, wo er verharrte. Er ignorierte Lucians gemurmelte Frage, und Schweißperlen traten auf seine Stirn. Der *Ándras* begann zu zittern.

»Schick sie raus«, sagte Simon zu Zander.

»Was?« Callia drehte sich zu ihm, dann wieder zu ihrem Vater. »Ich gehe nirgends hin. Falls du denkst, dass ich nach all der Zeit …«

»Ich erzähle es dir«, sagte Simon zu Zander, »aber nicht ihr. Das kann ich nicht.«

»Simon«, zischte Lucian. »Ich verbiete dir zu sprechen!«

Ein vertrautes Summen setzte in Zanders Leib an, eine Warnung, dass das, was er erfahren sollte, alles andere als gut war. Doch er verdrängte es und stellte sich zwischen Callia und ihren Vater, bevor sie auf ihn losgehen konnte.

»Zander, geh mir aus dem Weg!«

Er umfasste ihre Arme. »Warte draußen.«

»Kommt nicht infrage.«

»Ich schließe dich nicht aus«, flüsterte er. »Versprochen. Doch aus irgendwelchen Gründen will er es nicht sagen, solange du dabei bist. Du musst rausgehen.«

Sie sah ihn stumm an, und in der Stille, die nun eintrat, spürte er die Verbundenheit mit ihr bis in die Tiefen seiner Seele. Zwischen ihnen gab es so viel Schmerz und Lügen, aber in dieser Sache mussten sie eins sein und Callia musste ihm vertrauen.

Zwar biss sie die Zähne zusammen, allerdings merkte Zander, wie sich ihre Armmuskeln lockerten. »Falls du mich auch belügst …«

»Das werde ich nicht«, sagte er leise und hoffte, dass sie ihm glaubte.

Als sie nickte, blickte er über seine Schulter zu Casey. Sofort stieg die Halbbluttochter des Königs vom Podium und kam zu Callia. »Wir warten draußen«, sagte sie und machte einen Schritt auf die Tür zu. »Callia?«

Callia sah immer noch Zander an, und zum ersten Mal seit Jahren erkannte er in ihren violetten Augen alles, was sie ihm bedeutete. Er erkannte alles, was er in ihrer gemeinsamen Zeit getan hatte und vieles, was er wieder tun wollte. Und er sah sein Leben, so klar, als würde er in sich selbst hineinsehen. Es endete nicht auf die Weise, die er sich vorgestellt hatte, als er auf jener Bergklippe mit Lachesis sprach, sondern ging weiter, durch Callia, wegen ihr und mit ihr.

»Versprochen«, wiederholte er.

Sie atmete langsam ein, drehte sich um und folgte Casey zur Tür.

Zander fühlte ein Stechen in der Brust, als er ihr hinterhersah. Schmerz und Wut, weil selbst jetzt noch die Wahrheit verborgen werden sollte. Aber das bliebe sie nicht für lange.

Nachdem die äußere Tür ins Schloss gefallen war, wandte er sich wieder zu Callias Vater um. Obwohl er es nicht wollte, bändigte er seinen Zorn. Jetzt die Beherrschung zu verlieren, wäre nicht gut. Hinter sich hörte er Theron und die anderen Argonauten näher kommen. »Keine Lügen mehr«, sagte er zu Simon. »Diesmal sagst du die Wahrheit. Was hast du mit meinem Sohn gemacht?«

Simon blickte schuldbewusst zu Lucian, dann fing er an zu reden. Mit dem, was ihm über die Lippen kam, hätte Zander nie im Leben gerechnet. Und so platzte ihm der Kragen, noch ehe Simon seine erste Atempause einlegte.

Siebzehntes Kapitel

Warum dauerte es so lange?

Einen Arm um ihre Taille geschlungen, nagte Callia nervös an ihrem Daumennagel und schritt vor dem Ratszimmer auf und ab. Ihre Nerven lagen blank, und ihr war übel. Kurz nachdem sie den Raum verließ, war drinnen Unruhe aufgekommen, doch Casey ließ sie nicht reingehen, und nun wurde sie allmählich irre vor lauter Rätseln, was dort vorgehen mochte.

Als sie schon drauf und dran war, durch die Wand zu stürmen, öffnete sich die Tür und Titus trat heraus.

Rasch zog er die Tür hinter sich zu. Er sah nicht froh aus; vielmehr wirkte er stinksauer und … verstört? Er stellte sich vor Callia hin, sprach jedoch kein Wort.

»Wo ist Zander?«, fragte sie.

»Drinnen. Er kann nicht …« Titus machte eine Pause. »Ich halte es für besser, wenn du jetzt nicht mit ihm redest.«

Was sollte das heißen? »Titus, was hat mein Vater gesagt?«

Er blickte hinab auf ihre Hände, die sie heruntergenommen hatte, und ergriff sie. Als er das Gesicht verzog, sobald er sie berührte, fiel ihr wieder ein, wie er in der Höhle vor ihr auf die Knie gegangen war. Er berührte andere nicht – nicht absichtlich. Folglich machte ihr die Tatsache, dass er nun Körperkontakt herstellte, eine Riesenangst.

Er atmete tief ein und konzentrierte sich auf ihre Hände. »Callia, er hat einen Tauschhandel geschlossen, um dein Leben zu retten. Du … es gab Komplikationen bei der Geburt. Simon sagt, hätte er es nicht getan, wärst du gestorben.«

»Was für ein Tauschhandel?«

Er blickte mit seinen haselnussbraunen Augen, die so vieles und doch nicht genug gesehen hatten, zu ihr auf. »Dein Leben gegen das deines Sohnes.«

Ihr Leben. Eines für ein anderes. Es war also wahr, was sie am meisten fürchtete. »Dann ist er wirklich tot?«

Titus, dem sichtbar unbehaglich war, schwieg.

»Was, Titus?«

»Simon weiß es nicht. Das Kind war am Leben, als die Gottheit mit ihm ging. Seitdem hat er beide nicht mehr gesehen.«

Callia bekam keine Luft mehr. Ihr Sohn hatte gelebt. Er war nicht auf jenem griechischen Berg gestorben, mitten in einem Erdbeben, wie sie es geglaubt hatte. Wie konnte sie es nicht wissen? Warum hatte sie nichts gefühlt? Und was wollte eine Gottheit mit ihrem Kind?

»Wer?«, fragte sie. »Wer war es?«

»Callia …«

»Versuch nicht, mich zu beruhigen, Titus.« Sie entwand ihm ihre Hände. »Erzähl mir, wer es war.«

Sein Wangenmuskel zuckte, und sie sah ihm an, dass er es ihr am liebsten nicht sagen wollte. Trotzdem antwortete er: »Atalanta.«

Schlagartig sah sie rot. Ihr Puls raste, und ehe einer der beiden sie stoppen konnte, stieß sie die Doppeltüren auf und sah zu ihrem Vater, der in der Mitte des Kreises stand, die Augen angstgeweitet.

»Callia!«, rief Titus hinter ihr. »Warte.«

»Callia«, sagte Simon und hob beide Hände. »Hör dir an, was ich zu sagen habe.«

»Du gottverdammter Mistkerl! Wie konntest du?«

Um sie herum hob ein Stimmengewirr an, von dem sie jedoch nur mitbekam, dass es laut war, die Worte hingegen nicht verstand. Sie fühlte nichts als Schmerz, sah nichts als Verrat. Der eine Mensch, dem sie vertraut hatte, hatte Unaussprechliches getan.

Arme umfingen ihre Mitte und zogen sie zurück. Sie wehrte sich, doch der andere war stärker. Das Summen in ihrem Kopf machte es schwierig, die anderen zu hören. Sobald sie aber wieder klarer sehen konnte, bemerkte sie, dass ihr Vater auf den Knien war, sein Gesicht rot und zerkratzt.

»Reiß dich zusammen, Callia«, zischte Titus ihr ins Ohr. Sie blickte wieder zu ihrem Vater. Ja, sie hatte ihn geschlagen, und so wie es aussah, sehr fest.

Ihr Vater hob den Kopf. Schuld und Reue spiegelten sich in seinen Augen. »Du musst das verstehen. Ich hatte keine andere Wahl.«

Sie stemmte sich gegen den Arm, der sie umklammerte. »Du hast meinen Sohn einem Monster gegeben!«

Kopfschüttelnd blickte ihr Vater zu Boden. »Ich weiß. Aber sonst wärst du gestorben. Und ich habe gedacht, das Kind war tot.«

»Er hat gelebt!«

»Ich …« Er krümmte sich. »Das erfuhr ich erst, als sie fort waren. Du musst mir glauben.«

Ekel überkam sie, pure Verachtung. Doch als sie ihren Vater ansah, kniend auf dem Alpha-Symbol, Lucian hinter sich und all die Argonauten stumm zuschauend, löste sich der rote Nebel, der ihre Sicht getrübt hatte. Und ihr Bild von Simon als dem ehrenwerten, unerschütterlichen Lord löste sich mit ihm auf.

Sie bebte am ganzen Leib, wehrte sich jedoch nicht mehr gegen Titus. Er flüsterte ihr etwas zu, das sie nicht verstand, und ließ sie langsam auf den Boden hinunter. Allerdings gab er sie nicht vollständig frei, und aus dem Augenwinkel sah sie, dass Theron Zander auf dieselbe Weise zurückhielt. Deshalb also war er nicht wie versprochen zu ihr nach draußen gekommen.

»Warum?«, fragte sie ihren Vater. »Warum hast du es mir nie erzählt?«

Simon schüttelte den Kopf. »Ich konnte nicht. Es war Teil des Abkommens. Sie belegte dich mit einem Fluch, der dein Leben verkürzte, sollte ich jemals ein Wort darüber sagen.«

Callia blickte zu Zander, der nach wie vor aussah, als wollte er einen Mord begehen. Außer ihrem Vater war er der Einzige, der von ihrer Schwangerschaft gewusst hatte, und ihr Vater hatte sie beide erfolgreich getrennt, auf dass niemand mitbekam, was geschah.

Ihre Wut wich Mitleid und Abscheu.

»Lass mich los, Titus«, murmelte sie. »Ich greife ihn nicht wieder an.«

Titus gab sie frei und trat ein kleines Stück zurück.

»Warum ich?«, fragte Callia ihren Vater. »Warum mein Kind? Die Argonauten haben seit Jahrtausenden Nachkommen. Was war so besonders an meinem Baby?«

Ihr Vater sank auf seine Fersen und rieb sich mit zittrigen Händen übers Gesicht. Falls es möglich war, dass er noch schuldbewusster wirkte, tat er das nun.

Doch er antwortete nicht, und in Callia wurde ein schrecklicher Verdacht wach.

»Was war sonst noch gelogen?«, fragte sie zögerlich.

»Ich habe deine Mutter geliebt«, murmelte Simon. »Als sie starb, war ich am Boden zerstört.«

Callia war erst sieben gewesen, als Anna starb. Die königliche Heilerin erlag einer profanen Lungenentzündung, was bei ihrem so starken Immunsystem überhaupt keinen Sinn ergab. Im Nachhinein jedoch musste Callia feststellen, dass vieles fragwürdig gewesen war. Etwas musste zwischen ihren Eltern vorgefallen sein, das Annas Lebenswillen brach und ihre Ehe befleckte.

Callias Gedanken überschlugen sich, als sie in die traurigen Augen ihres Vaters blickte. Warum sollte Atalanta von allen Argonauten-Abkömmlingen gerade ihren Sohn wollen? Darauf konnte es nur eine Antwort geben.

»Du bist nicht mein richtiger Vater, stimmt's?«

Simon schloss die Augen, doch sein Schmerz kümmerte sie in diesem Moment nicht. Wichtiger war, dass sie endlich die volle Wahrheit erfuhr.

»Wer?«, fragte sie. »Mit wem hatte sie eine Affäre?« Sie blickte sich im Saal um. »War es einer der Argonauten? Du hasst sie alle schon so lange. Wolltest du deshalb nicht, dass ich mit Zander zusammen war?«

Ihr drehte sich der Magen um, als sie zu Zander sah, den Theron immer noch zurückhielt. Er war der Älteste der Argonauten und hatte ihre Mutter gekannt. Aber Callias Gefühl sagte ihr, dass er es nicht gewesen war. Die anderen waren mindestens zweihundert Jahre alt. Callia war erst vierzig. Es könnte also jeder von ihnen sein, und es wäre eine Erklärung. Argonauten-Blut auf beiden Seiten würde einem Kind gewiss große Kräfte verleihen.

»Ich …« Die brüchige Stimme ihres Vaters lenkte Callias Blick wieder zu ihm. Er schniefte und wischte sich mit dem Unterarm übers Gesicht. »Nichts von alle dem wäre geschehen, wäre Anna keine Heilerin gewesen.«

Wie versteinert stand Callia da, als Verwicklungen und Bande, von denen sie nie geahnt hatte, sichtbar wurden. In ihrem Nacken, gleich unterhalb des Haaransatzes, setzte ein Kribbeln ein.

Sie schob eine Hand unter ihr Haar und berührte das Mal, auf das Lena sie in der Kolonie angesprochen hatte. Jenes Mal, das merkwürdigerweise ganz ähnlich dem auf Isadoras Schenkel war.

»Sie hatte eine Affäre mit dem König«, flüsterte sie und drehte sich zu Casey, die rechts neben ihr stand. Dann sah sie zu Isadora.

»Callia.« Ihr Vater stand auf und streckte ihr die Hände hin. »Ich bin trotzdem dein Vater. Was sie tat, ändert nichts.«

Es änderte nicht? Wie bitte? Es änderte alles. Panik schnürte Callias Brust zu, als ihr bewusst wurde, dass um sie herum alles zusammenbrach.

Bevor jemand sie aufhalten konnte, stürmte sie zur Tür. Sie brauchte Luft, eine Sekunde für sich. Sie brauchte … Mist, sie wusste selbst nicht, was sie brauchte.

»Callia!«

Wie sie es aus der Ratskammer schaffte, war ihr schleierhaft, aber auf einmal rannte sie den Korridor entlang. Als sie stehen blieb, um Luft zu holen, bemerkte sie ein Schild ungefähr in der Mitte des breiten Gangs und war schon im Vorraum der großzügigen Damentoilette, ehe ihr klarwurde, dass sie sich wieder bewegt hatte.

Eine Wand war komplett verspiegelt. Callia starrte ihr Spiegelbild an, drehte sich um, hob ihr Haar hoch und sah über die Schulter zu dem Mal in ihrem Nacken. Es war klein, doch die geflügelte Omega-Form war deutlich zu erkennen.

Die Tür ging auf, und Callias und Caseys Blicke begegneten sich im Spiegel. Callia ließ ihr Haar herunter und drehte sich zu ihr.

»Geht es dir gut?«

Ob es ihr gutging? Wohl kaum. »Sag du es mir. Ich habe eben erfahren, dass eine irre, rachsüchtige Halbgöttin meinen Sohn entführt hat, weil er der Thronerbe von Argolea ist. Wie ginge es dir damit?«

Caseys Miene wurde weicher. Dunkles Haar fiel ihr über die Schultern, aber die violetten Augen waren sehr klar und sehr vertraut. »Ich weiß, was du durchmachst.«

Callia schnaubte. »Ach ja, meinst du? Das denke ich nicht.« Nicht dass sie die Halbblutfrau nicht mochte, nur hatte sie momentan tausend andere Dinge, mit denen sie fertigwerden musste; da rangierte »Sich mit der neu entdeckten Halbschwester anfreunden« nicht unbedingt an erster Stelle.

Wieder öffnete sich die Tür, und Isadora kam herein. Allerdings wirkte sie nicht halb so besorgt wie Casey.

»Entzückend«, sagte Callia und musterte Isadoras angespannte Züge. »Wird das hier eine Party?« Ihre

Kopfschmerzen wurden schlimmer, und sie rieb die Stelle zwischen ihren Augen.

Casey sah die Prinzessin an. »Sie hat das Zeichen in ihrem Nacken.«

»Zeig es mir«, forderte Isadora.

»Klar, wieso nicht?«, murmelte Callia, denn Casey hob ihr schon das Haar hoch, als wäre sie eine Art Versuchsobjekt. »Bizarrer kann dieser Tag schlecht werden.«

Die beiden inspizierten ihren Nacken, dann trat Isadora zurück und Casey ließ Callias Haar los. Das blasse Gesicht der Prinzessin verfinsterte sich. Es war offensichtlich, dass sie von den jüngsten Neuigkeiten kein bisschen begeistert war. Welche Tochter wäre das schon? Sie hatte soeben erfahren, dass ihr Vater noch ein uneheliches Kind hatte. Götter, der König hatte Zeus' Weisung »seid fruchtbar und mehret euch« ein bisschen sehr wörtlich genommen.

Schließlich seufzte Isadora und sah die beiden anderen an. »Das Mindeste, was eine von euch hätte tun können, wäre, männlich zu sein. Dann müsste ich Zander nicht heiraten.«

Zander. *Skata.* Wie hatte Callia vergessen können, dass Zander sich an eine andere binden musste? Wann war dieser Umstand zu ihrer geringsten Sorge geworden?

»Was bedeutet das Mal?«, fragte Casey die Prinzessin. »Ich dachte, wir beide waren die erwählten Teile der Prophezeiung. Aber Callia hat es auch.«

Isadora schürzte die Lippen, und ihrem Gesichtsausdruck nach wusste sie es, wollte jedoch lieber nichts sagen.

»Isa?«, hakte Casey nach.

»Ich bin mir nicht sicher«, antwortete Isadora. »Ich habe ein bisschen recherchiert, konnte aber noch nichts Konkretes finden.« Sie sah Callia an. »Hattest du das schon immer?«

Für diesen Unsinn hatte Callia keine Zeit, und es war ihr auch egal. Andererseits wusste sie, dass die beiden keine Ruhe geben würden, bis sie nicht ein paar Antworten hatten. Und wenn sie ehrlich war, fühlte sie sich sowieso nicht bereit, ihren Vater ... Simon wiederzusehen.

»Vor heute wusste ich nicht mal, dass ich es habe.«

Casey sah Isadora an.

Dann guckten beide zu Callia, der mulmig wurde. »Und das heißt?«

»Ich glaube, keine von uns weiß es«, sagte Casey. »Aber es heißt irgendwas.«

Callia hatte den Eindruck, dass Isadora etwas verbarg, so wie die Prinzessin die Zähne zusammenbiss. Etwas, das sie weder ihr noch Casey sagen wollte.

Na, und wenn schon! Im Moment interessierte es Callia herzlich wenig.

»Hast du ...?«, begann Casey, die Isadoras Blick nicht bemerkte. »Hast du in letzter Zeit mal ein komisches Gefühl im Kopf gehabt? Zum Beispiel, wenn wir alle im selben Raum waren. Als du vorhin in die Ratskammer kamst, habe ich ...«

»Das Summen?«, half Callia ihr aus. »Ja, das habe ich gespürt.«

»Ich auch«, sagte Isadora. »An dem Tag im Zimmer meines Vaters spürte ich es ebenfalls. Als die Argonauten da waren und ...« *Zander sich freiwillig meldete, mich zu heiraten.*

Isadoras unausgesprochene Worte hingen bleiern

zwischen ihnen und erinnerten Callia abermals, was an ihrer gegenwärtigen Situation alles falsch war.

Okay, Schluss mit dem Geplauder. Sie ging zur Tür. »Ich muss mit Zander sprechen.«

»Er ist weg«, sagte Isadora.

Callia blieb stehen. »Was meinst du mit, er ist weg?«

»Weg wie gegangen, gleich nach dir.« Isadora betrachtete ihre Fingernägel. »Ich habe gehört, wie Theron etwas von der Kolonie erwähnte. Nick hat Informationen über jüngste Dämonenaktivitäten in der Gegend. Vermutlich wollen sie Atalantas Hauptquartier finden.«

Auf keinen Fall!

Callia fühlte sich aufs Neue betrogen. Er war einfach verschwunden, ohne ein Wort mit ihr zu wechseln. Hatte wieder einmal sein Versprechen nicht gehalten. *Ich schließe dich nicht aus.*

Sie war zum Warten verdonnert, schon wieder. Die Argonauten taten, was sie immer taten, und sie war die Frau, die tatenlos dasitzen durfte. Ihr Vater, Loukas, jeder Mann in ihrem gottverdammten Leben behandelte sie so, und es reichte ihr endgültig. »Wo ist mein Vater?«, fragte sie.

»Simon wurde von Lucian unter Hausarrest gestellt. Ich nehme an, sie sind zusammen.«

Ja, das nahm Callia auch an. Und ihr war ohnehin gleich, was mit den beiden war.

Sie war viel zu wütend, um über ihren Vater nachzudenken, und hatte gewiss nicht vor, untätig zu warten. Zander sollte ja nicht glauben, er könnte sie herumschubsen.

»Man wird dich nicht durchs Portal lassen«, sagte Isadora, als Callia sich erneut zur Tür wandte. »Die

Wachen werden es dir nicht erlauben. Inzwischen hat Lucian schon Bescheid gegeben, dass sie dich zurückhalten sollen. Und die Argonauten sicher auch.«

Callias Wut wuchs beständig. Sie drehte sich zu Isadora um. »Zur Hölle mit ihnen! Ich hocke nicht hier und warte!«

Casey legte eine Hand auf ihren Arm, und Wärme strömte von ihr auf Callia. »Das verlangt niemand von dir.« Sie sah zur Prinzessin. »Es gibt immer einen anderen Weg.«

Isadora spitzte wieder die Lippen.

»Welchen anderen Weg?«, fragte Callia.

»Die geheimen Portale«, antwortete Casey.

Callias Blick wanderte von einer Schwester zur anderen. »Wisst ihr, wo die sind?«

Isadora schwieg, und Callia wurde klar, dass die Prinzessin ihr nichts sagen würde.

Das war unfassbar! Sie wurde so zornig, dass ihre Muskeln sich wie blockiert anfühlten. Isadora und sie hatten sich nie verstanden, und nun begriff Callia auch, warum. Hatte Isadora gewusst, dass der König Callias Vater war? Hatte sie gehofft, dass es nie herauskommen würde?

»Isadora«, sagte Casey.

Seufzend zuckte Isadora mit den Schultern. »Ich weiß nicht, wo die sind. Nicht genau zumindest. Aber ich habe einen Freund, der es weiß.«

Callia wusste vor lauter Wut kaum ein noch aus, zwang sich aber, ruhig zu bleiben. Sie war auf die Hilfe der Prinzessin angewiesen, wie sie noch nie jemandes Hilfe gebraucht hatte. »Worauf warten wir? Gehen wir zu deinem Freund.«

Isadora rührte sich nicht vom Fleck, und dieser tote

Blick, der Callia vor Tagen im Studierzimmer des Königs aufgefallen war, als sie Isadora aufforderte, sich gegen ihren Vater zu wehren, war wieder da.

»Dein Sohn wird nicht herrschen. Der Rat würde ihn niemals als Erben anerkennen, denn deine Mutter beging Ehebruch.« Sie machte wahrlich keinen Hehl aus ihrer Ablehnung und Verbitterung. »Es spielt keine Rolle, was irgendeine von uns sich wünscht, nicht einmal, dass du Argoleanerin bist. Alles, was zählt, sind die Regeln und die Tradition.«

Callia hatte einige Mühe, Isadora nicht zu erwürgen. War die Prinzessin tatsächlich so herzlos, wie sie sich anhörte? Sie sprach über ihren Neffen, ihr Fleisch und Blut. Selbst wenn sie Callias Sohn nicht anerkannte, blieb er doch genau das. Während Callia mit ihrem Zorn rang, fragte sie sich, ob es dies war, was Zander tagtäglich tun musste. Doch der Gedanke verflüchtigte sich sofort wieder, und sie konzentrierte sich auf ihre neue Halbschwester.

»Das interessiert mich jetzt alles nicht. Ich will einfach nur meinen Sohn zurück.«

»Tja, mich schon«, entgegnete Isadora. »Der Vater deines Sohnes wird den Thronerben zeugen. Daran ist nichts mehr zu ändern, denn Zander gab dem König sein Wort. Und der König wird es sich nicht anders überlegen, nur weil endlich die Wahrheit über deine Eltern herausgekommen ist. Er wird dich anerkennen, doch die Tatsache, dass Zander der Vater deines Sohnes ist, nicht. Vergiss das nie. Keiner außer uns und den Argonauten erfährt davon.«

Das reichte. Mehr konnte Callia nicht hinnehmen. Sie stürzte sich auf Isadora.

»Oh, mein Gott!«, hauchte Casey, packte Callia und zog sie zurück. »Aufhören! Alle beide!«

Isadora zuckte nicht einmal mit der Wimper. Und sie sah kein bisschen verängstigt aus, obwohl Casey ihre liebe Not hatte, Callia zurückzuhalten. »Denk doch nach, Callia. Mir gefällt die Situation genauso wenig wie dir, und ginge es nach mir, wäre nichts von all dem ein Problem. Aber weder du noch ich haben etwas zu sagen.« Sie stand wie angewurzelt da, ihr Blick hart und unlesbar. Und das allein sagte schon hinreichend darüber aus, wie oft ihre Wünsche schnöde übergangen wurden, nämlich weit häufiger, als Callia sich vorstellen konnte. Sie schien sich mit nachgerade brutaler Resignation in ihr Los zu fügen, bloßer Besitz zu sein. »Ich will dich nicht verärgern, sondern sage dir lediglich, wie es ist.«

Obgleich sie es nicht wollte, erwärmte sich ein Teil von Callia eben genug für Isadora, dass sie der Prinzessin nicht mehr sofort an die Gurgel gehen wollte. Sie hörte auf, sich gegen Casey zu wehren.

»Diese Situation wird sich nicht auf wundersame Weise richten, wenn du deinen Sohn findest«, fügte Isadora hinzu. »Dessen solltest du dir bewusst sein.«

Callias Brustkorb hob und senkte sich, während sie versuchte, ihren Herzschlag zu beruhigen. So wenig es ihr behagte, konnte sie Isadoras Worte nicht von sich weisen. Selbst wenn sie ihren Sohn von Atalanta zurückbekam – und zwar mit einem großen WENN –, wäre Zanders Vermählung mit Isadora dadurch nicht aus der Welt. Eine Abmachung mit dem König war endgültig. Und egal was sie oder Isadora oder gar Zander wollten, es war null und nichtig, denn keiner von ihnen hatte es in der Hand.

Was falsch war. Trotzdem scherte es Callia im Moment einen feuchten Kehricht, was mit der Politik oder ihrer Welt nicht stimmte. »Das ist mir bewusst. Ich will nur meinen Sohn.« Es kostete sie einige Anstrengung, ihre Stimme nicht allzu unfreundlich klingen zu lassen. »Bitte, hilf mir, in die Menschenwelt zu gelangen, damit ich meinen Sohn suchen kann.«

Isadora seufzte, und das nicht vor Erleichterung. Vielmehr waren es Resignation und Gleichgültigkeit. »Na gut. Ich bringe dich zum geheimen Portal.«

»Wo ist sie?« Zander bog den Dämonenarm so weit zurück und nach oben, dass Knochen knackten.

Der Dämon knurrte. Er lag bäuchlings auf dem verschneiten Boden und wollte sich Zander entwinden. Um sie herum war das unschuldige Weiß von Blutflecken übersät.

»Zander«, sagte Theron hinter ihm. »Das reicht.«

Zander drückte fester und riss den Dämonenarm aus dem Kugelgelenk. Die Bestie heulte vor Schmerz. Neben ihnen lagen zwei enthauptete Dämonen im Schnee, deren Leichen vom wenigen Mondlicht beschienen wurden, das durch die hohen Douglas-Tannen drang.

Besudelt von Blut, Schweiß und Ekligerem, achtete Zander gar nicht auf Theron. Er neigte sich hinunter zum verbliebenen Ohr des Dämons – das andere hatte er ihm bereits abgerissen – und warnte: »Ich weide dich aus wie ein Tier, wenn du mir nicht sagst, wo Atalanta ist.«

»Zander«, wiederholte Theron und packte seinen Arm. »Ich sagte, es reicht. Wenn du so weitermachst, wird er überhaupt nichts mehr sagen können.«

Der Dämon hustete. Blut spritzte auf einen Flecken frischen Pulverschnees, als das Monster seinen Kopf ein Stück anhob. »Fahr zur Hölle«, keuchte es.

Nun sah Zander richtig rot. Er schüttelte Therons Hand ab und griff nach seinem Messer. »Du zuerst, Arschloch.« Mit einem glatten Schnitt durchtrennte er die Halsschlagader. Der Dämon gurgelte und würgte.

»Oh, Scheiße«, flüsterte jemand hinter ihm.

Zander stand auf, bebend von Kopf bis Fuß, und blickte auf sein Werk hinab: zwei geköpfte Dämonen und einer, der an seinem eigenen Blut erstickte. Keiner von ihnen hatte Atalantas Versteck preisgegeben, also wusste er immer noch nicht, wo sein Sohn jetzt war.

Er steckte das blutige Messer wieder in den Halfter an seinem Schenkel und wandte sich ab. Hinter sich hörte er, wie einer der Argonauten den letzten Dämon enthauptete.

Weicheier. Lasst den Dreckskerl doch noch ein bisschen bluten.

Er zog das GPS aus seiner Tasche und stapfte durch den Schnee. Nach Norden zu gehen, barg wohl die größten Chancen, denn Nick hatte erwähnt, dass die Angriffe weiter im Norden zunahmen. Und mit dem nächsten Dämon, den er fand, wäre er weniger nett.

»Ich sagte, hör auf, Wächter.« Theron stellte sich Zander in den Weg.

Zander blieb stehen und sah Theron an. »Weg da.«

»Und wo willst du hin?«

»Was denkst du denn, wo ich hin will? Geh mir verdammt nochmal aus dem Weg!«

Theron machte seine Schultern gerade. Cerek und Gryphon positionierten sich neben ihm.

Langsam nahm Zander sein GPS herunter und blickte seine Gefährten an. Titus war zu seiner Rechten, Phineus zu seiner Linken. Sie umzingelten ihn. »Was soll das werden?«

Theron trat einen Schritt vor. »Sieh dich mal an. Du bist dreckbesudelt, deine Schulter blutet wie verrückt, und du bist kurz vorm Explodieren. Dem letzten Dämon hast du nicht mal die Chance gegeben, dir zu antworten, ehe du ihm das Ohr abgerissen hast.«

Zander starrte zu den Bäumen.

»Du gehst zur Kolonie zurück«, sagte Theron. »Lass deine Schulter versorgen, wasch dich und krieg erst mal einen klaren Kopf. In dieser Verfassung nützt du keinem etwas. Und wir finden den Jungen nie, solange du dich nicht im Griff hast.«

Zanders Wut kochte über. Er ließ sein GPS fallen und packte Theron vorn bei der Jacke, ehe einer der anderen reagieren konnte. »Versuch, mich zu zwingen.«

»Nein!«, brüllte Theron, als Titus und Cerek Zander zurückreißen wollten. Er machte keinerlei Anstalten, sich von Zander zu befreien, obwohl sie beide wussten, dass er zehnmal stärker war als Zander. Stattdessen blickte er ihm in die Augen und senkte die Stimme. »Ich weiß nicht, was du durchmachst. Das kann keiner von uns erahnen. Aber so erreichen wir gar nichts. Wir alle wollen dir helfen.«

Zander hörte ihn wie durch einen Tunnel. Seine Rage hatte die Macht über ihn, pochte in ihm und wollte losbrechen.

»Sei nicht blöd, Z.«, sagte Theron. »Wir müssen überlegen, uns einen Plan ausdenken. Nick hat sicher schon Informationen, wo es die letzten Überfälle gab, und du musst deine Schulter behandeln lassen, bevor sie sich entzündet. Wenn du wegen einer Blutvergiftung ins Fieber fällst, kannst du nicht nach deinem Sohn suchen.«

Zander holte mehrmals tief Luft, bis sich der Zornesnebel in seinem Kopf lichtete.

»So ist es gut«, sagte Theron.

Nun nahm Zander die Hände von Therons Jacke und wich zurück. Seine Muskeln waren nach wie vor gespannt, und er fühlte sich wie ein zum Zerreißen gedehntes Gummiband.

»Cerek, Gryphon, Phin«, kommandierte Theron seine Wächter, »kümmert euch um die Leichen. Titus.«

»Jo«, sagte Titus.

»Gib Nick Bescheid, dass wir reinkommen.«

Während Titus auf Abstand ging, um Nick über eines der Satellitentelefone zu verständigen, die er ihnen gegeben hatte, legte Theron eine Hand auf Zanders Schulter. »Bist du okay?«

Zander sah auf die Hand, dann zu Theron, und obwohl er nach wie vor Blut sehen wollte, wusste er, dass Theron recht hatte. »Nein.«

»Es war klug, Callia zu Hause zu lassen.«

Das Bild von Callia, die sich gegen ihren Vater und den versammelten Rat stellte, tauchte vor seinem geistigen Auge auf. »Sie wird stinksauer sein.«

»Sie wird leben«, sagte Theron, der zur Seite blickte. »Und sie muss diesen Mist nicht mitansehen.«

Titus kam wieder zu ihnen, das Telefon mit abgewinkeltem Mundstück an seinem Ohr. »Nick hat einen Scout hergeschickt. Er ist in zwanzig Minuten da, um uns zu holen.«

Theron nickte. »Gut.«

Zanders Kinn zuckte, und die vertraute, alles verschlingende Rage meldete sich zurück. Zwanzig Minuten warten, weitere dreißig zur Kolonie. Und wer wusste, wie lange es dauern würde, seine Wunde zu nähen und einen Plan zu schmieden? Das Verlangen, diese Bestien auszuschalten, überwog alles andere, einschließlich seiner Vernunft.

»Reiß dich zusammen, Zander«, sagte Theron. Der Anführer der Argonauten wandte sich den anderen zu, die mit den toten Dämonen auf der kleinen Lichtung beschäftigt waren. »Zünden wir sie an.«

Zander blieb, wo er war, am Rande der Gruppe, während sie seinen Dreck beseitigten, damit keine Menschen zufällig über die Leichen stolperten. Die Hitze des Feuers versengte ihm die Haare im Gesicht und auf den Armen, und ein fauliger Gestank stieg ihm in Nase und Mund, doch er bewegte sich nicht. Das hier hatte er Tausende Male getan, getötet und zugesehen, wie die Überreste in Rauch aufgingen. Nur hatte ihn jedes Mal ein Siegesgefühl erfüllt, das nun ausblieb. An seiner Stelle war nur der Wunsch da, wieder zu töten, gepaart mit einem Zorn, den er nur mit größter Mühe bändigen konnte.

Früher oder später würde er explodieren, und dann könnte er nichts mehr tun. Er hoffte inständig, dass in jenem Moment Atalanta in der Nähe war.

Achtzehntes Kapitel

»Wie ich sehe, hast du Freundinnen mitgebracht. Hübsch.«

Isadora drehte sich in die Richtung, aus der Orpheus' Stimme kam. Er war ganz in Schwarz: schwarze Stiefel, schwarze Hose, schwarzer Pulli, schwarzer Trenchcoat. Und seine Augen waren ebenfalls tiefschwarz. Der Wind am Fuße des Mount Parnithia zurrte an seinem Mantel und seinem Haar und verlieh ihm erst recht ein eindrucksvolles, aber bedrohliches Aussehen. Und er wirkte bloß ein klein wenig gereizt, weil sie ihn hierher bestellt hatte.

»Mach dir keine falschen Hoffnungen, Orpheus. Sie sind tabu.«

Orpheus zog eine Braue hoch und blickte über sie hinweg zu Casey, die er unverhohlen musterte. »Bist du sicher? Die da sieht lecker aus.«

»Sie ist Therons Frau. Ich kann mir nicht vorstellen, dass du dich mit ihm anlegen willst.«

»Deine Halbschwester?«, fragte Orpheus. »Na, das ist interessant. Und wer ist die Rothaarige?«

Isadora sah ebenfalls zu Callia, die bei den Bäumen stand und leise mit Casey redete. Sie beide waren ungefähr gleich groß, die eine schwarz-, die andere rothaarig, aber von sehr ähnlicher Statur. Selbst ihre Gestik und Mimik waren fast gleich. Wieso war es ihr nie aufgefallen? Und war es nicht bezeichnend, dass sie die eine von dreien war, die nicht reinpasste?

Sie verwarf den Gedanken. Da ihr alles noch zu frisch erschien, als dass sie Callia ihre Schwester nennen wollte, wusste sie nicht recht, was sie antworten sollte. Callia und sie waren sich nach wie vor spinnefeind. »Die Heilerin des Königs. Sie muss ins Menschenreich. Deshalb sind wir hier.«

Orpheus sah wieder Isadora an. »Wie seid ihr an den Burgwachen vorbeigekommen?«

Isadora verschränkte die Arme vor der Brust. »Bei der Ratsversammlung heute gab es einen kleinen Tumult. Da konnten wir ihnen entwischen.«

»Wir?«

»Wir drei.«

Er wurde misstrauisch. »Interessant.«

Isadora versuchte, seine Miene zu deuten, als er Callia betrachtete, konnte es aber nicht. Dafür regte sich ihre Eifersucht auf Callia.

Er ging um sie herum auf die anderen beiden zu. »Heute muss mein Glückstag sein. Drei hübsche Frauen und kein Argonaut weit und breit.«

Callia überhörte seine Bemerkung. »Isadora meint, du weißt, wo das geheime Portal ist.«

»Die Portale«, korrigierte er. »Es gibt mehrere. Und du, Heilerin, nimmst kein Blatt vor den Mund, was?«

»Nicht mehr. Wo sind sie?«

Er sah zu den Bergen. »Die Hexen, die hier leben, verlegen sie laufend, damit die Wachen sie nicht schließen können.«

»Prima«, sagte Callia. »Bring uns zu irgendeinem.«

»Nichts ist umsonst, meine Damen«, sagte er anzüglich. »Das hat seinen Preis.«

Callia wollte etwas sagen, doch Isadora kam ihr zuvor: »Setz es mit auf die Liste meiner Verbindlichkeiten.«

Ein anzügliches Grienen machte sich auf seinem Gesicht breit. »Ich habe noch nicht einmal die erste Rate kassiert, Prinzessin. Bist du dir sicher?«

Isadora bemerkte Callias perplexe Miene und dachte an ihren Vater, den König, der für all diese Probleme verantwortlich war. Sie dachte an Callias Sohn, an Zander und an das, was Callia bereits aufzugeben bereit gewesen war. Auch wenn Callia und Isadora sich nicht nahestanden, wäre es nicht fair, sollte sie auf dieselbe Weise in Orpheus' Schuld stehen wie Isadora. Vor allem nicht, weil sie in dieser ganzen verfahrenen Geschichte zu den Opfern zählte.

»Ja«, sagte Isadora, ehe sie es sich anders überlegen konnte.

»Isadora!«, hauchte Casey entsetzt.

Orpheus schnalzte mit der Zunge. »Okay, Isa, in dem Fall ...«

»Moment!« Callia kam auf sie zu. »Was für eine Bezahlung meint er?«

»Es ist nichts«, antwortete Isadora und drehte sich zu Orpheus. »Das geheime Portal. Bring uns zu dem, das am nächsten liegt.«

Orpheus' Augen wanderten die drei Frauen ab, bis er letztlich achselzuckend in östliche Richtung stapfte, ohne ein Wort zu sagen. Als Isadora ihm folgen wollte, versperrte Callia ihr den Weg. »Warte mal. Du musst nichts für mich bezahlen.«

Isadora atmete langsam aus. »Ich weiß ja, dass du wahnsinnig wütend auf Zander bist, aber lass es nicht an mir aus. Orpheus und ich haben, nun ja, eine Vereinbarung.«

»Was für eine Vereinbarung?«

»Eine, die dich nichts angeht.«

»Isadora!«

Isadora verlor jetzt ernsthaft die Geduld. »Willst du wirklich mit mir streiten, oder willst du ins Menschenreich und deinen Sohn suchen? Denn was du hier machst, vergeudet nur Zeit.«

»Ich brauche dein Mitleid nicht«, erwiderte Callia.

»Keine Sorge, ich mache das nicht für dich, sondern für deinen Sohn. Und für Zander. Und weil es den Rat maßlos ärgern dürfte, dass ich dir helfe. Im Moment genieße ich es schlicht, für Aufruhr zu sorgen.«

Callia sah sie nachdenklich an, und zum ersten Mal fiel Isadora auf, dass sie die gleichen violetten Augen hatte wie Casey und der König – ganz anders als ihre.

»Du hast dich verändert«, stellte Callia fest.

»Du ahnst nicht, wie sehr.«

»Meine Damen«, rief Orpheus von den Bäumen aus. »Entweder gehen wir jetzt, oder wir verpassen das Portal. Ich scherzte nicht, als ich sagte, sie würden dauernd verlegt.«

Callias Blick verharrte noch kurz bei Isadora, ehe sie sich umdrehte und Casey in den Wald folgte. Sie waren ungefähr zwanzig Minuten gegangen, als sie eine kleine Zeltstadt erreichten. Orpheus lief ihnen voraus zu einer Frau, die auf einem Hocker vor einen neongrünen Zelt saß. Sie stand auf, als er auf sie zukam. Die Frau trug einen langen, weiten roten Rock, einen weißen Pullover und einen lila Schal um den Hals. Sie begrüßte Orpheus wie einen alten Freund mit einem Armtätscheln und einem Lächeln.

Die beiden unterhielten sich einige Minuten lang, dann wies Orpheus in ihre Richtung, und die Frau sah zu ihnen hinüber. Langes, schneeweißes Haar wellte sich über ihren Schultern, und ihre gerunzelte Stirn verriet, dass sie nicht begeistert war.

Als sie näher zu ihnen gingen, fixierte die Hexe Callia. »Die Töchter des Königs kenne ich, aber die nicht.«

»Ich …«

»Sie ist die Heilerin des Königs«, fiel Isadora ihr ins Wort.

»Mehr als eine Heilerin«, sagte die Hexe und trat auf Callia zu. »Warum wünschst du ins Menschenreich zu gehen? Dort lauert Gefahr, wie du wohl weißt. Du selbst hast sie erlebt. Suchst du etwas von Wert? Ist persönlicher Gewinn dein Streben? Macht? Seid ihr drei deshalb heute hergekommen?« Sie musterte die drei Frauen. »Erwartet ihr, dass ich euch zu diesem Ziel verhelfe? Was ihr nicht versteht, kann nicht …«

Isadora wurde ärgerlich. »Sie will gar nicht …«

»Ich kann für mich selbst sprechen«, sagte Callia mit einem warnenden Seitenblick zu Isadora. »Ja, ich suche etwas von Wert. Meinen Sohn. Er wurde mir genommen, und ich muss ins Menschenreich, um ihn zu finden. Diese zwei«, sie nickte zu Isadora und Casey, »boten mir ihre Hilfe an. Aber falls das für dich kein überzeugender Grund ist, sei es drum.« Sie sah zu Orpheus. »Du hast gesagt, dass es mehrere geheime Portale gibt, stimmt's?«

»Ähm, ja«, antwortete Orpheus.

»Prima. Dann bring mich zum nächsten.«

Orpheus schwieg kurz, dann redete er mit der Hexe in einer Sprache, die Isadora nicht verstand. Es handelte sich eindeutig nicht um Altargoleanisch.

Während sie zuhörte, sah die Hexe die drei Frauen an, und etwas an ihrer Miene veränderte sich. Schließlich antwortete sie Orpheus, doch bevor Isadora fragen konnte, was vor sich ging, trat die Hexe vor und hielt ihre Hände in die Höhe.

»Ich binde euch, ihr Stunden, euch oder anderen kein Leid zuzufügen.« Dann schloss sie die Augen und stimmte einen Singsang an. »Himmlische Göttin, bring mir die Kraft, die mit jeder verrinnenden Stunde wächst. Gib mir die Herrschaft zurück. Es geschehe, was ich will.« Sie öffnete die Augen wieder und nahm die Hände herunter. »Ihr könnt hindurchgehen. Isis!«, rief sie hinter sich.

Eine Frau mit roter Stachelfrisur, in Leggings, einer Army-Jacke und Wanderstiefeln, steckte ihren Kopf aus dem Zelt hinter der Hexe. »Ja?«

»Diese drei müssen sicher durchs Portal. Bring sie rüber.«

Isis krabbelte aus dem Zelt und beäugte die drei Frauen. »Sicher?«

»Isis!«

»Ja, ja«, stöhnte Isis und winkte ihnen. »Dann beeilt euch. Diese Dinge warten auf keine, und ich habe nicht den ganzen Tag Zeit, klar?«

Casey und Callia tauschten verwunderte Blicke, gehorchten aber der zweiten Hexe. Die erste wandte sich um und folgte ihnen. Als Orpheus ihnen hinterherwollte, hielt Isadora ihn zurück. »Was war das eben?«

»Was denn, Isa? Sprichst du kein Medeanisch?«

»Treib keine Spielchen mit mir, Orpheus. Sie nannte uns die Stunden. Ich hatte recht mit den Horen, oder? Und was sollte dieser Binde-Kram?«

Orpheus blickte sich um, ob sie beobachtet wurden,

dann griff er nach unten und tippte an ihren Schenkel, wo das Mal war. »Ich habe dir doch gesagt, was du da hast, ist eine mächtige Waffe«, flüsterte er.

Sie musste an sich halten, dass sie nicht vor Ekel ob seiner intimen Berührung zurückwich. Irgendwann müsste sie ihre Schuld bei ihm begleichen, aber zum Glück nicht heute. »Und das macht ihr Angst?«

»Ja. Weil sie weiß, was du damit tun kannst, wenn du willst.«

»Und das wäre?«

Ein müdes Lächeln breitete sich auf seinem Gesicht aus. »Ach, Isa, glaubst du allen Ernstes, dass ich gleich alle Karten auf den Tisch lege? Bevor du mir gegeben hast, was ich will?«

Mit einiger Mühe bewahrte sie Ruhe. Für Orpheus war alles ein Spiel. Aber zumindest bestätigte er ihre Vermutung. Callia, ihre Halbschwester, Casey und sie waren miteinander verbunden. Blieb die Frage, was das zu bedeuten hatte.

»Nein, Orpheus. Ich glaube nicht, dass du jemals für irgendjemanden irgendetwas tun würdest, außer für dich selbst.«

Sie drehte sich um und wollte den anderen folgen, doch nun war er es, der sie zurückhielt. Er wirkte kein bisschen amüsiert mehr. »Sei vorsichtig im Menschenreich, Isa. Es gibt dort Böses, das du dir nicht einmal ausmalen kannst. Und du bist besonders gefährdet, tausendfach.«

»Willst du mir Angst machen?«

»Ja. Und du tätest gut daran, welche zu haben. Auch wenn ich dich trainiert habe, sind deine neuen Kräfte unberechenbar. Vor allem zusammen mit jenen beiden.« Er nickte zum Zelt, in dem Casey und Callia bereits verschwunden waren. »Denke nicht, dass diese sogenannte Waffe euch beschützen kann.«

»Aufgepasst, Orpheus, sonst bilde ich mir noch ein, dass es dich interessiert, was mit mir geschieht.«

»Tut es. Ich habe mir ein Anrecht auf dich erworben«, konterte er streng. »Und wenn jemand einen Handel mit mir vereinbart, will ich auch bekommen, was mir zusteht.«

Er sah ihr in die Augen, bis sie schreien wollte. Und die ganze Zeit hielt er ihren Arm, so dass sie zu schwitzen begann und gegen ihren Drang ankämpfen musste, sich von ihm loszureißen. Furcht und Zweifel regten sich in ihr, und nicht zum ersten Mal stellte sie die Vision infrage, in der er sie rettete. Es war die letzte, die sie gehabt hatte, bevor sie ihre Gabe einbüßte. Die kleine Stimme, die in ihrem Hinterkopf *Teufel!* rief, wurde mit jedem Tag lauter.

Endlich ließ er sie los, hielt jedoch den Augenkontakt. Und die Warnung, die sie in seinem Blick erkannte, machte sie frösteln. »Geh lieber, ehe sich die anderen wundern. Aber keine Sorge, Isa. Ich warte auf dich, wenn du wiederkommst.«

Sie waren vierundzwanzig Stunden durchgefahren und hatten nur zum Tanken angehalten.

In Vancouver lieferte Jeb die Ladung ab, die er aus Alaska brachte, und lud neue auf. Er hatte Max nicht haufenweise Fragen gestellt, und es war ihm auch gleich, dass Max beim Ladungswechsel außer Sichtweite blieb. Zuerst war es Max komisch vorgekommen. Was für ein Mann wunderte sich nicht über einen unbegleiteten Zehnjährigen? Dann beschloss er, dass Jebs Desinteresse günstig für ihn war. Vielleicht gelang ihm diese Flucht wirklich.

Sie waren wieder unterwegs, weiter Richtung Süden. An der Grenze versteckte Max sich in der Kabine hinterm Fahrersitz, bis sie durch den Zoll waren. Nicht dass er wüsste, wo das Problem war, aber Jeb sagte ihm, er solle entweder nach hinten kriechen oder aussteigen, also tat er es.

Jeb war mürrisch, aber harmlos, befand Max. Ein gutes Stück hinter Seattle hatte er endlich etwas entspannt und war eingenickt. Er war nicht sicher, wie lange er geschlafen hatte, ein paar Stunden oder mehr, aber als er wieder aufwachte, war er mit einer Jacke zugedeckt, und der Wagen stand.

Er setzte sich verwirrt auf, wobei ihm die Jacke von den Schultern rutschte. Sogleich trieb ihm Angst Schweißperlen auf die Stirn. Egal wie weit sie gefahren sein mochten, es konnte gar nicht weit genug sein. Max rieb sich die Augen und sah durch die große Windschutzscheibe. Wie er feststellte, waren sie an einer Art Raststätte für Lastwagen. Grelle Lichter schienen von dem Lokal bis ins Führerhaus, und draußen war Jeb, der mit einer Frau in mittleren Jahren sprach. Sie trug Schneestiefel, eine dicke Winterjacke und eine Mütze, die ihr graues Haar größtenteils verdeckte.

Jeb gab der Frau irgendetwas – Geld? – winkte und stapfte zum Truck zurück. Die Frau drehte sich um und ging in das kleine Gebäude.

Knarrend öffnete sich die Fahrertür, und Jeb zog sich nach oben in das riesige Gefährt. Er warf Max einen kurzen Blick zu, zog sich seine Jacke aus und stopfte sie in den Raum hinter seinem Sitz. »Dachte schon, du bist weggestorben, Junge. Du warst sieben Stunden ausgeknipst.«

Sieben Stunden? Max neigte sich zur Frontscheibe, um besser sehen zu können. Der Abend dämmerte, trotzdem war deutlich, dass die Landschaft hier anders war als in der Gegend um Seattle. Dichte Kiefern und Tannen umgaben sie, eine dünne Schneeschicht bedeckte den Boden, und nirgends waren Stadtlichter zu sehen. »Wo sind wir?«

»Gleich hinter Mount Hood, etwa achtzig Meilen nördlich von Bend, Oregon. Bei Government Camp sind wir in dichten Schnee gekommen, deshalb musste ich die Ketten anlegen. Hätte gedacht, das weckt dich auf, aber nix. Du schläfst wie'n Toter, Junge.«

Max hörte kaum mehr hin, als Jeb weiterbrabbelte. Sie waren in Oregon, und er wusste aus den Unterhaltungen, die er mitgehört hatte, dass es irgendwo in den Bergen von Oregon eine Halbblutkolonie gab. Die Halbblute überlisteten Atalanta und ihre Dämonen immer wieder, was bedeutete, dass er fast in Sicherheit sein könnte.

Jeb ließ den Motor an, und der riesige Lastwagen vibrierte los. Als er den Gang einlegte, sagte Max: »Hast du keinen Hunger? Ich schon, und wie. Können wir ein bisschen länger halten, damit ich mir was zu essen holen kann?«

Jeb fuhr den Truck hinter die Raststätte statt zurück auf die Straße. »Ich hab schon gegessen. Maggie lässt uns hier parken, also hau ich mich aufs Ohr. Geh du ruhig rein und futter was, wenn du willst. Sie hat Elcheintopf gemacht, das Beste, was ich je gekriegt habe, seit mein Pappy mir meine erste Dose Copenhagen-Schnupftabak geschenkt hat.«

Sie hielten an? Wirklich? Und Jeb wollte schlafen? Leichter konnte es gar nicht sein, oder? Max versuchte, nicht zu strahlen, und setzte sich auf. »Ja, cool. Ich bin so hungrig, ich könnte einen Bären essen.«

Jeb stellte den Motor ab, warf die Schlüssel auf die Ablage zwischen ihren Sitzen und sah ihn mit einem »Was ist denn in dich gefahren?«-Blick an. »Seit du im meinen Wagen gestiegen bist, hast du keine fünf Wörter geredet. Was hast du denn auf einmal für Hummeln im Hintern?«

»Ich? Keine.«

Jeb musterte ihn prüfend. »Du hast doch nicht vor, wegzurennen, oder? In den Wäldern hier draußen treibt sich ein übles Pack rum, musst du wissen. Und wenn dir sonst nix passiert, erfrierst du.«

»Wegrennen?«, wiederholte Max und winkte ab. »Wo soll ich denn hin?« Er griff nach dem Türhebel, ehe Jeb ihn zurückhalten konnte. »Ich lass dich schlafen und geh was essen. Danke, Jeb.«

Jeb schnaubte. »Okay, aber lauf nicht zu weit weg. In zwei Stunden fahren wir weiter. Ich muss meinen Zeitplan halten.«

Max nickte und sprang aus dem Wagen. »Zwei Stunden, alles klar.«

Jeb lehnte sich schon auf seinem Sitz zurück und zog sich die Mütze übers Gesicht, als Max die Beifahrertür zuschlug. Die Kälte biss ihm in die Haut, trotzdem holte er auf dem Parkplatz hinter dem Truck Stop erst einmal tief Luft und atmete Freiheit ein. Er hätte nie gedacht, dass er es so weit schaffen würde, und konnte sein Glück kaum fassen. Zwar war er noch nicht ganz frei, aber sowie er etwas gegessen hatte, würde er sich eine Landkarte organisieren und überlegen, wohin er von hier aus lief.

Die Scheibe an seiner Brust wärmte ihn, und lächelnd ging er auf das Lokal zu. Hinter dem Fenster bewegte sich ein Schatten. Beim Näherkommen stellte Max fest, dass es die Frau war, die er mit Jeb gesehen hatte: Maggie. Sie winkte ihm zu, und prompt knurrte sein Magen.

Er war beinahe bei der Hintertür, als er den Schrei hörte. Ein markerschütternder Schrei, bei dem er sofort erstarrte und sein Herz zu rasen begann.

Aus dem Hausinnern drang ein lautes Brüllen, und etwas krachte an die Tür. Max sprang zurück. Dann wurde es still.

Lauf weg. Schnell!

Er machte kehrt und rannte zum Truck. So undenkbar es schien, dass die Dämonen ihn schon aufgespürt hatten, sagten ihm die rapide fallenden Temperaturen das Gegenteil. Sie waren hier.

»Jeb!« *Hör mich! Starte den Motor!* Die Tür hinter ihm flog auf, dann ertönte ein scheußliches Brüllen. »Jeb!«

Zwanzig Schritte fehlten ihm bis zum Führerhaus des Trucks, als die Fahrertür aufging und Jeb heraussprang, sein Gesicht weiß wie Schnee. Er verkroch sich nicht wie andere Menschen in solch einer Situation, und so wie er die Monster hinter Max ansah, war es nicht seine erste Begegnung mit Dämonen. »Komm, Junge, renn!«

Max hatte keine Zeit, über das Wie oder Warum nachzudenken. So schnell er konnte, raste er auf den Truck zu, dass seine Arme und Beine flogen und sein Puls in den Ohren dröhnte.

»Renn!«, rief Jeb wieder und fuchtelte mit den Händen.

Als Max das hintere Ende des Sattelschleppers erreichte, wurde sein Bein von hinten gepackt. Er schlug der Länge nach hin. Schnee, Eis und Kiesel bohrten sich ihm in Gesicht und Hände. Hinter ihm knurrte der Dämon und riss an seinem Bein.

Angst stieg ihm bis in die Kehle, als Max seine Finger in den gefrorenen Boden grub und versuchte, Halt zu finden.

Dann hörte er wieder ein Brüllen, nur war das nicht von einem Dämon. Es kam von einem Menschen. Etwas Warmes, Flüssiges spritzte ihm über den Nacken; gleich darauf ließ der Dämon sein Bein los.

»Hoch mit dir!«, schrie Jeb.

Max' Ohren schrillten, als er sich auf die Knie aufrichtete. Seine Hände und sein Gesicht waren voller Schmutz und Blut. Als er sich umdrehte, sah er Jeb, der ein Jagdmesser so lang wie sein Unterarm hielt. Der Dämon lag hinter ihm, und Blut quoll ihm aus einer Brustwunde.

»Hoch!«, brüllte Jeb wieder.

Max sprang auf die Füße.

»Los! Los!« Jeb griff nach Max' Jacke und zerrte und schob ihn halb zur Führerkabine. An der Tür blickte Max sich noch einmal um. Er sah Jeb, der sein Messer in der zittrigen Hand hielt, während der Dämon sich zur vollen Größe aufrichtete und wütend auf ihn hinabfunkelte.

Max stieg in den Wagen. Drinnen lagen die Schlüssel auf der Mittelablage, wo Jeb sie hingeworfen hatte. Ja, er könnte den Wagen fahren. Und er könnte zumindest ein paar Dämonen plattmähen, solange er übte. Seine Hände zitterten, als er den richtigen Schlüssel fand und ins Zündschloss steckte.

»Du hast eine dämliche Entscheidung getroffen, Mensch«, knurrte der Dämon. »Genau wie das Halbblut drinnen. Der Junge gehört uns.«

Schlagartig war Max wie versteinert. Maggie war ein Halbblut?

»Ich habe hier ein Messer, das was anderes sagt.«

»Du hast keine Chance gegen mich, Mensch«, fauchte der Dämon.

»Tja, kann sein«, antwortete Jeb. »Aber ich mach's dir ganz sicher nicht leicht. Der Junge hat keinem was getan.«

Max hielt inne. Er brauchte nichts weiter zu tun, als den Zündschlüssel umzudrehen, aufs Gas zu treten und loszufahren. Nie mehr zurückblicken. Aber etwas hielt ihn davon ab. Etwas mitten in seiner Brust, das schlimm wehtat und ihn nicht fahren lassen wollte.

Ich bin deine Menschlichkeit leid, Maximus. Töte oder werde getötet. Das ist die Welt, in der wir leben.

Nie zuvor hatten sich Atalantas Worte so wahr angefühlt. Wenn Max wegfuhr, würde der Dämon Jeb zerfetzen. Versuchte er, Jeb zu helfen, könnten sie vielleicht diesen einen überwältigen, nicht jedoch die anderen beiden, die binnen Minuten bei ihnen wären. Und es war unmöglich vorherzusagen, wie viele noch im Wald waren.

Die Metallscheibe brannte heiß auf seiner Brust, und er sah hinab zu den Zeichnungen auf seinen Händen. Was nutzte es, die Welt zu beherrschen, wenn man auf dem Weg dorthin sich selbst verlor?

Draußen knurrte der Dämon. Max ließ die Schlüssel los, drehte sich um und tastete im Stauraum hinter den Sitzen nach Jebs Werkzeugkasten. Der vierzig Zentimeter lange Schraubenzieher, den er herauskramte, schien eine brauchbare Waffe, oder wenigstens rechnete er nicht damit, eine bessere zu finden. Er warf die Fahrertür auf und sprang aus dem Truck.

Jeb war im Kreis um den Dämon herumgegangen, so dass nun keiner von beiden in Max' Richtung sah. Als Jeb mit dem Messer ausholte, umfing Max den Schraubenzieher fester und schlich sich näher heran. Jebs Messer ritzte den Dämonenarm nur an, brachte ihn nicht einmal zum Bluten. Der Dämon lachte höhnisch auf und hieb mit seinen Krallen, die Jeb an der Brust und am Bauch erwischten.

Mit einem Aufschrei kippte Jeb nach hinten. Blut sickerte in sein Hemd, und im Fall fiel ihm das Messer aus der Hand und schlitterte meterweit über den gefrorenen Boden. Jeb versuchte, rückwärtszurobben, um an seine Waffe zu kommen, doch die war zu weit weg. Der Dämon beugte sich tief über ihn. »Ich habe dir ja gesagt, dass es eine dämliche Entscheidung war, Mensch. Grüß Hades von mir.«

Jebs Augen weiteten sich vor Entsetzen, als der Dämon seine rasiermesserscharfen Krallen hob.

Max sprang los. Weit ausholend, rammte er den Schraubenzieher tief in den Nacken des Dämons. Sofort schoss das Monster hoch, jaulend vor Schmerz, und warf Max von sich. Er landete unsanft auf dem überfrorenen Kies und rollte ein ganzes Stück weg. Der Dämon torkelte rückwärts, bis er seitlich gegen den Sattelzug stieß. Zitternd griff er nach dem Schraubendreher und zog.

Blut sprühte aus der Wunde wie aus einem Wasserschlauch. Es war offensichtlich, dass der Schraubenzieher die Halsschlagader getroffen hatte. Der Dämon sank auf die Knie und kreischte, während er mit der Hand auf seine Wunde drückte, so dass ihm das Blut zwischen den Fingern hervorfloss.

»Das Messer«, keuchte Jeb, der immer noch rückwärtskroch.

Benommen tastete Max um sich nach dem Messer, bis er tatsächlich den Griff fühlte und ihn packte – Schnee und Kiesel gleich mit. Angefeuert von seinem Überlebensinstinkt, rappelte er sich auf und stand vor dem Dämon, der immer noch auf Knien war und sich vor Schmerzen krümmte.

Töte oder werde getötet.

Ja, diese Lektion hatte er in- und auswendig gelernt. Nur setzte er das Gelernte nicht so ein, wie Atalanta es geplant hatte.

Er schwang das Messer, wie sie es ihm beigebracht hatte, und enthauptete das Monster, bevor es wieder zu Kräften kam und sie beide tötete.

Ihm blieb keine Zeit, über das nachzudenken, was er gerade getan hatte. Er blickte nicht einmal hinab auf den grotesken Kopf, den er gerade abgetrennt hatte, sondern drehte sich um und lief zu Jeb. Eilig kniete er sich neben den Mann, zog seine Jacke aus und presste sie auf die Brustwunden.

»L-lauf«, hauchte Jeb.

»Ich verschwinde nicht ohne dich.«

Jebs Hand schloss sich um Max' Handgelenk. »Da sind … mehr.«

Ja, das wusste Max schon. Atalantas Scouts reisten in Dreiergruppen. Aber die waren noch nicht alles. Es kämen noch mehr. Viel mehr, vor allem, wenn sich dieser hier nicht zurückmeldete.

Max sah auf den Menschen hinab und fragte sich, wie das Ganze so schnell so schlimm werden konnte. Er hatte das nicht gewollt. Und er war nicht so blöd, zu glauben, dass Atalanta ihn liebte und zurückhaben wollte. Nein, was sie wollte, war die Metallscheibe, die er ihr gestohlen hatte. Sie war der Schlüssel zur Herrschaft über diese Welt und die nächste. Und Atalanta würde nicht aufhören, bis sie ihn gefunden und die Scheibe wiederhatte.

Es sei denn …

Er fasste nach unten, nach der Scheibe. Sie war immer noch warm, gab ihm eine Kraft, wie er sie nie gefühlt hatte. Und diese Kraft hatte ihn bis hierher gebracht, als er zu erschöpft sein sollte, um sich zu rühren. Er wusste nicht genau, was es war, aber das Ding besaß Macht. Wie das Glas, das ihm die alte Frau gegeben hatte. Und er fühlte, dass Schlimmes geschehen würde, wenn Atalanta die Metallscheibe zurückbekam.

Denk an deine Menschlichkeit, Maximus. Lass dich von ihr leiten.

Die Worte der Alten gingen ihm durch den Kopf. Vielleicht konnte die Scheibe Jeb helfen, und sei es, damit er lange genug am Leben blieb, um aus dieser Hölle zu fliehen.

Und falls nicht, nun, dann würde Atalanta sie zumindest nicht zurückkriegen.

Er drückte seine Hand um die Scheibe, dann zog er rasch die Kette über seinen Kopf. Während Jeb ihn verwundert beobachtete, steckte Max die Scheibe und die Kette in seine Jackentasche.

»W-was machst d-du denn?«, fragte Jeb.

Ein Brüllen hallte vom Haus herüber, und Max erstarrte. Ihnen blieb nicht viel Zeit.

Rasch zurrte Max seine Jacke fester um Jeb, drückte sie auf die Wunden und legte Jebs Hand darüber. »Tu mir einen Gefallen, und halt das fest. Meinst du, du schaffst es bis zum Wagen?«

Verwirrt sah Jeb zur Seite, zum Truck, und nickte.

»Gut«, sagte Max. »Die Schlüssel stecken. Steig ein, verriegel die Türen und fahr los. Und sieh nicht zurück. Du hast recht, es werden mehr kommen. Aber sie kommen wegen mir, nicht wegen dir. Tut mir leid, dass ich dich da mit reingezogen habe.«

»Max?«

Max stand auf und drehte sich zu den Dämonen.

Das war es für ihn. Auf keinen Fall konnte er zwei Dämonen entkommen. Aber vielleicht … ganz vielleicht konnte er sie weit genug weglocken, dass Jeb eine Chance hatte.

Er holte tief Luft. Das Bild seiner Mutter, seiner *richtigen* Mutter, ging ihm durch den Kopf: ihr rotes Haar, ihre violetten Augen, ihr wunderschönes Gesicht. Er hatte gehofft, dass er sie eines Tages kennenlernen würde. Zu gern hätte er sie gefragt, warum sie ihn gehen ließ. Jetzt war es nicht mehr wichtig. Komisch, dass am Ende nur wichtig war, das Richtige zu tun.

»Ihr Scheißkerle!«, brüllte er. »Ich gehe nirgends mit euch hin. Fahrt zurück zur Hölle, ihr Freaks!«

Die Dämonen knurrten halb warnend, halb erregt von der Aussicht aufs Töten.

Max' Herz wummerte, und Angst jagte ihm über den Rücken: echte Angst, denn er wusste, was als

Nächstes kam. Er hatte es schon aus nächster Nähe gesehen. Trotzdem haderte er nicht. Er rannte los in den Wald, so schnell er konnte.

Neunzehntes Kapitel

Die Dusche konnte Zander nicht abkühlen. Nach wie vor tobte ein Sturm in ihm, und jede Sekunde, die er in der Kolonie vergeudete, zehrte an seiner Selbstbeherrschung.

Er wickelte sich ein weißes Handtuch um die Hüften und sparte sich das Abtrocknen. Als er in das Zimmer kam, das Nick ihm zugewiesen hatte, damit er sich frischmachen konnte, fand er Titus an die Wand gelehnt vor und Lena, die Scheren, Nadeln und medizinische Utensilien auf dem Couchtisch bereitlegte.

Wie nett. Titus sollte dafür sorgen, dass Zander die Halbblutfrau nicht anfuhr und die Heilerin, die offensichtlich einen feuchten Dreck auf Zander gab, ihre Arbeit tat.

Jede Widerrede war zwecklos, also hockte Zander sich auf den Stuhl, zu dem die Heilerin mit einem Nicken verwies. Je schneller das hier vorbei war, umso eher konnte er sich wieder auf die Suche nach seinem Sohn machen. Furcht und Sorge verdichteten sich in seiner Brust zu purem Zorn. Er wusste schon sehr genau, was er mit dem nächsten Dämon machen würde, den er fand.

Titus sagte nichts, als Lena sich an die Arbeit machte. Er stand mit verschränkten Armen da und kaute auf einem Zahnstocher.

Lena tastete die Wundränder mit ihren Fingerspitzen ab. »Die ist nicht tief. Sie dürfte rasch versorgt sein.«

Zander starrte an die blassgelbe Wand.

»Nick hat erzählt, was passiert ist«, sagte sie und sah ihn an. Als er nicht antwortete, piekte sie ihn mit der Nadel – nicht sonderlich behutsam. »Stimmt es, dass Atalanta euren Sohn hat?«

Allein die Erwähnung seines Sohnes setzte einen Feuersturm in ihm frei. Er biss die Zähne zusammen und versuchte, die Beherrschung zu wahren. Doch so sehr er sich auch bemühte, an gar nichts zu denken, es funktionierte nicht.

Die Heilerin legte ihre Spritze ab, fädelte einen Faden in ihre Nadel und schien ganz auf ihre Instrumente konzentriert. »Weiß sie Bescheid, ich meine, Callia?«

Ihm war nicht nach Reden, erst recht nicht über Callia. Aber ebenso wenig wollte er Lena verärgern, denn dann provozierte sie ihn vielleicht und er würde endgültig explodieren. »Ja.«

»Und du bist hier, um ihn zu suchen. Wo ist sie?«

»Zu Hause.«

»In Argolea, wo sie sicher ist, ja?«

Ihr Missfallen war unüberhörbar, aber Zander ging nicht darauf ein.

Sie zog die Nadel durch seine Haut, den Blick auf die Wunde gerichtet. »Du unterschätzt sie, Argonaut.«

Als kümmerte ihn, was sie meinte!

Sie nähte weiter, und Zander starrte die Wand an. Eine Weile lang schwiegen alle, während Lena nähte. Schließlich verknotete sie die Fadenenden, schnitt sie ab und bedeckte die Wunde mit einem frischen Verband. »Das wär's. Ich würde dir ja sagen, dass du vorsichtig damit sein musst, aber du machst ja sowieso, was du willst, also spare ich mir die Mühe.«

Nachdem sie ihre Sachen zusammengepackt hatte, blickte sie zu Titus, der nach wie vor an der Wand lehnte. »Ich bin fertig.«

Titus nickte, und Zander hatte das unerfreuliche Gefühl, man bewachte ihn.

Was ihm gewaltig auf die Nerven ging.

»Ich hoffe, du findest, wonach du suchst«, sagte Lena, die an der Tür stehen blieb. »Aber wundre dich nicht, wenn es nicht das ist, was du erwartest.«

Oh Mann, diese Heilerin verstand es wahrlich, Leute auf die Palme zu bringen! Zum Teufel mit Titus, Zander musste hier raus, sofort, ehe er in die Luft ging.

Er sprang auf.

»Ruhig Blut, alter Mann.«

Titus schlenderte auf ihn zu, schob den Zahnstocher von einem Mundwinkel in den anderen und steckte seine Hände in die Hosentaschen. Seine Schultern waren entspannt, doch die Intensität seines Blicks war wie ein rotes Warnsignal.

Ich habe keine Zeit für diesen Mist.

»Okay, Moment noch.«

Zander stöhnte, denn selbst in seiner explosiven Stimmung war ihm klar, dass es keine gute Idee wäre, auf Titus loszugehen. »Was?«

»Es stimmt, was die Heilerin sagt.«

Zander verdrehte die Augen.

»Callia hat ein Recht, hier zu sein.«

Auf keinen Fall! »Es ist zu gefährlich.«

Keinen Schritt weit kam er, ehe Titus sich ihm in

den Weg stellte. »Zu gefährlich für wen? Sie oder dich?«

»Was, zur Hölle, willst du mir sagen?«

»Ich meine nur, dass es ihre Entscheidung sein sollte, Z., nicht deine. Und es ist egal, wie du dich dabei fühlst.«

Zander staunte. Titus wusste, dass Callia sein wunder Punkt war? Na, fantastisch! Ihm fiel wieder ein, dass Titus und Callia einander irgendwie verbunden schienen, und sogleich regte sich seine Eifersucht, die er mit großer Mühe bändigte. »Von wegen, wie ich mich dabei fühle. Du weißt, was es heißen würde, sollten die Dämonen sie jetzt finden. Ich lasse nicht zu, dass das passiert. Keiner rührt sie an. Sie hat schon genug durchgemacht. Dir gefallen meine Methoden nicht? Du bist nicht einverstanden mit meiner Entscheidung? Tja, Pech. Sie ist nicht deine Seelenverwandte, also hast du nicht zu bestimmen.«

Titus' einer Mundwinkel bog sich ein klein wenig nach oben. Bei diesem trägen Grinsen wollte Zander ihm am liebsten die Faust ins Gesicht rammen … oder den Schädel einschlagen.

»Verdacht bestätigt«, murmelte Titus, bevor er lauter sagte: »Soll ich dir was sagen, Alter? Du bist total im Arsch.«

Zander blickte ihm wutentbrannt nach, als Titus auf die Tür zuging. »Als wenn ich das nicht wüsste!«

»Tu dir einen Gefallen, Z. Bevor du das hier noch mehr vermasselst, sag Callia die Wahrheit.«

Zander stand stumm da, als der andere hinausging, verwirrt von dem, was eben geschehen war. Er hatte Titus noch nie verstanden, und so würde es wohl auch bleiben; doch er hatte das seltsame Gefühl, dass ihm der Wächter helfen wollte, nicht Salz in seine Wunden streuen. Draußen hörte er Stimmen, aber nicht, was sie sagten. Derweil hallten ihm Titus' Worte durch den Kopf.

Callia die Wahrheit sagen? Ja, klar. Damit würde er eine Lawine neuer Probleme lostreten, und die brauchte er wirklich nicht. Ehrlich zu ihr zu sein, würde bedeuten, dass er sich seiner Menschlichkeit öffnete. Das widersprach allem, worauf er trainiert worden war. Könnte er es überhaupt: jedwede Selbstkontrolle aufgeben und ihr seine Seele ausliefern? Die möglichen Folgen kannte er aus den Geschichten über Argonauten der Achilles-Linie. Es würde ihn verändern, ändern, wer und was er war, nämlich ein Wächter. Er war der unsterbliche Kämpfer, auf den sich alle verließen. Und dann war da noch sein Sohn …

Schritte näherten sich. Eine Tür wurde zugeschlagen. Langsam blickte er auf, bis er in ebenjenes Gesicht sah, das seine Gedanken beherrschte. *»Thea.«*

»Ich habe dir vertraut«, sagte sie erbost. »Du wolltest mich nicht ausschließen, ja? Das hattest du gesagt. Ich vertraute dir, und du hast mich zurückgelassen, weil du losrennen und Gott spielen wolltest.«

»Thea …«

»Komm mir nicht mit *›Thea‹*!« Callia trat auf ihn zu und piekte ihm den Zeigefinger in die Brust. Sie war mächtig sauer – und bezaubernder, als er es sich jemals ausmalen könnte. »Du nennst mich nicht so. Er ist mein Sohn, Zander! Hast du das begriffen? Meiner. Du wusstest bis vor Kurzem nicht mal von ihm.«

»Callia …«

Sie schlug seine Hände weg. »Zur Hölle mit dir. Ich brauche dich nicht, klar? Ich kann Theron oder einen der anderen bitten, mir zu helfen. Und ich bin nur hergekommen, um dir zu sagen, dass ich mich nicht von dir bevormunden lasse.« Ihre Augen blitzten, als sie sich wieder zur Tür wandte. »Halt dich fern von mir, Zander.«

Ihre eine Hand lag bereits am Türknauf, als Zander die Arme um sie schlang und sie hochhob. »Warte.«

Sie wehrte sich gegen ihn. »Lass mich los!«

»Kann ich nicht.« Er zog sie an seine Brust und sprach aus, was ihm auf der Zunge lag. »Ich habe es versucht, die Götter wissen, wie sehr ich es versucht habe, aber es geht nicht. Ich brauche dich.«

»Du hast mich nie gebraucht. Für dich war ich bloß eine kurze Affäre, mit der du den Rat ärgern wolltest. Nicht mehr als ein Zeitvertreib.«

»Das ist nicht wahr.« Sie strampelte, um sich von ihm zu befreien, und obwohl es nicht die Reaktion war, die er sich wünschte, konnte er nichts dagegen tun, dass ihm heiß wurde. Ihre Nähe hatte ihn vom ersten Moment an elektrisiert, vor allem wenn sie ihren süßen Hintern an seinen Hüften rieb wie jetzt. »Du bist alles für mich. Alles.«

»Lügner.« Sie trat ihm mit ihrem Absatz gegen das Schienbein, dass ihm der Schmerz sein Bein hinaufschoss. »Du hast mir unterstellt, dass ich unser Kind umgebracht habe.«

Es stimmte, und er würde es sich nie verzeihen. »Ich habe trotzdem nicht aufgehört, dich zu brauchen. Und dich zu wollen.«

»Oh ja«, schnaubte sie. »Ich merke, wie sehr du mich willst. Das ist alles, was dich an mir interessiert, nicht wahr, Zander? Sex. Und wir waren gut darin, stimmt's?«

»Callia.« Etwas an ihr war anders, angetrieben von Rache und dieser verrückten Faszination, die sie von Anfang an zueinander hingezogen hatte. »Hör auf.«

»Warum?« Sie schmunzelte verhalten, obwohl sie kein bisschen amüsiert wirkte. In ihren Augen waren nur Zorn und Hitze. »Hast du nicht gesagt, du brauchst mich?«

»Habe ich, und tue ich.« Er wich zurück, bis er gegen die Couch stieß, hielt seine Hände hoch, als sie ihm nachkam, und fragte sich, was auf einmal geschehen war. »Aber nicht so.«

»Ich glaube eher, genau so. Komm, Zander, ich bin nur eine schwache Frau. Du hast hier die Macht.«

»Nein, habe ich nicht.« Alarmglocken schrillten in seinem Kopf. Doch auch wenn er wusste, dass dies hier falsch war und was sie tat, nichts mit ihm zu tun hatte, sondern ihm lediglich etwas klarmachen sollte, wäre er außerstande, ihr lange zu widerstehen. Er hatte ihr nie widerstehen können. »Die hast du immer gehabt.«

Die Muskeln in ihren Augenwinkeln spannten sich, und ehe er überhaupt mitbekam, dass sie sich bewegte, hatte sie das Handtuch an seiner Hüfte gepackt. »Du hast recht. Die habe ich.«

Damit riss sie das Handtuch herunter und warf es beiseite. Ihre Augen wanderten nach unten zu seiner Erektion. »Du magst Nein sagen, aber dein Körper sagt definitiv Ja.« Sie blickte ihm wieder ins Gesicht legte beide Hände flach auf seine Brust und kam näher, bis ihr Leib fest an seinen gepresst war. »Na los, Zander, zeig mir, wie sehr du mich brauchst.«

Sein Blut rauschte schneller, während ihr zarter Duft ihn umfing, ihn lockte und verführte. Ihre Brustspitzen rieben sich an seinem Oberkörper, und ihre sanft wiegenden Hüften an seiner Erektion machten ihn wild. Ihren gleichgültigen Tonfall indes konnte er nicht ignorieren.

»Callia«, sagte er und packte ihre Schultern. »Jetzt nicht.«

»Warum nicht?« Sie ließ sich nicht auf Abstand schieben, sondern versenkte ihre Zähne in seinem Hals. »In der Höhle wolltest du mich schon vögeln, und nun bekommst du die Gelegenheit dazu.«

Er schloss seine Augen, schluckte, und sah ein, dass er hier rausmusste, nur schien er sich nicht bewegen zu können. Callia war wütend, verletzt und nach allem, was sie heute erfahren hatte, in einer selbstzerstörerischen Stimmung. Einzig aus dem Grund tat sie mit ihm, was sie gerade tat. Leider änderte es nichts daran, was er wollte – und brauchte.

Der Himmel mochte ihm beistehen.

Er ließ ihre Schultern los, umfing ihre Taille mit beiden Armen und vergrub sein Gesicht in ihrem Haar. *»Thea ...«*

»Ich wusste es.« Sie hob ihren Kopf und bohrte die Fingernägel in seine Brust. »Du Mistkerl.« Wie in der Höhle schoss ein Energieschwall von seinem Körper in ihre Hände und feuerte direkt wieder zurück, so dass er ihn mit voller Wucht in den Oberkörper traf.

Er keuchte unter dem Druck, der ausreichte, ihn aus dem Gleichgewicht zu bringen, wenngleich er nicht annähernd so heftig wie der damalige war. Diesmal ging er nicht zu Boden. Stattdessen ergriff er ihre Schultern aufs Neue, aber Callia entwand sich ihm. »Zur Hölle mit dir, Zander.«

Sie schaffte drei Schritte, bevor er sie einholte und

am Arm packte. »Dort war ich viel zu lange. Und ich will es nicht mehr.«

»Zan...«

Weiter kam sie nicht, denn er riss sie an sich und küsste sie. Es war ein harter Kuss, der ihr unmissverständlich signalisierte, was er wollte. Sie trommelte mit ihren Fäusten gegen seine Brust, doch er ließ sie nicht los. Als sie ihre Finger abermals in seine Haut bohren wollte, zog er sie nur fester an sich, einen Arm um ihre Mitte geschlungen, die freie Hand in ihr seidiges Haar getaucht, so dass sie seinen Schmerz nicht auf ihn zurückschleudern konnte. Er bugsierte sie rückwärts, bis sie mit dem Rücken an der Tür stand. Sie murmelte etwas, aber er lockerte seinen Griff nicht. Vielmehr veränderte er den Winkel, strich mit seiner Zunge über ihre und jagte alle Bedenken in den Wind.

Als er den Kopf hob, sah sie ihn entsetzt an, was ihn jedoch nicht abschreckte. »Du brauchst mich nicht?«, fragte er. »Ich habe es kapiert, trotzdem sollst du eines wissen. Ich habe nichts getan, um dich zu schützen, als ich es sollte, und damit muss ich leben. Doch ich mache denselben Fehler kein zweites Mal. Und wenn es bedeutet, dich hundert Mal in Argolea zurückzulassen, wo du sicher bist, dann werde ich genau das tun.«

»Du ...«

»Was das hier betrifft?« Er nickte hinab zu ihren dicht aneinandergeschmiegten Körpern. »Es ist ganz und gar nicht das, wofür du es hältst. Achthundert Jahre habe ich nach dir gesucht und zehn versucht, ohne dich zu leben. Ich war dir nahe und wollte etwas, das ich nicht haben kann. Und das ist nicht Sex,

Callia. Du bist es. Nur du. Das Einzige, was ich mir jemals gewünscht habe.«

Nun ließ er sie los und trat einen Schritt zurück, behielt sie allerdings im Auge, falls sie wieder auf ihn losgehen wollte. Ein Unwetter braute sich in ihrer violetten Iris zusammen, das er nur zu gut kannte. Ihre Lippen war rot und geschwollen von seinem Kuss, ihr Haar zerzaust. Sie funkelte ihn wütend an, während sich ihre Brust unter den raschen Atemzügen hob und senkte. Als sie vortrat, wappnete er sich.

»Du kämpfst unfair«, flüsterte sie.

»Ich habe nie behauptet, fair zu sein.«

»Der Seelenverwandtenfluch ist Blödsinn.«

Er blickte in ihr vollkommenes, vertrautes, wunderschönes Gesicht. »Für mich ist er Realität, nicht für dich.«

»Nein, er ist eine faule Ausrede. Ich gehöre nicht zu dir, Zander, zu keinem.« Ihre Stimme senkte sich wieder zu einem Flüstern. »Von jetzt an treffe ich meine Entscheidungen selbst.«

Sie drückte so schnell ihren Mund auf seinen, dass er kaum Zeit hatte, Luft zu holen. Ihr Kuss war nicht minder dringlich und hart als seiner eben, voller Hitze, Leidenschaft und Verlangen. Und Zander war es gleich, ob sie ihn aus Wut, Enttäuschung oder einer Art Selbstbestrafung heraus küsste, denn sie war und blieb seine Seelenverwandte, sein Leben.

»Callia …«

»Nicht reden«, hauchte sie, gab ihn frei und streifte sich den Pulli über den Kopf, der neben ihnen auf dem Boden landete. Zander erheischte ein Blitzen von Stoff auf nackter Haut, ehe sie ihn aufs Neue küsste und ihre Hände in sein Haar tauchte.

Sie drückte ihre vollen Brüste an ihn, glitt mit der Zunge in seinen Mund. Ihre harten Brustknospen waren selbst durch den Stoff deutlich zu fühlen, als Zander die Arme um ihren Oberkörper schlang und ihren Kuss erwiderte.

Er wünschte, sie hätte das Bustier zusammen mit dem Pullover ausgezogen und die Hose gleich mit. Und er wünschte, er wäre nicht so berauscht von ihr und könnte die Dinge langsamer angehen, um den köstlichen Moment zu verlängern. »Callia …«

»M-mm.« Wieder entwand sie sich ihm, öffnete den Bundknopf und befreite sich schlängelnd aus ihrer Hose. Blitzschnell war sie erneut an ihn geschmiegt, bevor er viel sehen konnte, nackt von der Taille abwärts. »Nicht reden.«

Oh, heilige Götter!

Ihre Zunge spielte mit seiner, ihre Finger woben sich in sein Haar; sie zog seinen Kopf da hin, wo sie ihn haben wollte, und vertiefte den Kuss, wobei ein Stöhnen aus ihrer Kehle drang. Benommen von ihrem dunklen, erotischen Aroma, stöhnte er ebenfalls und bemerkte erst, dass sie ihn herumgedreht hatte, als er sie nach hinten drückte und den Widerstand der Couch hinter ihr fühlte.

»Heb mich hoch«, hauchte sie an seinen Lippen.

Außerstande, etwas anderes zu tun, als das, was sie wollte, glitt er mit den Händen zu ihrem Po und hob sie auf die Rückenlehne der Couch. Unterdes streichelte er ihre Lippen, ihre Zunge und ihren Mund mit seinem. Sie spreizte die Schenkel und schlang ihre Beine um seine Hüften, so dass sein Schwanz ihre weichen, feuchten Schamlippen berührte und ihm bewusst wurde, dass es sehr viel schneller vorbei wäre, als ihm lieb war.

»Callia, ich …«

»Still, Zander.« Ihre Zähne fingen sein Ohrläppchen ein, und sie biss im selben Moment hinein, in dem sich ihre Hand um seinen Schwanz schloss. Ein Schmerzstich fuhr ihm durchs Ohr, doch zugleich stöhnte er vor Wonne. Langsam strich ihre Hand über seine erigierte Länge, und als sie den unteren Rand der Eichel erreichte, drückte sie fest zu und sog zugleich sein Ohrläppchen in ihren Mund ein.

Alle Muskeln in seinem Leib spannten sich an, jedwedes rationale Denken verpuffte, und er wurde gänzlich von einem einzigen Verlangen beherrscht: sofort in seiner Seelenverwandten zu sein.

Ein Knurren erbebte in seinem Brustkorb, als er sein Ohr von ihren Lippen befreite und seine Zunge in ihren Mund eintauchte. Er küsste sie mit einem Verlangen, wie er es seit Jahren nicht mehr empfunden hatte. »Ja«, murmelte sie und führte seinen Schwanz zu ihrer Öffnung. Sein Instinkt übernahm, sowie er von ihrem brennenden Schoß umfangen wurde, und er stieß zu, bis er vollständig in ihr war.

Seufzend bewegte sie die Hüften und nahm ihn noch tiefer in sich auf, tiefer als er es für möglich gehalten hätte. »Ja, ja, Götter, ja, Zander.«

Ungeduldig nach mehr verlangend, glitt er aus ihr und wieder hinein. Ihre Arme waren um seine Schultern gelegt, ihre Beine um seinen Rücken. Bei ihrem Kuss rieb das Seidenbustier an seiner Brust, was leider nicht die intensive Haut-auf-Haut-Berührung war, die er wollte, aber nicht weniger erotisch, dachte er daran, dass sie sich halbbekleidet an ihn klammerte, während er in sie hineinstieß und ihr Akt schneller und schneller wurde.

Die Erregung durchströmte seinen Körper, seine Haut war feucht vom Schweiß. Callia hörte nicht auf, ihn zu küssen, gab ihm keine Chance, zu reden. Jedes Mal, wenn er versuchte, langsamer zu werden, drängte sie sich noch dichter an ihn und wiegte ihre Hüften im rascheren Tempo. Sein Atem kam in kurzen Stößen, als er sich in ihr bewegte und sie seinen Kopf mit beiden Händen hielt, um ihn wieder und wieder wie von Sinnen zu küssen.

Er war ziemlich sicher, dass er hier und jetzt sterben und in alle Ewigkeit glücklich sein könnte. Das Gefühl, von ihrer engen, feuchten Scheide umhüllt zu sein, ihre würzige Essenz auf seiner Zunge zu schmecken und den einzigartigen Duft ihrer Erregung einzuatmen, die allein ihm galt, war besser als jeder Himmel, den er sich vorstellen konnte.

Ihr Schoß spannte sich um ihn, sie grub ihre Fingernägel in seine Schultern, stöhnte in seinen Mund. Zander bewegte sich schneller, küsste sie intensiver, weil er wusste, dass ihr Orgasmus unmittelbar bevorstand. Verzweifelt bemüht, ihr zu geben, was sie wollte, stieß er tiefer in sie, zog ihre Hüften an seine und hob sie so an, dass sein Schwanz bei jeder Bewegung ihre empfindlichste Stelle traf.

Sie richtete sich an ihm auf, löste den Kuss und stöhnte kehlig, als ihr Schoß um ihn herum zu pulsieren begann. Und in diesem Moment zögerte er nicht. Er küsste ihren Hals, während sie sich an ihm wiegte, leckte die süße, zarte Haut mit der Zunge ab und sog an ihr. Dann gab er dem Gefühl nach, das seinen Schwanz umfing, und kam, wie er in seinem ganzen Leben noch nicht gekommen war.

Erschöpft sank sie an seine Brust und lehnte ihre Stirn an seine Schulter. Ihr Oberkörper wurde vom heftigen Atmen erschüttert, ihr Puls pochte im Rhythmus mit seinem. Und sein Herz quoll über, als er sie Zentimeter für Zentimeter in sich einsog, denn dies – *dies* – war ein Moment, von dem er geglaubt hatte, ihn nie mehr erleben zu dürfen.

»Thea …«

»Oh, Götter. Ich wollte nicht, dass das passiert.«

Er wanderte mit den Händen hinauf in ihr Haar und massierte ihren Nacken, wobei seine Finger über das Mal strichen, von dem er wusste, dass es dort war. »Ich wüsste nicht, dass sich irgendwer beschwert.«

»Ich …« Sie neigte den Kopf, so dass ihre Schläfe an seiner Brust ruhte. Offensichtlich wollte sie ihr Herz beruhigen. »Ich werde nicht schwanger, es ist die falsche Zeit. Also musst du dir keine Sorgen machen.«

Sorgen? Wie kam sie auf den Gedanken?

»Ich mache mir keine Sorgen«, sagte er. »Nichts sähe ich lieber, als dich mit einem runden Bauch, in dem mein Kind wächst. Ich bedaure, dass ich es das letzte Mal verpasst habe.« Er küsste sie auf die Stirn, weil seine Kehle eng wurde und sich diese Stelle in ihm wärmte, wenn er bloß an eine Familie dachte. Eine echte Familie. Und wenn sie ihren Sohn fanden … »Verrate mir, wann, und wir werden den richtigen Moment erwischen.«

Schlagartig erstarrte sie in seinen Armen. Ihr Kopf hob sich langsam, bis ihre violetten Augen ihn fragend anblickten. Dann stemmte sie sich von seiner Brust ab. »Ich muss gehen.«

»Callia.«

Kaum rutschte sie zur Seite und von der Couchlehne, wurde ihm kalt. Sie griff nach ihrer Hose auf dem Fußboden. »Das war ein Fehler.«

Ihre Worte schnürten ihm die Brust zu. Doch bevor sie weglaufen konnte, nahm er sie in die Arme und hob sie hoch. »Es war kein Fehler! Du und ich waren nie ein Fehler.«

»Zander, lass mich los!«

Keine Chance. Nie wieder.

Er trug sie zum Bett und legte sie auf die Tagesdecke, um sie sogleich mit seinem Körper zu bedecken. »Ich habe dir schon gesagt, dass ich es nicht kann.« Er beugte sich hinunter, bis seine Lippen in der Vertiefung an ihrem Hals waren.

»Bitte nicht«, flüsterte sie.

Er wanderte höher, küsste ihre rechte, dann die linke Wange. »Erinnerst du dich«, raunte er, während seine Lippen zu ihrem Ohr wanderten, »an die Nacht, als ich im Wald hinter dem Haus deines Vaters auf dich wartete?«

»Zander, nicht.«

Er küsste ihr Ohrläppchen und blies seinen Atem über die feuchte Stelle. »Ich hatte nicht geglaubt, dass du kommst.«

Sie erschauerte unter ihm, und er fühlte, wie jede Gegenwehr aus ihr wich. All die Jahre, die sie sich gemieden und missverstanden hatten, schrumpften zu diesem einen Moment zusammen. Und die leere Stelle in seiner Brust war auf einmal zum Bersten gefüllt.

»Dein Vater war nicht froh, als er mich an jenem Tag in der Klinik traf. Aber ich musste dich sehen. Ich brauchte dich damals, *Thea*.«

Sie kniff die Augen zu, und er wusste, dass sie sich an den Abend erinnerte. Es musste dieselbe Erinnerung sein, die wie eine Filmszene immer wieder in seinem Kopf ablief. Eine einzelne Träne rann aus ihrem Augenwinkel. »Es … es war nicht wegen dir. Er wollte nie, dass ich den Argonauten oder dem König half. Ich verstand es damals nicht. Aber jetzt …«

Jetzt verstand er es auch. »Er wusste von uns.«

»Er hatte einen Verdacht«, flüsterte sie. »Sicher wusste er es nicht.«

Er küsste ihr Kinn und ihren Hals, malte mit der Zunge die Linie bis zu jenem Punkt nach, an dem ihre Schulter begann. Sie erbebte unter der Liebkosung, was ihn gleichermaßen ermutigte wie erregte. »Ich konnte an nichts anderes denken als an dich. Weißt du, wie schwer es war, nicht in die Welt hinauszuschreien, dass du mein warst? Geheim zu halten, was zwischen uns war? Ich wollte dich in der Klinik. Ich wollte die Spaliere an eurer Veranda heraufklettern und dich im Bett überraschen. An jenem Abend wurde ich ein bisschen irre, weil du nicht kamst.«

Zittrig holte sie Luft, als er sich ihr Schlüsselbein entlangküsste, den Träger ihres Bustiers beiseiteschob und seine Lippen auf die sich hebende Brust drückte. »Ich … ich konnnte nicht weg. Er hielt mich auf, las mir Abschnitte aus Homer vor, sprach über den Rat. Er war misstrauisch, und ich musste warten, bis er schlief, ehe ich mich rausschleichen konnte.«

Er hatte gehofft, das wäre der Grund, aus dem sie ihn in jener Nacht warten ließ, aber es von ihr zu hören, nach so langer Zeit …

Nun schob er den zweiten Bustier-Träger zur Seite, so dass ihre vollkommenen Brüste entblößt waren, die er sofort mit beiden Händen umfasste und auf eine der Spitzen hauchte. »Du ahnst nicht, wie ich mich fühlte, als du durch die Bäume auf mich zugelaufen kamst. Weißt du noch, was in jener Nacht geschah, *Thea*?«

»Du hast mich geküsst.« Zaghaft glitten ihre Hände zu seinen Schultern und in sein Haar.

»Wo?«

»Hier?« Sie bog sich nach hinten, so dass sich ihm ihre Brüste entgegenhoben. Ob die Bewegung instinktiv oder absichtlich war, kümmerte ihn nicht. Er nahm die eine Brustspitze in den Mund und sog an ihr, bis Callia erschauerte. Ihr tiefes, erotisches Stöhnen machte Zander gleich wieder hart. Er widmete sich der anderen Brust, liebkoste sie und knabberte zärtlich an ihr, dass Callia sich ihm weiter entgegenbog und ihre Beine spreizte. Und Zander sank zwischen ihre Schenkel.

»Was dann?«, flüsterte er.

»Du … oh …« Sie bewegte ihre Hüften so, dass die Spitze seines Schwanzes an ihrer festen Knospe rieb. »Du hast mich ins Gras gelegt und mich ausgezogen.«

Hatte er, dort auf der kleinen Lichtung. Er konnte gar nicht schnell genug ihre Haut spüren. »Und was hast du getan?«

»Ich half dir.«

»Du wolltest mich.«

»Ja.« Sie stöhnte, als sein Mund über das zusammengerollte Bustier glitt.

»Du wolltest, dass ich dich hier küsse, nicht wahr?« Er presste seinen Mund auf ihren straffen Bauch und wanderte tiefer.

»Ja.«

»Und hier?« Nun hatte er ihre Schenkelbeuge erreicht.

»Ja«, seufzte sie ungeduldig.

»Was ist mit hier?« Sanft küsste er ihren Venushügel.

»Oh ja.«

»Und jetzt, *Thea*? Möchtest du meinen Mund jetzt hier?« Seine Finger strichen über ihre Schamlippen, und sie erzitterte unter ihm. Der Duft ihrer Erregung fuhr ihm bis ins Mark.

»Ja«, hauchte sie.

Er tauchte seine Zunge in ihre Schamlippen, malte sie einmal vollständig nach und konzentrierte sich dann auf die Klitoris, die er leckte, bis Callia sich stöhnend unter ihm wand. Aber er ließ nicht nach, zog ihren Höhepunkt in die Länge. Ihr süßer Nektar machte ihn schwindlig, löschte die letzten Reste seines Widerstands aus und sprach den Teil in ihm an, der eng mit ihr verbunden war.

Er küsste sich über ihre Hüften und den Bauch zurück zu ihren Brüsten. Callias Augen waren noch geschlossen, als er ihre eine Brustspitze in sich einsog und gleichzeitig mit dem Knie ihre Beine weiter spreizte. Dann stützte er die Hände auf, küsste und neckte ihren Hals und neigte die Hüften, so dass seine pochende Erektion dort war, wo er sie am meisten wollte.

Er fing ihren Mund mit seinem ein und glitt sanft ein winziges Stück in sie hinein. Im nächsten Moment waren ihre Hände auf seinem Hintern, wollten ihn herunterdrücken, damit er tiefer in sie drang, doch er ließ sie nicht.

»Was geschah dann?«, flüsterte er.

»Du hast Liebe mit mir gemacht.«

»Nein, *Thea*, ich habe dich geliebt. Öffne die Augen.«

Ihre von dunklen Wimpern gesäumten Lider enthüllten strahlend violette Augen, die ihn ansahen. Augen, in denen er sich für immer verlieren wollte; die ihm sagten, dass, selbst wenn sie nie so für ihn empfinden könnte, er sich ihr und seiner Menschlichkeit öffnen musste.

»Ich habe dich damals geliebt, Callia. Das wusste ich auf der Lichtung, als es um uns herum zu regnen begann und du in meinen Armen kamst. Nur gesagt habe ich es dir nicht, weil ich Angst hatte, es würde dich verschrecken, wäre zu früh. Ich fürchtete, dass du nicht so empfandst.« Ihm wurde die Kehle eng, aber er musste weitersprechen. »Ich dachte, ich hätte alle Zeit der Welt und könnte abwarten, bis du dich in mich verliebst. Das war ein Irrtum. Könnte ich noch einmal zurückgehen und etwas an der Vergangenheit ändern, wäre es das.«

Tränen glänzten in ihren Augen, und er wischte sie von ihren Wangen. »Könnte ich zurückgehen, würde ich dir sagen, dass ich dich liebe. Und das nicht, weil du meine Seelenverwandte bist. Auch wenn die Parzen eine andere für mich ausgesucht hätten, ich hätte immer noch dich geliebt.«

»Zander.« Sie küsste ihn und hob ihm die Hüften entgegen, um ihn ganz in sich aufzunehmen.

Ihre Vereinigung war ruhig und heiß, nicht wild wie zuvor, dafür tiefer, hitziger, um ein Vielfaches intensiver. Während er sich in ihr bewegte, waren seine Hände in ihrem Haar. Er sah sie an, küsste ihre Lippen, ihre Nase, ihre Wangen, konnte den Blick nicht von ihr wenden. Er hatte geglaubt, zu einer Ewigkeit ohne sein Herz verdammt zu sein, doch jetzt ging es ihm über.

Sie seufzte seinen Namen und bog ihren Rücken. Ihre enge Scheide spannte sich um ihn, als ihr Orgasmus nahte. Er stieß fester, tiefer in sie, um ihr zu geben, was sie brauchte. Und als sie kam, als ihr Körper unter dem Höhepunkt erbebte, war er bei ihr. Er hatte den Kampf aufgegeben, den er schon viel zu lange in sich ausfocht. Und endlich alles ihr gegeben.

Max' Beine brannten, seine Lunge stand in Flammen. Er rannte zwischen den Bäumen hindurch, verdrehte sich den Knöchel an einer aufragenden Baumwurzel, lief jedoch weiter. Hinter ihm holten die Dämonen auf, aber er schaute sich nicht um, wie nahe sie waren. Denn wenn er sie sah …

Er traf auf eine vereiste Stelle, rutschte aus und ruderte mit den Armen, um sich abzufangen. Ehe er auf dem Boden aufschlug, knallte er gegen einen Baumstumpf. Schmerz schoss ihm durch den Rumpf und die Beine. Dennoch suchte er sich Halt und zog sich wieder nach oben.

Ein Knurren dröhnte hinter ihm.

Er schluckte eisige Luft, stemmte sich vom Baum ab und rannte nach rechts, wo er auf dem Hintern einen schneebedeckten Abhang hinunter zu einer Art Wirtschaftsweg rutschte.

Abermals rutschte er aus, kippte auf die Seite, richtete sich eiligst wieder auf und schlitterte weiter nach unten. Dann hörte er Wasserrauschen. Wenn er zu einem Fluss kam und hineinsprang, könnte er sich von diesem Albtraum wegtreiben lassen. Er erfror vielleicht, wäre aber wenigstens kein Mittagessen für ein Monster.

Unten am Abhang sprang er auf. Über ihm hallten laute Knackgeräusche und Brüllen durch den Wald. Er rannte, so schnell er konnte auf das Rauschen zu, von dem er inständig hoffte, dass es zu einem großen, wilden Fluss gehörte.

Als er die andere Seite des Wegs erreichte, sprang plötzlich ein Dämon vor ihn.

Max versuchte anzuhalten, verlor das Gleichgewicht und fiel nach hinten, so dass sein Hinterkopf auf den gefrorenen Boden knallte. Sterne blinkten vor seinen Augen, und er schrie vor Schmerz auf, verstummte aber sogleich wieder, als er das Gesicht über sich sah.

Phrice. Nur war er viel größer als das letzte Mal, das Max ihn gesehen hatte, und sehr viel kräftiger.

»Stimmt genau«, sagte Phrice, der sich noch näher zu ihm beugte. »Ich bin dein schlimmster Albtraum.«

Max krabbelte rückwärts. Phrice war der Erzdämon?

Panik und Furcht regten sich in Max. Er robbte weiter rückwärts, bis er gegen einen Stiefel stieß. Zitternd vor Angst, blickte er nach oben, geradewegs in sabbernde Reißzähne und grün leuchtende Augen.

Phrice packte Max beim Hemdkragen und hob ihn hoch in die Luft.

Max strampelte und quiekte, als Krallen sein Hemd zerrissen und in seine Haut schnitten. Schmerz fuhr ihm durch den Oberkörper.

»Du warst ein böser Junge, Maximus. Was sollen wir mit ihm machen?«, fragte er den anderen Dämon.

»Mir fallen da ein paar Sachen ein«, antwortete der.

»Mir auch.« Phrice zog Max so dicht an sich, dass sein ekliger Gestank einen Würgreiz bei Max auslöste. »Bevor diese Nacht vorbei ist, Junge, wirst du dir wünschen, du wärst nie geboren.«

Max kamen die Tränen, während er sich weiter wehrte. Seine Menschlichkeit hatte ihn nicht gerettet, wie es die alte Frau andeutete, doch er hoffte, dass sie zumindest Jeb retten konnte. »Macht es nur schnell«, flüsterte er, als ihm die erste Träne über die Wange kullerte.

Phrice lachte. »Dafür kann ich nicht garantieren.« Er warf sich Max über die Schulter und stapfte in den Wald zurück, gefolgt von dem anderen Dämon. »Dein Schicksal liegt jetzt in Atalantas Händen.«

Zwanzigstes Kapitel

Callias Herz fühlte sich an, als wollten ihm Flügel wachsen, auf denen es geradewegs in den Himmel schweben konnte. Als Zander seinen Kopf auf ihre Brust legte und zitternd Atem holte, dachte sie sogar, dass es passieren könnte.

Ihr Leib bebte noch vom überwältigenden Orgasmus, und ihre Gedanken kreisten um das, was Zander ihr gesagt hatte. Zu gern würde sie glauben, dass sie sogar nach allem, was zwischen ihnen vorgefallen war, noch eine Zukunft hatten.

»Zander«, sagte sie leise und strich ihm übers Haar. »Wir müssen aufstehen.«

»Werden wir«, murmelte er an ihrem Hals. »Sobald ich mich wieder bewegen kann.«

Wärme durchströmte sie, als sie daran dachte, weshalb er seinem Körper momentan nicht zutraute, ihm zu gehorchen. Und sie dachte an das, was sie getan hatten, wie es sich anfühlte und wie sehr sie es wieder und wieder täte. Unwillkürlich schlossen sich ihre Schoßmuskeln um jenen wunderbaren Teil von ihm, der nach wie vor tief in ihr war, und Zander stöhnte.

»Das wäre eine Art, wieder in Bewegung zu kommen.«

Sie lächelte. Ja, Sex mit Zander war immer berauschend gewesen. Aber natürlich war ihr klar, dass es hier nicht bloß um Sex ging. Da war mehr. Sie fühlte es, auch wenn sie sich nicht dazu bringen konnte, es auszusprechen.

Ihr Lächeln erstarb, denn die Wirklichkeit mit ihren zahllosen Problemen wartete auf sie.

Sie stürmte auf Callia ein und brachte ihr hübsches Fantasiegespinst zum Einsturz. Ihr Sohn war noch nicht gefunden, und sie hatten hier wertvolle Zeit vergeudet, indem sie sich dem Liebesspiel hingaben, statt nach ihm zu suchen. Überdies wartete Isadora – Callias Halbschwester und Zanders Verlobte – in diesem Moment unten und fragte sich wahrscheinlich schon, was hier vor sich ging.

Sie drückte sanft gegen seine Schultern. »Ich muss aufstehen, Zander. Ich brauche eine Dusche.«

Träge stützte er sich mit beiden Händen auf. Als er seinen Kopf hob, wirkten seine Augen schläfrig, und sein Haar war verwühlt. Doch obwohl es überhaupt keinen Sinn ergab, schien etwas an ihm ... anders, ruhiger, ja, friedvoller, als sie ihn je gesehen hatte. »Willst du mich schon wieder von dir runterwaschen?«

Sie überlegte immer noch, was sich in den letzten paar Minuten an ihm verändert hatte, konnte es aber nicht benennen. Sie hatten schon häufig miteinander geschlafen, und, ja, Sex entspannte ihn. Aber nicht so. Dies hier war anders.

Als er die Stirn runzelte, verdrängte sie den Gedanken und wand sich unter ihm heraus. »Nein, mir fällt nur gerade wieder ein, warum ich ins Menschenreich gekommen bin.«

Er rollte sich auf die Seite und beobachtete sie, einen Ellbogen angewinkelt und den Kopf auf seine Hand gelehnt. »Wie bist du eigentlich hergekommen?«

»Wir sind durch ein geheimes Portal gegangen, von dem Isadora wusste.«

»Wo?«

»In den Bergen.«

Seine Mundwinkel bogen sich nach unten. »In den Bergen leben Hexen.«

Das Missfallen in seinem Tonfall war unüberhörbar, dennoch wusste sie, dass er sie deshalb nicht zurechtweisen würde. Was irgendwie nicht passte, denn Zander erzählte anderen eigentlich laufend, was sie tun und was sie lassen sollten.

Komisch.

Sie fragte sich wieder, was an ihm verändert war und wieso, wurde jedoch von ihren Sachen auf dem Boden abgelenkt und bückte sich nach ihnen. »Die anderen wundern sich wahrscheinlich schon, wo wir sind. Ich glaube nicht, dass es eine gute Idee wäre, nach Sex riechend hinunterzugehen, denn sie alle denken, dass ich nach oben wollte, um dich in Stücke zu reißen. Und vor allem möchte ich nicht, dass Isadora mitbekommt, was hier gerade war.«

Mit diesen Worten ging sie zum Bad. »Ich beeile mich.«

Sie schloss die Tür hinter sich und atmete tief ein. Ihre Hände wie ihre Nerven flatterten. Rasch stellte sie die Dusche an, zog sich das Bustier über den Kopf und stieg unter den heißen Strahl.

Die Hitze entspannte sie sofort. Die Augen geschlossen, neigte sie ihren Kopf nach hinten und ließ das Wasser auf ihre Brüste prasseln. Derweil bemühte sie sich, an nichts zu denken, was ihr leider unmöglich war. Der Schmerz ob dem, was ihr Vater ihr eröffnete, raubte ihr den Atem. Sie tauchte ihr Gesicht unter den

Strahl. Ihre Gedanken schweiften zu dem Gespräch mit Casey und Isadora, dann zur Begegnung mit Zander hier und der Art, wie sie all ihre Wut und Enttäuschung an ihm ausgelassen hatte.

Sie würde es nicht wieder tun, nicht die Fehler wiederholen, die sie schon einmal beging. Er hatte sie geliebt? Was spielte das noch für eine Rolle? Das Einzige, was jetzt zählte, war, ihren Sohn zu finden. Der Rest war unwichtig.

Ein kühler Luftzug wehte über ihre Haut, und zu spät begriff sie, dass die Duschkabinentür auf- und zugegangen war, während sie vor sich hingrübelte. Sie drehte den Kopf und sah Zander, der direkt hinter ihr stand.

»Was hast du vor?«, fragte sie.

»Ich dachte mir, ich sollte auch duschen.«

Ihr wurde flau, und sie machte einen Schritt zurück, um Abstand von ihm zu bekommen, aber er schien die ganze Kabine einzunehmen. »Okay, dann warte draußen. Ich bin in einer Minute fertig.«

Zander schmunzelte. »Warum plötzlich so schüchtern? Ich habe dich schon nackt gesehen, *Thea*.«

»Ich bin nicht schüchtern«, entgegnete sie und wich noch weiter zurück, so dass sie mit dem Rücken an die Fliesen stieß. »Ich möchte nur etwas Privatsphäre haben, sonst nichts. Wie gesagt, ich bin gleich fertig. Dann hast du die Dusche ganz für dich.«

»Ich teile sie gern mit dir«, sagte er und wollte nach ihrem Arm greifen.

Callia wich ihm aus. »Zander, bitte.« Sie presste ihren Rücken fest an die Fliesenwand. »Warte draußen.«

Er stutzte. »Was ist los?«

»Nichts.«

Seine Finger strichen über ihren Oberarm. »Dreh dich um, Callia.«

Sie wollte nicht, starrte auf seine breite Brust, über deren sonnengebräunte Haut Wasserrinnsale liefen. »Nein.«

Er zog behutsam an ihrem Arm, und obwohl sie wusste, dass es zwecklos war, sträubte sie sich. Natürlich hatte er sie binnen weniger Sekunden umgedreht. Nun war ihr Rücken an ihn gedrückt, und seine Arme umfingen sie. »So ist es besser, nicht?«, flüsterte er.

Nein! Wasser sprühte auf ihre Brust und die Schultern. Sie schloss die Augen. Zu gern würde sie die letzten zehn Jahre aus ihrem Gedächtnis löschen, aber das konnte sie nicht. »Zander, bitte …«

»Ich habe die Narben gesehen, als du verletzt wurdest«, sagte er leise. »Du musst deshalb keine Angst haben.«

»Habe ich nicht.«

»Was ist es dann?«

Sie wünschte, sie müsste diese Unterhaltung nicht führen. »Ich mag es eben nicht, wenn jemand sie sieht. Sie sind hässlich.«

Er neigte sich zu ihrer Schulter und küsste sie. »Nichts an dir könnte jemals hässlich sein.« Als er den Kopf wieder hob und seine Umarmung lockerte, wusste sie, dass er die Narben betrachtete. Obgleich sie längst zu dünnen weißen Linien verblasst waren, fühlte Callia sie bis heute. Und sie wusste, wie sie aussahen. »Wenn ich daran denke, was sie mit dir gemacht haben …«

»Sie haben nichts getan, worum ich sie nicht bat. Es war meine Entscheidung.«

Sein Schweigen bestätigte ihre Vermutung, und genau deshalb wollte sie jetzt nicht dieses Gespräch mit ihm führen. Der Schmerz, mit dem sie tagtäglich lebte, den sie unterdrücken musste, um durchzuhalten, kehrte mit voller Wucht zurück.

»Keiner hat mich gezwungen, Zander.« Zumindest das musste sie ihm verständlich machen. »Ich habe das Reinigungsritual freiwillig gemacht.«

»Warum?«, fragte er entsetzt.

In ihrem Kopf ergab es so viel mehr Sinn als in Worten. »Weil es mir richtig schien. Weil ich dachte, ich schuldete es meinem Vater dafür, dass er seine Stellung riskierte, um sich um mich zu kümmern. Weil …« Sie verstummte und blickte hinab auf seine Arme. »Ich wollte vergessen.«

Er schwieg so lange, dass sie schon glaubte, er hätte sie nicht gehört. Dann lehnte er seine Stirn an ihren Kopf und flüsterte: *»Thea.«*

Thea. Das Wort traf sie wie ein Messerstich ins Herz. Wieso konnte sie ihn selbst nach so langer Zeit nicht gehen lassen? Nicht einmal heute, da sie wusste, dass sie keine Zukunft hatten und das hier selbstzerstörerisch war. Warum konnte sie ihn nicht aufgeben, wie sie es sollte?

»Dies«, sagte er, nahm einen Arm von ihrer Taille und glitt mit der Hand über ihren Rücken, »ist nun mein.« Er legte seine flache Hand auf die Narben, und Wärme strömte von seiner Haut in ihre. »Ich kann nicht machen, dass du vergisst, aber ich kann dir die Last abnehmen. Es ist meine, Thea, nicht deine.«

Seine Wärme übertrug sich sogar auf die kältesten Stellen in ihrem Innern, aber sie schüttelte den Kopf. »Du verstehst das nicht. Ich wollte nicht vergessen, was passiert war, Zander. Ich wollte dich vergessen und meine Gefühle für dich.«

Die folgende Stille hatte etwas Bedrückendes.

»Ist das deine Art, mir zu sagen, dass du es geschafft hast?«, fragte er nach einer Weile.

»Nein. Ich konnte nicht, nie. Das ist das Problem. Es hat nicht funktioniert.« Tränen, die sie sehr gern unterdrückt hätte, stiegen ihr in die Augen. »Schmerz ist nicht befreiend. Er ist nur eine weitere Erinnerung an das, was man verloren hat. Und nun habe ich nichts als diese scheußlichen Narben. Sie werden mir bleiben, wenn alles andere vorbei ist. Ob wir unseren Sohn finden oder nicht. Nachdem du dich gebunden hast …«

Sie brach ab, als ihr bewusst wurde, wie verbittert sie klang. Hätte sie doch nur den Mund gehalten! Oder ihr Bustier anbehalten.

Er drehte sie wieder zu sich, so dass ihr das Wasser über den Rücken lief, strich mit den Fingern durch ihr Haar und neigte ihren Kopf nach hinten, damit sie ihn ansah. »Thea, mach die Augen auf.«

Sie tat es und erkannte all die Gefühle, die in ihr tobten, in seinem Blick. Seine silbernen Augen wirkten nicht mehr gewitterumwölkt und grau, sondern schimmerten und hatten einen leuchtend blauen Kranz um die Iris.

»Zander, deine Augen …«

»Ich binde mich nicht an Isadora. Wenn dies hier vorbei ist, wirst du mich haben. Ich bin dein, solange du mich willst. Auch wenn du mich nicht mehr willst, gehöre ich immer noch dir. Ich habe mich nur freiwillig zur Heirat mit Isadora bereiterklärt, weil ich dachte, ich hätte dich verloren. Denkst du wirklich, wenn ich geahnt hätte, dass wir noch eine Chance haben, hätte ich solch eine Vereinbarung getroffen?«

Er nahm ihre Hand, bevor sie antworten konnte, legte sie an seine Brust und ließ Callia sein Herzklopfen spüren. Dann nahm er ihre andere Hand und legte sie auf ihr Herz. »Fühlst du das?«, fragte er. »Wir sind einander verbunden, du und ich. Es geht tiefer als die Tatsache, dass ich dich liebe, ist mehr als bloß der Umstand, dass du meine Seelenverwandte bist. Hier geht es um uns und den Grund, weshalb ich dich auch nie gehen lassen konnte.« Er kam näher, umfing sie mit seiner Wärme, während sie fühlte, wie ihr Herz im Takt mit seinem schlug. »Es ist mehr, Thea. Egal was heute oder morgen geschieht, vor uns liegt viel mehr. Du bist mein Leben, und darum endet die Geschichte nicht hier. Nicht solange wir es nicht erlauben.«

Seine Worte berührten sie tiefer als sein früheres Geständnis, dass er sie einst geliebt hatte. Tränen liefen ihr über die Wangen, gegen die sie nichts tun konnte. Sanft neigte Zander seinen Kopf und streifte ihre Lippen mit seinen – einmal, zweimal, so zart, als wäre sie aus feinstem Glas. »Thea«, flüsterte er an ihrem Mund. »Lass es nicht hiermit enden.«

Oh Götter, sie war schon immer machtlos gegen ihn gewesen. Er hatte recht: Das Band zwischen ihnen war unbegreiflich tief, und sie war es leid, dagegen anzukämpfen, gegen sie beide und das, was sie immer gewollt hatte.

Sie erwiderte seinen Kuss trotz der Stimme in ihrem Hinterkopf, die sie warnte, dass es falsch war, sie wieder verletzt würde. Obwohl sie wusste, dass es für sie niemals gut ausging, konnte sie nicht anders. Sie schlang die Arme um ihn, neigte ihren Kopf nach hinten und stellte sich auf die Zehenspitzen, während sie ihn kostete und er sie dicht an sich zog. Stöhnend schob er sie mit dem Rücken an die Fliesenwand. Wasser sprühte um sie herum auf, als seine Hand zu ihren Po wanderte und sie noch näher an sich zog.

»*Thea,* ich kann nie genug von dir bekommen.«

Sie von ihm auch nicht. Sie reckte sich noch höher, küsste seine Nase, seine Wange, seinen Mund. Zwar sollten sie beide eigentlich unten bei den anderen sein, die gewiss eine Strategie besprachen, doch hier und jetzt brauchte sie ihn.

Sie hob ein Bein um seine Hüfte. »Zander …«

Sein tiefes Raunen verriet ihr, dass er dasselbe brauchte wie sie. Er knabberte an ihrem Ohrläppchen und wiegte spielerisch die Hüften an ihren. »*Thea …*«

Plötzlich flog die Badezimmertür auf und krachte gegen die Wand. Zander erstarrte, nahm Callias Bein herunter und stellte sich vor sie, um sie abzuschirmen.

»Mann, Z., da bist du ja!«

Callia erkannte Titus' Stimme, konnte jedoch nicht an Zanders breiten Schultern vorbeisehen.

»Raus hier, Titus«, knurrte Zander.

»Oh, Mist.« Schuhsohlen quietschen auf dem Fliesenboden, dann klang Titus' Stimme gedämpfter, als hätte er sich umgedreht. »Ich dachte nicht, dass du so, ähm, schmutzig bist und mehr als eine Dusche brauchst«, sagte er amüsiert. »Hi, Callia.«

Zander blickte finster zu ihr, und aus irgendeinem Grund empfand sie diese absurde Situation als beinahe wohltuend. »Hi, Titus.«

Zander verdrehte die Augen. »Okay, du hattest deinen Spaß, Titus. Jetzt raus hier!«

Auch wenn er unübersehbar verärgert war wegen

der Störung, hörte er sich nicht wütend an. Von seinem aufbrausenden Temperament, das sonst vollkommen unberechenbar zu sein schien, war keine Spur zu entdecken.

»Ich geh ja schon«, sagte Titus. »Aber ich dachte, ihr zwei wollt vielleicht wissen, dass Nicks Scouts einen Menschen hergebracht haben. Er ist Truck-Fahrer, und sie haben ihn weiter im Norden gefunden, schwer verletzt von einem Dämonenangriff. Allerdings konnte er noch was von einem Jungen murmeln, der ihm geholfen hat, den Typen zu entkommen. Er hatte ihn als Anhalter in British Columbia aufgelesen.«

Callias Lächeln schwand, und eine seltsame Vorahnung überkam sie. Zanders Miene nach fühlte er dasselbe.

Er drehte sich zu Titus um, schirmte Callia jedoch weiter ab. Und da bemerkte Callia die Narben oben an seinem Rücken: dünne, blasse Linien, von denen sie sicher war, dass er sie noch nicht gehabt hatte, als sie ihn verarztete. Noch dazu waren sie ihr unheimlich vertraut.

Moment mal. Was ist hier los?

»Wie alt?«, fragte Zander.

»Ungefähr zehn.«

Callia hörte nur Titus' Antwort, und sofort blickte Callia von Zanders Narben in sein Gesicht, denn er drehte sich zu ihr. Es konnte doch nicht …

»Und Z.«, fuhr Titus fort, »zieh dir das rein. Der Typ, dieser Mensch, sagt, der Junge hatte Zeichnungen auf seinen Armen, genau solche wie wir.«

Zander rannte mit Callia den langen Korridor entlang. Nachdem Titus gegangen war, hatten sie sich in

Windeseile angezogen. Callia sprach kein Wort, aber ihre Angst war ihr deutlich anzumerken gewesen.

Seine Stiefel donnerten auf dem Steinboden, als sie die Treppen zur Hauptebene hinunterliefen und von dort zur Hintertreppe, die nach unten zur Klinik führte. Da die Kolonie tief in den großen Höhlen der Cascade Mountains lag, war die Luft hier kühl. Kerzen im Abstand von etwa zehn Schritt beleuchteten den breiten Gang, um Energie zu sparen, und der Fels schluckte sämtliche Geräusche, so dass die Höhlengänge verlassen anmuteten.

Unten an der Treppe wandte Callia sich nach links zu den Konferenzräumen, wo Nick mit seinen Soldaten eine Strategie besprach, doch Zander zog sie zurück. »Hier entlang.«

»Wie kommst du darauf? Ich habe sie zuletzt da hinten gesehen.«

»Die Behandlungsräume sind in dieser Richtung.«

Ihre Miene war leicht zu lesen. Die steile Falte zwischen ihren Brauen sagte, dass sie nicht verstand, wie er das wissen konnte. Und als ihr klarwurde, dass er die Räumlichkeiten von ihrem Aufenthalt hier kannte, nahmen ihre Züge einen weicheren Ausdruck an.

Was merkwürdig war, denn sie hatte die Tage, die er nicht von ihrer Seite gewichen war, bislang kein einziges Mal angesprochen. Überhaupt wusste er früher nie, was sie dachte oder fühlte. Doch nun endlich öffnete sie sich ihm.

»Ich glaube, ich habe dir noch nicht gedankt, dass du mir das Leben gerettet hast«, sagte sie leise.

Er strich ihr das Haar aus dem Gesicht und küsste sie auf die Stirn. »Es wird alles wieder gut, *Thea*«, sagte er. »Das verspreche ich dir, egal was geschieht.«

Eine neue Entschlossenheit spiegelte sich in ihren Augen, und sie nickte.

Zander drückte ihre Hand und führte sie zu den Behandlungsräumen. Leises Stimmengewirr wies ihnen den Weg, nachdem sie um eine Ecke gebogen waren. Eine Tür vorn links stand offen, aus der Neonlicht auf den dunklen Korridor fiel. Gleich drinnen in dem Zimmer blockierten Therons breite Schultern die Sicht.

Der Anführer der Argonauten wandte sich um, als er Schritte hörte. »Z.« Sein düsterer Blick huschte kurz zu Callia, die mit Zander zusammen ins Zimmer kam, und Zander ließ ihre Hand bewusst nicht los. »Wir wollten gerade einen Suchtrupp losschicken.«

»Wo ist er?«, fragte Zander, der nicht auf Therons Sarkasmus einging. Er sah zur offenen Tür rechts von ihnen, aus der das Sirren und Piepen von medizinischen Geräten drang.

»Im anderen Zimmer«, antwortete Theron. »Die hiesige Heilerin ist bei ihm.«

»Ich will ihn sehen«, sagte Callia. »Vielleicht kann ich helfen.«

Zander sah zu ihr und wieder zu Theron. »Ist er bei Bewusstsein?«

Theron nickte. »War er eben noch.«

Callia entwand sich Zanders Hand, lief durch das Zimmer in den angrenzenden Raum, und Zander folgte ihr in das mit aller erdenklichen Technik ausgestattete Krankenzimmer.

Kabel und Schläuche führten von den Armen des Mannes zu den Maschinen hinterm Bett. Eine Sauerstoffmaske bedeckte sein halbes Gesicht, und so gut wie alle sichtbaren Teile von ihm waren mit Verbänden umwickelt. Offenbar konnte man von Glück reden, dass der Kerl noch am Leben war.

Callia ging nahe ans Bett. Nick stand auf der einen Seite und beobachtete den Menschen, während Lena von der anderen aus die Maschinen überwachte.

»Wie geht es ihm?«

Nick verschränkte die Arme vor der Brust. »Wie würde es dir denn gehen, nachdem dich jemand als Zwischenmahlzeit benutzt hat?«

Lena warf ihm einen vernichtenden Blick zu, ehe sie Callia ansah. »Er ist stabil, vorerst. Aber ich fürchte, ihr könnt nicht mit ihm reden. Er ist gerade wieder bewusstlos geworden, und die Drogen haben ihn ziemlich erwischt. Selbst wenn er reden könnte, würde euch nichts von dem, was er sagt, helfen.«

»Was hat er erzählt? Was hat er über den Jungen gesagt?«, fragte Callia spürbar frustriert.

Tatsächlich huschte ein Anflug von Mitgefühl über Nicks Züge. »Er hat den Jungen irgendwo oben in British Columbia aufgegabelt. Dann hielten sie an einem Truck Stop gleich hinter dem Mount-Hood-Gipfel.« Er sah zu Zander. »Dort gibt es eine kleine Misos-Siedlung, deshalb patrouillieren wir die Gegend. Wie es aussieht, sind sie unwissentlich mitten in einen Überfall geraten.«

»Was ist mit dem Jungen?«, fragte Callia. »War er bei ihm?«

Die Panik in ihrer Stimme setzte Zander zu. Er stellte sich hinter sie und legte seine Hände an ihre Arme.

»Nach dem, was meine Soldaten aus ihm herausbekommen konnten«, erzählte Nick, »hat der Junge ihm gesagt, die Monster wären seinetwegen da.«

Callia drehte sich entsetzt zu Zander um, und was er in ihren Augen sah, entsprach exakt dem, was er fühlte. Furcht, die sich mit verzweifelter Dringlichkeit an einen letzten Hoffnungsfunken klammerte. Nur dass er dunkel ahnte, es würde nicht gut ausgehen.

»Also konnte er entkommen«, sagte Callia, die sich wieder Nick zuwandte. »Konnte der Junge fliehen?«

»Nein«, antwortete Zander, bevor Nick es konnte, und ihm wurde das Herz bleischwer. Er blickte in das vernarbte Gesicht des Halbbluts, das den Argonauten näher zu sein schien, als irgendeiner von ihnen bisher begriff, und las die Wahrheit.

»Das kannst du nicht wissen!«, widersprach Callia. »Er kann entkommen sein, als die Dämonen auf diesen Mann losgingen.«

»Nein«, wiederholte Zander, der es hasste, ihr wehzutun, nur musste er ehrlich zu ihr sein. »Falls er es war, Callia, falls es unser Sohn war, wäre er nicht weggelaufen. Er hätte diesen Menschen nicht wehrlos zurückgelassen.«

Sie sah zu ihm auf. »Woher willst du das wissen? Er ist doch noch ein Kind.«

»Er ist ein Argonaut. Es liegt ihm im Blut.« Zander wandte sich zu Theron und Titus um, die ihnen ins Krankenzimmer gefolgt waren. Hinter ihnen standen Gryphon, Phineus und Cerek in der Tür, die das Geschehen beobachteten. Und Zander musste an seinen Dreckskerl von Vater denken, daran wie er selbst als Kind gewesen war, wie er aufgezogen und trainiert wurde und welche Instinkte ihm unwiderruflich angeboren waren.

»Wir waren alle nicht wie gewöhnliche Jugendliche. Man kann einem Argonauten beibringen, ein

Krieger zu sein, ihm die Gefühle austreiben, die Träume nehmen und ihn zum Mörder drillen. Und falls es unser Sohn war und er wirklich bei Atalanta gelebt hat, bin ich sicher, dass sie genau das tat. Trotzdem wäre sie nicht imstande gewesen, seinen Instinkt zu verändern. Er gehört ebenso fest zu ihm wie sein Haar, seine Haut. Sollte er sich irgendwie von ihr befreit haben und bei diesem Mann gewesen sein, als die Dämonen angriffen, hätte er gekämpft. Und er hätte ihn beschützt.«

Tränen schwammen in ihren Augen. Sie drehte sich zu dem Mann um, der reglos im Bett lag, und der Kummer, den sie ausstrahlte, ging Zander durch und durch.

Niemand sagte ein Wort, als sie sich benommen im Zimmer umschaute. Die einzigen Geräusche waren das Piepen und Surren der Apparate. Dann entwand sie sich langsam Zanders Hand und ging zu einem Stuhl, über dessen Armlehne eine kleine Jacke hing.

»Ist das … war das seine?«

»Der Mensch hielt sie, als sie ihn herbrachten«, sagte Lena leise. »Alle persönlichen Gegenstände, die er bei sich hatte, sind dort.«

Callia hob die Jacke an ihr Gesicht und atmete tief ein. Das Kleidungsstück war zerrissen, voller Blut und Schmutz, doch das schien sie nicht zu kümmern. Sie schloss die Augen und presste sich die Jacke an die Brust. Mehr konnte Zander nicht aushalten, denn auch ihm brach das Herz. Eben noch waren sie voller Hoffnung gewesen, und jetzt blieb nichts als Trauer.

Er schritt um das Bett herum zu ihr, nahm sie in die Arme und hielt sie, während sie weinte. Hinter ihm flüsterten die anderen, aber ihm war gleich, was sie sagten. Callias Schluchzen schüttelte ihren Leib, als er sie an sich drückte, die Jacke zwischen ihnen. Er hatte nicht einmal die Kraft zu beten, dies hier wäre nicht, was er befürchtete. Denn er wusste es. Ein sechster Sinn in ihm sagte ihm, dass die Jacke seinem Sohn gehört hatte und dieser Sohn irgendwie den Menschen rettete.

»Thea …«

Sie sah ihn an, ihre Wangen tränennass, öffnete den Mund, um etwas zu sagen, und bewegte die Jacke zwischen ihnen. Auf einmal erstarrte sie und runzelte die Stirn.

»Was ist?«, fragte er.

Sie zog ihre Hand aus der Jacke. Das Neonlicht über ihnen spiegelte sich in der runden Silberscheibe, der Zeit und Witterung eine graue Patina verliehen hatten. Sie hing an einer schweren Kette und bestand hauptsächlich aus vier leeren Kammern mit einem kleinen eingestanzten Kreis in der Mitte, der das Siegel der Titanen zeigte.

»Heilige Hera«, flüsterte Zander.

Callias Augen weiteten sich. »Das sieht aus wie …«

»Das Krónossiegel«, sagte Theron erstaunt.

Zander und Callia drehten sich beide zu Theron. Neben ihm standen Casey und Isadora, gleichfalls gebannt auf das Medaillon in Callias Händen starrend.

Zander hatte überhaupt nicht bemerkt, wie die beiden Frauen ins Zimmer kamen, doch als er Isadoras veränderte Erscheinung sah – die kurzen Haare, die neue Kleidung, ihr fragender Blick, der zwischen ihm und Callia hin- und herhuschte –, regten sich Schuldgefühle in ihm. Er musste dringend mit der Prinzessin sprechen, ihr erklären, was passiert war, und ihr sagen, dass es keine Bindungszeremonie geben würde. Was das für die Monarchie bedeutete, konnte er nicht sagen. Aber wenn dies hier – er blickte wieder auf die Scheibe – war, wofür er es hielt, dann war es auch nicht mehr wichtig.

»Okay«, sagte Casey zögerlich. »Ihr guckt das Ding an, als wäre es der Antichrist. Kann bitte mal jemand eine ahnungslose Misos aufklären?«

Theron, durch Caseys Stimme aus seiner Trance erwacht, zog sie an seine Seite. »Krónos war der Vater von Zeus, Hades und Poseidon. Ein Titan, und die Titanen waren ...«

»Die herrschenden Gottheiten, bevor die Götter des Olymps übernehmen«, ergänzte Casey. »Ja, die Mythologie kenne ich, aber das war nicht meine Frage.«

»Es ist bloß ein weiterer Mythos«, sagte Nick.

Theron warf ihm einen strengen Blick zu. »Mythen wurzeln gewöhnlich in der Wirklichkeit. Was dies – findest du nicht auch, Krieger? – beweist.«

Nick zog die Brauen zusammen und nahm eine trotzige Verteidigungshaltung ein. In die spürbare Spannung hinein sagte Zander zu Casey: »Der Sage zufolge hat Krónos, als er erkannte, dass Zeus und seine Brüder ihn stürzen wollten, dieses Siegel geschaffen. Er gab die chthonischen Kräfte hinein, jene von dieser Welt, und die vier Elemente Luft, Wasser, Feuer, Erde. Vor der letzten Schlacht im Kampf der Titanen, dem Krieg zwischen Titanen und Olympern, gab er Prometheus das Siegel, damit er darauf aufpasste. Und er befahl ihm, es nur im äußersten Notfall zu benutzen.«

Casey stutzte. »Aber Prometheus war doch selbst ein Titan.«

»War er«, antwortete Isadora. »Allerdings nahm er nicht an dem Kampf teil, und er und einige andere wurden nicht mit den übrigen Titanen nach Tartarus verbannt. Als der Krieg vorbei war, ließ Zeus die unterlegenen Titanen in die unteren Ebenen von Tartarus sperren, wo sie in alle Ewigkeit gefoltert wurden.«

»Und Prometheus hat das Siegel nicht benutzt, um sie zu befreien«, riet Casey.

»Nein«, bestätigte Theron. »Prometheus war ein Verfechter der Menschheit. Er wollte nicht, dass einer der Götter das Siegel benutzte, deshalb verteilte er die vier Elemente auf die Erde, und der Sage nach versteckte er das leere Siegel irgendwo, wo Zeus und seine Brüder es nie finden würden.«

»Etwas von großem Wert«, murmelte Callia. »Er hat es in den Aegis-Bergen versteckt, in Argolea.«

Zander sah wieder zu der Scheibe. Sogar er konnte die pure Kraft fühlen, die von dem uralten Metall ausging. Falls sein Sohn dieses Ding gehabt hatte, als er von den Dämonen angegriffen wurde, könnte er möglicherweise stark genug gewesen sein, ihnen doch zu entkommen.

Ein Blick in Callias Augen verriet ihm, dass sie sich an denselben Hoffnungsfetzen klammerte.

»Okay, jetzt komme ich nicht mehr mit«, sagte Casey, die Theron losließ und zu Callia kam. »Warum hat Prometheus das Siegel versteckt?«

»Weil der Legende nach derjenige, der das Siegel mitsamt den Elementen trägt, nicht bloß die Macht hat, die Titanen aus Tartarus zu befreien«, erklärte Isadora, »sondern außerdem über diese Welt herrscht.«

Nun schien Casey zu begreifen. »Sie wollte es, um

der Prophezeiung zu entgehen.« Sie sah von Isadora zu Zander. »Meint ihr das? Wenn Atalanta dieses Siegel mit den vier Elementen darin hat, kann sie das Menschenreich beherrschen?«

»Ja«, antwortete Zander. »Und das Menschenreich ist das Einzige, das die Götter nie kontrollieren konnten. Die Himmel, die Unterwelt, die Meere werden von ihnen beherrscht, aber das Menschenreich war ihnen immer versperrt. Solange sie das Siegel hat, ist sie wieder unsterblich und mächtiger als sie alle. Und fordert sie jemand heraus«, er sah zu seinen Wächtergefährten, die allesamt angespannt waren, weil sie genau wussten, was die kleine Scheibe vermochte, »kann sie die Titanen loslassen, die dann einen Krieg beginnen, wie ihn noch niemand erlebt hat.«

»Oh Gott«, hauchte Casey. »Dann ist es wohl gut, dass sie das Ding nicht hat, was? Aber ich verstehe immer noch nicht, wie es von Argolea aus in die Hände eures Sohnes gelangen konnte.«

Sie schaute sich fragend um.

»Es muss rausgeschmuggelt worden sein«, sagte Isadora. »Jemand muss es gefunden haben.« Plötzlich riss sie die Augen weit auf. »Orpheus.«

»Dieser kleine Drecksack«, murmelte Nick.

»Es ist unerheblich, wie es rauskam«, sagte Theron. »Wenn der Junge das Siegel hatte, muss er es von Atalanta haben.«

»Er hat es ihr gestohlen.« Callia blickte zu Zander. »Deshalb war er mit diesem Menschen zusammen, und deshalb jagen ihn die Dämonen.«

Ja, das hatte er sich auch schon gedacht. Und sie würden ihn töten, sobald sie ihn fanden. Falls sie es nicht bereits getan hatten.

»Wartet mal«, sagte Isadora. »Da gibt es einen Haken. Atalanta kann das Siegel nicht allein einsetzen.«

»Wieso nicht?«, fragte Casey.

»Weil sie in ihrer Gottform als Olympierin gilt, nicht als Titanin. Und ein Olymper – selbst einer der Zwölf – braucht dazu einen Schlüssel. Sie müssen etwas aus der Menschenwelt mit etwas aus ihrer zusammenbringen. Sie müssen …«

»Jemanden haben, der halb Gott, halb Mensch ist, vollkommen ausgewogen«, beendete Casey den Satz für sie.

»Ja«, stimmte Isadora ihr leise zu und sah ihre Halbschwestern an. »Jetzt ergibt alles einen Sinn, diese Male, die wir haben. Die Horen wachen über Gleichgewicht, Takt und Ordnung. Casey und ich, als die Erwählten, sind solche perfekten halbgöttlichen, halbmenschlichen Wesen, aber wir sind nur mit dir zusammen im Gleichgewicht, Callia.«

»Also braucht sie uns, um das Siegel zu benutzen«, flüsterte Callia.

»Ja«, hauchte Isadora. »Oder eines unserer Kinder. Und da Casey und ich noch keine haben …«

Callia berührte das Mal hinten in ihrem Nacken. »Hat sie sich meines geholt.«

Isadora nickte. »Atalanta hat deinen Sohn nicht gestohlen, weil sein Vater ein Argonaut ist, sondern weil sie vor uns allen wusste, was du bist. Und dass unser Vater, der König, irgendwie mit Themis verbunden ist, dem Titan, der die Horen zeugte, und damit wir also auch. Nun braucht sie eine von uns oder eines unserer Kinder, um das zu kriegen, was sie eigentlich will.«

Callias Blick huschte zu Zander. »Dann tötet sie ihn nicht.«

»Warte«, sagte Zander, der nicht wollte, dass sie sich falsche Hoffnungen machte. »Wenn es stimmt, was Isadora sagt, und ihr drei wirklich die neuen Horen seid, Stunden, was auch immer, und sie euch braucht, um das Siegel zu benutzen, warum hat sie dich dann an jenem Tag nicht einfach mitgenommen? Und wie hat sie euch beide gefunden?«

»Weiß ich nicht«, antwortete Callia kopfschüttelnd. »Ich habe keine Ahnung, wie sie uns gefunden hat, aber sie hätte mich nicht gewollt, weil ein Kind leichter zu manipulieren ist als eine dreißigjährige Argoleanerin, die ihr Leben der Krone verschrieben hat. Sie muss gewusst haben, dass ich ihr niemals helfen würde. Lieber wäre ich gestorben.«

»Und vielleicht hatte sie da das Siegel noch gar nicht«, fügte Casey hinzu. Als alle zu ihr sahen, sagte sie: »Vor zehn Jahren war Atalanta noch unsterblich, lebte in Tartarus und baute ihr Heer auf, richtig? Ihr habt alle gesagt, dass sie eine Intrigantin ist und ständig auf der Suche nach neuen Wegen, um sich zu rächen. Wenn das stimmt, wäre es nur logisch, dass sie einen Plan B hat, falls die Prophezeiung eintritt.« Sie sah zu Isadora. »Sprich: Wenn wir uns finden und sie doch wieder sterblich wird. Sie hat sich überlegt, wie sie sonst noch kriegt, was sie will.«

»Rache«, sagte Theron, dessen Züge sich verhärteten. »Die Frauen müssen zurück nach Argolea. Sofort.«

»Was?«, fragten alle drei Halbschwestern im Chor.

»Theron«, begann Casey.

»Ich gehe nicht zurück, Zander«, sagte Callia. »Ich habe ein Recht, hier zu sein.«

Das hatte sie, und dennoch hatte Theron recht. Falls

Atalanta ihren Sohn verloren hatte, hätte sie keinerlei Skrupel, sich eine oder alle Schwestern zu holen, solange sie sich überlegte, wie sie das Siegel zurückbekam. In der Menschenwelt war es für keine von ihnen sicher.

»Die Frauen haben recht, Held«, sagte Nick, der neben dem Bett stand.

Theron bedachte ihn mit einem finsteren Blick. »Halt den Mund, Nick. Das geht dich nichts an.«

Nicks Wangenmuskel zuckte. »Tut es sehr wohl, Klugscheißer. Wahrscheinlich mehr als euch alle zusammen, denn meine Leute leben hier, während ihr euch in eurem Nimmerland versteckt.« Er sah zu Callia, Isadora und Casey. »Ihr Ladies könnt so lange in der Kolonie bleiben, wie ihr wollt. Hier habt ihr eine sichere Zuflucht.«

»Mistkerl«, knurrte Theron. »Nick …«

Doch Nick achtete nicht auf ihn, sondern fragte Isadora: »An der Legende ist noch mehr dran, stimmt's? Erzähl ihnen den Rest.«

Isadora blickte zur Seite, und ihre Miene verriet deutlich, dass sie Nick nicht mochte und sich erst recht nicht von ihm diktieren lassen wollte, was sie tun sollte. »Ich weiß nicht, was du meinst.«

Was gelogen war, wie Zander ihr ansah.

Sie hatten keine Zeit für diesen Unsinn. Zander wandte sich wieder Nick zu. »Kannst du mich zu dem Truck Stop bringen, wo deine Leute den Menschen gefunden haben?«

»Ja, am schnellstens geht's mit dem Hubschrauber.« Nick rieb sich übers Kinn. »Wir haben einen am Landeplatz, gleich vor den Silver Hills. Ich kann über Funk Bescheid geben, dass sie ihn klarmachen.«

»Gut.« Zanders Pläne nahmen allmählich Gestalt an. Aus dem Augenwinkel bemerkte er Callias verärgerten Gesichtsausdruck, ignorierte ihn aber. Er war ganz und gar auf Kampf eingestellt, und diesmal war es nicht bloß Pflicht, es war eine persönliche Angelegenheit.

»Eine Frage noch«, sagte Nick. »Was zur Hölle kann ein Argonaut gegen eine Horde von Dämonen ausrichten?«

»Er ist nicht einer«, erklärte Theron. »Falls Atalanta einen von uns hat, gehen wir alle.«

»Und ich«, sagte Callia.

Zander sah sie nicht an. »Nein.«

»Ich …«

»Dieses Mal nicht, *Thea*«, fiel er ihr ins Wort. Sein Adrenalinpegel stieg bereits bei dem Gedanken daran, was vor ihnen lag, und er konzentrierte sich weiter auf Nick. »Wir brauchen Karten für das Gebiet, Waffen und einen Tipp, wo sie sich deiner Meinung nach am ehesten mit meinem Sohn versteckt.«

»Wird erledigt. Aber ihr braucht mehr als das, Held. Mein Gefühl sagt mir, dass ihr vor allem das Wohlwollen der beknackten Götter nötig habt.«

Einundzwanzigstes Kapitel

Callia überkreuzte die Arme vor der Brust und ging im Wohnzimmer der Hütte auf und ab. Wie alles in der Kolonie, war auch sie rustikal eingerichtet. Große Ledersofas und klobige Tische machten den Raum gemütlich und einladend, obwohl das Letzte, was Callia im Moment wollte, Entspannen war. Mit jedem Sekundenticken der Uhr wuchs ihre Angst und ihr Wunsch, jemanden umzubringen.

Es war fast zehn Uhr abends, Zander und die anderen waren seit knapp dreißig Minuten weg. Einzig Gryphon war geblieben und wachte vor der Tür. Zwar hatte Nick beteuert, dass seine Soldaten das mit dem Babysitten übernehmen könnten, doch Theron bestand darauf, den Wächter hierzulassen. Und Callia war nach wie vor stinksauer wegen der Art, wie sie und die anderen »Frauen« zum Warten verdonnert wurden. Mal wieder.

»Du läufst noch eine Rinne in den Boden«, sagte Casey von einem der Sofas aus. »Komm her und setz dich.«

»Kann ich nicht.« Callia nagte an ihrem Daumennagel. »Was glaubt ihr, wo sie gerade sind? Hätten wir eine Karte, könnte ich …«

»Oh Jammer des vergessenen Weibes«, seufzte Isadora vom Fenster aus, wo sie auf den Wasserfall hinausblickte, der sich in einen großen Teich mitten in der Höhle ergoss. Sie wandte den Kopf zu Callia und

Casey. »Ist anscheinend unsere Lebensgeschichte, was?«

»Nein, so ist es nicht«, sagte Casey. »Theron hat recht, ob ihr beide es zugeben wollt oder nicht.«

Callia sah zu Isadora. »Tja, sie ist eben die klassische verliebte Frischverheiratete.«

»Ja«, bestätigte Isadora und rieb sich die Stirn. »Widerlich, nicht wahr? Und ich habe sowieso schon Kopfschmerzen, weil ich mit euch beiden im selben Zimmer bin.«

Casey verschränkte trotzig ihre Arme und lehnte sich schnaubend zurück. »Ich bin zwar sehr wohl für Gleichberechtigung, aber nicht dämlich. Und es wäre dämlich von uns, da draußen rumzulaufen.« Sie sah zu dem Siegel, das vor ihr auf dem Couchtisch lag. »Wie wär's, wenn ihr zwei mal kurz aufhört zu schmollen und wir uns überlegen, was wir tun können?«

»Was soll das denn sein?«, fragte Callia genervt.

Casey nahm ein Buch auf, das neben ihr auf der Couch lag. »Kennt ihr beide die Geschichte der Horen?«

»Nein«, antwortete Callia. »Ehrlich gesagt, bin ich in letzter Zeit wenig zum Lesen gekommen.«

Auf ihre spitze Bemerkung hin rümpfte Isadora die Nase.

Casey verdrehte die Augen. »Bevor Nick mit den anderen weg ist, hat er mir das gegeben.« Sie zeigte auf den dicken Wälzer. »Es gab drei, die mal die Horen, mal die Jahreszeiten genannt wurden. Aber vor allem waren sie die Hüterinnen des Himmels und des Olymps. Eunomia war für die gesellschaftliche Ordnung zuständig, Dike für Gerechtigkeit. Und dann war da noch Eirene, die für Frieden und Gleichgewicht zwischen den beiden anderen sorgte. Und sie alle trugen ein Mal: ein geflügeltes Omega.«

»Eirene«, hauchte Callia, die neben Casey auf das Sofa sank. »So hat Atalanta mich in der Hütte genannt.«

Isadora setzte sich ihnen beiden gegenüber hin. »Unsere jeweiligen Fähigkeiten passen zu den Horen, meine Vorahnungen, Caseys Blick in die Vergangenheit, dein Ausgleichen. Es wundert mich nicht, dass Atalanta dich als Eirene erkannt hat.«

»Aber ich bin eine Heilerin. Ich kann nicht …«

»Was ist denn eine Heilerin?«, unterbrach Casey sie. »Jemand, der das Gleichgewicht im Körper wiederherstellt. Callia, du bist das Gleichgewicht zwischen uns.« Sie nickte zu Isadora. »Zwischen den Erwählten.«

Callia hatte das ungute Gefühl, dass die beiden sie für etwas vereinnahmen wollten, zu dem sie nicht bereit war. Sie musste sich erst noch an die Tatsache gewöhnen, dass sie die Tochter des Königs war, und jetzt kamen sie ihr mit mythologischen Verstrickungen. »Hört mal, das klingt ja alles ganz spannend, aber wieso kommt es mir vor, als würde es da mehr geben als tolle Namen und historische Verbindungen?«

»Orpheus erwähnte eine Waffe«, sagte Isadora. »Er hat mir erzählt, wir drei hätten etwas, das wir noch nicht verstehen könnten. Ich habe ihm nicht geglaubt, aber ihr habt doch auch diesen Stromschlag bei dem Siegel gespürt.« Sie streckte ihre Hände zu dem Siegel aus.

»Ähm, was machst du da?«, fragte Callia. Ja, sie hatte die Elektrizität gespürt, von der Isadora sprach, aber sie hatte keine Ahnung, was sie zu bedeuten hatte.

»Orpheus hat mir beigebracht, wie ich meine Fähigkeiten fokussiere«, antwortete Isadora.

»Moment!«, Casey hob eine Hand. »Was soll das heißen, Orpheus hat dir was ›beigebracht‹? Und ich dachte, du kannst nicht mehr in die Zukunft sehen. Ist deine Gabe wieder da?«

Isadoras Stirn kräuselte sich. »Nein, noch nicht. Aber das hier ist anders. Ich sehe nicht in die Zukunft oder die Vergangenheit, sondern in die Gegenwart. Und mich würde interessieren, ob wir, wenn wir uns alle auf dasselbe konzentrieren, ein Bild bekommen. Oder einen Ort.«

Callia wurde ganz kribbelig, als sie begriff, und sie schluckte. »Du willst, dass wir uns auf die Wächter konzentrieren, damit wir sehen, wo sie sind.«

»Nein«, erwiderte Isadora. »Ich pfeife auf die Argonauten. Ich will, dass wir uns auf Atalanta fokussieren.«

Casey und Callia tauschten besorgte Blicke.

»Ja, natürlich«, sagte Casey nach einer Weile. »Wir wissen, dass ein Zehnjähriger niemals einem Dämon entkommen könnte, und Atalanta würde ihn nicht töten. Aber sie wird ihn verstecken. Falls wir herauskriegen, wo sie ihn festhält, können wir es den Argonauten per Funk durchgeben.«

Erstmals seit die Wächter fort waren, regte sich Hoffnung in Callia. Ihre Handflächen begannen zu schwitzen, und sie wischte sie an ihrer Hose ab. »Was ist, wenn sie uns sehen kann? Ich meine, ist das nicht gefährlich? Wenn wir sie sehen, kann es doch gut sein, dass sie uns auch sieht.«

»Kann sein, nehme ich an«, antwortete Isadora. »Aber was macht das? Sie weiß nicht, wo wir sind.«

Callia sah von Isadora zu Casey und wieder zurück. Keine von ihnen sagte etwas. Es mochte sinnvoll sein, dennoch war Callia hin und her gerissen. Sie könnten sich irren, Atalantas Kräfte könnten stark genug sein, sie zu sehen, ihre Pläne zu erkennen, ihre Gedanken zu lesen.

Casey beugte sich vor. »Also, wie machen wir das?«

»Berührung und Konzentration waren bei mir immer Voraussetzungen, in die Zukunft zu sehen«, sagte Isadora.

»Und bei mir, um in die Vergangenheit zu sehen«, ergänzte Casey.

Isadora sah Callia an. »Bereit?«

Nein, sie war nicht bereit. Aber Casey hatte recht. Zumindest taten sie irgendetwas, und das Risiko war verschwindend gering.

Zögerlich senkte sie ihre Hand über das Siegel. Das Metall fühlte sich kalt an. Casey und Isadora berührten es ebenfalls, und kaum fassten alle drei es an, loderte Hitze in der Scheibe auf und strömte Callias Arm hinauf.

Sie rang nach Luft. Das Glühen wurde intensiver, wechselte von sanftem Rosa zu einem leuchtend roten Strahlen um ihre Hände.

»So ist es richtig«, flüsterte Isadora. »Jetzt konzentriert euch. Denkt an das Ziel.«

Callia schloss die Augen und malte sich Atalanta aus, so gut sie es konnte; allerdings weniger das Bild der Gottheit, eher die Essenz ihrer Seele. Farben blinkten hinter ihren Lidern, Weiß, Gold, Blau, Schwarz. Das Schwarz blieb wie ein Fleck, wie das Böse, das die Seele der Halbgöttin trübte. Ein Bild flackerte auf, verschwommen zuerst, doch beständig klarer werdend: grüne, weiche Hügel, ein breiter Fluss, Klippen, ein sich schlängelnder Weg und ein Gebäude, dreigeschossig mit Kuppeldach, das über dem steilen Felshang vollkommen deplatziert wirkte. Da war Atalanta, auf einem Thron im Innern des Hauses, blutrot gewandet. Sie sah hinauf zu einer runden Galerie, wo zwanzig oder mehr ihrer Dämonen auf ihre Befehle warteten.

Es war nicht der Truck Stop oben in den Bergen, zu dem Zander und die Argonauten unterwegs waren. Dies hier war woanders, irgendwo, wo es grün und feucht war, nicht kalt und verschneit. Stimmen raunten, aber die Worte verstand Callia nicht. Die Dämonen eilten weg, bis Atalanta ganz allein in dem achteckigen Raum war. Sie senkte ihren Kopf und blickte starr geradeaus. Es schien, als würde sie direkt Callia ansehen.

Ich sehe dich, Horae.

Callia stieß einen stummen Schrei aus und riss die Augen auf. Sie sah Casey und Isadora an, die beide kein bisschen erschrocken wirkten. Sie hatten ihre Augen geschlossen, und ihre Gesichter waren vollkommen ruhig. Beide atmeten langsam.

Ja, dich, Eirene.

Als Callia sich umblickte, war es nicht das gemütliche Wohnzimmer, das sie umgab, sondern sie sah Atalanta wieder, den Thron, auf dem sie saß, und die Steinmauern hinter ihr.

Ich sehe in deine Gedanken. Ich weiß, was du willst. Wir sind gar nicht so verschieden, du und ich. Die Zurückgelassenen. Die, die von den mächtigen Helden verstoßen wurden. Du weißt, warum er dich abgewiesen hat.

Callias Herz pochte schneller. Sie wollte ihre Hand von dem Siegel nehmen, konnte es aber nicht.

Weil du eine Frau bist. Und für ihn bedeutet das schwach. Denkst du ehrlich, er verbietet dir zu kämpfen, weil er dich beschützen will? Weil er dich liebt? Sie lächelte spöttisch. *Ein Argonaut kennt keine Liebe. Er ist das Produkt des egoistischen Gottes, der ihn zeugte.*

»Du lügst.«

Er unterdrückt dich, weil er es kann, fuhr Atalanta fort, als hätte Callia nichts gesagt. *Weil es seine Art seit Urzeiten macht. Und weil du, Eirene, seine Schwäche bist, sein wunder Punkt, seine Achillesferse. Glaubst du, ihn interessiert, ob du lebst oder stirbst? Er interessiert sich nur für sich selbst.*

»Nein«, flüsterte Callia.

Frag ihn, Weib. Und erfahre die Wahrheit. Kein Mann, insbesondere kein Argonaut besitzt Ehrgefühl. Nicht, wenn seine Existenz auf dem Spiel steht.

Callias Gedanken schweiften zu Zander, zu ihrer gemeinsamen Zeit, seinem Geständnis heute, in dieser Kolonie, seiner Unsterblichkeit und seiner Eröffnung, sie wäre sein Leben.

Ein zynisches Grinsen trat auf Atalantas Züge, das Callia gleichermaßen verspottete wie provozierte. *Ja, Eirene, du weißt, dass ich die Wahrheit sage. Er braucht dich nur zum Leben. Und er und die anderen werden dich weiterhin unterdrücken, so lange sie irgend können.*

Nein, es konnte nicht wahr sein.

Deine Helden laufen in eine Falle. Meine Dämonen erwarten sie. Ihre Stimme wurde zu einem Zischen. *Und sie werden abgeschlachtet werden. Jeder Einzelne von ihnen.*

Callia schluckte. »Zander kann nicht getötet werden.«

Aber er kann verwundet werden. Und meine Dämonen werden es sehr genießen, ihn zu foltern, bis du an Altersschwäche stirbst.

Angst bohrte sich in Callias Herz.

Ich wäre natürlich gewillt, einen Handel zu vereinbaren.

Atalanta wies nach rechts, und da sah Callia den Jungen. Er lehnte an einer Wand, den Kopf schlafend zur Seite geneigt, die Hände auf dem Rücken gefesselt und seine Beine vor sich ausgestreckt. Und jener Teil in ihr, von dem Callia glaubte, dass er schon vor langer Zeit gebrochen wurde, erwachte brüllend zu neuem Leben. Der Junge war eine Miniaturversion von Zander mit blondem Haar, Bronzeteint und einem Gesicht, das von Engeln geküsst schien.

Ich bin bereit, den jungen Maximus zu verschonen, im Austausch gegen etwas von weit größerem Wert.

Im Tonfall der Halbgöttin schwang eine freudige Erregung mit, die Callia misstrauisch machte. Sie sah wieder zu Atalanta. »Du willst das Siegel.«

Nicht bloß das Siegel, Eirene. Dich will ich auch.

Eine warnende Stimme in Callias Kopf schrie *Nein!*, doch die in ihrem Herzen sagte ihr, dass sie keine andere Wahl hatte. Sie würde alles für ihren Sohn tun, auch ihr Leben opfern, um seines zu retten. Und Zander …

Sie durfte Zander und die anderen nicht in eine Falle tappen lassen. Nicht, wenn sie es irgend verhindern konnte. Und nicht, solange sie in ihrem Herzen wusste, dass Zander sie liebte. Er hatte sie nicht hiergelassen, weil sie seine Schwäche war, wie Atalanta behauptete, sondern damit sie in Sicherheit war.

»Woher weiß ich, dass du Wort hältst?«

Ich gebe es dir als Heroin, als Frau und als Mutter. Komm schon, Eirene, du musst doch gewahr sein, dass ich, sobald ich dich und das Krónossiegel habe, die anderen nicht mehr benötige.

Ja, klar, als wäre Callia so blöd, ihr das zu glauben! »Und was ist mit meinen Schwestern?«

Die Erwählten scheren mich nicht. Dies ist zwischen dir und mir. Sie hören nichts von unserer Unterhaltung. Atalanta neigte den Kopf. *Sag, Eirene, was wärst du gewillt, für das Gleichgewicht in dieser und der nächsten Welt zu opfern?*

Callia blickte zu Casey und Isadora, die beide nicht bemerkten, was sich unmittelbar vor ihnen abspielte. Ihr Leben lang hatte Callia dagesessen und nichts getan, während andere Entscheidungen für sie fällten. Und was hatte es ihr genützt? Diejenigen, die sie liebte, wurden ihretwegen verletzt. Nun verstand sie auch, warum, und bekam die Chance, etwas zu ändern.

Sie glaubte nicht, dass Atalanta Wort halten würde, und erst recht wäre sie nicht so dumm, der Halbgöttin das Siegel auszuhändigen. Aber wenn sie von der Kolonie wegkommen und herausfinden könnte, wo Atalanta ihren Sohn festhielt, konnte sie vielleicht Zander verständigen, damit er und die anderen zu dem Jungen gelangten, ehe es zu spät war. Atalanta brauchte nur eine Blutsverwandte der Horen, und Callia würde sich mit Freuden gegen ihren Sohn eintauschen. Die Halbgöttin würde sie nicht töten, wenn sie Callia wirklich brauchte, was bedeutete, dass auch Zander sicher wäre.

Sie sah zu dem Satellitentelefon, das beinahe in Reichweite lag. Nick hatte es ihnen für Notfälle hiergelassen, und kaum fielen ihr die Anweisungen des Halbblutführers wieder ein, hatte sie die Lösung. Tat sie nichts, waren Zander und die anderen verloren. Ging sie auf den Handel ein, wäre nur ihr Leben verwirkt.

Was wiederum passend war, bedachte man, dass ihr Leben sie alle erst so weit gebracht hatte, nicht?

Sie konzentrierte sich wieder auf Atalanta. »Sag mir, wo ich dich finde.«

Simon saß in einem Ohrensessel im strengen Wohnzimmer des Hauses, das er gemeinsam mit seiner Tochter bewohnte. Auf dem Schoß hielt er ein Skizzenbuch von seiner verstorbenen Frau. Auf dem Tisch vor ihm stand ein unberührtes Kognakglas, in dem sich die gedämpften Lichter spiegelten.

Er blätterte die Seite um und betrachtete ein Bild von Callia als kleinem Mädchen, wie sie im Sand hinterm Haus schaufelte. Ein anderes zeigte sie lächelnd mit marmeladenverschmiertem Mund; auf einem dritten packte sie die Geschenke zu ihrem sechsten Geburtstag aus. Seite um Seite gefüllt mit Szenen aus ihrem Leben: Bilder von ihr mit ihrer Mutter, mit ihm, von ihr allein.

Jetzt war sie auch allein, und das war seine Schuld. Er wollte weinen, aber er hatte kein Recht, Tränen zu vergießen, denn sein Verlangen, sie zu seiner Tochter zu formen, hatte ihr alles geraubt, was ihr lieb und teuer war. Ein echter Vater würde das nicht tun, nein, ein liebender Vater würde ihren Wünschen den Vorrang vor seinen eigenen geben.

Als es an der Tür klopfte, blickte er erschrocken auf, blieb jedoch sitzen. Das Klopfen wurde zu einem energischen Hämmern.

»Simon, mach die verdammte Tür auf!«

Lucian. Simon schloss die Augen. Er war wahrlich nicht in der Stimmung, sich mit dem Rat zu befassen, und ihm war gleich, welche Strafe sie sich für seine

Lügen ausgedacht hatten. Was machte das noch? Er hatte bereits das Einzige verloren, das ihm je etwas bedeutete. Wenn er nur an Callias Blick dachte, als ihr klarwurde, was er getan hatte …

»Bist du taub?«, rief Lucian von der Tür.

Simon hatte nicht bemerkt, dass Lucian schon im Zimmer stand. Die vermaledeiten Diener hatten nicht abgeschlossen!

»Du siehst aus, als hättest du dir einen Tanz mit Hades geliefert«, sagte Lucian, der noch das traditionelle *Chison* trug und um die Couch herum auf Simon zukam. »Steh auf.«

Simon lehnte den Kopf nach hinten und schloss abermals die Augen. »Geh weg. Was immer der Rat beschlossen hat, ich stelle mich ihm morgen. Jetzt will ich einfach nur allein sein.«

Lucians Schritte verstummten vor Simons Sessel. »Loukas wird vermisst.«

»Er ist ein erwachsener *Ándras* und wird schon wieder auftauchen.«

»Nein, Simon, du verstehst mich nicht. Loukas ist gleich nach dem Eklat in der Ratskammer verschwunden. Eine der Wachen erzählte mir, dass er kurz nach den Argonauten durch ein Portal ging. Und er nutzte dieselben Koordinaten.«

Langsam öffnete Simon die Augen wieder und blickte zum Ratsvorsitzenden auf. »Warum sollte er ausgerechnet jetzt ins Menschenreich wollen?«

Lucian verkniff den Mund.

Prompt überkam Simon ein seltsames Unbehagen. Er stand auf. »Was verschweigst du mir?«

Lucian und Simon waren ungefähr gleich groß und gleich alt, doch Lucian war stets der Selbstbewusstere von beiden gewesen, ein veritabler Anführer, der wusste, was seine Leute brauchten. Heute Abend hingegen wirkte er erschüttert. Seine schmalen Lippen waren fest zusammengepresst, bis er schließlich sagte: »Vor zehn Jahren ist er auf recht ähnliche Weise durch das Portal gegangen; nur folgte er damals dir und nicht den Argonauten.«

In Simons Kopf fügten sich lauter winzige Einzelteile zusammen, leuchteten Fragen auf, über die er nachgedacht, deren Antworten er indes eigentlich nicht wissen wollte. »Er folgte mir, um Callia zu finden.«

Lucian nickte. »Sie war ihm versprochen, und er glaubte dir die Geschichte nicht, dass sie in der Menschenwelt krank geworden wäre.«

Plötzlich ergab alles einen Sinn. »Als er herausfand, dass sie schwanger war, ging er zu Atalanta und brachte sie zu dem Dorf in Griechenland«, folgerte Simon.

»Ja. Du musst verstehen, dass Callias Affäre mit einem Argonauten und ihre Schwangerschaft einen Skandal für meinen Sohn bedeuteten, von dem sich keiner von uns ohne Weiteres erholt hätte. Immerhin war sie mit ihm verlobt und er der künftige Ratsvorsitzende.«

»Du hast es gewusst«, murmelte Simon, in dem Wut aufbrodelte.

Lucian machte sich gerade. »Ach, tu nicht so, Simon! Du bist nicht unschuldig an dieser Entwicklung. Du hast den Handel mit Atalanta geschlossen, das Leben deiner Tochter gegen das des Kindes eingetauscht. Dazu hat dich niemand gezwungen, also spiel jetzt nicht den Ehrenmann.«

»Es hätte nie einen Handel gegeben, wäre Loukas nicht zu Atalanta gegangen.«

»Was geschehen ist, ist geschehen. Daran lässt sich nichts mehr ändern. Wir sollten uns lieber um die Gegenwart sorgen. Ich bin hier, weil ich denke, dass Loukas auch jetzt wieder ins Menschenreich ging, um Atalanta aufzusuchen.«

Simon war entsetzt. »Warum?«

»Weil er nicht ahnte, dass das Kind noch leben könnte. Und solange es am Leben ist, wird Callia sich nicht an ihn binden. Das aber, fürchte ich, ist das Einzige, was mein Sohn will.« Lucians Schultern sackten merklich ein. »Er glaubt, dass er sie verdient. Seiner Ansicht nach hat er einen rechtmäßigen Anspruch auf sie.«

Vierhundert Jahre. Die meiste Zeit hatte Simon sich dem Status quo gefügt. Er hatte die Sitten und Gesetze nicht infrage gestellt, von denen der Rat behauptete, sie kämen ihrer Welt zugute, weil sie ihn nicht betrafen. Und nachdem er zum Ratsmitglied wurde, hatte er sein Empfinden für Richtig und Falsch zugunsten der Politik unterdrückt. Seine Frau hatte ihn mehr als einmal wegen der Gesetze zur Rede gestellt, ihm gesagt, dass Fortschritt und Leben durch die *Gynaíkes* in ihrem Land erblühen würden, nicht durch dessen Anführer. Aber er hatte nicht zugehört, hatte ihre Vorschläge und Ideen schroff abgetan, zumal die meisten ihrer Ideen der Zeit entsprangen, in der sie dem König gedient hatte. Sie hatten viel gestritten, und letztlich war die Distanz zwischen ihnen so unüberbrückbar geworden, dass sie in die Arme eines anderen getrieben wurde.

Er war verletzt gewesen, hatte sich betrogen gefühlt, sie jedoch nach der Reinigungszeremonie wieder zu sich genommen. Danach war ihre Beziehung nie mehr dieselbe gewesen. Das Kind, das sie gebar, war zu Simons Lebensinhalt geworden. Er zog Callia auf, formte und beschützte sie, weil er überzeugt war, dass sie dem Gesetz nach seine Tochter war, die er verdiente.

Schweiß rann ihm vom Nacken über den Rücken. »Glaubst du, er bietet Atalanta einen neuen Handel an? Das Kind zu töten? Was könnte er ihr im Gegenzug geben?«

Lucians Miene wirkte durch und durch unglücklich. »Die Argonauten und die Halbblute. Falls die Argonauten zur Kolonie gingen und Loukas ihnen gefolgt ist …«

»Gütige Götter!«

»Genau.«

Simon sah ihn skeptisch an. »Warum kümmert es dich? Seit wann sorgst du dich um Halbblute oder Argonauten?«

»Tue ich nicht. Aber deren Tod ist keine Lösung. Vergiss nicht, dass mein Neffe ein Argonaut ist. Und auch wenn ich dem nicht zustimme, was die Ewigen Wächter tun, will ich weder Gryphons noch das Blut der anderen an meinen Händen.«

Sie mussten umgehend handeln, dachte Simon, und ein Teil von ihm hoffte beinahe, dass sich ihm die Chance zur Wiedergutmachung bot. »Wir müssen Loukas suchen und ihn aufhalten.«

»Orpheus erwartet uns am Portal. Er weiß, wo die Halbblutkolonie ist. Wenn wir sofort aufbrechen, könnten wir dort sein, bevor es zu spät ist.«

Zweiundzwanzigstes Kapitel

Callias Herz raste, als sie aus dem verborgenen Tunnel kam, der zu den Höhlen der Kolonie führte. Eisige Luft blies über ihre Wangen, während sie ihre Handschuhe überstreifte. Der fast volle Mond erhellte die Lichtung und den Wald dahinter hinreichend, dass sie den Pfad nach Silver Hills ausmachen konnte, wo sie hoffte, irgendein Transportmittel zu finden.

Sie war gegangen, als Isadora und Casey schliefen. Beide waren erschöpft und enttäuscht vom erfolglosen »Versuch« mit dem Siegel gewesen, wohingegen Callias Nerven blanklagen, bis ihre Halbschwestern endlich einnickten.

In ihrer Tasche hielt sie das Satellitentelefon umklammert. Sobald sie sich der Stadt näherte, würde sie Zander anrufen und ihr Signal von ihm orten lassen. Er wäre gewiss nicht erfreut, aber auf die Weise konnte er ihr folgen. Und sie war absolut sicher, dass Atalanta sie nicht umbringen würde. Nicht wenn Zander ihren Sohn fand, bevor die Halbgöttin entschied, dass sie keine Verwendung mehr für Callia und Maximus hatte.

Maximus. Max. Ihr wurde ganz warm ums Herz, weil sie nun seinen Namen und sein Aussehen kannte, und sie fühlte eine neue Entschlossenheit. Wieder blickte sie auf ihren Kompass und stapfte in Richtung Bäume.

Zehn Schritte weit kam sie, da schoss aus dem

Nichts ein Arm hervor und bog sich um ihren Hals. Sie fuhr zusammen, wollte schreien, doch eine Hand klatschte ihr auf den Mund und verhinderte, dass sie auch nur den kleinsten Laut machte. Dann legte sich ein starker Arm um ihre Taille und riss sie nach hinten gegen einen harten Körper.

Angst schnürte ihr die Kehle zu. Sie versuchte, sich zu wehren, aber es war zwecklos.

»Du hast mich warten lassen, *Syzygos*«, hauchte eine Stimme in ihr Ohr, die Callia auf Anhieb erkannte. »Ich sagte dir doch, dass du mich nicht warten lassen sollst.«

Syzygos. Weib.

Ihr Herz schlug noch schneller. Loukas war hier? Was in aller Welt hatte er vor?

»Hast du gedacht, du kannst mir entkommen?«, knurrte er. »Das hast du schon einmal versucht, und ich holte dich zurück. Aber ich bin deine Eskapaden gründlich leid.«

Callia wurde stocksteif, und für eine Sekunde setzte ihr Verstand aus.

Ein Brüllen in den Bäumen um sie herum weckte sie jäh aus der Benommenheit ihres Schocks. Callia riss die Augen weit auf, als unzählige Dämonen aus dem Wald gestürmt kamen und geradewegs auf die Tunnel zuliefen, die zur Kolonie führten.

Nein!

»Sie werden sterben«, raunte Loukas. »Jeder Einzelne dieser verderbten Halbblute, die du anscheinend so liebst. Und alles wegen deiner Taktlosigkeit.«

Nein, nein, nein!

Callia strampelte und zappelte, konnte sich jedoch

nicht aus Loukas' eiserner Umklammerung befreien. Am anderen Ende der Lichtung erschien Atalanta in ebenjenem blutroten Gewand, in dem Callia sie kürzlich gesehen hatte. Sie zog Max an einem Seil mit sich. Als sie die Baumgrenze erreichte, blieb die Halbgöttin stehen, blickte zu ihnen und lächelte.

Callias Schrei erstickte in Loukas' Hand.

»Hast du allen Ernstes gedacht, sie hält sich an Abmachungen?«, flüsterte Loukas. »Sie hat dich für mich nach draußen gelockt. Die Prinzessin, die Argonauten, dein *Liebhaber* und dieser Schandfleck, den du deinen Sohn nennst, werden sämtlichst ausgelöscht. Aber nicht du, nein, du wirst leben, bei mir, wo du hingehörst. Und vertrau mir, *Syzygos*, diesmal wirst du dich an alles erinnern.«

Zander erstarrte mitten im Laufen auf dem überfrorenen Weg. Ein brennender Schmerz fuhr ihm in die Brust, der alle anderen Sinne ausschaltete. Therons und Cereks Unterhaltung mit Nick wurde gedämpft, und er sah Phineus und Titus rechts und links von sich nur noch unscharf. Die frostige Luft drang ihm gleichsam in den Schädel, bis ihm eine wachsende Panik sagte, dass sie in die falsche Richtung liefen.

Nick war mit dem Hubschrauber vier Meilen von hier auf einem Feld gelandet, und von dort aus waren sie zu Fuß weiter, um keine Dämonen aufzuschrecken, die sich in der Gegend nahe ihrem Zielort herumtrieben. Doch nun war er sicher, dass etwaige Dämonen, die hier lauerten, ihre geringste Sorge wären.

»Was ist, Zander?«

Theron war stehen geblieben und musterte ihn mit

diesem Blick, für den ihr Anführer berühmt war. Nick und Cerek hielten ebenfalls inne.

»Ich …« Seine Brust war so eng, dass ihm das Reden schwerfiel. Dieses Gefühl war anders als die übliche Wut, tiefer und persönlicher, vor allem aber beharrlicher. Und es sagte ihm … was? Er drehte sich einmal um die eigene Achse, konnte aber niemanden im Wald entdecken. »Etwas stimmt nicht.«

»Wie kommst du darauf?«, fragte Nick mit einem genervten Gesichtsausdruck.

»Ich fühle es«, konterte Zander, während er sich weiter umblickte. »Sie sind nicht hier.«

Schmerz schoss seinen Arm hinauf und in seinen Hals, als hätte man ihn in den Würgegriff genommen und fest zugedrückt. Und in seinem Kopf hörte er Callia, die ihn rief.

»Callia ist verwundet«, flüsterte er. »Es gibt Probleme in der Kolonie!«, ergänzte er dann lauter und in eindringlichem Ton.

Zander legte die Hände zusammen. Sowie seine kleinen Finger sich an den Spitzen berührten, leuchteten die Zeichnungen auf seinen Unterarmen und Händen grellweiß auf, dann öffnete sich zischelnd ein Portal vor ihm.

»Oh, verdammt«, murmelte jemand. »Er macht ein Portal auf. Jetzt wissen die Dämonen auf jeden Fall, wo wir sind.«

Theron machte einen Schritt auf ihn zu. »Zander, warte!«

Er wartete nicht, denn das Einzige, was zählte, war, dass Callia ihn brauchte.

Isadora schrak aus dem Schlaf und stützte sich in dem Moment auf die Hände auf, in dem ein Brüllen das Wohnzimmer in der Hütte erzittern ließ.

Schläfrig benommen, richtete sich Casey neben ihr auf. »Was ist denn?«

»Ich weiß nicht.« Isadora rannte ans Fenster und zog die Vorhänge zurück. Was sie sah, entlockte ihr einen Aufschrei.

»Was?« Casey kam zu ihr gelaufen. Als sie neben ihr am Fenster war und die Dämonen unten erblickte, die ein Blutbad in der Kolonie anrichteten, hielt sie sich eine Hand vor den Mund. »Oh, mein Gott!«

»Wir müssen hier raus.« Isadora sah sich überall im Zimmer nach einer Waffe um. Wo zur Hölle war Gryphon?

Ihr Blick fiel auf die Couch, auf der sie und Casey eingeschlafen waren, auf den Tisch mit dem Siegel, das nun nichts als ein kaltes Stück Metall war, dann auf die Couch, auf der Callia sein müsste. »Verflucht, sie ist weg.«

»Wo kann sie hin sein?«, fragte Casey panisch.

»Ich weiß nicht.«

Die Tür flog auf. Instinktiv stellte Isadora sich vor Casey. Gryphon und – heilige Götter – Demetrius in seiner ganzen bösen Pracht, kamen hereingerannt. Wann war Demetrius hergekommen? Hatte Gryphon ihn gerufen?

»Prinzessin«, sagte Gryphon streng, »wir müssen Euch nach Argolea zurückbringen. Sofort.«

Diesmal widersprach Isadora nicht, denn sie wollte dringend hier weg. Nur konnte sie nicht. »Callia ist verschwunden. Wir dürfen nicht ohne sie gehen.«

Gryphon und Demetrius wechselten kurze Blicke,

und als Gryphon gerade etwas entgegnen wollte, polterten schwere Schritte den Korridor hinunter auf sie zu.

»Zurück!«, brüllte Demetrius, der noch im Umdrehen sein Parazonium zog.

Isadoras Herz klopfte ihr im Hals. Sie drängte Casey an die Wand zurück und hielt sie fest, während ihr Puls raste. Eine Gestalt erschien vor der Tür, und ein Augenpaar leuchtete grün auf, als Demetrius sich zum Angriff bereitmachte. Über die breiten Schultern des Wächters hinweg konnte Isadora den anderen erkennen.

Sie stürzte sich zwischen den Argonauten und den Türrahmen. »Nein!«

»Beim Hades, Prinzessin, weg da!«

»Nein, Demetrius, nicht! Es ist Orpheus.«

Hinter ihr kicherte Orpheus. »Und ich dachte, du magst mich nicht, Isa.«

Sie beachtete ihn nicht und sah zu Gryphon, der gleichfalls seinen Dolch gezogen hatte und sie mit einem *Was soll das?*-Blick betrachtete.

»Woher weißt du …?«

»Onkel Lucian ist hier«, fiel Orpheus seinem Bruder ins Wort. »Er bat mich um Hilfe. Anscheinend spielt Loukas für das falsche Team.«

Oh, Götter, Callia!

Demetrius ging auf Casey zu. »Wir bringen euch beide nach Argolea.«

»Was ist mit Theron?«, fragte Casey.

»Dem geht's gut«, antwortete Demetrius, griff nach Caseys Jacke auf der Couch und schleuderte sie ihr zu.

»Aber Callia!«, protestierte Casey, als er sie zur Tür schob.

Von draußen hallten Brüllen und die Schreie der Misos zu ihnen hinauf. »Die Misos«, flüsterte Casey.

»Wir kommen zurück und holen die Heilerin und die anderen, sowie wir Euch nach Hause gebracht haben«, sagte Gryphon rasch.

Orpheus trat beiseite, um sie vorbeizulassen. Als Demetrius Isadora aus dem Zimmer bugsieren wollte, fiel ihr das Siegel ein.

»Warte.« Sie drehte sich um und wollte an Demetrius vorbei, nur leider war er wie eine Stahlwand, die ihr den Weg versperrte. »Die Scheibe!«

»Ich hole sie«, bot Orpheus an.

Orpheus? Oh, heilige Hölle, nein! Er durfte das Krónossiegel auf keinen Fall in die Finger bekommen. In ihrer Not warf sie sich gegen Demetrius. »Aus dem Weg!«

»Ihr seid wahrlich eine königliche Plage«, knurrte er. »Ich sagte, wir gehen, *Prinzessin*, und das meinte ich auch.« Blitzschnell hatte er Isadora gepackt und sie sich über die Schulter geworfen.

»Demetrius, ich befehle dir, mich herunterzulassen!«

Seine Antwort beschränkte sich auf ein tiefes, bedrohliches Brummen, welches sie daran erinnerte, dass die Dämonen nicht das einzige Böse war, vor dem sie sich fürchten sollte.

Nein!

Callia starrte Atalanta an, deren Blick auf ihren Unterschlupf fixiert war. Die pechschwarzen Augen der Halbgöttin waren genauso seelenlos, wie Callia sie erinnerte; allerdings war sie größer, als Callia gedacht hätte, mindestens zwei Meter zehn und stärker als jedes andere Wesen auf diesem Planeten.

Atalanta zurrte an dem Seil, mit dem sie Max die Hände gefesselt hatte, dann ruckte sie fester, so dass der Junge das Gleichgewicht verlor und stolperte, sich aber abfangen konnte.

Callias Angst wich purem Mutterinstinkt. Sie holte einmal tief Luft und dirigierte ihren Schmerz den Arm hinauf und in ihren Hals, wo Loukas so hielt. Derweil sah sie Max in die Augen.

»Komm mit, Callie«, raunte Loukas ihr zu. »Zeit für unsere kleine Zusammenkunft.«

Loukas' Umklammerung machte das Gehen im Schnee schwierig. Aus der Kolonie waren Soldaten herbeigelaufen, um den Angriff abzuwehren, und Loukas führte Callia an den Kämpfenden vorbei eine Böschung hinauf zum Rand einer Klippe.

Atalanta erwartete sie dort bereits mit Max. Callias Blick suchte gleich wieder den ihres Sohnes. Max' silberne Augen waren weit aufgerissen, sein blondes Haar zerzaust, und seine Haut sowie die Kleidung waren voller Schmutz. Die Hände waren ihm vorn zusammengebunden. Wenigstens hatte er keine sichtbaren Schnitte oder Wunden, nichts, was auf Verletzungen hinwies. Dennoch bohrte sich bei seinem Anblick ein Messer tief in Callias Brust, sah er doch zu sehr wie Zander an jenem ersten Tag vor elf Jahren aus, an dem sie ihm in der Burg begegnet war.

Angestrengt durch die Nase atmend, bemühte sich Callia um Fassung. Schweiß lief ihr unter dem Pulli, und Loukas hinter ihr schnaubte schwer, wirkte aber leider kein bisschen geschwächt. Vielmehr war sein harter Leib in ihrem Rücken ein deutliches Signal, wer hier das Sagen hatte.

»Hallo, Eirene«, sagte Atalanta in einem Ton, der Callias Aufmerksamkeit auf sie lenkte. »Wir haben dich schon erwartet, nicht wahr, Maximus?«

Callia blickte von Atalanta zu Max, der sie nach wie vor mit riesigen Augen ansah. Wusste er, wer sie war? Hatte er eine Ahnung, dass er ihr Sohn war, nicht Atalantas?

»Genug der Nettigkeiten«, blaffte Loukas. »Kommen wir zur Sache.«

»Ein Mann der Tat«, sagte Atalanta. »Das gefällt mir. Ich nehme an, du hast das Siegel bei dir?«

Loukas stellte die Beine weiter auseinander. »Wenn der Junge tot ist, kriegst du es. Vorher nicht.«

Vor Entsetzen schrie Callia, doch da Loukas ihr immer noch den Mund zuhielt, war lediglich ein schrilles Quieken zu hören.

Loukas umklammerte sie noch fester, bis sie vor Schmerz verstummte. Sosehr sie auch an seinen Armen zerrte und drückte, er war einfach zu stark.

»Das Krónossiegel ist ein recht wertvoller Schatz, Loukas«, säuselte Atalanta, »und mir kommt gerade der Gedanke, dass ich dich bisher nicht gefragt habe, wie du es gefunden hast.«

»Wie ich es fand, ist unwichtig.«

»Nein, das denke ich nicht.«

Loukas verspannte sich fühlbar. »Mein Cousin hat es gefunden. Jetzt zu dem Jungen …«

Ein bösartiges Grinsen huschte über Atalantas makelloses Gesicht. Von unten am Hügel wehten die Geräusche der Schlacht zu ihnen hinauf, die Atalanta gar nicht wahrzunehmen schien. »Soll ich dir eine Geschichte erzählen, Loukas?«

»Ich …«

»Nun, es ist eine wirklich schöne«, sagte sie lächelnd. »Eine, von der ich sicher bin, dass sie dir gefällt. Es ist nicht lange her, da entdeckte ein *Ándras* aus deiner Welt zufällig das Krónossiegel in den Aegis-Bergen. Da er jemand war, der, wie soll ich sagen, stets gut für sich selbst sorgte, entschied er, sich zu erkundigen, wie viel er für das Siegel bekommen könnte. Er stellte Persephone eine Rätselaufgabe, und sie, kaum dass sie begriff, was er dort hatte, schaffte es, ihm das Siegel zu stehlen.«

Der Schweiß, den Callia nun in ihrem Nacken fühlte, war nicht ihrer, sondern Loukas'. Er sickerte durch dessen Kleidung bis in ihre. Auch sein Herz hämmerte deutlich schneller, und seine Angst übertrug sich auf sie, als wäre es ihre eigene.

»Den Göttern ist niemals zu trauen«, fuhr Atalanta fort. »Bedenke das, Loukas. Also, Persephone brachte das Siegel zu ihrem Gemahl, Hades, der, wie du gewiss schon errätst, überaus beglückt über ihren kleinen Fund war. Eine ganze Weile behielt er ihn immerfort bei sich. Und so gelangte ich an das Siegel.«

Loukas' Puls schnellte in die Höhe, und seine Handflächen wurden feucht.

»Es erstaunt mich immer wieder, wie blind Männer sein können, sogar Götter. Vögelt man sie lange genug, vergessen sie alles andere, auch was sie mit etwas so Kostbarem wie dem Schlüssel zur Welt gemacht haben.«

Loukas schluckte geräuschvoll. Seine Muskeln verkrampften sich. Gleichzeitig bemerkte Callia aus dem

Augenwinkel eine Bewegung im Gebüsch, sah genauer hin und erkannte … nein, unmöglich. Ihr Vater?

Simon bedeutete ihr stumm, still zu sein.

Unterdes verhärtete sich Atalantas Blick, während sie Loukas ansah. »Hast du gedacht, du könntest mich überlisten? Du hast das Siegel nicht, hattest es nie.«

»Doch, habe ich.«

Callias Augen wanderten zu der Seite, an der Orpheus soeben erschienen war; er hielt das Krónossiegel an der langen Kette.

Heiliger Hades! Wo kam er jetzt her? War es möglich, dass er sich hier so teleportierte, wie sie es nur in Argolea konnten? Das ergab überhaupt keinen Sinn.

»Lass den Knaben und die Frau gehen, Atalanta«, verkündete Orpheus. »Oder ich verspreche dir, dass du dieses Kleinod nie wiedersiehst.«

»Callia!«

Der Schrei vom Fuße des Hügels lenkte sie alle ab. Callia drehte sich zum Abhang um, den Zander hinaufgeprescht kam, wobei er mit seiner Klinge zu beiden Seiten hieb und einen Dämon nach dem anderen niederstreckte. Eine Dämonenhorde auf halber Höhe begriff, wo er hinwollte, und stürzte sich geschlossen auf ihn.

Dann passierte alles so schnell, dass Callia dem Geschehen kaum folgen konnte. Loukas gab sie frei und rannte auf die Bäume zu. Doch ehe er dort war, hatte Atalanta einen Arm ausgestreckt und einen Energieschwall nach ihm geschleudert, der ihn schreiend durch die Luft fliegen, auf dem Boden abprallen und schließlich unkontrolliert zuckend im vereisten Schnee landen ließ. Kurz darauf fiel er in eine tödliche Regungslosigkeit.

Ihr Vater stürmte aus dem Gebüsch, sein Schwert hoch erhoben. Atalanta schwang eine Hand und katapultierte Simon mühelos den Hügel hinab, als wäre er eine Puppe. Dann zielte sie an Callia vorbei auf die Stelle, an der Orpheus mit dem Siegel stand.

»Willst du das?«, brüllte Orpheus.

Atalantas Augen weiteten sich. Orpheus drehte das Siegel an der Kette und warf es in den Schnee zwischen ihnen. Wieder schleuderte Atalanta einen Energieball, aber Orpheus verschwand in einer Rauchwolke und tauchte direkt hinter ihr wieder auf, wo sie ihn nicht sehen konnte.

Die Halbgöttin kreischte vor Wut, denn nun war auch das Siegel fort. In ihrem Zorn wandte sie sich Callia zu; ihre Augen glühten im selben Rot wie ihr Gewand. »Du!«

»Nein!«, schrie Max.

Callias Herz raste. Sie machte einen Schritt rückwärts und wappnete sich. Orpheus bedeutete ihr mit seinem Blick, dass sie die Halbgöttin ablenken sollte, und bückte sich, um Max' Fesseln zu lösen.

Oh Götter! Max könnte entkommen. Sie musste nur Atalantas Aufmerksamkeit auf sich lenken.

»Du wirst für das bezahlen, was die Dämonenbrut getan hat.« Atalanta hob beide Arme und warf die Hände nach vorn. Aber nichts geschah. Keine Hitze flirrte aus ihren Fingern, keine Energie peitschte aus ihren Handflächen. Entgeistert blickte die Halbgöttin auf ihre Hände.

Plötzlich ging ein Ruck durch ihren Leib, und sie wurde zu Boden geworfen, ähnlich wie Loukas zuvor. Jaulend vor Pein, wand sie sich im Schnee.

Sie rollte sich zur Seite und blickte zu Max auf, der

beide Hände zu ihr ausgestreckt hatte, als hätte er soeben ihre eigene Energie auf sie zurückgeworfen.

»Du rührst sie nicht an«, sagte Max.

Atalantas Augen sprühten förmlich Funken vor Wut, als sie zuerst Max, dann Orpheus und schließlich Callia ansah. Dann löste sie sich schlicht in Luft auf.

»So ist's gut«, sagte Orpheus zu dem leeren Flecken, auf dem Atalanta gelegen hatte. »Schwanzeinziehen und Weglaufen passt zu einer solch niederen Kreatur wie dir.«

Max sah seine Hände an, als könnte er nicht glauben, was er getan hatte.

»Alter«, wandte Orpheus sich zu ihm, »du kannst ja übertragen.« Ein triumphierendes Lächeln erstrahlte auf seinem Gesicht. »Das ist ja wohl total abgedreht!«

»Callia!«

Knurren und Rufen drang den Hügel hinauf, gepaart mit dem blechernen Klopfen von Metall auf Haut und Knochen. Callia sah den Abhang hinunter zu dem blutigen, schmutzigen Zander und ihrem nicht minder besudelten Vater, die es mit ungefähr zehn Dämonen aufnahmen.

Oh, nein, dies hier war noch lange nicht vorbei.

»Orpheus!«, schrie Callia.

»Bin schon dabei«, brüllte er und schob etwas in seine Tasche, bevor er seine Klinge zückte. »Ist eine Weile her, seit ich ein paar Dämonenärsche vertrimmt habe.«

Wieder einmal verpuffte er ins Nichts, während Callia sah, wie ihr Vater zu Boden ging.

»Nein!«

Orpheus materialisierte sich hinter einem über zwei

Meter großen Monster. Er holte mit seiner Klinge aus und trennte der Bestie den Kopf vom Rumpf, ehe die Simon ihre Klauen in die Brust schlagen konnte.

»Dad!« Callia drehte sich zu Max um.

»Geh«, sagte Max. »Geh schon!«

Die Heilerin in ihr übernahm, und sie rannte los, ohne nachzudenken, bis sie ihren Vater erreichte und schlitternd stehen blieb. Eine Wunde klaffte in seinem Brustkorb. Sein Gesicht und seine Kleidung waren voller Blut und Schmutz, und sein Atem rasselte. Gleich darauf blubberte Luft aus der Wunde, um die sich neues Blut sammelte.

Seine Lunge war punktiert, was hieß, dass wenig Zeit blieb, und Callia konnte solch eine Verletzung nicht hier versorgen. Sie musste ihn schnellstens in ihre Klinik bringen.

Mit Tränen in den Augen beugte sie sich vor, drückte beide Hände auf die Wunde und sah sich suchend um. »Zander!«

Zanders Klinge schmetterte gegen das Schwert eines Dämons und hielt es, während er sich halb zu ihr drehte und erschrak.

Ihm war deutlich anzusehen, dass ein Adrenalinschub durch seinen Körper ging. Er befreite seine Klinge vom Schwert des Dämons und rammte das Parazonium tief in die Dämonenbrust. Die Bestie heulte auf, brüllte und sank auf die Knie, woraufhin Zander seine Klinge herauszog und das Untier mit einem kräftigen Schwung enthauptete.

Callia sah zu Simon hinab. *»Patéras!«*

»Ich …«

Sie spürte, wie jemand neben ihr auf den Boden sackte. Dann legten sich kleine Hände über ihre auf der Wunde. Durch einen Tränenschleier erkannte sie, dass Max an ihrer Seite kniete.

»Ich helfe dir.«

»Du kannst doch nicht …«

»Doch, kann ich«, sagte er in einer Stimme, die lieblicher klang als jede noch so schöne Melodie. »Wenn du mir hilfst.«

Callia war so überwältigt, dass sie nicht sprechen konnte. Deshalb bejahte sie stumm und konzentrierte sich wieder auf ihre Heilkräfte.

Wärme sammelte sich unter ihren Händen, die wiederum von Max' gewärmt wurden. Sie fühlte, dass er ihr tatsächlich half und sie zusammen stärker waren als sie allein. Dann jedoch unterbrach ihr Vater sie, indem er seine Hand über ihre legte.

»Nein!«, hauchte er.

Callia sah ihm ins Gesicht. »Dad …«

»Nein, *Agkelos*. Lass mich gehen.«

Durch ihren Tränenschleier konnte sie ohnehin kaum noch etwas sehen, und dass ihr Vater sie mit dem alten Wort für *Engel* anredete, machte es um nichts besser. So hatte er sie als Kind genannt, bevor die Geschehnisse ihr Verhältnis auf immer trübten. *»Patéras!«*

»Meine Zeit hier ist um, Callia«, sagte er so leise, dass sie Mühe hatte, ihn zu verstehen. »Deine Mutter hatte recht. Ich will es … ihr sagen. Ich bin … bereit.«

Schmerz fuhr ihr durchs Herz und geradewegs in die Seele.

Ihr Vater sah zu Max. »Es tut mir leid«, hauchte er. »Alles, was ich getan habe. Gib acht auf sie. Liebe sie … so wie ich sie hätte lieben sollen.«

Dann schlossen sich flatternd seine Lider.

Starke Arme umfingen sie von hinten, in dem Moment, in dem sie die Tränen nicht mehr eindämmen konnte.

»Dad!«

Er hörte sie nicht mehr, denn er war schon fort.

Die Arme zogen sie nach oben und drehten sie, und dann fühlte sie Zanders starke Brust an ihrer Wange. *»Thea.«*

Sie ballte ihre blutigen Hände an Zanders Hemd, verfluchte jeden Gott, der ihr einfiel. Er war ihr Vater gewesen, hatte sie geliebt, auch wenn sie diese Liebe manchmal nicht verstanden hatte. Und heute war er hergekommen, um ihr zu helfen: ihr zu helfen, ihren Sohn zu retten.

Ihren Sohn.

Schniefend entwand sie sich Zanders Umklammerung und sah in sein wunderbar vertrautes, zerschundenes und schmutziges Gesicht auf. »Max«, flüsterte sie. »Er heißt Maximus.«

Während die übrigen Argonauten gegen die verbliebenen Dämonen kämpften, sahen sie beide zu ihrem Sohn, der immer noch neben ihnen kniete.

Jedem Tod wohnte neues Leben inne. Sie dachte an die Entscheidung, die ihr Vater an dem Tag traf, als ihr Sohn geboren wurde. So schmutzig, blutbesudelt und von Tod umgeben sie hier und jetzt auch sein mochte, hatte sie doch zehn Jahre lang von diesem Moment geträumt.

»Weißt du, wer wir sind?«, fragte sie leise.

Max' Blick wanderte zwischen ihr und Zander hin und her, ehe er bei ihr verharrte. Zaghaft antwortete er: »Die alte Frau in Weiß hat es mir gezeigt. Ich …« Wieder huschten seine Augen von Callia zu Zander und wieder zu Callia. »Ich dachte nicht, dass es euch wirklich gibt.«

Die Gefühle, die nun auf Callia einstürmten, brachen den Damm, den sie um ihr Herz errichtet hatte. »Ja, uns gibt es! Und wir haben nach dir gesucht.«

»Habt ihr?«, fragte Max verwundert, aber unendlich hoffnungsvoll.

Sie nickte, weil sie nicht sprechen konnte, und strahlte, strahlte ein Lächeln, das sie ausnahmsweise nicht erzwingen musste.

»Ja«, sagte Zander, dessen Stimme belegt klang. »Haben wir.«

Dreiundzwanzigstes Kapitel

Zander bemühte sich, ruhig zu atmen, als er auf der Veranda von Callias Vater stand, in den Hügeln von Tiyrns. Nein, falsch, es war nun Callias Veranda, Callias Haus. Früher war er jedes Mal furchtbar nervös gewesen, wenn er herkam, und heute ging es ihm keinen Deut besser. Dabei war doch alles anders, vollkommen anders. Und in diesem Moment etwa so schlimm, wie er es sich irgend vorstellen konnte.

Er klopfte. Blätter segelten in der leichten Brise und tänzelten über den Weg auf den Rasen. Das Haus war riesig, im Tudor-Stil der Menschenwelt gehalten. Es bot sehr viel mehr Platz, als sie brauchen würden. Zander hoffte, dass Callias Herz nicht an ihm hing, denn dort, wo sie hingehen würden, konnten sie es unmöglich mitnehmen.

Die Tür wurde geöffnet, und Callia stand vor ihm. Sie lächelte nicht, aber ihre Augen leuchteten auf, als sie ihn sah, und nach allem, was sie während der letzten achtundvierzig Stunden durchgemacht hatte, durfte er wohl nicht mehr erwarten.

»Komm rein, es ist kalt.« Sie legte eine Hand auf seinen Unterarm, von der aus Wärme in ihn hineinströmte, bis zu jenen Stellen, die in seinem Gespräch mit dem König erkaltet waren, und alle Furcht vertrieb. Callias Nähe beruhigte ihn auf eine ganz eigene Weise.

Sie schloss die Tür hinter ihm und rieb sich die

Arme, während er seine Stiefel an der Eingangsmatte abputzte. »Wo ist Max?«, fragte er.

»Er schläft.« Sie führte ihn ins Wohnzimmer mit den hochlehnigen Sesseln und den unbequemen Sofas. »Er war schrecklich müde, was wohl kein Wunder ist, aber«, sie blickte zur Treppe, »ich mache mir Sorgen.«

»Ihm geht es gut«, sagte Zander, ging zu ihr und umfing sanft ihre Oberarme. »Du hast ihn untersucht und sogar von einer zweiten Heilerin ansehen lassen. Körperlich ist er gesund.«

»Ja, ich sorge mich auch mehr um seine Psyche.«

»Ich glaube, dass er härter im Nehmen ist, als wir beide denken, *Thea.*«

Für einen kurzen Moment wirkte sie verärgert, dann entwand sie sich ihm und stellte sich vor den Kamin. »Vermutlich lief deine Unterhaltung mit dem König nicht sehr gut.«

Zander biss die Zähne zusammen. Der König, ihr *biologischer* Vater, der einen Dreck auf andere gab. Selbst jetzt, da er wusste, dass Callia seine Tochter und Max sein Enkel war, der Thronfolger von Argolea, der niemals anerkannt würde. »Er ist komplett senil.«

»Ja«, hauchte sie und blickte in die Flammen. »Es ging also nicht gut.«

Sie wusste, was der König gesagt hatte, auch ohne dass Zander es ihr erzählte.

»Hör zu.« Zander ging zu ihr. »Wir pfeifen auf ihn. Wenn er so tun will, als sei nichts gewesen, meinetwegen. Aber ich lasse mich nicht zu seinem Bauernopfer machen. Pack das Nötigste für dich und Max zusammen, und wir verschwinden noch vor Einbruch der Nacht, ehe es irgendwer bemerkt.«

Sie drehte sich zu ihm, und jedwedes Leuchten in ihren Augen war erloschen. »Wir gehen nicht mit dir.«

»Was?«, fragte er.

»Oh, wow.« Sie legte die Hände an ihre Wangen und atmete tief ein. »Das ist schwieriger, als ich gedacht hätte.« Dann nahm sie die Arme wieder herunter und sah ihn an. »Wir gehen nicht mit, Zander. Ich habe es mir in den letzten vierundzwanzig Stunden gründlich überlegt. Es kann nicht funktionieren.«

»Wovon redest du?« Ein Anflug von Panik überkam ihn, und er versuchte, aus ihrer Miene zu lesen, was in ihr vorging, konnte es jedoch nicht.

»Du, ich, wir.« Sie rang die Hände. »Ich glaube, es gibt einen Punkt, an dem es entweder sein soll oder nicht, und wir haben diesen Punkt verpasst. Zu vieles hat sich geändert, und ich will nicht zurück. Du wirst immer in meinem Herzen sein, aber ich muss mich auf Max konzentrieren. Er ist der Mittelpunkt meines Lebens, niemand sonst.«

»Callia, warte. Falls es um das geht, was der König gesagt hat …«

»Nein, Zander«, sagte sie leise. »Es geht um mich und das, was ich will. Mein Leben lang haben andere mir gesagt, was ich tun soll, und damit ist es vorbei. Es wird Zeit, dass ich meine eigenen Entscheidungen treffe. Und jetzt …« Sie holte Luft. »Jetzt will ich hier bleiben.«

Ihre Worte versetzten ihm einen Stich. Über das Band zwischen ihnen versuchte er, die Lüge aufzuspüren, von der er sicher war, dass sie sich hinter dem verbarg, was sie sagte. Doch er fand nichts. Anscheinend schirmte sie ihre Gefühle vor ihm ab. Oder sagte sie die Wahrheit?

»Du«, begann er und konnte es nicht einmal denken, geschweige denn aussprechen, »willst mich nicht?«

»Ich denke, nein, ich weiß, dass es ein Fehler wäre, mit dir in die Menschenwelt zu gehen«, antwortete sie. »Ich möchte, dass du Isadora heiratest, Zander. Es ist das Richtige.«

Der Schmerz bohrte sich tief in seine Brust, und sein Herz, das Callia aufgetaut und zu neuem Leben erweckt hatte, zerbrach in tausend Stücke, gleich hier im Wohnzimmer ihres Vaters.

Vor Tagen, als er mit Titus an jener Klippe stand und in die Schlucht hinabblickte, hatte er sich gewünscht, zu sterben. Aber da hatte er wenigstens nichts empfunden. Er war so daran gewöhnt gewesen, nichts zu fühlen, dass ihm der Tod angenehm erschien. Nun wusste er, was echter Schmerz war; und nicht einmal der Tod könnte ihn von dieser Tortur befreien.

Ihm fiel ein, was er ihr in der Kolonie gesagt hatte, und diesmal entging ihm nicht, dass sie ihm mit keinem Wort gestanden hatte, sie würde seine Liebe erwidern, oder die Zukunft nach dem Finden ihres Sohnes erwähnte. Wie konnte er ein solcher Idiot sein? Sie hatte ihn nicht gewollt, nicht so wie er sie. Er hatte sich von seinen Wünschen und Bedürfnissen blenden lassen und die Anzeichen übersehen, die er längst hätte wahrnehmen müssen.

Er wartete, dass seine Wut aufflammte. Sehnte sich regelrecht danach. Doch sie war fort. War das nicht blanke Ironie? Das eine Mal, dass er sie brauchte, um nicht den Verstand zu verlieren, war sie nicht da.

»Zander, warte!«

Er konnte nicht. Er eilte zur Tür. Draußen blieb er stehen und inhalierte zittrig die kühle Luft.

Über Achthundert Jahre hatte er auf sie gewartet und endlich seine Menschlichkeit gefunden. Doch am Ende konnte er nichts vorweisen als einen Sohn, der ihn nicht kannte, und eine Verlobte, die er nicht wollte. Tröstlich war nur, dass er nicht mehr unsterblich war. Nun brauchte er bloß abzuwarten, bis Callia an Altersschwäche starb, dann konnte er endlich auch sterben.

Isadora fuhr sich mit den Händen durch ihr kurzes Haar und betrachtete sich im Spiegel der Frisierkommode. Das langärmlige weiße Brautkleid war schwer und kratzig, und es erinnerte sie an die Gewänder, die sie früher trug. So vieles war geschehen und dennoch nichts anders. Hier stand sie, dieselbe klösterliche Frau, die sie vor Wochen gewesen war, bevor Casey in ihr Leben trat und sie erfuhr, dass Callia ihre Halbschwester war. In wenigen Stunden wäre sie gebunden; dann wäre sie nicht mehr Besitz ihres Vaters, sondern Zanders.

Ihre Seele schrie nach Freiheit, und sie wollte aus der Haut fahren. Als die Panik immer unerträglicher wurde, stemmte sie die Hände auf die Kommode und starrte ihr Spiegelbild an.

Allerdings sah sie darin nicht ihr Gesicht. Der Spiegel wurde abwechselnd heller und dunkler, und ein Bild erschien. Zunächst war es verschwommen, wurde aber rasch klarer. Dann waren Isadoras Züge zu erkennen. Sie lag nicht in ihrem Bett, sondern in einem anderen, umgeben von flackerndem Licht und rauem Stein. Ihre Haut war sonnengebräunt, ihr Gesicht gerötet. Jemand – Wärme flutete sie, als das Bild zurückfuhr und schärfer wurde – küsste ihren Hals, ihre Schultern, die oberen Wölbungen ihrer Brüste. Sie sah ihn nur von hinten: den muskulösen Rücken, den strammen Hintern, als er sich im Kerzenschein über sie beugte.

Isadora schluckte und beobachtete die Szene fasziniert. Ihr Körper räkelte sich unter dem kräftigen Mann, und das Wonnestöhnen verriet ihr laut und deutlich, dass sie alles genoss, was er mit ihr tat.

Hitze flutete ihren Leib und strömte nach unten. Die Schenkel zusammengepresst, unterdrückte sie ein Stöhnen. Ihre Augen weiteten sich, als sie sich näher zum Spiegel neigte, um das Gesicht des Mannes zu sehen. Nachdem sie nun wusste, wie Zander für Callia empfand, konnte sie unmöglich seine Berührung so genießen. Es war falsch. Es war …

Und dann hob der Mann seinen Kopf. Als ihr Abbild im Spiegel den Höhepunkt erreichte, warf sie den Kopf nach hinten und stöhnte ekstatisch.

Isadora stieß einen stummen Schrei aus und wich zurück. Dabei fiel ihr Stuhl klappernd um. Angst schnürte ihr die Kehle zu, und sie fing an zu zittern. Nein, das konnte nicht sein. Etwas war furchtbar falsch. Die erste Zukunftsvision, die sie seit über einem Monat hatte, konnte nicht stimmen. Denn auf keinen Fall würde sie in diesem Reich oder dem nächsten jemals so mit Demetrius allein sein.

»Du hast wahrlich lange gebraucht.«

Isadora fuhr herum und fand sich von Angesicht zu Angesicht mit Persephone wieder. Die Göttin der Unterwelt hatte ihr weißes Gewand mit einem Goldschal in der Taille gegürtet und saß auf einem Sessel in Isadoras Sitzecke. Ihre langen Beine hatte sie überkreuzt und wippte leicht mit dem Fuß. Von ihren dunkelrot bemalten Zehen baumelte eine goldene Sandale. »Ich wollte diese Stadt schon dem Erdboden gleichmachen«, sagte Persephone und musterte Isadora mit strengen grünen Augen. »Warten gefällt mir nicht, kleine Königin. Ich verplempere schon mein ganzes Leben mit Warten.«

Oh, Mist, die Vereinbarung, die Isadora beinahe vergessen hatte! »Du bist hier, weil …«

»Weil du soeben deine Kräfte zurückgewonnen hast. Und nun gehören sie mir, einen Monat lang. Das war übrigens heiß«, ergänzte sie mit einem Nicken zum Spiegel. »Ich bin gespannt, was als Nächstes passiert.«

»Du kannst nicht …«

Isadora verstummte, als Persephone sich zur vollen Größe aufrichtete. Sie war größer als die Argonauten und besaß mehr Macht in ihrem kleinen Finger als irgendeiner von ihnen im ganzen Leib. Zu spät fiel Isadora ein, dass die Göttin sie und diese Burg wegpusten konnte, wenn sie wollte. »Ich kann, und ich werde. Einen Monat, kleine Königin. Solange bist du ohne deine Kräfte ausgekommen; ein Monat mehr wird dich nicht umbringen.«

Mit einem Puff war Persephone weg. Isadora hielt sich am Bettpfosten fest, damit sie nicht umkippte. Draußen begannen Glocken zu läuten, die ihre Vermählung ankündigten.

Es fühlte sich an, als würde von allen Seiten mit winzigen Messern auf sie eingestochen. Ihre Lunge schien plötzlich zu klein. Sie begriff nicht, was sie gerade gesehen hatte, aber etwas tief in ihr sagte ihr, wenn sie hierblieb, würde es wahr werden, ob sie sich an Zander band oder nicht.

Das durfte sie nicht zulassen. Sie konnte nicht bleiben, und sie würde sich niemals so von Demetrius berühren lassen.

Panisch blickte sie sich im Zimmer um und versuchte, einen Plan zu schmieden. Leider kamen ihr nur unbrauchbare Ideen, die sie sofort verwarf. Orpheus hatte sich seinen Tarnumhang zurückgeholt, also käme sie nicht unbemerkt aus der Burg. Und das Siegel … Anscheinend wusste niemand, was nach der Begegnung mit Atalanta aus dem Siegel geworden war.

Oh Gott, oh Götter, oh Götter!

»Mylady«, sagte Saphira, die mit einem dampfenden Becher in der einen Hand und dem gefürchteten Goldschleier in der anderen ins Zimmer kam. Der Schleier sollte Isadora bis zur allerletzten Sekunde vor Zander verhüllen. »Alle sind bereit für Euch.«

Isadoras Brustkorb hob und senkte sich mit ihren kurzen, angestrengten Atemzügen. An den Bettpfosten geklammert, blickte sie auf und versuchte, sich zu konzentrieren. Die zierliche Saphira erschrak sichtlich, als sie bemerkte, dass Isadora mitten in einer heftigen Panikattacke steckte.

Die Zofe ließ den Schleier aufs Bett fallen und eilte zu Isadora.

»Oh, Mylady.« Nach wie vor hielt sie den Becher in der Hand, legte den Arm um Isadora und stützte sie. Isadora klammerte sich an die schmalen Schultern ihrer Dienerin. »Es ist unverzeihlich, dass der König Euch das antut.«

»Ich … kriege … keine Luft.«

»Natürlich nicht. Das würde keine an Eurer Stelle.«

Saphira führte Isadora zur Ottomane. Ihre Miene war hart vor Entschlossenheit. »Ihr tut das nicht. Ich lasse es nicht zu.«

»Du … du kannst es nicht … verhindern. Keiner … kann das.« *Oh Götter!*

Saphira kniff die Lippen zusammen und reichte Isadora den Becher. »Hier, trinkt das.«

»Ich …«

»Trinkt«, wiederholte sie in einem Tonfall, wie Isadora ihn noch nie von ihr gehört hatte. »Dann werdet Ihr Euch gleich besser fühlen.«

Mit zitternden Händen hob Isadora den Becher an ihre Lippen. Der Tee roch nach Lavendel und noch etwas, das ihr vage bekannt vorkam. Die dampfende Flüssigkeit glitt ihr heiß die Kehle hinunter und wärmte sie von innen nach außen. Einer nach dem anderen entspannten sich ihre Muskeln.

Saphira kniete zu Isadoras Füßen. »So ist es gut.«

Träge nickte Isadora. Sie nahm noch einen Schluck. Die Panikattacke ebbte ab, doch wenn sie an das dachte, was ihr bevorstand …

Saphiras kühle Hände ergriffen Isadoras Knie durch den dünnen Kleiderstoff. »Ich habe Freunde, die Euch helfen können.«

»Wie?«

»Sie können Euch von hier wegbringen, bis Euer Vater dahingeschieden ist. Sobald er nicht mehr ist, bringen sie Euch zurück.«

Isadora überlegte. So einfach war es gewiss nicht, oder? Etwas in ihrem Hinterkopf schrie *Nein!*, aber sie konnte nicht recht hinhören. Ihr fiel das Denken schwer, denn alles wurde wie vernebelt.

Saphira hielt ihr den Becher an den Mund. »Trinkt.«

Genau, trinken, das sollte sie. Dann fühlte sie sich besser.

Ihre Muskeln schienen gar nicht mehr zu arbeiten. Als Saphira den Becher an Isadoras Lippen kippte, konnte sie nicht anders, als zu schlucken. Während der warme Tee in ihren Bauch lief, fühlte sie, wie der letzte Rest Anspannung aus ihrem Körper wich.

Ein komisches Lächeln umspielte Saphiras Mund. »Schön. So ist es gut, Prinzessin.«

Saphiras Gesichtsausdruck bereitete Isadora Sorge, doch die wurde gleich von einem einzigen Gedanken vertrieben. »C-Casey.« Sie durfte nicht zu lange von ihrer Schwester getrennt sein. Diese Bedingung gehörte zu ihrer Verbindung als Erwählte.

»Zerbrecht Euch wegen Casey nicht Euren kleinen Kopf. Ich verspreche, dass Ihr nicht mehr lange über sie nachdenken müsst.« Saphira stand auf, als wäre alles entschieden, zog Isadora hoch und stützte sie, weil sie beängstigend schwankte. Benommen registrierte die Prinzessin, dass ihre Zofe viel stärker war als sonst, was seltsam anmutete.

»Ich bringe Euch hier raus, Prinzessin. In wenigen Stunden wird dies alles nichts als eine böse Erinnerung sein. Ihr vertraut mir doch, nicht wahr?«

Wie auf Stichwort nickte Isadora, obwohl sie das Gefühl hatte, sie würde sich selbst aus der Ferne beobachten und hätte keinerlei Kontrolle über ihr Tun.

Saphira lächelte wieder. »Gut. Ich habe Euch ja auch noch nie im Stich gelassen, nicht?«

Nein. Allerdings schrie die kleine Stimme in Isadoras Kopf, dass ein einziges Mal schon genügte.

Vierundzwanzigstes Kapitel

Callia blickte von dem Buch in ihrem Schoß auf und zum Fenster, hinter dem Regen auf Tiyrns niederrieselte. Es war zwecklos, heute lesen zu wollen: zuerst das Begräbnisritual für ihren Vater im Steinkreis, dann der Regen und bald Zanders Vermählung.

Sie schlug ihr Buch zu, lehnte den Kopf an das kühle Glas und atmete tief ein. Nicht einmal ihr Lieblingsfenstersitz und *Vom Winde verweht*, das Orpheus ihr gab, nachdem sie nach Hause kamen, konnten ihren Seelenschmerz lindern.

Dennoch war es so das Beste – für sie, für Zander, für alle. Und wenn sie es sich nur oft genug sagte, glaubte sie es auch irgendwann.

Als sie ein Geräusch hinter sich hörte, drehte sie sich um. Max stand in der Tür zur Küche, die Hände in die Jeanstaschen geschoben und das hübsche Gesicht sorgenumwölkt. Rasch wischte Callia sich die Wangen und sprang auf. »Ich habe gar nicht gehört, dass du aufgestanden bist.«

Nach dem Begräbnisritual hatte er sich zu Hause gleich hingelegt, wie gestern. Sie wusste, dass es ihm gutging, sorgte sich aber trotzdem. Vor allem immer dann, wenn sie daran dachte, wie er auf dem Hügel Atalantas Energie genommen und auf sie zurückgeworfen hatte.

Max war nicht einmal bewusst, wie außergewöhnlich er war. Nun begriff sie, wie er die ganze Zeit in der Unterwelt überleben und sich gegen Atalantas Dämonen wehren konnte. Egal mit welchen Kräften sie ihn attackierten, er konnte sie für sich nutzen. Die Gabe der Übertragung war unglaublich, und viele, nicht bloß Atalanta, wollten sie in die Finger bekommen. Aus diesem und anderen Gründen ließ Callia ihn nicht aus den Augen. Leider wusste sie aus eigener Erfahrung, wie sehr die Übertragung an dem Ausführenden zehrte. Kein Wunder, dass er aussah, als könnte er mindestens eine Woche durchschlafen.

Sie rang sich ein Lächeln ab und ging auf ihn zu. »Möchtest du etwas essen?«

Er schüttelte sein blondes Haar. »Ich habe die Glocken gehört.«

»Welche Glocken?«

»Die Burgglocken. Heute im Steinkreis hat Casey mir erzählt, was sie bedeuten.«

Konnte die Misos sich nicht raushalten? Callia schloss die Augen, weil eine neue Schmerzwelle über sie hinwegrollte. »Deine Tante sollte dringend lernen, ihren Mund zu halten.«

Max stieg die zwei Stufen zum Wohnzimmer hinunter. Auf dem dunklen Holzboden, den Callias Vater so gemocht hatte, bewegten sich die kleinen nackten Kinderfüße lautlos. »Du machst das wegen mir, stimmt's?«

Die Wut, die in seiner Stimme mitklang, und die Art, wie ein dunkleres Grau in seinen Augen aufwirbelte, bevor sie wieder ihren normalen Silberton annahmen, erinnerte sie an Zander. »Ich weiß nicht, was du meinst.«

»Ich bin stärker, als du denkst.«

Ihr wurde noch elender. »Ich will nicht, dass du

stark sein musst, Max«, flüsterte sie, als er vor ihr stand. »Du warst lange genug stark. Es ist Zeit, dass wir es für dich sind.«

Er nahm ihre Hand, und unwillkürlich blickte Callia hinab auf die Zeichnungen an seinen Armen, die sich bis zu seinen Fingern erstreckten. Sie musste an die Wohnung in der Halbblutkolonie denken, wo sie mit Zander in dem großen Bett gelegen hatte und er seine Finger auf die gleiche Art mit ihren verwoben hatte, dass seine Zeichnungen zu einem Teil von ihr wurden.

»Ich dachte, du willst mich nicht haben«, sagte er leise und sah ebenfalls auf ihre Hände. »Nachts habe ich geträumt, dass du mich suchst, aber dann, wenn es Tag war, dachte ich, dass du es bestimmt nicht tust. Dass du mich gar nicht magst, weil keiner jemanden wie mich mag.«

Nun blickte er zu ihr auf, und sie wusste, dass er die Tränen in ihren Augen bemerkte, wandte sich jedoch nicht ab. Und sie schwieg, um ihm Zeit zu geben. Das war sie ihm schuldig.

»Die kleine alte Frau mit dem Glas hat gesagt, dass ich meine Menschlichkeit nicht vergessen darf. Ich habe nicht geglaubt, dass die wichtig ist, aber das stimmt nicht. Menschlichkeit kann keinen retten, dafür gibt sie einem Hoffnung. Und ohne die kann man ebenso gut einer von Atalantas Dämonen sein.«

Callia hatte das Gefühl, der Schmerz in ihrer Brust würde sie vollständig verschlingen.

»Vielleicht hört es sich doof an«, sagte er leise, »aber manchmal reicht schon Hoffnung, und alles ist besser.«

Sie beugte sich vor, bis sie auf Augenhöhe mit ihm

war. »Eigentlich solltest du mit deinen zehn Jahren nicht schon klüger sein als ich.«

Sein einer Mundwinkel bog sich nach oben. »Gute Gene?«

»Gutes irgendwas.«

»Ich habe heute Teleportieren geübt«, erzählte Max mit einem Grinsen, das Callias Herz sogleich ein bisschen leichter wurde. Götter, sein Lächeln war umwerfend! »Casey hat mir gesagt, wie es geht. Soll ich es dir mal zeigen? Ich wette, wenn wir rausgehen, kann ich mich bis zur Burg blitzen.«

Na, herrlich, ein Manipulierer! Ganz der Papa. Wenn die beiden sich zusammentaten, hatte sie nicht den Hauch einer Chance.

»In der Burg sind überall Wachen«, sagte sie. »Nach allem, was passiert ist, wurde die Sicherheit verschärft, besonders für diesen Anlass.«

Die Bindungszeremonie. Zanders Bindung. Callia wurde flau. Sie konnte unmöglich auch nur überlegen, in die Burg zu gehen. Nicht jetzt. Was würde es nützen, wo sich doch nichts geändert hatte? Sie konnten nicht mit ihm fortgehen, und er würde niemals ohne sie gehen. Schmetterlinge flatterten in ihrem Bauch.

»Ich bin fast sicher, dass ich uns reinbringen kann.« Max' Zuversicht rührte sie, und in diesem Moment war er Zanders Ebenbild.

Sie wäre nie frei von ihrem Wächter. Egal wohin sie ging oder was sie tat, Zander wäre immer ein Teil von ihr. Und obwohl sie sich einredete, dass ihre Gefühle für ihn unerheblich waren, zählten am Ende doch nur die. Er war alles für sie. Max hatte recht: Sie durfte seine Hoffnung nicht zerstören, weil sie glaubte, es würde die Dinge einfacher machen. Ihr ganzes Leben hatte sie diejenigen gehasst, die ihre Zuneigung einforderten, als hätten sie einen rechtmäßigen Anspruch darauf, während der einzige Mensch, zu dem sie wirklich gehörte, dachte, er wäre ihr gleich.

Ihr Herz hämmerte wie verrückt, und ihre Gedanken wurden von den Bildern und Erinnerungen an Zander beherrscht.

Max zog die Brauen hoch. »Bist du so weit?«

»Nein«, flüsterte sie. Was Zander betraf, war sie nie bereit. Aber wenigstens wusste sie diesmal, dass sie das Richtige tat.

»Jo, Z., es wird Zeit.«

Zander, der die letzten zwanzig Minuten aus dem Fenster gestarrt hatte, wandte sich um. Er stand in einem riesigen Schlafgemach im zweiten Stock der Burg – *seinem* Schlafgemach – und sah Titus an, der in Paradeuniform war. Der Wächter nahm den gesamten Türrahmen ein und ließ das Vorzimmer dahinter sehr klein erscheinen.

Zander war genauso gewandet wie sein Gefährte: enge schwarze Hose, weiße, in der Hüfte gegürtete Tunika, der traditionelle Lederbrustschild mit dem Wappen seiner Vorväter und ein Umhang in den jeweiligen Farben ihrer Blutslinie, an der Schulter von einem Bronzeblatt gehalten. Titus, der aus der Odysseus-Linie stammte, trug einen blauen Umhang, Zander einen bernsteinfarbenen.

Beim Blick durch den Raum stieß Titus einen leisen Pfiff aus. »Heiße Bude, hier kannst du eine Party schmeißen und hast immer noch genug Platz, die Misos unterzubringen, solange sie kein neues Basislager haben.«

Zander ließ den Blick über den imposanten Raum mit dem hohen Deckengewölbe und all den Dingen in Gold schweifen und ihn überkam Übelkeit. Mann, er hasste das hier! Er war so derart geliefert, dass es nicht mehr witzig war. Und er konnte verdammt nochmal gar nichts dagegen tun.

Während er tief Luft holte, wünschte er sich seine alte Vertraute, die Wut herbei, auf dass sie ihm einen Vorwand gab, schnellstens zu fliehen. Was sie nicht tat, denn sie war nicht mehr da.

»Alles okay, Alter?«, fragte Titus.

Dieses Gespräch wollte er wahrlich mit niemandem führen, ganz besonders nicht mit jemandem, der seine erbärmlichen Gedanken lesen konnte, also schüttelte Zander den Kopf und schlurfte ein paar Schritte vor. »Ja, bestens. Gehen wir und bringen es hinter uns.«

»Da spricht der wahrhaft glückliche Bräutigam«, murmelte Titus und trat beiseite, um Zander durchzulassen.

Sie schafften es gerade bis zur breiten Treppe, da begannen schon seine Diechlinge zu kratzen – jene alten Beinröhren, mit denen die Schienbeine geschützt wurden. Zander konzentrierte sich auf die Reibung von Leder und Stoff an seiner Haut und zählte die Minuten, bis er wieder in sein Zimmer durfte, allein, und ins Nichts stieren.

Der königliche Tempel befand sich im Burghof. Inzwischen dürften die Ratsmitglieder dort versammelt sein, einschließlich der übrigen Argonauten und Orpheus. Zander fasste nach wie vor nicht, dass der neuerdings als Nachfolger von Lucian gehandelt wurde. Natürlich sollte er Orpheus dankbar sein, dass er Callia und Max auf dem Hügel gerettet hatte, und da

Gryphon ein Wächter war, blieb als einziger Blutsverwandter Lucians Orpheus für den Ratssitz. Aber Orpheus im Ältestenrat klang schlichtweg übel. So viel war sogar Zander bewusst.

Er war zu tief in Gedanken, als dass er den Aufruhr einen Stock unter ihnen, nahe dem Haupteingang, mitbekam. Erst als er mit Titus oben zur Treppe ins Erdgeschoss bog, fiel es ihm auf.

»Wie es aussieht, sind die königlichen Wachen doch mal für was gut«, raunte Titus neben ihm. »Wenigstens halten sie dir die Gaffer vom Hals.«

Zander sah hinunter, wo jemand mit den beiden Wachen an der Tür stritt. Als die Wache links den Störenfried zurückdrängen wollte, rief eine Kinderstimme: »Nimm die Finger von ihr!« Im nächsten Augenblick segelte die Wache rückwärts und landete mit dem Allerwertesten auf dem glänzenden Marmorboden.

Zander erstarrte, denn diese Stimme kannte er. Eilig lief er nach unten.

»Zander, warte!« Callia befreite sich von der zweiten Wache und rannte auf ihn zu. Staunend blickte er ihr entgegen, während hinter ihr wild gerufen wurde, und aus dem Augenwinkel bemerkte er, dass Titus zur Tür lief, was ihn jedoch nicht weiter kümmerte.

»Was ist los?«, fragte er, kaum dass Callia bei ihm war. »Was ist mit Max? Ich dachte, ich hätte ihn gehört.«

»Max geht es gut«, antwortete Callia atemlos. Ihre Wangen waren rosig und feucht, als wäre sie eine Meile durch den Regen gesprintet. »Er kann sich allerdings nicht teleportieren.« Ein hysterisches Kichern kam über ihre wundervollen Lippen. »Eine Halbgöttin besiegen kann er, aber nicht teleportieren. Tja, das kommt wohl von meiner Seite. Hochbegabte haben oft Schwierigkeiten mit den simpelsten Aufgaben.«

Zander betrachtete sie verwundert. Er konnte ihr nicht folgen und hatte keine Ahnung, warum sie hier war, doch er könnte den Blick nicht von ihr abwenden, wenn sein Leben davon abhinge. »Callia, wenn etwas mit Max ist, wieso bist du dann hier?«

»Ich …« Ihre Augen sahen zur Seite, und seine folgten ihr. Dort an der Tür stand sein Sohn, genauso durchnässt und abgehetzt wie Callia, und half mit Titus zusammen der Wache auf die Beine.

Callia stellte sich vor Zander, bis der sie wieder anschaute. »Siehst du? Ihm geht es gut. Ich wollte dich sehen, mit dir reden, bevor du …« Sie schluckte und presste beide Hände an ihre geröteten Wangen. »Oh, Götter, in meinem Kopf hörte es sich weniger schwachsinnig an!«

»Was?«

»Ach, Zander, ich habe gelogen.« Sie legte ihre Hände an seine Brust, und sogar durch den Lederpanzer und das Hemd fühlte er ihre Wärme. »Als du gestern bei mir warst, dachte ich, ich würde es leichter machen, aber jetzt sehe ich ein, dass das Unsinn ist. Was ich eigentlich gemacht habe, war, dir die Hoffnung zu nehmen, und keiner sollte ohne Hoffnung leben müssen. Ich meine, ohne die kann man genauso gut gleich ein Dämon sein. Und du bist kein Dämon, stimmt's?« Sie sah mit dem sanftesten Blick, den er sich vorstellen konnte, zu ihm auf. Ihre Augen schimmerten wie reinste Amethyste.

Zwar ergaben ihre Worte immer noch keinen Sinn, aber wenn sie ihn so ansah, als wäre er ihr doch nicht gleich, wollte er beinahe glauben, dass die Dinge, die zwischen ihnen geschehen waren – all die wahrlich furchtbaren Dinge –, nichts als schlimme Erinnerungen waren.

»Hast du mir zugehört, Zander?« Zaghaft berührten ihre Hände sein Gesicht, und die Wärme, die über seine Haut floss, lenkte seine Aufmerksamkeit zurück auf ihre Worte. »Es war falsch von mir, dir das zu nehmen, und es war falsch, meine Liebe zu dir für mich zu behalten. Ich weiß, dass es nichts ändert, trotzdem war es falsch und ich …«

Er packte ihre Arme. »Was hast du gerade gesagt?«

»Dass es falsch war.«

»Nein, das andere.«

Nun wurde ihr Gesichtsausdruck verträumt, genau wie in jeder Fantasie, die er im Laufe der Jahre um sie gesponnen hatte. »Ich sagte, dass ich dich liebe. Ich habe dich immer geliebt, sogar als ich glaubte, dass ich Grund hätte, dich zu hassen, habe ich dich geliebt. Ich hätte es dir früher sagen müssen, so oft schon, aber ich hatte Angst. Die habe ich jetzt nicht mehr.«

Sein Verstand und sein Herz begannen gleichzeitig, auf Hochtouren zu arbeiten. Noch ehe die erste Glocke draußen im Hof ertönte, zog er Callia zum Ausgang.

»Zander, was tust du?«

»Wir gehen sofort. Wir holen Max und verschwinden. Das Portal wird nicht besonders bewacht sein, solange hier …«

»Nein!«, fiel sie ihm ins Wort.

Ihre Entschlossenheit ließ ihn innehalten. Er drehte sich zu ihr um.

»Nein«, wiederholte sie leiser. »Wir gehen nirgends hin. Nichts hat sich geändert, Zander.«

»Aber du hast gesagt …«

Sie kam näher, so dass die Wärme, die von ihr abstrahlte, Stellen von ihm erreichte, welche er für immer erkaltet glaubte. »Ich sagte, dass ich dich liebe, und das tue ich. Doch es ändert nichts an der Realität.« Wieder legte sie die Hände auf seinen Brustpanzer, direkt über das Achilles-Zeichen, das dort ins Leder gebrannt war. »Ich bin dein wunder Punkt, nicht wahr?« Auf sein Schweigen hin blickte sie zu ihm auf, und ihre Augen waren so klar, dass er sein Spiegelbild darin sah. »Deine Schwäche, deine Achillesferse. Zander, warum hast du es mir nicht gesagt?«

»Weil es nicht wichtig ist.«

»Ist es wohl. Im Moment ist es alles, was zählt.«

»Diesen Fluch musst du nicht ertragen.«

Sie schlang einen Arm um ihn und strich über die Narben auf seinem Rücken. Ihre Narben, die er ihr nahm, indem er sich ihr vollständig öffnete. »Du auch nicht.«

»Thea!«

»Ich würde mit dir ans Ende der Welt gehen, wenn ich könnte, Zander, aber das kann ich nicht. Wir beide wissen, dass Atalanta hinter Casey, Isadora und mir her ist. Und Max ist im Menschenreich auch nicht sicher.«

»Ich kann euch beide beschützen.«

Ihre Hand berührte abermals seine Wange, und unwillkürlich schmiegte er sich an sie, wollte sie überall an sich spüren. »Und wer beschützt dich? Wenn mir etwas zustößt, trifft es dich auch. Und wer sorgt dann für Max? Wir dürfen ihn dort nicht wieder im Stich lassen.«

»Ich«, begann er, geriet jedoch gleich ins Stocken,

weil sich eine eiserne Faust um sein Herz krümmte. Er bekam, was er wollte, ihre Liebe, und würde sie doch niemals haben. Callia hatte recht. Wie konnte er die beiden ins Menschenreich bringen, wohlwissend, dass sie ihren Sohn damit aufs Neue verdammen könnten? Wenn sie jedoch hierblieben …

Er schloss die Augen, als der Schmerz in seiner Brust zum einzigen Gefühl in ihm wurde. »Ich kann ohne dich nicht leben.«

»Das musst du auch nicht, nie. Ich werde immer hier sein.«

Ja, aber er nicht. Er sah sie wieder an. »Der König wird sich nicht umstimmen lassen.«

»Du hast mir versprochen, dass alles gut wird, erinnerst du dich? In der Kolonie. Zander, dies ist deine Chance, es wahrzumachen.« Sie atmete tief ein. »Du musst zu der Bindungszeremonie und Isadora heiraten.«

»Nein!«

»Denkst du, ich will das?« Tränen stiegen ihr in die Augen. »Ich will dich, uns und das Leben, das wir schon vor Langem hätten beginnen sollten, aber das geht nicht. Und vor allem wünsche ich mir, dass unser Sohn in einer Welt aufwächst, in der das, was mir geschehen ist, keiner Frau mehr passiert.«

Sie kam näher, so dass Zander sich zusammenreißen musste, sie nicht an sich zu reißen und nie mehr loszulassen. »Zander, du hast die Chance, etwas zu verändern, unsere Welt mit Isadora zusammen besser zu machen. Welche Ironie, wenn man bedenkt, dass Argolea von den Göttern als Reich des Friedens geschaffen wurde, und dennoch haben wir so viele Probleme wie die Menschenwelt.« Ihre Stimme wurde zu einem Flüstern. »Richte das für Max. Und für mich. Du kannst es für uns tun, und du bist der Einzige, der es kann.«

»Was verlangst du von mir?« Er schloss kurz die Augen. »Ich kann keine andere lieben. Das habe ich versucht, bei den Göttern. Aber du bist alles für mich, Thea. Nur du.«

»Und ich werde immer dein sein, Zander«, sagte sie. »Nicht, weil irgendein Fluch es bestimmt. Sieh mich an, Zander.« Er blickte in ihre violetten Augen, in denen sich dieselben Gefühle spiegelten, die ihn erfüllten. »Ich bin dein, weil ich dich liebe, weil das Band zwischen uns stärker ist als alles, was der König bestimmt oder tut. Keine Bindungszeremonie kann es kappen. Für mich gibt es keinen Mann außer dir. Aber wir brauchen dich hier, in diesem Reich, damit du für Max da bist, den Argonauten hilfst und unsere Welt besser machst. Wenn du gehst, können wir nicht mitkommen. Doch wenn du bleibst ... Oh, Zander, es könnte so viel Gutes bewirken!«

Sein Herz brach in tausend Scherben. In einer Million Jahre hätte er nicht gedacht, dass ihm ihre Liebe nicht genug sein könnte. Doch das war sie nicht. Das Schicksal drängte sie in entgegengesetzte Richtungen, und er war machtlos, das aufzuhalten.

Er lehnte seine Stirn an ihre und versuchte, zu atmen. Doch sogar das Atmen schmerzte. »Das ist zum Kotzen.«

Sie strich ihm durchs Nackenhaar. »Ja, ist es.«

Beide schwiegen, und wie immer wirkte der sanfte Strich ihrer Finger auf seiner Haut wunderbar beruhigend.

»Ein wahrer Anführer stellt seine persönlichen Bedürfnisse zugunsten des Gemeinwohls zurück«, flüsterte sie. »Und er bringt Opfer, die am Ende alles rechtfertigen, was vorher kam.« Als er sie stirnrunzelnd ansah, ging ein trauriges Lächeln über ihr Gesicht. »Das hat mir mal jemand gesagt.«

»Klingt ziemlich blöd. Ich bin kein Anführer.«

»Nein, aber du bist ein Wächter. Der Beste, den ich kenne. Und du bist ein Vater. Das macht dich zu einem Anführer, ob es dir gefällt oder nicht. Zander, weißt du, dass deine Iris silbern ist?«

Was von seinem Herzen noch übrig war, krampfte sich nun zusammen. Abermals lehnte er seine Stirn an ihre. »Deinetwegen.«

»Oh.«

»Du hältst uns alle auf, Argonaut!«

Die verärgerte Stimme des Königs hallte von oben herab. Zander blickte hinauf zur Galerie, wo der gebrechliche König in seinem weißen Festanzug am Geländer stand, den Stock in einer Hand, und finster dreinblickte. Es war offensichtlich, dass er sie nicht sah, aber er konnte sie hören, und Zander bezweifelte nicht, dass sich der blinde König lebhaft vorstellen konnte, was unten vor sich ging.

Theron in seiner Uniform mit dem roten Umhang stand zur Rechten des Königs, Casey zur Linken. Weder der König noch der Argonaut und dessen Braut schienen erfreut über die Situation; der König kochte förmlich vor Wut.

Callias zarte Finger an seiner Wange lenkten Zanders Aufmerksamkeit zurück zu ihr. »Beachte ihn nicht.«

»Er ist dein leiblicher Vater, dem an deinem Glück liegen sollte.«

»Er tut, was er für das Beste hält. Sieh mich an.« Als er es tat, verriet ihm der Glanz ihrer Augen, dass es für sie nicht minder hart war als für ihn. Wahrscheinlich härter. »Lass ihn nicht unsere letzten Sekunden vergiften.«

»Thea …«

Sie strich ihm das Haar zurück, und ihre Stimme zitterte, als sie sagte: »Ich liebe dich, Zander, immer. Denk daran, wenn dir alles zu viel wird. Denk an Max und mich. Wir sind dein, ganz gleich wohin du gehst oder was du tust. Das kann nichts und niemand je ändern.«

Mein. Sein Leben brach in zwei Teile, in den vor ihr, der leer und bedeutungslos war, und in den seit sie da war, voll und sinnerfüllt. Sie hatte die Menschlichkeit in ihm entdeckt, ihm Ausgewogenheit gegeben und ihn auf eine Weise geheilt, wie es nur ihr allein möglich war. Und obwohl letzterer Teil brannte wie Millionen Sonnen, weil sie nicht zusammen sein durften, hatte Callia recht. Sie war sein und würde es immer bleiben.

Er versuchte, sich jede Rundung, jede Linie und jede Ebene ihres wunderschönen Gesichts einzuprägen, auf dass er es sich ins Gedächtnis rufen konnte, wann immer er es brauchte. Für den Rest seines Lebens – so lang der auch sein mochte.

»Ich liebe dich, Thea. Nur dich.«

Tränen rollten über ihre dunklen Wimpern und rannen ihre cremeweißen Wangen hinunter.

»Zander«, rief der König streng und zerstörte diesen bittersüßen Moment, »die Bindungszeremonie wird wie geplant stattfinden. Du kannst sie nicht verhindern. Meine Tochter wird heute vermählt. Acacia!«

»Was?«, fragte Casey neben ihm, hörbar gereizt.

»Such Callia etwas Passenderes zum Anziehen. Auch wenn ich sie nicht sehen kann, weiß ich, wie sie gekleidet ist, und in solch gewöhnlichem Aufzug kann sie nicht zur Bindungszeremonie.«

Callia riss die Augen weit auf, während sich ein winziger Hoffnungsschimmer in Zanders Brust regte. Sie beide blickten hinauf zum König.

»Im Gegensatz zu dem, was ihr von mir denkt«, sagte der König mürrisch, »bin ich kein herzloser Lump. Ich glaube nach wie vor, dass Opfer nötig sind, aber nicht zu Lasten zweier Töchter.«

Lucian trat zum König und linste über die Brüstung. Er wirkte alles andere als entzückt.

»Nach reiflicher Überlegung«, fuhr der König fort, »hat Lord Lucian zugestimmt, Maximus als rechtmäßigen Thronerben anzuerkennen, bis Isadora einen eigenen Erben zur Welt bringt. Acacia, geh und sag deiner Schwester, ihr wurde ein Aufschub gewährt. Wenigstens bis ich entschieden habe, was zum Hades ich mit ihr mache.«

Ein breites Grinsen erstrahlte auf Caseys Zügen. Sie sah zu Theron, der ebenfalls lächelte, bevor sie zu Isadoras Gemächern lief.

Zander drehte sich zu Callia um, und obwohl er vor Freude überquoll, hielt er sich im Zaum, denn eines gab es noch zu klären.

»Oh, Götter«, hauchte Callia.

»Thea.« Er nahm sie in die Arme. »Du musst nicht tun, was er befiehlt. Ich erlaube nicht, dass er dir dein Leben diktiert, wie er es bei Isadora tut. Es muss deine Entscheidung sein.«

Sie warf die Arme um ihn und küsste ihn. Dann lächelte sie ihn strahlend an. »Ich will dich. Ich habe immer nur dich gewollt, Zander. Binde dich an mich, an uns«, korrigierte sie mit einem Seitenblick zu Max, der grinsend neben Titus stand. »Heute, gleich jetzt. Alles andere besprechen wir später.«

Seine Brust drohte zu explodieren, allerdings vor Glück, nicht vor Zorn. Und er wusste, dass es fortan so bliebe. »Ach, Thea«, sagte er leise und drückte sie an sich. »Ich brauche keine Zeremonie, um mir zu vergegenwärtigen, was ich bereits weiß. Unsere Leben waren von Anfang an verflochten. Denkst du, ich könnte jemals eine andere als dich wählen?«

Ihr triumphierendes Lächeln wurde noch strahlender. »Nein, dank der Parzen kannst du es nicht.« Wieder küsste sie ihn. »Und ich ließe dich auch nicht. Du bist mein, Wächter. Für immer.«

Er lächelte, als ihre Lippen sich seinen näherten. »Das wurde aber auch höchste Zeit.«

Glossar

Ándras, Plural: Ándres – männlicher Argoleaner
Agkelos – Kosewort; Engel
Argolea – von Zeus geschaffenes Reich für die Heroen und deren Nachkommen
Argonauten – ewige Wächter, die Argolea schützen. In jeder Generation wird ein Mann aus jeder der sieben Linien, jeweils ein Nachfahr von Herakles, Achilles, Jason, Odysseus, Perseus, Theseus und Bellerophon, ausgewählt, die Wächtertradition fortzuführen.
Ältestenrat – zwölf Lords von Argolea, die den König beraten
Dämonen – Monster, die einst menschlich waren und von Atalanta auf dem Asphodeliengrund (Fegefeuer) rekrutiert wurden
Élencho – Technik der Gedankenkontrolle, die Argonauten bei Menschen anwenden
Asphodeliengrund – Fegefeuer
Gigia – Großmutter
Gynaíka, Plural: Gynaíkes – weiblicher Argoleaner
Horen – drei Göttinnen der Ordnung und des Ausgleichs
Insel der Glückseligen – Himmel
Ilithios – Idiot
Matéras – Mutter
Meli – Kosewort; Liebes, Geliebte
Medeanische Hexen – Hexenzirkel in den Bergen

von Argolea, die den Lehren und der Tradition Medeas folgen

Misos – halbmenschliche, halbargoleanische Art, die verborgen unter den Menschen lebt

Ochi – Nein

Oraios – Schön

Krónossiegel – Kreis mit vier Kammern, der die Macht besitzt, die Titanen aus Tartarus zu rufen

Patéras, Plural: Patéres – Vater

Rompa – antike rote Robe der argoleanischen Ratsmitglieder

Skata – Schimpfwort

Syzygos – Weib

Tartarus – Reich der Unterwelt, ähnlich der Hölle

Thea – Kosewort; Göttin

Yios – Sohn

Lisa Kleypas

»Sexy und umwerfend romantisch!« ***Booklist***

»Eine Kleypas zu lesen, ist ein Traum!« ***Romantic Times***

978-3-453-77259-5

Leseprobe unter: **www.heyne.de**

HEYNE